如果两人拉钩了

那我们就和好

Li ning Zhi qian

有爱的青春陪伴者

黎明之前

三侗岸 著

Li ming Zhi qian

贵州出版集团
贵州人民出版社

图书在版编目（CIP）数据

黎明之前 / 三侗岸著. -- 贵阳：贵州人民出版社，
2024. 10. -- ISBN 978-7-221-18463-4
Ⅰ．I247.5
中国国家版本馆 CIP 数据核字第 20243CE188 号

黎明之前
LIMING ZHIQIAN

三侗岸 / 著

出 版 人	朱文迅
选题策划	大鱼文化
责任编辑	刘向辉
特约编辑	廖　妍　蔡杭蓓
装帧设计	颜小曼　孙欣瑞
封面绘制	Dannylailai
出版发行	贵州人民出版社（贵阳市观山湖区会展东路SOHO办公区A座 邮编：550081）
印　　刷	长沙鸿发印务实业有限公司
开　　本	880毫米×1230毫米　1/32
字　　数	370千字
印　　张	10
版　　次	2024年10月第1版
印　　次	2024年10月第1次印刷
书　　号	ISBN 978-7-221-18463-4
定　　价	45.80元

版权所有　盗版必究。举报电话：策划部0851-86828640
本书如有印装问题，请与印刷厂联系调换。联系电话：022-29432903

贵州人民出版社微信

目 录

第一章
宋轻轻和林凉 001

第二章
怎么就跟一个傻子缠不清，理也乱了？ 015

第三章
她是个情感智障者，你却那么希望她有感情 043

第四章
林凉哥哥，我们和好了 070

第五章
树木为林，生水为凉 105

第六章
一定有那么一个人，会把我带走 135

目 录

第七章
为什么她要离开那么好的林凉？ 163

第八章
你只有我，我也只有你 182

第九章
宋轻轻，你爱我吗？ 230

第十章
他是我的世间喜恶 270

番外一 304

番外二 307

番外三 311

后记 312

第一章
宋轻轻和林凉 /

1

这儿的人都知道宋轻轻是个傻子。

细一点说，她只是言语、神态、动作、反应上比别人慢几拍，话少得像哑巴，眼大，呆滞，总让男人随时感到童真。

大家不知她的过去，所以背地里纷纷瞎猜。

有人说她是徐嬷亲生的，但不敢认，也有人说她是被徐嬷骗来的。

没看她买什么化妆品、护肤品，也不去别的地儿。除了干活、吃饭、睡觉，其他时间她就坐在门口一张红色的塑料凳上。

一个在这儿干了八年的王娟，吸口烟说："她自己要来的。"

"那她干吗来这儿？"坐王娟旁边的李燕问。

这儿可不算个好地方，人都苟延残喘地活。宋轻轻天生漂亮，五官玲珑、身材娇小。若她想挣快钱，不远处的会所贵人多的是，长得好的都跑去那儿了，她干吗来这儿？

"你懂她在想什么？"

王娟看着门外的宋轻轻，把烟吸完。

这儿是个破旧的浴足店。

没有门牌，占地五十多平方米，一扇落地玻璃推拉门，两片粉色窗帘掩住风情。

往里走，外厅摆了一张廉价的沙发，上面坐了两三个女人边嗑着瓜子边看电视。沙发前是一张小桌。正对玻璃门的白墙上贴着一张搔首弄姿的女郎照片，最右侧是一扇用麻布遮起来的"门"。

掀开麻布，是一个过道，左侧摆了张木桌，上面是一个旧电磁炉和沾满油渍的瓶瓶罐罐；右侧是三个房间，一间宋轻轻的住处，一间徐嬷的，还有一间专门用来洗脚。

浴足店坐落在 A 市最好的大学附近。越过洁白亮丽的校门、一个个装潢精致的店面，沿着这条时髦的南北街往前走，几百米后，转个弯入巷——桐花巷，就是另一番天地。

这里天生是小平民的安居地：按摩店、推背店、洗脚店、一个小超市、一个文具店，把这儿塞得满当。

不正经的也有。

不正经的女人大多三四十岁，姿色一般。这些人没读几年书，待段时间后不安分了。寂寞、穷困、诱惑，各色各异的缘由让她们往下落。

这种女人叫作猫儿。

"苦难"的确让人咬牙切齿、面目狰狞。

两年前，王姨离婚后一个人拖着儿子过活。儿子没考上高中，要付三万块入学。她一个月不吃不喝才赚两千多，骂过也哭过，一想到儿子的未来，认命地做了自己最看不起的活儿。

孩子住校，她图方便把房子租在学校附近，每天提心吊胆地把男性带回家。

十五岁的小翠是被迫来的，十岁被卖进大山，被解救时刚满十四。家人因交通事故去世了，真的无能为力。她只有一身讨好别人的懦弱，极度缺爱，又遇上她的男友陈强。

陈强游手好闲，骗她哄她，摸透这类人就怕别人不要她。他用分手威胁她挣快钱，常对她说：你没爸没妈的，还被卖过，除了我还有谁会要你？

日复一日地贬低，写在她脑门上，她认命了。她想就这样吧，有一点好，人就该知足。

这里的人都有一段悲戚伤人的故事，包括宋轻轻。

宋轻轻在等一个人。

八年了。

宋轻轻只帮人洗脚和打扫店子。

因为皮貌上佳，男人的心猿意马被这个店不好的名声放大，洗着洗着脚，有人会用脚背蹭她的手轻佻地问价格，一些胆大的还要动手动脚。

宋轻轻平日看着痴，容易被欺负的样子，一到这种时候就像个疯子，抓、挠、咬，一副要拼命的攻击姿态，有时徐嬷也拉不住。

见她随身还带辣椒水时刻防备，男的不解，问徐嬷："这么怕男的，怎么，她以前被欺负过？"

徐嬷摇头："不知道。"

宋轻轻少言寡语，她的过去，徐嬷也不太知道。

随后，那些人会高贵地怜悯她："又傻又疯。"

这一天，宋轻轻如常地坐在红色塑料凳上，她双手撑脸，低着头，认真看凉鞋间穿过的蚂蚁。她轻轻呼口气，瞧它们被风吹跑，笑出声。下一秒，一个黑影完全笼罩了她。宋轻轻缓缓抬起头。

一个长得张扬而俊俏的少年，衣领一丝不苟，背一个简易的黑色双肩包，皮肤胜白如雪。他皱着眉，嫌弃的意味很明显，食指指着她的额头，声音很不耐烦："多少钱？"

2

女人们纷纷偏头看夺目的少年，一些捂着嘴叽叽喳喳，一些嗑瓜子打量。

浴足店没有开灯，鹤立鸡群的人侧站在大门的背光面，粉帘遮住他一半身影。

偶尔会有几个大学生来到这里，他们大多羞涩好奇、热情懵懂。

哪像这个，一副孤傲又不屑的样儿，仿佛月藏深林般不肯落入凡尘。

少年见宋轻轻睁眼看他，像瞧个新玩意儿。她偏着头，眼大如鱼目，不说话。他皱眉，以为她没听清，又问了一遍："一次多少钱？"

"五十。"她开口，回答的是上一个问题。

少年听了，眉皱得更深，眸里的鄙弃顺着眼角化开。他右手玩着书包带，左脚往远离浴足店的方向缓缓移动。

房里的女人们都认为他要走了，他却停下了，手捏紧书包的背带，捏得皱巴巴。

"五十。"宋轻轻又道。

话音刚落，少年拉起宋轻轻的袖子，用力气扯着她走进店内。

女人们看着少年是怎么不耐烦地走进屋，看他怎么一看见她们后呆怔地停下脚步，松开手。

这么破烂的环境，白色地板脏得落满一片一片积攒的灰色陈年污垢。

徐嬷刚好出来，看着这少年也愣了下，忙上前招呼。

"客人来洗脚吗？"她露出揽客的笑容，"我们这儿有浴盐、牛奶、玫瑰。师傅手劲都很足，看你喜欢哪种？"

少年斜眼打量低着头用手指绕圈玩头发的女人。

他皱眉："我不洗。"

徐嬷的嘴角缓缓落下。她瞧了两眼对面揣着双手、面露鄙夷的贵气少年，再看了看宋轻轻。沉默一会儿，她似猜到了少年的心思，便招招手，示意他到里屋谈。

"你弄错了。"徐嬷说，"她不做，只帮人洗脚。"

"五十块一次只是洗脚？"他的眉轻轻松开，"我看比上一家贵了三十。"

"这是我给她定的。"徐嬷偏头看了眼宋轻轻，转回后便用手指了指头，"她叫宋轻轻，脑子有点……"

她不忍说出伤人的话："所以想让她多挣点。她手软劲儿大不怕累，按摩时间又长，而且长得不错，所以才比其他人贵点。"

"她多少岁？"

"二十六岁。"

他不信："二十六岁？"

少年打眼望去——眼前不显老，对他来说却已算老的女人扎了一头长马尾，露出一段白净的脖颈。

年龄并没有让她显得成熟，她有干瘦的肩骨，剔透的眼神仿佛能包容所有罪孽。

她的外表让他有着青春期男孩的幻觉——他将拿一把长剑披荆斩棘，而她站在这儿，是为了等待他的搭救。

少年清了清嗓："我和她说说话。"

徐嬷看了两眼这个说话做事习惯给人做决定的少年，又看了眼宋轻轻，离开了。

林玄榆低了头，看着宋轻轻平静的脸。他的右手有些痒，两指在腿侧磨了磨。林玄榆记忆里的宋轻轻，永远坐在那张塑料凳上。

这儿的女人衣薄料短，仿佛深知男人喜好。

她呢？或是望天，或是俯地。只有一身单薄的青色碎花衬衣和一条天蓝色长裤，有时手里抱着一团白色东西，看了好几次，原来是只缝了线的布偶兔子。

三个月前他第一次路过这儿，目光第一次在这个不合群的女人身上停了几秒。

她爱笑，两个酒窝像盛了酒。

他看着她，就醉了，顺着她的眼望去，只是树上一朵白花。后来他鬼迷心窍地总要花些时间假意路过。

可女人没一次正眼看过他，一次偶然的对视，她也稍快偏离。他以往引以为傲的俊俏模样，还不如她脚下的一只蚂蚁漂亮。

三个月后，他踏进这个店。

一个小小的，旧时城镇改革后，被城市遗忘的浴足店。

宋轻轻见林玄榆一直不说话，便低头，眼神落在地上。然后，她又抬头："想做吗？"

他才发现她今天没带兔子。

环望了一圈这不堪入目的环境，林玄榆没有及时回应，开始不耐烦："做？"
她用手指比出数字："两百。"
他仿佛听出这数字背后的交易，冷气一下冒出，勾出一个笑："两百？"
宋轻轻点头。
林玄榆的脸一下沉下去，舌尖抵着牙齿。

亏他相信了那婆子的话，以为她没被污染，原来不过是想私下交易。在众人面前立牌坊，背地里却搞这么一出。

当他也是那群男人中的一个？
林玄榆看着她依旧比着数字的两根手指，很细。
这一刻他特别不舒服，毫不犹豫地一把推开她，就大步往外走。
不过只是一次冲动的决定。林玄榆冷静下来，想想她其实跟别人没什么稀奇地方：比平凡多几分潦倒，比普通多几分庸俗，还是一个以为在苦难里犯了错就能被原谅的女人。

两百？
这两百他宁愿给狗，也绝不浪费给她。
林玄榆踢走屋里一个乱扔的易拉罐，暗骂这儿怎么这么脏。
离开前，他从皮夹子里掏了一张五十元纸币放在那张桌子上。
意兴阑珊。

3
冬至的风如刀刮割天地，呼啸声鬼哭狼嚎。
王姨下班，准备回家，离开前劝坐在外面的宋轻轻。
"轻轻进去吧，外面冷，容易感冒。"
格子伞面动了动，半分钟后，宋轻轻拎着小红凳进店，放下凳子，将手中的兔子放好。
徐嬷塞了暖手宝给她，又看她冷得哆嗦的身子，嘴上骂女儿般地说她："大热天坐那儿就算了，冬天也这么坐，我看你要等得病才知道好歹。"
宋轻轻笑了笑，刚才扫了雪的手有点痒："我怕他看不到。"
徐嬷听惯了这句腻话，看她那样，心上几分哀其不幸，叹这女娃遭了什么罪要被人骗成这样，怎么说就是不听劝。
大多数人的盼头总会被耗尽，她却一点不减。这一等真的是没希望地等。八年时间，没一个消息，没一句话，那人茫茫无息。没有一个人找她，偏她自己要等，别人说她傻让她现实点，她非固执地说他一定会接她回家。

她说如果别人都不信他，就只有她一个人信他了，所以她得等他。

现在徐嬷是习惯应和她。

"是是是。"

不知这种日子何时是个头？

这几年物质生活提高，洗脚规模化、专业化的店接踵而起。

顾客爱装潢光鲜、服务高端的店，徐嬷舍不得花钱装修，老旧的浴足店一时生意惨淡，有时半个月没一分钱收入。

见生意每况愈下，好多员工辞职回老家或换地儿做了。

只有小翠和宋轻轻还留在这儿。

小翠的男友酒瘾大，常醉酒后来店里打骂她。今天他又在门口扯她头发，骂不入流的脏话。他骂舒服了，便打着酒嗝等摔在地上哭得蜷成一团的小翠拿钱给他，见她不拿，于是搜身，厉声中烦她哭得闹心，于是踢打到她哭不出声，最后拿了钱扬长而去。

事后，小翠擦着药，对着宋轻轻抹眼泪。她说："我要是你就好了，傻傻的。"她又摆摆手，"轻轻，我没有恶意。我只是觉得你自在，别人说什么你都不放心上，也不觉得自卑。我不行，我要是不在意……"她拍了拍宋轻轻的肩，扯出一个艰难的笑。

"所以，傻也挺好的。"

宋轻轻迟钝了一分钟，指着下巴："我？"

我不傻。

话还没说出口，小翠已经走了。

林玄榆后来真没去了，心中暗道不过也就这样。

他对之前的行为检讨：一个老女人，脸清秀些，抱个烂玩具，穿个丑衣服装模作样，装招人上当的干净、装未经人事的朴素，这种外鲜内腐的装扮还不如其他人来得坦荡。

骗他。用伎俩。真可耻。

林玄榆决定把它当作一场小憩时的梦，醒了就忘。

周四放学，林玄榆和几个朋友约好，放学后去学校附近的大超市购买零食。琳琅满目的商品看得他皱眉，少年老成地念叨几句："这么大还吃零食。"

他瞟眼，不经意扫过薯片打折区，突然看到了宋轻轻。个位数温度的冬天，她不怕冷地站在货架前挑着薯片。

这还是他第一次在别的场合遇见她。

林玄榆垂下眼，手指捏着薯片包装袋，下一秒，又把目光抬起，看他不该看的背影。

宋轻轻穿着碎花衬衣，里面只加了件毛衣。

这么冷的天，穿这么薄？林玄榆蹙眉。皮厚？非穿成这样？

"玄榆？你知道她？"身边的朋友看他紧盯别人不放，揶揄地用手肘顶了顶他。

什么？

"那个浴足店的。"朋友又说。

他交叉双手，从喉咙里出声："嗯？"

"一个猫儿。"朋友脸上挂上男人们心领神会的笑容，声音压低，"那个店大部分可以'外带'。听说她已经在那儿待了八年，肯定早就……"

朋友笑着对他做了几个口型，又说："人是真漂亮，初恋脸。班里有个男的喜欢到现在都只敢装路过。可惜啊，就是脑子不太好，问她一句，她隔很久才回你一句，估计是一句话要想很久才说得出来。唉，人挺惨的，又傻，还出来做这个……"

"班里哪个男的？"

朋友愣了下，感到奇怪："问这个干吗？"

林玄榆笑笑："没什么，就觉得他挺俗。"

他偏过头，脸色比刚才更冷了。

她知道背后的男人是怎么揶揄地点评她吗？

老女人，与他对视一眼像见了陌生人一样走了，仿佛他与她不值得再发生什么。

林玄榆面无表情，回身扔了一包薯片进购物车。

朋友嚷嚷了起来："你开窍了，居然吃薯片？"

林玄榆没回应，推了推购物车，说了声"结账"。留下朋友不满地站在原地，嘴里一直嘟囔："我还没选好呢……"

收银台前，林玄榆排在宋轻轻身后。他捏着喉咙清嗓两声，声音故意放大。

宋轻轻没有回头。

林玄榆看她付完钱，看她出门。他把薯片推给收银员，付完钱后走到门口。

一个四五十岁的男人小跑过来，他慢慢地跟在宋轻轻身旁，眼神猥琐地说了些话。宋轻轻的眼神像黏在地上，待男人说完，她隔了很久，才轻轻点头。

看老男人心满意足地离开，林玄榆收回眸，双手揣在裤兜里。他勾起一边嘴角，少年的高傲和愤怒显得冷峻。

来者不拒。他想，还真是不挑啊，她是钻进钱眼了。

周天是个艳阳天，暖阳斜照，一只白猫慵懒地盘在屋顶酣睡。

徐嬷看着面前眼熟的少年，一时目光躲闪。

林玄榆拿了一沓刚从银行取出的钱，一共一万块递到她手中。这样家庭的孩子，金钱的数额从不让他上心，拿出去时就像给出一包纸一样随意。自小的傲然让他对徐嬷说话总是一种矜贵淡漠的语态。

"让她陪我一个月。"

徐嬷立即看懂了这沓钱里微妙的表达，她看了看门口坐着的宋轻轻，原本应该笑的脸，这回怎么也笑不出了。

她讷讷地说："她真不行。我给你介绍别人吧，前面店有个姑娘也挺好看……"

"钱少了吗？"他的不耐烦已经在微笑中透出。

徐嬷沉默一会儿还是推回，轻声叹气："她不接，我上次说过了。"

他不笑了，收回手，语气几近轻慢："不接？上次她自己跟我说一次两百。"

"她说的？"

林玄榆抬起下颌："她只是骗你说不接。"

徐嬷听完后忙摇头，自顾自地又叹又怨："说过多少次不要帮她们问人，她就是没记性！"牢骚发完，忙又对他解释，"这些年店里的一些人经常让宋轻轻帮她们招客，她是习惯了才改不过来。而且她……脑子不太好，被欺负了也不明白。"

她认真强调："她真的不做那事。"

他想了下，进一步问她："她还经常在外面帮别人传信？"

"有时候有。"徐嬷看到少年脸上因误会气错人而来的窘迫，于是话放得很轻，"都是来找其他人的，找她只是帮忙搭话的。"

林玄榆突然生出疑问：那她何必在这儿待着?

他没往深了探究。一时心结全然解开，他心情愉悦，双眼中的热情又出来了。

林玄榆看了看门口坐在红凳上的女人，再次把钱塞到徐嬷手中。

"那你跟她说，让她陪我学习一个月。"

徐嬷抬眼，看高挑的少年站在那儿，看上去结实又精神。这副身躯里的精气神透着"值钱"二字，底层人碰不得。她说轻轻会不愿意，说轻轻不会说话怕惹他不高兴，说他花这么多钱不值得。

林玄榆像没听见，只是重复："晚上我去见她。"

徐嬷语塞。他脸上的表情正在说，你愿不愿不关他的事，反正由他做主。

这屋的陈陋、屋里人的身低气萎，与他形成鲜明对比。

他是个被宠坏了的人。

4

"林、玄、榆。"隔了一分钟，宋轻轻才一字一顿地念出。

林玄榆半蹲着，与她视线持平，右手上抬，碰了下她的耳垂。

她一下往后面退，退得很远，双眼防备，绷紧的姿态告诫他，别碰她。

只是稍稍碰一下，又不把她怎么样。林玄榆锁着眉头，被她过度的防卫弄得有点不太乐意。

"就这么怕男的？"

她又不说话了。

也许正是因为看不明白她，才勾得他跨进这个店。这一刻他莫名其妙迷恋上她的呆滞，不自觉地翘着嘴角说了一句："你怎么傻呆呆的？"

当林玄榆听出这句不是评价也不是侮骂，而是以一种男人纵容女人的口吻宠溺她，好像在暗示她，现在索取他是没问题的，他吓了一跳。青年的脸腾得又红又白。他意识到不该对她说这种情话，更不该又踏进这个地方。

她是什么身份地位和年龄，而他又是什么。这差距，他明明知道……

林玄榆的目光转而扫到她卧室床上的兔子，之前看得不仔细，现在一眼就看到时间的痕迹：颜色褪化，肢体干瘪，针线错杂。

他蹙眉：又不是买不起，这么旧还不愿换个新的？

收回眼，他突然问它的来历，问是谁送的？因为他想到，有些东西，外表越不堪恰好证明了格外重要。

她说："凉。"

林玄榆一时失语，慢悠悠地看向窗外。

真是傻子。他问是谁送的，她却回他天气凉。

怕她傻得忘记约定，他善意提醒她："这个月你得陪我，别忘了。"

她点头。

林玄榆看了看绀色的天，蓝得趋黑。他开门离去，冷风灌来，吹散他的黑发。

她坐回门口的红凳上望着树。

他高大的身影渐行渐远。

五分钟后，宋轻轻疑惑地看着不远处路灯下一亮一暗的人缓缓向她走来。

他又回来了。

林玄榆离开时，腿快得没有留念，等走到巷口拐弯处，他踌躇地停下了。他侧过脸看她坐在老地方，老样子老目光，看上去像一幅治愈的画。

于是他转身，站在原地打量她。

昏黄街灯下，是张看不清的女人脸。她的周围是纸屑、尘泥和杳然黑夜，她的背后蔓延着一种无能为力的绝望。女人看起来柔弱又明亮。

她的过去呢？她为什么来这儿？又为什么坐在这儿？她就甘心一辈子只坐在这儿？

林玄榆看到她的一双眼。那是一双等待的眼睛。

从左边看到右边，从上边看到下边。听到熟悉的声音她会站起，不是那个人又失落地坐回。目光永远真挚热情，仿佛她所有的生命力都耗在这儿了，难怪其他时候沉默得像个死人。

在等某个人？

这个结论让他极度不舒服。

所以他回来了，一步一步地走到她面前停下，弯了腰说：" 明天放学校门口等我，养成习惯听到没？"

凭什么他不是她的习惯？

说完，林玄榆又不自在地走了。这次脚步比之前还快。

晚间吃饭。

徐嬷和宋轻轻谈起林玄榆安排她一个月的事，说不舒服就不接。宋轻轻摇头，虽然她不知道未来的遭遇，但眼下她舍不得不要这笔钱。

一万块对她们而言是三个月的收入，关键是这钱好挣。养尊处优的少年对破巷的洗脚女倾慕又嫌弃。他的出身可以让他居高地看着她说：我只是玩玩。

徐嬷说林玄榆不是没脸没皮的人，他重身份重面子，让宋轻轻别担心。夹两片青菜咀嚼后，她又老生常谈起宋轻轻的归宿。

"二十六岁，真不小了，别人孩子都两个了，别等了听到没？找个好工作再找个好男人嫁了，这才是女人一辈子的事。"

她忍不住叹气，比当事者还愁。

这些年徐嬷已经把宋轻轻当女儿来看待，早些年就劝她别等了，离开这儿找个说出去体面的活儿做。人间是鸟找鸟、鱼找鱼，哪真有灰姑娘般的童话奇迹出现？本来就有个治不好的缺陷，徐嬷就想她自己能光鲜些，免得男人因为这儿的臭名怀疑她、轻慢她。

以前徐嬷就说："他要是想来找你，早就来了。"

宋轻轻摇头："他会来的。"

她说他是最温柔的人。

徐嬷："他要是真有心找你，怎么可能让你等这么多年？"

"他一定会来。"

"你要是还待在这儿，你觉得他不嫌弃你？"徐嬷气得语气加重。

宋轻轻："他不会嫌弃我，只要是他，他就不会。"

她每一次固执己见，徐嬷每一次都无奈：算了。

宋轻轻不在意窘迫，吃的穿的用的都是最便宜的，也从不添置新的衣服鞋子、生活用品，有时还去干兼职，每天只顾存钱。这些年赚的钱徐嬷给她存到银行里，也够她十几年的生活。

她不嫁人也不养孩子，这么节省何必呢？

徐嬷不解地摇头。

扒了几口饭后，她想也是。人若是千篇一律，就没有不解的事了。

再晚点，淅淅沥沥下起冬雨，宋轻轻冲进雨里，抱起小红凳跑回房，又用干帕子擦了擦头发。

她将兔子抱在怀中，站在门口。

雨声渐渐大了，暴雨滂滂沛沛扑来。她站在那儿，仰头看玻璃门外的雨景。街灯下一束黄光虚虚地围圈住一处雨，像玻璃碴子在掉。

"轻轻，走。"

有人在她耳边说话，声音温冽雅气，在雨中，冷静又柔和。

她恍惚地伸出右手，仿佛对面有只手也在等她，要将她拉出腐烂的泥潭。

她的五指握了握。

没人，空空如也。

第二天傍晚六点，A市大学门口人潮如织。

宋轻轻站在校墙右侧等林玄榆。出来的学生笑容满面地讨论八卦趣事，她只听了一些，听不懂了。

过些时候，几个少年勾肩搭背谈笑地走出校门。其中一个瞟到她，盯住她，转头便同伙伴悄悄说话，随后几个不约而同一齐看来，目光肆无忌惮，完全不藏对她的轻蔑。

最先认出她的人慢慢朝她走来。

她平静地看着他的身影笼住她。

他说："我认识你。"

她呆呆地看着他。

男生不知她的名字，挠挠头，只好直白地问她："做吗？"

"做你妈。"

宋轻轻的身侧突然出现一个俊俏的少年，手揣了一边裤兜，面色清雅，双目若霜，嘴里说出一句气急败坏的脏话。

男生看了他两眼，讪讪走开，不想多惹是非。

林玄榆平复气息，看宋轻轻仿若状况之外，整个人隔绝外界，他的气又猛地涌上来，长吸一口气才被止住。

老女人。他闭眼，又睁眼，看她呆然的神色依旧置身事外。

她不在意这个，不在意那人，也不在意他。他想她为什么非要待在这种地方？她不知道就算独善其身，也能被人像滑滑梯一样恶意揣测：你在这儿就是思想不正，思想不正肯定也随波逐流，随波逐流肯定就是个便宜货色。

林玄榆对她说："走。"

说完，他便自顾自地走了。

走着走着，漫无目的，林玄榆开始懊恼为什么让她来学校等他。等了他，两人又去哪儿？他一时烦躁。

于是他停了脚步，望着缓缓走在他身后的宋轻轻。

她也停了脚步，看着他。

想了想，他带她走到路边的长椅旁。

5

林玄榆挑剔地用纸巾擦去灰，又用手指抹了抹，见指尖没有异样后才坐下。

他问："怎么在这儿工作？"

宋轻轻："挣钱。"

林玄榆发笑："工作不是为了挣钱那挣什么？"

他不怕她在这儿挣钱，只怕她什么钱都敢挣。

宋轻轻："挣钱有用。"

她的声音细细小小，像一滴一滴雨，有多少颗雨滴落在身上，他身上突然就多了几个窝，再陷进去，她小巧的声音渐渐陷进他身体，流着。

林玄榆双臂一张，突然抱住她。他在她耳侧呼吸，薄薄一层。他闻到她的气味干净。

二十岁的少年对于二十六岁的女人，手臂依旧有力。

宋轻轻吓了一跳，推他，推不动，急得手脚并用地挣扎。

"放开……"

林玄榆见她反抗得厉害,只好放开。

于是宋轻轻拔腿就跑。

他忙站起身,很快追上她,圈住她的左手腕,大声说:"你跑什么?"

宋轻轻没有被抓住的另一只手便揣往裤兜里,他下意识地拉出她的右手,见她攥着一瓶喷雾,便一把拿过,认真地看。

"防狼喷雾?"他看着字,笑出一声。

林玄榆弯低腰,眉眼轻佻:"我怎么是狼了?"

见宋轻轻已经剧烈挣扎,他起身,手放开她。他也恼刚刚的冲动。

"好好好,我不碰你。我没恶意,你别跑。"

宋轻轻双手背在身后,低着眼,什么也不说。她走回长椅坐下,他便也坐下,她动着身体,离他远些。

四周静谧,缓缓传来她细细微微的声音,像在哭噎。

"凉……"

凉?

林玄榆皱眉,看看天。这个冬至是挺凉。

他不知接着说什么了。他隐约猜到一个女性对男性极端的抵触来自什么,一时心里有些堵。这种阴影,不是仅靠安慰就能化解。

宋轻轻绕着手指,又说了句:"凉。"

"轻轻,如果有别的男人碰你,你要拒绝和反抗他们。听到吗?"

十八岁的少年谆谆教导,句句带着强硬的温柔。

她问:"为什么?"

双眸里的天真看得真让人恨。少年沉默,用手顺着她的头发。很久后他说:"你一定要记住,他们抱你、乱碰你就是要杀你,会让你如被刀割一样疼。"

少年为了以防万一,用哄孩子的口吻一刀切地恐吓她。

宋轻轻吓住了,忙搂紧他。她牢牢记住了,她只信他说的话。宋轻轻投进他宽阔的胸膛,脸颊蹭着他的衣服,闻到他怀里的清香才安了心。

半晌,她抬了脸,睁着眼认真地问他:"那你会来救我吗?"

林玄榆看宋轻轻渐渐恢复平静,仿若刚刚的事并没发生,她又不在意了。

起身,他准备买好早餐明天吃。于是他带宋轻轻去附近的小超市,买了袋面包和牛奶,又低下头问她:"想吃什么?"

宋轻轻走向不远处的保鲜柜里,拿了一袋草莓酸奶,向他摇了摇袋子。

这么冷的天还喝酸奶。林玄榆下意识地皱眉。

他站在她面前，夺过她的酸奶袋子扔进了柜里。

宋轻轻看着他。他闪躲眼神，沉默不语。过了会儿，他又走到保鲜柜前，拿出一大袋草莓酸奶扔进她怀里。

他想，那么喜欢喝，给她一大包喝死得了。

宋轻轻："谢谢。"

酸奶明明有吸管，她偏要用牙齿咬开吮吸。林玄榆侧着脸，瞧着身旁女人的动作，恍惚觉得这一幕有点熟悉。还有这样不加雕饰的动作，让他一下想起另一个男人。

那个人也喜欢喝这牌子的草莓酸奶，也喜欢用嘴咬开包装。

那个人似一杯凉白开，曾暖和，冒着人味的蒸汽，最终归于肃凉。

他叫林凉。

第二章
怎么就跟一个傻子缠不清，理也乱了？

1

A 市的秋冬季比春望镇冷些。

宋轻轻穿一件碎花衬衣加单薄的牛仔裤，就坐在小红凳上，等冬去春来。

下午，她从浴足店出发，在校门口等一个小她六岁的少年。

林玄榆急匆匆地从校门口走出，看她靠在墙边低头等待，黄色的花在她裤脚扫过。他大步向她走去。瞧她又是这身，薄得要命。他骂她几句不知温度，脱下棉服便往她身上披，又一手牵她冰凉的手，着急地放进她衣兜里。

他一边走，一边说："你不看看现在都几月了。人家都在穿袄就你还当过夏呢？活该手冷。"

"靠过来点，风那么大，我给你挡挡，还怕我吃了你不成？"

宋轻轻被动地被他揽进怀里，暖意漫来，她呆怔地抬起脸看他。

他也刚好低头，看清她瞳孔里是真真切切的他。

这种目光直捣心肠，林玄榆一下撇了脸，手推开她。

他耳朵泛红，支支吾吾："别这样看我……"

宋轻轻把头低下。

这老女人……他的别扭漫上。怎么她真认真看他了，他却浑身不自在？

林玄榆带她买了一件白色羽绒服，一条米色围巾。看着她的小脸裹得只露出呆怔的两只眼，他满足地点头。

他说："以后等我就穿这件。"

宋轻轻眨了两下眼，他拽着她的帽子往前走。

繁华的街道人来人往，灯光悄然在黑夜中点燃，暖黄的街灯正倾泻如雨。

林玄榆看到道路分岔口前，一对恩爱的情侣也这样：男生拽着女生帽子，消失在人海。

他的手，放开了。她只是个老女人，她在浴足店里。林玄榆扭过脸，烦躁。烦一件无望的事他却还要选择进行，还做出不适宜的动作。万一她不识趣，仗着现在他给她的柔情缠着不放怎么办？他那么清楚他一时的兴趣是靠不住的，他给不了她好果。

怪那天。

那天他误会她要出卖肉体，回家后就一直吊在心上，他无法不翻来覆去地想。想那双眼睛、那张脸，想她本来脑子就不好，想她在这种环境里生存，不得不扭出一身庸俗的讨好——他又愤怒又恶心。

他要救她。

就这样一种英雄救美的心情，他跑进银行，再冲进店里。

没什么拯救，她只是在以自己的方式过日子。而他本来大概率不会与她碰上，就算现在碰到了。

以后，以后……

林玄榆突然掏出手机，问她："会玩游戏吗？"

她迟钝地回："我没有手机。"

"怎么不买？"

"为什么要买？"她认真地看他。

也是。她除了干活，买点零食，也不怎么出门，用什么手机。林玄榆依旧觉得心口不顺。

那他怎么联系她？

林玄榆没说了，往下看，瞧到她厚厚衣袖下露出四只玉白的手指，小小细细的，指尖是风刮的冷粉色。

他突然一把抓过她的手放在嘴边，用尖尖的小虎牙咬她食指的嫩肉，在她的呼声中，咬了两三秒才松开。

宋轻轻看向食指上小小的牙印，这次没露出被碰的挣扎。她摸着凹下去的地儿，又说了句："凉。"

林玄榆倒心一下顺通了，听她说凉，于是裹了裹她的衣服，弯下腰，与她对视。

少年的呼吸，濡湿地打在她的鼻尖。

他问她："为什么要待在那儿？"

宋轻轻垂着眸子，良久，回他："等人。"

等谁？

林玄榆心里猛地一抽，声音变得很狠："谁啊？男的女的？"

宋轻轻还未来得及回话，林玄榆的手机铃响了。

突兀的一声，林玄榆皱下眉，掏出手机。

一看手机屏幕上的署名,他双眉松开,嘴角一下勾起。

他把手机放在耳边。

"喂,表哥。"

"明天回来?好,刚好我放假,我去接你。"

又谈了些别的事,时间挺长,林玄榆挂断了电话,之前质问她的话全忘了。

林玄榆让她回她的店子,他回家了。

2

周六飘了小雪。雪痛快地落尘入水,于风情万种中死亡。

林玄榆开着车,从高架一路开到机场,挡风玻璃前的雨刮器哗哗不停将积雪扫落,车盖前不断泛着一些白点,又被热气融了。

市中心离机场约一个小时车程,他到达目的地。

林玄榆透过车玻璃,一眼看见不远处收割众人目光的男性。

那人是标准的成年身形,站在机场门外撑着黑伞。伞面掩住肩上部分,黑色大衣,挺拔修长的身材如百里苍苍一棵高树。

林玄榆探出车窗招手:"表哥。"

听见喊声,男人缓缓将伞面抬上。

像是用手缓然展开一幅山阴图卷。看小舟、远树、老者促膝、一位青年独面江水,至戛然而止的画卷尽头。

若只是裱在墙上的一幅玻璃画,人惊艳两下就没味了。得像画卷、卷帘,遮得越深,越惊艳。黑伞下一点一点露出面容的男性,白面干净,从容淡雅,握伞的手指骨修长。

温眉月眼的男人衣领整洁不苟,五官精巧,嘴角笑出温柔的弧度。

他收着伞,垂眸,声如澄水,眼眸扬起时泛河星点碎。

"来了。"

林玄榆一直仰慕他表哥林凉。

无论是林凉的气质风度,还是为人处世,总有隐世者的风范:站如一叶苇草,衣袂飘然,身姿却稳如泰山。林玄榆钦佩表哥的临危不乱与温柔的冷静,仿佛没有任何东西能让他惊慌。

林凉坐上副驾驶。林玄榆偏头:"表哥,等会儿回去,我买个手机。"

车子转个弯,林玄榆开往附近的手机专卖店。

他想为宋轻轻买个手机。

柜台小姐微笑地推销一款又一款的手机,一遍遍地详述它的功能、外形、热度，为皱眉端详手机的少年一一讲解。

这少年，偏偏就是挑三拣四。

拿来黑色的手机，他说这个颜色不适合女孩子；拿来粉色的手机，他说会不会显得太幼稚；拿来白色的手机，他握住手机，说机身太大，女孩子手小怕睡着了握不住，砸到脸上怎么办？

又拿来小薄款的手机，少年倒没挑什么，问她拍照功能怎么样？他说女孩子都喜欢自拍，拿个像素高的。

柜台小姐脸笑烂了，转身又去换，说得口干舌燥。

林凉站在一旁看着，翘着一边嘴角，看林玄榆皱着眉不厌其烦地选着手机，一心只想找到最合适的。

他笑着，拍了下林玄榆的肩："女朋友？"

林玄榆一时脸上燥热，不自在地把玩着手机："不是……没有……"在表哥面前，他总像个孩子。

"不是？"他向林玄榆走近，"难道是暗恋？"

林玄榆立马离他远了，声音求饶："表哥，别问了……"

别扭小子。林凉笑了一声。

看林玄榆拿着一款像素高的手机，侧了脸试着拍照效果，脸色认真的样子，林凉像被蚊子叮了一下，一种熟悉感仓皇地冒了出来。

他好像也曾为一个女孩挑剔地挑选手机。女孩不爱拍照偏爱游戏，于是他顺着她，选了一款内存大、运行快的手机。太久了，他没能力分辨出这是不是他的往事。回忆戛然而止，因为挺没意义的。

林凉移开目光，看向一旁的广告牌。

林玄榆已经选好手机，手机卡也装上，把自己的电话号码存进。停顿半刻，他又红着耳尖备注成"玄榆"，并设为特别来电。

林凉将林玄榆的一举一动收入眼中，又轻笑一下。他想：让这个霸王别扭又柔情的女孩，该是什么样？可爱的？活泼的？聪明的？冷静的？

"走吧。"

林凉："晚上去哪儿吃？"

"表哥，吃火锅吧。"

回国之前便已经让人将这边的一切打点好了，林凉先回住处放行李。

这是一处独栋别墅，花花草草还很少，砖瓦都是简约的冷色。他放好行李，带着林玄榆出门吃火锅。

等菜途中，他碰到以前的房东徐嫂，她问要不要把那些东西闪送寄给他。

八年前他出国，他母亲给他退了房子，四五天后，徐嫂打电话来，说退租的房子里还有两样东西，问他留着还是怎么样。

"不用，扔了吧。"

说完，他怔了会儿，又开口："徐嫂，麻烦了，你先帮我留着。"

从记忆里回过神来，他"嗯"了一声，答应了。

林凉和林玄榆告别，开门时，徐嫂闪送给他的包裹已经放在了收件处。

一个纸盒子套上塑料袋，用胶布密封了。他掂了掂重量，挺轻，他忘了是什么。

林凉抽完烟，洗澡。又将新住处收拾了一番后，他躺在沙发歇息，不经意地看过去，才想起茶几上有拿回来的包裹。

他倒了杯水，又点上烟。烟尾夹在指间，烟灰落在玻璃茶几上，他抽了张纸巾擦净。将烟吸完，丢进烟灰缸，他看了许久快递单上发件人的地址和姓名。

林凉还是拆开了。

一个粉色盒子和一个相机。

粉色盒子里装满了小卡子：草莓样式的、西瓜样式的、娃娃脸样式的，似乎是他曾去饰品店里，认真挑选后对那人说"这个好看，以后戴腻了，我再去买"——这种记忆荒唐地浮上，却忘了她当时是什么表情，有什么动作，说了什么话。

林凉合上盒子。

还有相机，没电了。他随意将它塞进抽屉后关上。

至于粉色盒子，他顺手扔进了垃圾桶。

回国，免不了会记起往事，他想，但这不过是人对过去的事那点微小的缅怀。以前的感情再刻骨铭心、撕心裂肺，时间总会刷干净的。

这些年，她的样貌已模糊了许多，以至于到了睹物才能联想到过去的地步。他有时甚至觉得讶然，原来自己还有过这段过去。

然后便抛在脑后。

曾经深刻的脸，现在真有点记不清了。

他想，或许在超市偶遇了，她梳一个马尾，抱着孩子，低头挑挑拣拣，准备一家的饭菜。他还是会认出来，也会走过去，和她打招呼，笑着说话。

"宋轻轻，好久不见。"

只是老朋友般的问候。

3

晚间。雪继续飘，左摇右歪地落进泥土，落在积灰的街灯盖，落进梦乡。

第二日，化雪了。上午九点，街上的车络绎不绝。

林玄榆双手哈气，放眼望去，女人果然坐在小凳上，依旧是那身碎花衣和牛仔裤，冬风一刮，仿佛就会被吹没。

他几步跑过去，拎起她的衣领，用力拉着她进到没有冷风的店里。

"真不怕得病？"少年讽刺一句。

随即他问她睡哪间屋。宋轻轻指了指，他拉她进入房间。

她房间简陋，一眼看全——一张木板床、一个土黄色的塑料衣柜。床面整洁，一床旧式大红花棉被叠得四四方方。

林玄榆在她衣柜里翻翻找找，总共十来件衣服，唯一一件厚的、质量好的，还是不久前他买的。他拿出，像清晨的母亲，一面扯着她的手臂利落地往衣袖里套，一面絮叨。

"说你傻你不爱听，我虽然说这件是接我时穿的，但我又没说其他时候不能穿，你就不知道变通一下？"

宋轻轻挣扎一下，又没动了。

穿好了，她无神地看着他。

林玄榆坐在床上，把兜里揣得热乎的新手机放在她手中。

看她不解，他一边嘴角上扬。林玄榆把她拉近："手机。会用吗？我教你。这是开机，这是指纹解锁，点这里是拍照。还有这些软件……"

他不厌其烦地为她一一解释，为她申请了微信号，把自己加进去。

"第一个是我的电话号码，你……"

林玄榆低眼，想说"你没事可以打我电话"，没说全。他抿下嘴，换成："有事打电话，听到没？"

宋轻轻低头看他的手。这一幕一幕，似曾相识的话。她木头般唤了一声："凉。"

又凉了？

林玄榆放下手机，食指碰一下她的手背，的确凉。

"天凉？手凉？"

她又不理人了，只一心一意地盯着手机屏幕。

林玄榆看她呆呆的样子，对她心智低下，却又有个美丽皮囊感到可惜。他摘掉自己的围巾，拉着她的双手，一左一右贴上自己的脖颈。她手的温度瞬间冷得他身子一抖，于是将她的手按得更紧。

"穿那么少怎么不冷？！"

似乎懂得这种温情没有一点邪意，她没有情绪地看着他。

林玄榆抬眼，正好与她对视。他看到她瞳孔里难掩柔情的自己，一下撒开手，耳尖出现了血色。

他在做什么？

"你以后穿多点。我只是刚好路过。"

他提高声调，掩盖他的羞臊。

本来他嫌弃这儿，连同这里的人也跟着看不上。现在他却主动给她挑手机，一大早冒着风雪送过来，还给她暖手。

林玄榆惊着了。他匆匆地绕过她，套弄围巾的手法局促又慌张，落荒而逃般开了门，连招呼声也没落一句。

怪了怪了……

林玄榆双手直拍自己发烫的脸颊，喃喃自语。他低着眼，脚步飞快，嘴里不停喃喃。

他真的是……变得越来越奇怪。

青年白俊的脸藏进灰色的围巾里，呼出的白气徐徐，睫毛上落了雪。

黄昏，林凉坐在车上，抬手看了眼时间。

晚上家里要给他办一场回国的欢庆宴，订了酒店包厢。周日下午林玄榆被主任叫去安排一些学院的事，林凉等在这儿接他。

来早了。林凉滚了滚喉结，有些口干。他打开车门，动身去学校附近不远的超市。

一袋草莓酸奶，这是他没能改掉的习惯。

林凉从保鲜柜拿出酸奶，走向收银台，只是转弯时，有声音乍出。

男人嗓子粗犷，似在不远："宋轻轻，给钱。"

林凉下意识停下脚步，垂眼，看向左手食指上的银白小戒，他轻轻摸了摸。

隔了很久，在他忍不住抬步离开那刻，女人才终于说了话。

时隔八年熟悉的声音，还跟过去那样，呆呆的。他转着戒指，心轻轻一颤，很快恢复平静。

她说，我只有这些了……

还是这样不会强硬拒绝。

林凉转了十多圈小戒，手里的酸奶冻得他指尖微红。

他不想待在这儿，便拐弯出去了。

五米前是那两人的背影，一高一矮，竟意外协调。

女人头发长了，用黑色橡皮圈绑成高高的马尾。个子变没变？不清楚。他没印象了。但他记得她走路，跟现在没差什么，慢吞吞的，一步当两步走，仿佛所有的苦都沉甸甸地压在她脚上。

还是有变化。譬如，身边人。

这个男人的确不堪入目。他平心而论。

油腻的发型，一件乱糟糟的呢子外衣，破旧的牛仔裤，整个人烂得让人眼睛难受。

那男人轻浮地摸了摸她的头，林凉还是不由得叹两声。摊上这个眼袋耷拉、胡子拉碴、满脸酒醉的男人，还真有些可怜。

人有怜悯。大抵是为自己年少时不顾一切的爱惜，最终她还是沦落至此，他感到惋叹。怕她丈夫引起不必要的误会，林凉没去打招呼，他默然付款离开，途中咬开袋子一角，缓缓喝下。

晚上七点左右，下班高峰期。林玄榆打电话来说自己已经到了，他说好，挂了电话穿过人流，去往他的停车点。

"林凉。"

身后貌似有一声呼唤。

他下意识转身，只看到黑压压的一片脑袋。他偏头仔细看了看，人群叽叽喳喳，也没了他的名字。

或许听错了，人都有被叫名字的错觉。他想着，转身走了。

林玄榆已经等在车前，林凉扔了酸奶袋子，打开车门，开往酒店。

夜色越来越浓，车往前开着，林玄榆掏出手机，上下翻看，过了十几分钟，终是忍不住打开微信。

他手指快速地打字，又删除，打字，再删除，最终发送的只是一个字："喂。"

署名为轻轻的微信号，几分钟后都没有回应。他有些恼，关了手机，又打开，又关上，反反复复。

林凉瞧他怨如林妹妹的模样，禁不住笑了："她家境一般吧，不然你怎么只给她买个中等价位的手机。"

林玄榆闷闷地"嗯"了一声，环着手臂看窗前一闪而过的车灯，想了很久，鼓着勇气，向林凉说起心事。

"表哥，我发现……"少年不好意思，吞吞吐吐。

"嗯？"

"可能你觉得……"

"你说。"

"她比我大六岁。"

林凉什么也不说,平稳地打着方向盘,脸色平静。

"她在浴足店工作,那地方……不太好。她不爱说话,但我就是莫名放不下……"他平时的好口才,在此时却吞吞吐吐像是口吃。矛盾的心情让他扭捏。

林玄榆继续说:"而且,那里的人都说她脑子不好。"

刹车声突如其来,他的上身猛然向前扑去,这突来的刺激吓得他脑子一片空白,话猛然收回。等腰背撞回椅背上,林玄榆急忙按住激烈的心跳,又转头,不解地看向另一侧隐在黑暗中的林凉。

"表哥……"

良久,林凉从车里拿出烟盒,掏出一根烟,缓缓点燃。车窗外灌来一阵寒风,吹散他额前的碎发。

"跟她断了。"他吸了一口,摸向戒指。

"表哥,因为她穷,还是因为她是个傻子?"这不是他要的答案。

林玄榆的声音冷硬起来:"是,要门当户对。但是表哥,我,我就想冲动这么一次。"他看向林凉。"表哥,你帮帮……"

砰!

林凉的拳头突然捶向左侧车窗,林玄榆从未听过他这样克制愤怒地说话。

"她是个傻子。你觉得她懂感情?她的感情就是谁对她好她就跟谁走。这种人,呵,你单方面付出,她只知道索取,你觉得你能撑多久?冲动?"

男人在黑暗里,骨头的疼痛没半点干扰。点点火星照着他的眼睛,嘲讽而明亮。

"我劝你冷静。"

林玄榆吓到了,他从未见过表哥这样失态。

林凉闭了闭眼,转了好几圈戒指,一口气吸完那根烟,熄灭了。

他转头看向呆怔的林玄榆,恢复了温和。

"刚刚没撞到吧?"

林玄榆摇头。

"抱歉。你还是认真想想吧。"

林凉抚上方向盘,踩着油门,车子启动。

窗外掠过一辆又一辆车,林凉的左手缓缓撑在窗沿上。

他望着远方,手指压着太阳穴,目光散走了,散在远方。

回忆中,窗外一株野生的青藤绿得自然,风摇着风铃。

少年含笑,在最爱的书籍扉页,行云流水地写下一句话:

你若是一株檀香属,我愿做一棵高大的凤凰木。

4

不知怎的,今年下起雪来没完没了。白色编成天罗地网,整座城市全然萧瑟、惨白。

小翠几天没来上班了。徐嬷说起时,店里的人才知道她早走了。

她背着一个发灰的编织包,说去春城,准备洗心革面认真活一次。宋轻轻给了她一盒最爱的绿豆糕,送她远去。

她的鞋印一个个踩在人间,再一点点被雪盖没。

阿姨说:"挺好,人都要找个好出路嘛。"

就着风雪,房里的女人嗑着细瓜子,叨起自己:拖家带口,人老珠黄了。前半生不是没向往过,走了一大截路还是那点小钱儿。我那么恪守命运,可命运却那么漫不经心地对我。现在半截入土,没什么劲去央求更好的。

她们跷着二郎腿,廉价衣裙搭在小腿上,屋里破旧的空调吱呀作响,送着暖风。宋轻轻仿佛看见一个四五十岁的女人,也坐在她们身边,满脸疲惫地谈过去。

这会是她多年后的形象吗?

宋轻轻望向窗外,雪把这个巷子装点得人模狗样的肃穆。

春城如春吗?那里的人也如春吗?

不清楚。

陈强这几天也老来闹。他大吵大嚷,喝了酒拿着空酒瓶往地上摔,说徐嬷这个老娘们把小翠藏了。

徐嬷气得发抖——这无赖还有脸来骂,要不是他打得小翠不成人样,小翠能跑吗?

她拿起扫帚撵陈强。

陈强也就气势蛮狠,哪有粗鄙的骂街大娘撒泼,被打得撒腿就跑。徐嬷顺道回村里买了一条恶狗。下次他来了,看见龇牙咧嘴的狗,气也萎了。

小翠走后陈强没钱了,郁闷两天后盯上了傻子宋轻轻。这天她刚好出门,陈强尾随,到了超市就恶声要钱。

她慢吞吞地把钱给他。一切动作因为缓慢而显得老实,她的心智低能让人觉得作践她备有快感,陈强没忍住地捏了下她脸上细嫩的肉。

心瘾过了,还是酒重要,他忙走去酒饮区。

宋轻轻买了包瓜子,徐嬷要。

她缓缓走着,手揣在兜里。人们正面而来,擦身而过。

只有一个人路过她,能让她停下脚步。

宋轻轻最先认识的是这个背影。从十七岁起，她就把这肩膀与腰的比例永远地留在心上，曾双手握着窗内生锈的铁栏，从家的牢笼望出去，她总这样看他，将清晨他脸上的每一个细微处都认真观赏。她记得这个背影，他从侧门走出，背对她往前走，穿过花坛，掠过老树，要转个弯才能看不见。

宋轻轻抬头，望着走远了的人，张开嘴，没发出声。

她着急地小跑，掐着嗓子，用力拍打脖子，脖子全红了，疼也不顾了。她又气又慌地逼着声音快点出来，只想让他听到她在喊他，让他回头。

然后看她一眼。

"凉……"

喉咙里强行挤出来的声音听起来像"呀"。

男人的背影渐渐被一群拥来的人潮盖住。她奋力地跑也没追上，难受得鼻子酸红。

宋轻轻想起来了。

不是凉，是林凉。她等了八年的林凉。

"林凉！"她扯着嗓大喊。

这一声似乎耗尽了宋轻轻八年的力气，她全身都在用力颤抖。

男人回了头，就看了一下，又转回头，他走了。

喧闹的街，下班高峰期。她逆着人流向他靠近，她把臂肘插进人缝间想挤出一条道，每个人不近人情地将她挤回原地。她的右肩被人流撞了无数次。疯，她向前的姿态疯了，牙齿咬着，五官狼狈。她太强烈地想追上他，太渴望与他撞个满怀。

后来，宋轻轻看他上了车。车速太快了，她两条腿追着追着，摔在街上。

海洋般的人群消失了。

陌生的街道，她怔在原处，喘息声又响又急。

宋轻轻慢慢爬起来，就那样蹲着，抱着双膝，地上的雪水浸到她的裤子上，皮肤也湿了。

这个疯跑的女人，因为等着一个人，忍不住哭泣。

宋轻轻回到店里，搬着小红凳，穿碎花衬衣和长裤，就干坐着，坐了整整一夜。

徐嬷心疼地让她坐在屋里等，她摇头，说他回来了。

徐嬷伸手摸了下她冰冷的脸，说："幺儿，我们不等了好不好？"

她让徐嬷回去。

"你啊你……"

徐嬷只好给她盖上毯子，开启电热扇，又往她手里塞个热水袋。

"打喷嚏就回来听到没？"

傻子。就是个傻子。天要黑了，谁会来找她？一腔热情做无用功的人不是傻子是什么？

徐嬷叹气，进到门里。

第二天放学，林玄榆并没有在校门口看到宋轻轻。

他皱眉，抬着手腕看了眼手表，气就上来了，一路寒着脸走向桐花巷。

宋轻轻裹着厚毯子，坐在凳子上，以他从未见过的热切目光看向巷口，嘴唇一动一动。

他朝她挥挥手，压着怒气喊她几声。

她不理人，只念自己的，只望自己的。

林玄榆疑惑地靠近，耳朵凑近她嘴边，隐约听她又说了那个字：凉。

他耐心地听了一分钟，眼睫低着，掩住所有心思。在听清她念着什么后，他猛地抬起眼看向她。

她说林凉。

那些细枝末节一颗颗串起来，在他脑子里成了一个圈。凉、草莓酸奶、傻子、男人的失态，还有他十四岁时在父母的谈资中听到关于表哥的一些荒唐事。说表哥为了个女人，放弃高考，甚至放弃读大学，后来不知道为什么出国了。

她等林凉。

林玄榆吃力地扯着嘴角，盯着她的脸，他掏出手机给林凉打去电话。

"表哥，你来这儿接一下我。"

"我跟你说件事。"

他踢着积雪。

"你来了就知道。"

手机收进兜，林玄榆一直盯着宋轻轻，手指把玩着她头顶一两根散出的头发。

他就是想让她对林凉死心。得让林凉过来，把他昨天的话再重复一遍给她听，她才知趣。伤心会有，到时他会好心帮帮她、安慰她。

一直等多浪费时间，我可是为你好，我可没别的想法。

他知道，现在他肺里全是男人的嫉妒。嫉妒在烧，他不舒服地握紧拳。他得找个借口做点事，让他少点难受。

林玄榆弯腰，与她对视。

一个老旧的小巷路口立着一柱白色街灯，杂乱的雪落入一束街灯下，在昏黄的光里滚着，又飞没进黑夜。

一个穿着黑色大衣的男人贴在墙角，他仰着下颌，唇间的烟雾缭绕。

林凉看着远处嘴贴嘴的两个人，挑起一边嘴角，将右手夹的烟放进口中，一吸一呼。

他来时问这是哪儿？

这儿的街坊蹙眉："你问那个浴足店？"

"嗯。"

"你打算去那儿洗脚？"

"怎么了？"

街坊的眉皱得更深："那儿是个'猫窝'，里头正经的人少。"

林凉："那儿的人，做什么？"

街坊瞥了他一眼。

后来他想，原来猫儿还有这种说法。昨天的男性也不是她丈夫，也许是她千万男人中的一个。她做猫儿，敞开自己任人掠夺和侵害。这么不珍重自己，他以为把她拉出来了。

林凉笑自己也变傻了——忘了她什么都不懂，她学不会也教不听，她甘于愚昧任打任怨。什么人格自尊、自强自立，对她来说就是一堆没用的屎！你不信，你要去救她，你要去做"英雄"……

雪落在烟上，冻了他的火星。

烟雾盖过他的眼，白气凉到眼角有些涩，他揉揉眼角，蹙眉虚眼间，两人已经分开。

他按了按车钥匙，车子轰鸣一声。敞静的巷道，人烟寥寥。车喇叭突兀地响彻整条巷子，荡着回音。

5

林玄榆踢走一块积雪，雪打湿鞋子。

凳上的女人目光直接穿越他，一直盯着巷口，令人宰割的温柔看起来有些蠢。

打电话给表哥后，他后悔了：何必多此一举？

他只是疑心林凉昨夜那番话的释然。

沉静、镇定，向来是林凉的形容词，这次却为一个女人失态，这让林玄榆恐慌。

林凉眼高性洁，他怪，怪在轻度厌女。林玄榆见过，女性若不小心碰到了林凉的衣服，当面林凉微笑不语，宴会结束，还没上车就已经换了件新的。

这时他一个坏心思突然涌上：如果表哥误以为她做了猫儿呢？

哪个男的不在意？林玄榆烦躁地踢开一处留着脚印的泛灰色雪堆。

雪块霎时四散，扬在空中。

他想到那晚车上的对话，再看向宋轻轻，听她呢喃。

宋轻轻无视眼前这人怀着复杂感情打量她的一举一动。

他踢了一下她的凳脚，没动静。她不理他。

他皱眉，狠踢了一下凳脚，她的身子晃荡厉害，才条件反射般地把眼神放他身上。

她不念了。

少年弯了腰身，双手揣在裤兜里。他垂眼，语气淡淡："在等林凉？"

那两个字紧拧着她，她的呢喃又来了。

凉。

原来可不是什么天气凉、身体凉，而是忆起关于林凉的事。

关他什么事。林玄榆自嘲地扯起一边嘴角。

"林凉。林凉。林凉。"

烦。这女人能不能闭嘴？！林凉林凉，怎么叫他不叫这么勤？她看不到他才是真正要跟她在一起的人？！他居然还让表哥帮帮他……

林玄榆真怒了。被女人细微的声音围绕，他烦躁得只想堵住她的嘴，让她安静，别吵个没完没了。

堵上去的，是他的唇。

没有软香甜，是天冻后的冷干涩。林玄榆用嘴贴上后，脸瞬间烧红，双手无意识从兜里掏出，想摸上她的脸颊。下一步……下一步他还没有想好。他渐渐离开，而她只是沉浸在她的世界，连反抗都忘了。

车喇叭，响彻小巷。

林玄榆转身，顺着声源望去。

路灯煌煌下，林凉抽着烟，散漫而微笑地看着他。林玄榆急切地看向宋轻轻，她只低着头，盯着手指，目光深深地陷进去。他缓缓地看向林凉。

林凉手指夹出嘴上的烟，笑着朝他轻扬两下，皮笑肉不笑。

这是表哥以往的笑容。林玄榆突然后背一寒，忙跑到他身边，微微低头，唤了一声："表哥。"

林凉应了，一面将吸尽的烟扔在雪里，火点成了灰烬，一面朝车子方向偏了偏头说："上车。"

要走了?

林玄榆没有动,听不出表哥话里的情绪。

看见他和她的亲吻,表哥这样平静,是真的放下了?

林玄榆捏紧肩带,支支吾吾地辩解:"表哥,我不知道……原来宋轻轻是你的……"

空巷突然传来一声剧烈的踢响,路灯晃动,灯盖上的积雪被踢落,全打在了林玄榆的头上。不一会儿,雪天中仅剩一点类似钟鸣后的回音。

林玄榆沉默地抹去脸上的雪,舔舔冷涩的唇,看已经收了腿的林凉,没再敢说什么,径直往车子停放处走去。

林玄榆坐进车里,透过雾茫的车玻璃,林凉的背影,一步一步地向宋轻轻走近,不急不缓。

表哥,想干什么?林玄榆心像猫抓。

浓色的黑夜,黏稠如墨汁。巷道两边大红色帘子上的灯光,一晃一晃地映在男人身上。他的肩膀时黑,时红。

隔了一步距离,他低着头,看向她,不咸不淡地唤了声:"宋轻轻。"

林凉仰头看了看,破旧门牌,脏垢污地。他低眼,看着冻得脸微白的宋轻轻。

他轻蔑地扯起一边嘴角。这人又想用这副可怜样子招他可怜。

"好久……"他没能说出的话梗在喉咙,艰难地吞下去。

原来她的归宿从不是任何一个普通男人,而是这儿。

林凉从烟盒里抽出烟,夹在指间,没点燃。他看着那根烟,心想要好心提醒她一些事。

"宋轻轻。"他唤出的那声很轻,轻如羽毛。

熟悉的音调、音色,多了烟滤过的沙哑,像是收录机后出现的杂音。

宋轻轻终于抬头,只对这个声音有几百倍的敏感。她起身,身上的毯子一瞬落于地面,露出丝薄的碎花衣,冷风一灌,冻得她全身哆嗦。

她从上至下地打量他。林凉高了,壮了。

宋轻轻露出笑容,张嘴想尽快唤出他的名字。她急得喘息,奋力了半分钟,艰难地发声:"林凉,我在等你。"

冻得发红的双手用力扯衣服的丝质衣角,她将它拉起,露出腰肢。

她无声地望着他。你最熟悉的衣服我一直在穿,我一直等在这儿。你最熟悉的地方,我在等你轻易就找到我。你找到我,是因为这个地方、这件衣服。

对吧?

"在这儿工作?"他看了看浴足店招牌,又笑着,"挺好。最起码也能自食其力再也不用靠别人了。"

他没有捡起她的毯子,没有看她自以为是的衣服。他背着风摁开打火机,点燃烟。

他猛吸了一口,看着雪地,背对着她,眼神暗下去。

"我好像永远教不会你自尊自爱。"

宋轻轻着急地反驳,却什么声也发不出。

八年前的深夜,因为二混子戏玩的一棍敲头,让她变得更木讷,她忘了林凉的名字,也无法理解别人的语言。

林凉没有瞧出她的异常,自顾自地抽着烟,吐着烟气,好似一种解脱。

"宋小姐,我要过自己的生活,掏心掏肺给一个不值得的人,那是以前。

"有一次,就够了。

"十七岁,是对情情爱爱感点兴趣。"他又吸一口。

她掐上喉咙,脖子上全是手指红印。她发疼咳嗽,用力到呛喉。

背对着她抽烟的人,全然不知她的焦头烂额。

她就一句我在等你,深情,多深情。林凉讥讽地笑,指尖微凉。

他没认真看她,只是借着店外的霓虹灯虚瞧她,舌尖抵着上颚,一路走过来。

还是少女模样,时岁只在她头发上做了点手脚。不变的装束轻易勾出他往事里的人。

"我说简单点,"烟要烬了,他启口,"宋轻轻,你愿意待哪儿就待哪儿。"

他闭上眼:"我绝对不会再过问你。"

"林凉。"她轻轻扯了他的衣角。

他转过身来,看她的发旋。

她右手的小拇指,轻轻勾下弧度,风雪中,冻得发紫的小拇指伸到他的眼前。

宋轻轻:"林凉,我们和好。"

林凉。你说拉钩了,我们就和好。

6

林凉扔了烟蒂,黄色烟尾干瘪,被雪一点一点地盖上。

他吸了吸颊肉:"宋轻轻,你怎么还长不大?"

怎么还执着年少的幼稚承诺?成年人的事不是拉钩就能解决的。说走就走,说好就好。孩子才恨得快爱得快。心理阴影变成体内的毒瘤,他怕了。十七岁做得出、承得下的林凉早死在那小屋子里,永远没能出来。

"我二十七了……"他不管她听没听懂。

——我会找个正常的女孩子谈恋爱结婚。她们或是如雪般清冷贵气,或是如阳光般开朗绮丽,但终归不是……你,什么都缺的傻子,宋轻轻。

风里颤抖却固执的小指,他看着,渐渐失焦。

宋轻轻弯着指头,对他笑,两个酒窝明媚。

"林凉,我们和好。"

雪息风声,像有酒微醺,醇酽如白堕春醪。

他还摆脱不了她的笑。

林凉猛地转身,只想抽烟。他哆哆嗦嗦地摸出烟盒,却一根也没了。他烦躁地将烟盒放回兜里,看着雪。

"嗯,知道了。再见。"

林凉匆匆离去,宋轻轻想追上他,却再次摔在雪里,衣衫浸满雪水的刺骨寒冷。

他看不到,但听见了,却只当什么也听不见。

林玄榆在车上等待的时间不长,十分钟的样子。

他看到宋轻轻摔进雪里,着急地按了按车门,车门却被锁上了。他郁闷地捶了几下门,捂着发疼的手,自我安慰地想:也好。表哥对她冷漠,自己便乘虚而入。

见林凉坐回驾驶位一句话都不说,直接启动车便走,连一个安慰的机会都不给他,恼得林玄榆咬着牙,平复了好一阵才鼓足了勇气问:"表哥,你跟她……说什么了?"

"说什么?"林凉看了他一眼,"说我还爱她?"

"表哥!"林玄榆不满。

林凉笑了笑,温若君子的笑毫无瑕疵。他把着方向盘,缓声说道:"抱歉,头还疼吗?刚刚我情绪激动了,毕竟老朋友做了这种工作……但已经过了八年了,所以没说什么,我就去打了个招呼。"

林玄榆停顿几秒,瞅着他:"表哥,你知道,她做猫儿了?"

"嗯。"

林玄榆咧开嘴角:"那……"

"林玄榆,"林凉打断他,"我之前的话你还是听一听。她做猫儿也好,是傻子也好,你们俩背景不同,对情感的理解不同。你养不熟她,也不可能让一个傻子去爱你,懂吗?"

"年轻好,有愚公移山的精神,觉得所有问题都能解决。等你到了我这年纪,你就知道那是一条死路。"

林玄榆："那你当时……"

"所以过来人现在不是在反省吗？"他转了个弯。

林玄榆的脸色暗下去："反正你就是不同意我和她在一起？"

"不同意。"他摇摇头，"三分钟热度。你本来性子就冲动。"

林玄榆双手握得紧，嘴角扯出一个不明意味的嘲笑。

送回林玄榆，林凉停了车，回到屋子打开客厅的灯。

临走前他打量林玄榆的神情，一时无奈地笑了。

看来，那些话林玄榆还是没听进去，甚至是怨恨他的阻止，好像他夺了林玄榆的甜食并告诫林玄榆会有蛀牙，林玄榆非不听，还怨他，孩子般心里怨：你不爱吃甜食就禁止我吃，强制压在我身上，真让人不舒服。

由林玄榆去吧，他参与什么。他有自己的生活。

没有胃口，他坐在沙发上摸了摸左手食指的银白戒指。

——林凉，我们和好。

他缓缓地低下头看着戒指。

是九年前买的，还是十年前？

他记忆有些模糊。

反正这些年他就一直戴着。每当情绪大动，他总要靠着它来抚平心绪。出国的那些年他老是容易发怒、暴躁、摔东西，所以每天都要摸好几十遍。

这个习惯的确因为她。

十七岁的林凉有着虚假的笑容，活得束缚压抑。若有人看穿他的真面目，大多怕他，骂他是个疯子。

但怎么就跟个大字不识、不懂人情的傻子缠不清，理也乱了。

林凉十七岁时正读高一，复读了一个高一年级。

外面空气寂静，太阳炽热，教室外的操场地面被烤得滚烫。

知名学府一中有两个风云人物：一个是温醉清，一个是林凉。两人长相俊美，学业、气质、家室上优越得不相上下，平时在同学、老师心中都是谦谦君子，温润如玉。

若谈起林凉，大多欣赏他少年而成的儒雅风范，都这样说：是个绝好的孩子，乖顺、温柔、包容。

当有的学生已为青春期躁动，藏着掩着在不允许的年纪里对某人有了好感，他却淡如止水，没有任何迹象。温醉清说他内心千山鸟飞绝。

林凉笑了笑。

他只是对女性生理性反胃。

五岁时，他因长相乖巧，戏猴一样给大人表演。不去？父亲就骂他不听话，没教养。捏他脸的一只只女人手放肆得让他身体不适。

有时，同桌女生对他有心思，拿着试卷、草稿纸和笔凑近他，隔一点暧昧距离，指头戳他的手臂，小声问："林凉，这题我不太会，你能教教我吗？"

他很困、很累，甚至烦躁，但在外要温和待人的形象锁住了他。于是眼睛再耷拉也得撑住。他脸上的笑容温柔，强打精神接过，写写画画解题。

"应该这样。你看这个公式……"

他明显感觉到她的眼光流连在他脸上，根本无心听题，这让他觉得无比恶心难受。

他利索地讲完，问女生是否听懂了？

女生恍惚地回神，装模作样地把自己伪装得愚笨："好像……没有。林凉，能再讲一次吗？"

女孩羞涩蠢笨的笑容，让他握笔的手一紧。真让他倒胃口。

他转身，抽出书包里的作业本，语含歉意道："抱歉……我作业还没交给课代表呢，等我回来再讲吧。"

这个回来，不知多久。

后来他以个头太高坐前排会影响后面同学看黑板为由换了座位，同桌女生至此还没想到这是他在躲避她。

敷衍女生又不令女生难堪，这就是面面俱到的林凉。

内心无比恶心那些怀有目的、惺惺作态、矫揉造作的女生。他觉得她们的一切好感都是为了以后要得到他。肠子里弯弯绕绕的那些人，和装模作样的他都是同类。

大家总说他跟温醉清相似，林凉也只是笑笑。

温醉清的温柔起码有半分的真。他呢？更像是写着"蜜水"的铜罐里，贮藏着发臭、浑浊不堪、冒着绿泡的腐烂尸水。

装得仪表谦和，待人有礼，但他阴郁的内心，总无法释放。

7

高二上学期的某天，林家宴请宾客。饭桌上，林凉被不怀好意的大人笑着劝酒：以后生意场上总要喝的，先给你做做功课。

他只好小抿一口，再一饮而尽，笑着举了举空杯。刺辣的酒水如岩浆滚过喉咙,他习惯用平静的淡笑掩去所有起伏,面上淡如水。

众人热闹喧嚣,他默默推门出去,准备吹吹夜风,吹散涌上的醉意。

林凉倚在拐角一处墙面,走廊空无一人。他闭着眼,后脑轻贴在墙上缓燥人的酒意。

闷热的夏季,他的心也不由得浮腾。他扯了扯衣领,露出光洁修长的脖颈。因酒闷与天燥,他的呼吸显得有些急促,突然,他耳朵轻轻一动,听到一声痛呼。

他往声源处望去。

只见一个女孩被人撞翻在地,年纪十三四岁,一头短发,气质清丽,身形较弱。那一刻她的姿势很狼狈,他看她双手撑地,艰难地爬起来,然后拍了拍身上的灰,便一声不吭地继续走。

他用余光看她渐渐消失,黑色衣服与黑夜相融,像是一体而生。

他蓦然想到一个词:坚韧。

这是一种温良的生物,有一个透明的薄薄身影,阳光只能穿透,不能照进。

等他回神时,女孩不见了。渐渐地,他也忘了她的样子。

和父母大概是什么关系?是寄宿还是被投资?林凉觉得有个债在头上等待去还。

想起曾被几个年长的表哥挟去喝酒,说带他这个"正经人"开开眼界。众人在酒欲里纵欢,他藏在角落里沉默地喝水。

"喝水有什么意思?"一个人摇头晃脑地拿走他的水,递过一杯酒……

回到家时有些晚了,阿姨给他开了门,他放了包换了鞋子,准备上楼回房。

一脚蛮力地踢到他的后腰部,弄得他猝不及防地痛得摔在地上,只能匍匐着抬脸,看着慢慢落入眼帘的一双黑皮鞋。

他苦涩地笑,撑着双臂,异常艰涩从地上爬起来,低着头柔声唤了句:"爸。"

"喝酒了?"林盛不怒而威,站在那儿便似一座山。

林凉忍耐着从腰部开始蔓延的疼痛,咬着牙,才缓缓抬了头,扬着笑容说:"爸,有几个表哥邀请,我……"

老子说话,无话不可。儿子未说,却已经错了。

话还没有说完,腹部又中一脚,直踢得他连连退后几步。他的笑容开始龟裂,额角落下几滴冷汗,腹部疼得像有人用刀在绞。

他顺从地低着头,准备听男人的叱骂。

"让你别在外面丢我的脸,听不懂吗?!废物玩意儿!那种地方是你这种人能去的?一天天不好好钻研学业尽想些歪门邪道,养你真不如养猪!中考都没考过温醉清还有脸出去玩?!"

男人越说越气,一个巴掌扇来,少年白嫩的脸,霎时起了一片红色。

"给老子滚回房间看书!别让我知道你干了什么不合规的事!学生没个学生样。我林盛的儿子怎么是你这样?!你多少岁了?!"

什么规矩?

林凉一下明白了,在父亲心中,他永远只能是个成年人。孩子的弱小、童真、求慰是可耻的、肮脏的。

这个家突然让他冷到手指发抖。

"对不起,爸,我错了。"林凉低声道,"我以后只会把心放在学习上。"

他平缓情绪,低垂的眼里淡漠如烟,语气里听不出脾气。

"别打了,孩子还要上学,你让同学们还怎么看我们家。"

林凉的母亲从卧室出来,打着哈欠。大抵是客厅的动静打扰到她了,她才不得不尽尽责任似的出来劝说一句,说完又回房了。

"滚。"

林盛怒声道,说完便上楼回房了。

一旁的阿姨习惯性地拿来药酒和棉签,捞起林凉的衣服,为他擦拭上药。

林凉笑着,礼貌而有风度:"谢谢你了,高嫂。"

高嫂只能在心里叹气,回他:"客气了,少爷。"

他是别人口中完美无瑕的俊俏少年,成熟礼貌。于是大多数人视他如温月,柔意遍照。似乎怎样的责骂,他的脸上也应该一如平静,不会因人而转。

白色的房间整齐而简洁,床头柜上是突兀的黑色灯盏,发着光。

地板上躺着几条金鱼,是被人扔在地上,缺水而死的。木地板上有着未干涸的鲜血,正在缓缓滑动。

第二天阳光明媚。

少年笑容含光,人畜无害般清雅,眸中是对不幸丧命的生物的惋惜。

"高嫂,我的几条金鱼好像被妹妹拿去玩了,然后……"他难过地低眸,"能麻烦你帮我去花鸟市场再买几条吗?谢谢。"

8

上学了。

林凉低下眼,神色淡然地走在路上,腰脊的疼痛一阵一阵,像无数石头撞在骨头上。

他已习惯了。林盛为了显自己的父威，渴望把他塑成一个完美无缺的听话孩子，稍不顺意，就是一顿责骂与殴打。

外面的人都说："林凉真乖。"

乖，何尝不是无力的温顺，闭嘴的委屈。

"哪像我家的孩子。林凉成绩好，又有礼貌，我家孩子要是有他一半懂事就让人省心了。"

"林凉长相俊，聪明且做事周到，真的是我见过的最优秀的孩子。"

林盛得意地笑："哪里哪里，他还差得远。"

若是从人身上找缺点，永远找得到，所以林盛永远能看到林凉的不足，永远也只看到林凉的不足。

他永远只说："林凉，你还要加把劲。"

不够，什么都不够。不到满分就是傻子、垃圾，不配活着；露出一点自我就是自私、张扬，不够宽容。他不配拥有稚嫩与青葱，这样的少年，连流泪都是罪过。

别人表面的称赞成了爱慕虚荣的大人最爱的目的。所以林凉有一面袈裟，包裹他难以迸发的怨言。某个角落里，就这样藏着一个阴森森、灰郁厌世的林凉。

他不爱弹钢琴，六岁时哀求大人说能不能不要每天练习，却被拒绝，连偶尔玩乐一下也被叱骂，说他小小年纪只知道玩。

他从小筋疲力尽地刷题看书，有一次烦躁得忍不住爆发了，撕纸扔书。林盛便用棍子抽他，骂他造反，骂他以后一定会玩物丧志。

林盛说打他，他才会长记性，骂是记不住的。

有个孩子摔坏了他唯一的玩具，他愤怒地将其推倒在地，下一秒便迎来林盛的一巴掌，他捂着脸颊发蒙。

听到林盛说："你干什么？！他年纪比你小，你就不能让着他点？"还语重心长地说，"林凉，人要大度。"

他放下手，没有表情，慢慢地抬头看着林盛，心想：看，这人居然是我的父亲。

林凉不再和林盛争辩，因为知道结果一定会是令人失望的。

林凉十八岁，同其他激情恣意的少年格格不入。他对所有事物表现得总是淡然处之。不痴不厌，没有特别喜欢，没有特别讨厌。

林凉又一次接过偶然相遇的学姐递来的面包，说了声谢谢，礼貌地露笑。他瞧着不自在地转着眼睛的学姐。

学姐："我只是吃不下，没别的意思。"

那口是心非的情愫让他浑身难熬，他早看透她装模作样，不过他也习惯了伪装，真诚道："谢谢，面包闻起来好香。"

学姐红了脸，匆匆离开。

林凉见她渐渐离开，右手将面包捏紧，这条路他不会再走。

街上一名流浪汉接过他手里的食物。

韶华的少年优雅地笑："面包，希望能帮到你。"

流浪汉感激地叨叨谢谢，看着他的背影远去。

林凉到了学校依旧烦闷。

明明没人问他，男同学倒自己先说起来了。他佯装耐心地听男同学"谦虚"：我也不知道怎么就做出来了。

在老师夸男同学是第一个想出解题思路之后，这只"蚊子"就在他耳旁嗡嗡吵，炫耀自己算得快，与他攀比，这种嘴脸，比女人的矫揉造作还恶心。

林凉："很厉害啊。这么快就想出来了。"

男同学也笑："哪有。"

"但林凉的解题步骤是最简洁明了的，比标准答案还好，大家以后可以按这个思路去做题。"讲台上的老师忽地又说了一句。

林凉散漫地看男同学顿时发糗的脸，笑了笑："我也不知道怎么就做出来了。"

男同学捏紧钢笔，脸色发青，埋头，不再嘚瑟。

嫉妒仇恨、自私势利，这些阴暗的情绪他也有，憋着压抑着，他漠视整个世界，不相信有人靠近他不带任何目的。

一想到这儿，他更觉得人类恶心。

之后第一个想出解题思路的人总是林凉，他厌烦那人的聒噪。

说起来，若不是熟悉的声音，林凉想不起班里有个叫宋文安的人。

不是宋文安太普通、不显眼，相反，宋文安也算俊俏的人，成绩中上，在班上人缘不错，阳光少年一个。

只是因为他和宋文安接触不多。

再者，他记不住人的长相，不是病，只是他不想记住，看着一排排的人只觉看到的是一排排一模一样的水杯。对其他人，他只分得清对方是男的，还是女的。

那日，林凉跟男同学一起走出校门，看到不远处的一幕，男同学喊了声宋文安，说："你妹又来接你啊。"

宋文安转身回答："是啊……"
一个女孩从宋文安的身后走出来，宋文安摸了下她的脑袋，低头道："叫哥哥。"
女孩小声喊："哥哥。"
哥哥。
林凉俯低的眼睫动了动，眼里有了点动静。
他微微抬眼，看看女孩。
他看了很久，觉得身形有点熟悉。不过……
丑。
这是他第一感受。
倒不是真丑，普通人眼中，女孩的面容清秀、小巧、白净。只是林凉见过太多美的，在他那儿，就是丑。
她穿着皱皱巴巴的黑衣服、宽大的灰色裤子——这不像女孩该有的穿着，很不合身，像是盖了一身布裤子。
她身形娇小，头发细长发黄，看起来发育不良。
几近幼稚天真的眼神配上成人手般大小的脸，看着像十三四岁的孩子。
"叫林凉哥哥。"
宋文安又唤女孩一声。
女孩乖顺地唤林凉，笑了下，眼中毫无杂念，天然不造作。但在林凉看来，却觉得她和其他女生一样，露出一个对他抱有好感而装天真样子的笑。他有点嫌弃。
不过，她笑起来，好看多了，他想。
林凉挑下眉头，温柔地笑道："妹妹好。"
林凉并不在意这种偶然的相遇，周遭人都是浮游的沙尘，他偶尔呛呛嗓就把他们咳出去了。
出于礼貌，他问了问女孩的名字。
宋文安回："宋轻轻。"
宋轻轻垂眸不语，手一直扯着宋文安的衣袖，极其依赖她的哥哥。
林凉："妹妹真乖，很听你的话吧？"
"我是她哥，哪有妹妹不听哥哥话的？"宋文安强势地搂过宋轻轻的肩。
林凉瞧了眼宋轻轻，她天真含笑。
身旁的男同学："可惜轻轻是个傻子。"
林凉的笑容一时凝滞。原来是因为发育缺陷，才笑得这么天真无害。一会儿，他的心又平静了。

走到附近摊铺，他买了一袋草莓酸奶递到宋轻轻手中，算是同情她。

她还是木然。

林凉笑出一脸温暖："妹妹喜欢喝草莓酸奶吗？"

宋轻轻朝他露出笑容："谢谢。"

他想，这笑容的确是给难看的丑脸上增了色彩。

两拨人分道扬镳。

宋文安带着宋轻轻先走了，他一直搂着女孩，还低头为她撕开酸奶袋子。

男同学瞧着，顿时发出感叹："宋文安说，他妹今年十七岁，原来也上过学，结果读到一年级就发现有智力障碍，现在就相当于五六岁的孩子。从高中开始，我就看着他妹来接他放学。唉，她虽然傻，但好歹有个哥哥疼她……"

她的笑容无忧无虑，渲染得周围的一切也无害了，那种笑，莫名地让人相信她一直被人疼爱着，没有一点因缺陷而带来的苦难发生在她身上。

他想一个傻子都比他活得自在。

林凉笑着应和："是啊……只要有人疼的话，再苦的事儿也会过去的。"

又是一个插曲。林凉随之将两人抛之脑后，坐上司机的车，回家。

那时候，林凉从没想过要与一个低智的人发生什么，更别说是他最恶心的感情关系，骨头里阴暗的自私不允许他做为别人而活的蠢事。

9

月考输给温醉清，林凉坦然地做好了被叱骂责打的准备。

小时候不是第一名或者退步了，林盛会用竹梢毫不留情地抽他。八岁那年，他带着身上被抽出来的一条条密密麻麻的红印，十分不解："爸爸，为什么我退步一点都不能被原谅，为什么我只能得第一？"

"爸爸，能不能别打我？"

林盛一脸愤怒，"孩子反驳家长"这一条在他眼中就是态度有问题，大错特错。他说："黄金棍下出好人，不打没有记性。我是为你好，是在培养你。你以后出社会就知道了。追求第一就是你的命！"

包裹毒药的好意，被强横地灌入林凉的头脑，仿佛长大成"人"前，孩子只是一团垃圾。

他只是个边缘物。积累的知识越多，看的书越庞杂，他洞悉生命的本质是孤独。他像是蓬草，被风吹被雨淋，被最亲的人遗忘，没有交流和关心。

疼痛于深夜被雨敲醒，他想起那些让他痛的人。这些人都是他最亲的人，用冷漠教授他爱，让他懂得虚伪。所以他不敢想象外面的人会对他做哪些更可怕的事，逼他透彻人性。

因此，林凉从不希望自己与任何人有深刻的羁绊。

林凉的母亲姓许，名玉月。一个温婉的妇女，这次整理了衣衫的褶皱后路过父子俩。

她打了个哈欠，说："我去打牌了。别打林凉的脸啊，林盛，上次你打了他的脸，一个星期才消肿，老师都打电话来问了，我都不好开口说什么。"

林盛让林凉跪在院里的鹅卵石沙地上两个小时。

夏天，蝉嘶吼。林凉穿着短裤直挺挺地跪着，膝盖痛到没有知觉了。

他一直仰头看天，看潇洒自在的云。

惩罚结束后，高嫂用镊子轻轻挑拣着他腿上的沙粒。

上一次的发泄方式不能用了，得想一个新的方式。他没有事发生一样笑得无惧："谢谢你，高嫂。"

林凉去了拳击室。

拳击室的老板调侃少年出拳时的凶猛模样和他在菩萨面前低眸的面容大相径庭，问他是想撕掉身上看似柔弱的标签，还是强身健体。

林凉收了拳："都有。"睫梢垂下，阴翳泻出。

于这伪劣家庭中，他发展出了潜在的暴力倾向。受林盛影响，他实际脾气易怒，试图暴力解决一切，会莫名烦躁不安。有段时间他极度渴望掐窒他人脖颈，折断手骨，以及所有令人胆寒的发泄途径。

几近病态、非常人的难控情绪，这些易发暴虐的罪恶想法，还有社会不允的念头，都是崇尚暴力解决父子问题的林盛给他的传染病。

林凉不甘沦为林盛的复制品：成为一名家暴者。所以他靠这些没人性的东西排解阴郁。

蹂躏的金鱼，撕碎的卷纸，强劲的拳击……再伪装成大家口中文质彬彬、柔弱无害的林凉。

他藏着本性，听从林盛，一方面他的确不敢违抗，一方面他麻木了。

林凉突然想起那天那个傻子。被人恶意撞倒她也不闹，拍拍灰就走了。好比他手下的金鱼、卷纸、沙包，被折磨后，连声都出不了。似乎是家里人将她保护得太好，以至于丧失了还手的能力。

"宋轻轻……"他念出。

期中考试完，林凉凭年级第一的成绩提出在外租房的请求，理由是离学校近，更有时间学习。

林盛答应了。只要林凉成绩好看，其他的他从不在乎。

一中是百年老校，周围都是陈旧小区，楼层不高，瓷瓦大片脱落，灰色泥墙斑驳，上面灰尘污垢和年岁拌在一起。

一楼楼梯间堆放了老人准备拖去废品回收站卖掉的垃圾，铁锈味浓郁。声控灯要用力敲才有响应，墙上一行行脏污的脚印和五花八门的广告，又被白漆覆盖。

林凉租在二楼右间，一室一厅，刚刚好。家具电器也齐全，房间整洁，不好不坏，他准备住下，平时雇人打扫。

买完日常用品准备打开单元门，转身之际，不远处回家的人让他停下动作。

他偏头看去……

回到家，林凉放好袋子，做了顿晚饭。

洗漱结束，他走进卧室。

从卧室窗户看去，隔壁单元楼的一楼正是宋文安的家，间隙很小，透过他家窗栏，能清晰地看见晾在防护栏上的衣服。

遮雨棚烂了一大片，于是他看见了宋轻轻的脸。

他摆放书桌的窗户，正好对着她的卧房。

这间卧房更像仓库。

一张一米六的小床，房间里堆满了杂物、快递箱和编织袋，完全不像女孩子的房间。

她依旧穿着黑色衣服，散着头发坐在椅子上，伏在小桌前，拿着笔写写画画。

随后，宋文安开门进来了。

他将双手撑在桌子上，围住宋轻轻。他说了些什么话后，宋轻轻起身，舞了两下手，他有点不耐烦。接着，她又说了什么，他扇了她一巴掌，力气之大瞬间让她的脸红了。

宋轻轻不哭不闹，似明白这些疼痛是命里该得的，柔顺得像匹被人驾驭鞭打的马。她揉了下脸，又坐下了。

宋文安左手拉上暗蓝色窗帘。

林凉坐在桌前，右手撑住脸颊，左手拿过水杯，喝光了一杯水。

他并不奇怪。

宋轻轻这种人，太容易吸引那些没人性的禽兽摧残她。她的愚钝给了那些人太多的后顾无忧，那些人几乎想怎么欺负就怎么来，平时她懦弱惯了，那些人就可以从她身上找回威风。

对于人性,他并不持乐观态度,所以看到宋文安背地里这么恶劣,也并不诧异。

林凉收回心思。

这并不关他的事。

类似这种悲惨的事情,热点社会新闻上时有报道,人们看完感慨几句。

但过几天,谁还记得呢?

第三章
她是个情感智障者,你却那么希望她有感情 /

1

晨曦,叶簇浓郁,天色衍成暗白,人流寥寥。

六点四十五分左右,上学高峰,林凉总能在单元门后隔着一束一束的门栏,瞧见兄妹俩站在隔壁单元门口。

宋文安的身子侧对他。

哥哥俯下身子盛气凌人地看着妹妹说话,妹妹木然地听着,伸出双手递给他豆浆和包子。哥哥摸着妹妹的头,妹妹乖巧地睁眼看他。

宋轻轻笑容清冽,像果酒一样不烈却醉人。宋文安掐了两下宋轻轻的脸颊,她像小猫般蹭他的手背。

那身黑衣服还是难看,头发也没扎好,后颈上一大把散发。

林凉无意识地慢慢翘起嘴角。以前,他总是无视,不过这次——

他转动门锁的按钮,推开门,朝宋文安不大不小地说:"好巧,原来你也住在这里。"

宋文安顿时僵了身子,停了几秒才转过身。他无措地露出一个开朗的笑容,语气不稳地说:"是啊……好巧……原来你也住这儿。"

林凉瞧出他的局促不安,面上依旧优雅地淡笑。

他说:"妹妹的头发好像没扎好。"

宋文安一听这话,连忙点头应和说是啊,然后转身,站在宋轻轻身后帮她扎头发。

瞧他梳头扎发的动作不仅生疏,还手忙脚乱,林凉实在看不下去,走过去。

林凉:"我来吧。"

宋轻轻木然地收了笑容,无光黑眸里似有万物,又似空无。

他温柔地微笑,手指尖穿过她的头发,动作也温柔,像陷到棉花里,宋轻轻舒服得闭上眼。

路上,林凉失焦地看着自己的五根手指,沾了别人的气味。他用纸巾一一擦干净，想着也许是爱整洁的性子占了上风才让他做出这种事。

宋文安知道林凉也住这儿后，提出结伴而走的请求。林凉同意，耐着性子温和地听宋文安一路上说自以为是的趣闻。

他只做个侧耳倾听又不失回应的完美听众。

宋文安讲他的妹妹，宋轻轻。

他说宋轻轻是他大妈家的女儿，只读了一年级上学期，少失怙恃后便寄住在他家，住了大概十年了。

原来是表妹。难怪仗着不是直系血缘关系肆无忌惮发火殴打，现在又做出一副好哥哥模样获取他人好感，为形象增光，实在令林凉倒胃口。

林凉瞧着宋文安的脸，眼里做作的哀伤，他轻轻叹息："妹妹真可怜……"

"我会照顾好她的。"宋文安觍着脸笑，握紧书包带，是好哥哥的样子。

林凉止不住轻轻笑起来。

自从和宋文安走得近了，林凉轻易能捕捉到与之相关的信息。

有人会指着班里靠墙的窗口，对他说："你看，对宋文安有好感的女生又来了。"

林凉这才知道，有个有钱的女生正在痴迷地缠着宋文安。

他挑挑眉，右手撑着脸颊，左手规律性地点着桌面。白色窗帘迎风摇动，阳光斜洒在他光洁的皮肤上，鼻尖泛着莹亮的微光。

喜欢？这是什么？

宋文安的追求者叫文丽，三班小班花，于林凉眼中长相一般，但要比不笑的傻丫头好看。

文丽两个月前看上了在操场上打球的宋文安，她苦苦追求，他没同意。每天放学后，她都会跟着宋文安，使出浑身缠劲。

宋轻轻只在星期五接宋文安放学。至于原因？宋文安没说，林凉也不感兴趣。

林凉这时已经成为宋文安的"走伴"。文丽站在两人中间，从书包里掏出一个绿盒子，她说里面是泡芙，她亲手做的。

宋文安皱眉了一瞬便接过了，开朗地笑："谢谢。"

林凉抬起眼睑，一下明白了：既不得逞，又不失望，吊人胃口，"主办方"才能不断丰收。而人都有损失厌恶，害怕失去总大于得到快乐，已投得不少了，所以游戏者要狠了心，搏一搏。

难怪谁也没断绝关系。

一个在吊，一个在搏。

宋轻轻站在单元门口等宋文安回家。林凉先一步进了单元门，门轻轻合上。

他折过身，透过镂空的防护栏，远远看去。

宋文安拿出绿盒子，捏着一个泡芙塞进宋轻轻的嘴，表情阴蓊："泡芙。"

宋轻轻重重点头，鼓腮，露出酒窝。她扯着他的衣角，似乎在撒娇：我还要。

宋文安扯出一个笑："你还得寸进尺了？"

她只在乎好吃的零食，声音小小的："哥哥……"

宋文安合上盖子，走了几步，将剩余的泡芙和盒子全部扔进垃圾桶，利落地越过她往家走。

宋轻轻急得跑向垃圾桶，弯腰，伸手，艰难地掏取，食指刚碰到盒盖，便听到宋文安厉声一句："我让你捡了？"

她缩了手，又伸过去，又缩回来，整个人不走，也不离开。

宋文安又喊了句："滚过来！"

宋轻轻转身，跟在宋文安身后，声音淡然："哥哥……泡芙……"

回她的，只有单元门沉重的闭合声。

林凉收回眼，转了转手表。他无意识地摸着自己的唇，手指抚过上唇和下唇，天生的微笑唇，做平淡的表情也是笑。

他脑海中闪过宋文安说"我会照顾好她的"时的温暖模样，瞬间又冒出宋轻轻一双没有挣扎的死眼。心智低下的少女消化了一切掠夺、欺辱，她不恼，就那样低眉顺眼地跟在宋文安身后，她是没有自尊的，静得透明。

静到他想扔一颗石头试探她，看看这双眼被折磨后是否依旧这么平静。他的暴虐因子又跳出来了，那些哭声，那些红肿的眼睛，那些哀号乞求，光是想，他便已经浑身战栗。

他一下想起那条金鱼。

鱼身颤抖，鱼尾用命拍打，血液浸湿，地板缝渗进一缕缕的不解。

2

人生来注定只能是孤独的自己。

这句话曾是他心上盾。他不依赖父母，没有朋友，不期待所谓的另一半。他的生命只有过客，和交际要求所接触的陌生人。

有些过客执着地依赖他，自以为在人生道路中找到互相搀扶的臂膀。

宋文安，他不知是不是其中之一。

他只是为自己突来的一个接近宋轻轻的念头，假惺惺地与宋文安成为世间俗称的"朋友"。

上下学的相伴，课题知识的交流，游戏的陪玩，两人似是真成了朋友。他们形影不离，无话不谈。

宋文安知晓了林凉是 A 市干部林盛的儿子。

"我家阿姨送了一大袋草莓酸奶过来，可是我最近喝腻了，就拿给妹妹喝吧。你妹妹很可爱，让我想起我家好久没见的妹妹了。我去见见她，可以吗？"

小区的水泥路上，林凉看着单元门 102 的数字门牌。门口没有宋轻轻。他眼睛轻轻一抬，含着礼貌的笑容，温柔敦厚仿若无害。

回头时斜落的眸子恰如一撇黑色的燕尾，一绺黑发飘在眉间。他嘴角的笑容瞬间收敛。

宋文安没细究，说："好啊。"

这是林凉第一次感受到宋文安贫困的家境。

大门前贴着褪色的福字和对联，门上无数的小广告，撕了又被人贴上，门两边的墙由白转灰。

宋文安敲开门。

一个三四十岁的女人打开门。她穿紫色的衣衫，脚上一双黑色破边拖鞋，斜长的刘海油成一绺贴在右边，眼角的皱纹像被刀割，脸上一排中年妇女常有的黄褐斑。

她一见林凉，笑开脸，殷勤地说："文安……这就是林凉啊，这孩子长得真好。"

她赶忙从屋里拿出一双未拆封的新拖鞋，急匆匆地放在地上。

"谢谢阿姨。阿姨客气了。"林凉礼貌地低头道谢。

少年显露出浑然天成的涵养，没人察觉任何的突兀和虚假。

马春艳喜欢品学皆优的同学。她着急地准备果盘放在落满烟灰和果皮核壳的茶几，垃圾被她用一张灰色破洞的抹布急促地抹进垃圾桶里。

沙发原是白皮的地儿已发黄，破的几个大洞露出黄褐色的棉花和木头支架。

宋轻轻蹲在厨房的地上，身前一个红色的塑料盆和装菜的塑料袋，正低着头认真地择着油菜。

林凉拎着一大袋草莓酸奶，里面一共十五小袋。他将其放在桌上，撕开包装拿出一袋走到她跟前。

宋轻轻见他走来，缓缓站起身，双手在衣服上擦干水迹，木然地看他。

林凉看了眼她黑色衣服上油渍与尘灰一片，又看看四周。

她右侧墙面是红色蜡笔画出的张牙舞爪的图案，身后是老式单开门冰箱，冰箱顶上堆着一些发灰的杂物。

马春艳见贵客来，一面赶忙收拾着家里，一面悄声骂宋文安，也不提前打招呼告诉她。

宋文安进了卧室放下书包,整理一些衣物准备放进洗衣桶里。

厨房只剩林凉和宋轻轻,他站在她身前。

"轻轻妹妹,给。"

林凉背着身挡住马春艳的眼神。他稍稍弯身,面上带笑,瓷白的两只手指拎着一袋酸奶,晃在她眼前。

宋轻轻呆着,没有伸手。

马春艳偏头听到他的话,看了一眼,于是朝她大喊:"憨包!愣着干吗!哥哥都给你了还不说谢谢哥哥!"

宋轻轻怔了一刻,从林凉手中接过酸奶,霎时笑如花颜。她轻声说了一句:"谢谢哥哥。"

林凉微笑着摇摇头:"不用谢。"

他手臂向前,手指掐了掐她的小臂,立马红了。

宋轻轻用蛮力咬开酸奶袋子,开心地吸吮着,丝毫不在意面前男生不合理的举动。

少年深深地看着她,眼里仿佛有一滴墨,落下。

林凉柔笑着,伸手抚摸她的头发。她毫不在意,只顾着喝酸奶。她是对陌生人的随意触碰,一点也不反感,还是因为他给过她两次酸奶,对他抱有好感?

林凉站直了身子,收回手,礼貌地对还在低头拖地的马春艳说:"阿姨,谢谢你的招待。我来这儿只是想送点酸奶。再见了,阿姨。"

马春艳一听,忙放下拖把,说:"这么着急回去啊,就在这儿吃饭吧……我这饭也马上做好了,听文安说你租在这儿住,哪有空做饭啊。"

"不用了,阿姨,我订了餐,可能现在已经到了。"

林凉一边面带笑容地说着,一边走到门口,脱下拖鞋。

有钱人自然不缺她这点饭。马春艳没再坚持,送他到门口,又笑着对他说:"那下回有空再来阿姨家玩啊。"

"好。"

林凉的声音轻轻落下。他眼一瞥,看向又蹲下身子低头洗菜的宋轻轻。酸奶已被喝光,只剩下干瘪瘪的袋子残骸。

不在意别人对她做任何事情的傻子宋轻轻。

他的嘴角勾出细微的弧度。

每个周末林凉都会回家,如常地向父母汇报这周学习的进度和分数。

这两天里，有时他会跟林盛去参加宴会，表演一场惊艳四座的钢琴秀；有时是一些无聊的结交。这个周末在游艇上，他像精致的木偶，笑着任母亲领着由旁人观赏。

这些亮堂刺眼的豪华灯饰，还没一个单间的黄色小灯看得舒服。

他内心烦躁，烦躁到试图撕毁周边一切。

大人口中各有风姿的优秀女孩子们，她们优雅地交谈、行走，在他眼中只是刻意虚伪。这些上流社会所谓的高雅举止，还没那个傻子粗蛮地撕扯酸奶袋让人看得过眼。

那日回家，他学她，不顾矜持和优雅，用牙齿肆意地撕扯酸奶袋子，任酸奶不美观地流在嘴边。

他动作凶猛地吞咽着酸奶，像一头嗜血的野兽。

他突然就对这种野性而血气的动作上瘾了。

许玉月斥责他，说他对女孩子的态度敷衍冷漠，问他是不是讨厌女孩子。

林凉摇头，说妈你怎么会这么想？我是个男的。

他突然想起那傻子，那个因为真实单纯而不令人反感的傻子。

她像只没骨头的动物，对他而言，这种生物惹人怜悯的同时也会让人起一种稍加利用的心思。他突然想试试，和她做做男女之间的事。

倒不是喜欢，只是他对这个傻子不反感，想利用这一点看能不能改改他对女人的厌恶。

他想习惯成了自然，自然就不排斥。练习多了，再难耐也会被习惯压制。毕竟他是人，总要为点利益前程做点妥协。

某天晚上，林凉邀宋文安去公园散步，顺口提了一句带妹妹一起吧。

三人一起去公园散步。

林凉准备好一袋辣条揣在兜中。

深夜，只有月光，没有星星。

三人走累了，一起坐在公园的椅子上休息。

待了一会儿，林凉想起什么，掏出手机对宋文安说："我把班里的文件发给你。"

宋文安下意识地从右边的浅兜里摸手机。

空无一物。

他惊了一秒，忙站起身，着急地在全身上下摸索着，却是翻遍了也没看见手机的踪影。

他忙侧身对林凉说："你们在这儿等一下，我手机不见了，我原路找一下。"

说完，他匆匆远去。

林凉淡然地放回手机，侧着眼认真打量身旁玩着手指的宋轻轻。

他抬起右手捏起她的下巴，缓缓转动她的头，含着笑瞧她，柔声说："轻轻妹妹，笑一个。"

宋轻轻反应迟缓，过了一会儿便听话地露出酒窝，笑得纯粹。

林凉也笑着，一脸温悯。

少年的手指轻轻按压她软软的下巴。

她慢慢收了笑。

林凉侧着脸向她凑近，呼吸喷在她耳侧，慢慢移动，唇快贴上她的脸。

他皱眉，停了。

林凉从兜里拿出辣条撕开包装递给她。

宋轻轻被这香味引诱得又笑了，忙说着"谢谢哥哥"，就吃上了。

是不反感她，但他依旧没多愿意和一个陌生人亲密。

吃过辣条，宋轻轻的唇被辣肿，难看极了。

林凉嫌弃地看了她两眼，偏头不再去看。

宋文安回来了，一脸沮丧地说并没有找到手机，又看了看宋轻轻，说了声："油别滴到衣服上。"

"别着急。我帮你找找吧。"林凉起身，温声细语地说。

他缓缓远去。

直到走到一个隐蔽黑暗的无人处，他才从兜里拿出宋文安的手机，屏保是文丽浮夸的笑容。

他摸着被焐得有些发热的手机，心里嘲笑宋文安老是将手机放在浅兜里的粗心举动。

将手机扔进附近的草地上，直待它散了温，林凉才捡起。

宋文安应该庆幸，是他，而不是小偷。

得了一个教训总是好的，对吧？

宋文安粗鲁地为宋轻轻擦净脸上的油辣，骂她吃坏肚子没人出钱给她治。

过了一会儿，他又担心林凉怎么这么长时间不回来，会不会遇上什么事儿了？

这样的人，竟然愿意花时间帮他找手机。

宋文安心里莫名一暖。

不远处传来林凉的声音，平常的音调，不急不缓："宋文安，我在草地里找到你的手机了。"

宋文安霎时转过身，激动地看向月光下向他走来的少年，感激之情油然而生。

几百块，一个普通的手机，但对于贫穷的家庭来说，却是珍贵至极。

这一刻，这个闯入他生活中的人，突然在他人生中变得重要起来。

这是他宋文安的朋友——林凉。

3

深秋的街道落满枫叶、银杏，重重叠叠，红艳逼人。

林凉与宋文安的接触越发深了。

得到马春艳的欣喜允许，宋文安会在晚饭后带宋轻轻来林凉家。起初是没想带宋轻轻的，林凉又提了一句，宋文安为了树立"好哥哥"形象，不情不愿就点头了。

林凉虽和他住同一小区，但家里的装饰配置崭新且昂贵。宋文安认真地打量四周，越比较越心塞。

他佯装开玩笑地打趣林凉是个金贵少爷。

宋轻轻跟在宋文安身后，她露出半张脸，目不转睛地盯着茶几上的一包薯片发愣。

这个小吃货。

林凉莞尔，给他俩拿了新拖鞋。他将薯片、酸奶等各种零食放到宋轻轻面前，温柔地嘱咐她尽管吃喝，没了他会去买。

宋文安习惯性地进林凉的卧室玩起他家买不起的电脑。

林凉便拿出小学数学书坐在沙发上，教宋轻轻学习九九乘法表。

之所以教她这个，是之前他和宋文安讨论数学试卷时，她执着地看着试卷发呆，打量的时间过长，以至于他无意识地问了一句："想学数学吗？"

没想到这傻子居然点头了。

林凉想了想，又问她："三乘以四十五等于多少？"

宋轻轻下意识地低头，开始掰着手指。像个六岁孩子一样，她伸出十只手指，手掌正面朝上，手指头随着口中的数字握紧又松开，握紧又松开。隔了好一会儿，她抿了嘴，沮丧地朝他轻轻摇头。

她对他说："林凉哥哥，我不会。"

少女瞳孔里求知的光芒，悄悄戳动他心脏最软的那块肉。他下意识地说："那我教你好吗？"

说完他就懊恼得闭了下眼，怨自己怎么莫名其妙就做了这种幼稚的事情。

每次提问，宋轻轻便一脸兴奋地说出答案。她盯着他的眸子再不是一片木然，此时仿佛月光洒落河面，晃人眼。

他偏了偏头，不再与她对视，声音冷硬地说："……不对。"

两三次后，终于得出了"四乘以九等于三十六"这个简单的回答，她的眸子闪着熠熠星光。她睁大的眼睛里只映着他，她期待他的夸奖，酒窝也更明显了。

"林凉哥哥。"那一双眼渴望地看着他。

他没忍住，捏了捏她的脸颊，腹诽"这么简单的算数，错了好几遍了还敢要夸奖"，面上却在柔笑，细语如春。

林凉："轻轻妹妹真棒。"

说完，他又后悔了。

有时看到她软着声，不好意思地对他说"林凉哥哥，我能再看一遍书吗？我记不住"的小可怜样，属于男人的想法便会蠢蠢欲动，他不知道自己是有什么毛病。

宋文安沉浸于电脑游戏中，信任地将宋轻轻交给他的好友。

他相信林凉。

林凉礼貌、儒雅、有教养、有风度，他相信林凉是个大好人。

他怎么也不可能想象得到，林凉是个喜欢看别人哭的变态。

以至于后来某一次，宋文安看到宋轻轻的嘴唇肿了。

他问："轻轻的嘴怎么了？"

林凉："辣条吃多了。"

他没有怀疑："宋轻轻这个好吃鬼。"

林凉笑着摸她的头，一副无奈的样子："没办法，轻轻妹妹太喜欢吃了……"

"你别惯着她。"宋文安笑着说。

林凉低头垂眸，笑脸温和。

真是被辣条辣的吗？只有他知道。

林凉也不知何时养成了爱咬宋轻轻指头的习惯。

许是轻声告诉她不许用手指算数，只能用笔，但这傻子老张开十根小小的手指，一面嘴里喃喃那几个简单的数字，一面弯曲着白中透粉的手指。

他轻轻呵斥她，她还是老样子，弄得他忍不住皱眉。

他问："这是多少？"

她下意识地又伸出两只手，低头看着手掌，手指轻轻弯曲。

林凉一下抓住她的右手，用虎牙咬她食指的嫩肉，直至指尖出现一个紫红色血点，才松口。

瞧着她有些呆愣的样子，他也愣了。

好半天，他声音沙哑地说："不听话。以后轻轻妹妹伸一次手指，我就咬一次。"

傻子的记性是真的不好，等她改了这个坏毛病，却成了他的习惯。

条件反射般，这人的手一在他面前晃荡，他便禁不住舔着牙尖，趁着没人就咬上了。

而宋轻轻，她依赖这个教她知识，又有着无数零食、温柔又斯文的"林凉哥哥"。即使对方只是教她一些简单的数学和文字，即使对方只是给予她一些薯片和酸奶，即使对方目的不纯。

她渐渐亲近他许多，甚至记住了他对她的习惯。

比如他握着她的手腕，盯着她的手心，她就知道他要咬她的手指了。

她乖顺地把手指交给他。

"给。"

以后，也乖顺地把信仰交给他。

宋轻轻不怕疼。

这是林凉后知后觉地察觉到的。

这个智力缺陷的傻子，仿佛没有痛觉，宋文安打她、骂她、掐她，她都不哭。

他疑惑她是生出来就缺了根敏感神经。

她为什么不怕疼？

为什么疼了，她不闹？

4

周末如常归家。林凉站在阳台上仰视偌大的院宅，心里有一头龇牙咧嘴的鬣狗。他的手指放在裤边轻轻摩挲。

晚间吃饭，林盛嫌他吃饭太慢，一边说他吊儿郎当不成体统，一边愤怒地将碗筷摔在他面前。

饭菜粒飞溅到他的手背上、脸上，瓷碗的小碎片擦过他的皮肤，流了血。

林凉用纸巾缓缓擦去身上的饭菜与血渍，然后沉默地继续吃饭。

嘴里正咀嚼着，林盛便从主位下来，一脚踢中他的侧腰，用劲狠厉，直让他在这个身材健硕的大人面前显得瘦弱的身子轰然倒地，一时碗筷尽数摔在他的身上。

他的手掌撑着地板，嘴里的饭，狼狈地咳洒在地面。

"你要跟老子闹脾气是吧！"林盛又飞来一脚。

他下意识地护住头部。

他紧紧地闭上眼，屈辱感从疼痛里衍生。他深皱眉头，双臂不肯从头上放下。

"是老子养的你知道吗？你有种自己去挣钱！别花着老子挣的钱还给老子摆脸色！没了我你算个什么玩意儿？！"

被踢的位置一片火辣辣的，他的神经像被乱刀切割，那是一种既疼痛又难堪的滋味。

"对不起，爸。"

他向施暴者道歉。

他痛恨屈服。

这种示弱的道歉，更像是求饶的呼救。

终于，他母亲发出一声仁慈的劝诫："林盛，你跟温春生的破事，别老冲他撒气，你把他打成这样他还怎么上学？"

林盛低着头瞧了瞧瘫在地上动弹不得的林凉，大口地喘着气。他没再说话，又踢了一脚，愤然转身，大步上楼去了。

林凉看着林盛离去。

他咬紧牙，手指碰上被踢得青紫的大腿。他试图站起身来，腰间却如挫骨般刺痛，又瘫坐在地上，手臂捂住眼睛，突然笑了起来。

高嫂带他去了医院。

林母替他向学校请了一周的假，碰巧林盛出差，林凉逃出医院回到出租屋。

他的母亲不会管他，林盛出差是她放纵的最好时光。没人询问他的伤势和痊愈，他也自在。

那几天他一直躺在卧室，他拒绝任何人的拜访，只说自己还在医院。

他不需要别人怜悯，也不需要别人为他难过。

林凉抬头，透过窗户，隔着生锈的铁栏，他看到那个小傻子，正对他笑得招摇。

傻子。

笑的背后是无尽疼痛，就像光后是长长的黑影。

这个女孩无忧无虑地笑着，目送他们上学、他们走远。然后她会一直站在单元门口，直勾勾地盯着同龄女孩的书包和红领巾。她盯着女孩们走出小区门。直到马春艳扯着嗓子让她回来，被关一整天，直到宋文安回来她才会被放出。

每天清晨，他看到她端着大地几个脸蛋的洗衣盆，放满水后，从厨房走出，膝盖弯曲地、肩膀一歪一歪地走到阳台。他看她的发尖泡进洗衣水里，看她挽着衣袖露出细小如筷的手臂。难怪他摸她的手掌，总觉得粗糙。

宋文安说，她只读了一年级就没上学了。

所以她那样渴望求他教她知识，哪怕仅仅只是九九乘法表这样最简单基础的算术。

  他看她没干活的时候就紧紧握着窗栏，不知脏地将脸庞贴在锈棍上。她总眺望着出小区的那条水泥路。更多的时候他看着她坐在她的小书桌前，认真地拿着笔在本子上写写画画。
  他想，或许是他教她的九九乘法表。
  宋轻轻知道别人都骂她傻，她偏固执地认为是自己没读书的原因。
  他好像懂了。
  她这么认真地求学，错无数次也不气馁，不生闷气，不知疲倦一遍遍地去背，直到真的明白，终于记住。然后，她渴求得到他的夸奖。
  她只是极度渴望证明，自己也是个正常人。
  她只是想证明：我和你们一样，是人。
  马春艳经常打骂她。
  这些都是他之前所不知道的。
  他看她跪在地上被人拧着耳朵狰狞着脸咒骂。他看马春艳拿衣架子疯狂扇她瘦弱的背，她苦着脸缩着身子颤抖。
  他看她被一次次施暴，用竹棍，用拖鞋，马春艳骂她傻、笨，还有更不堪入耳的肮脏字眼，仿若她的存在是最恶心的耻辱。
  她不哭不闹，只等马春艳打累了骂够了。
  后来他掀开她那件丑陋单薄的黑色衣服，上面有青青紫紫的施暴痕迹，散乱地分布在她只有男人两个巴掌大小的腰背上。她的腿上也布满了密密麻麻的掐痕、拍痕，红肿里掺杂着紫色瘀血。
  触目惊心。
  他不敢再看，沉默地拉下衣服为她遮好。
  他给她一袋酸奶，让她喝。她就笑，说谢谢哥哥。
  他问她："疼吗？"
  她说："不疼。"
  为什么不出声？
  因为他和她都明白，没有人会来拯救他们。
  只有忍耐才能减少疼痛。
  对于暴力的沉默，从不是倔强，只是因为麻木。
  倔强的人不疼。
  麻木的人只有疼。
  他也懂了。为什么他的触摸对她来说毫不在意，因为她从不被幸福征召。

后来，林凉完全康复。他让她把她一直写写画画的本子拿来看看，她听话地去拿了。

他看得极其认真，像雕刻生命。

他握着手里的本子，深深地看着眼前笑得可爱且逐渐依赖他的宋轻轻。

第一次他的眼中有了别样的情绪。

她有这么一幅简笔画：一个小人困在一个扭曲的方形里。

她画不好正方形，所以线条扭曲。

他知道她在说，大家都当她是智障，没有人真正懂她。

她渴望读书和朋友，不想一个人一整天都困在房子里。她明白自己的缺陷，她低落，所以希望周围的人不要因此嘲笑她、区别对待她。她好渴望有人疼爱她。

她明明也是一个十七岁的女孩。她应该在教室里、在课堂上、在书桌前，为自己的未来人生而努力奋斗。

她被殴打痛骂，她不哭，她只会笑。

还有一幅画：一个人笑着递着方块状的东西给一个矮矮的、脸上画着夸张曲线的笑脸女孩。

旁边还写着一排扭曲的文字：

林凉哥哥。好。

宋轻轻就是那么单纯地相信林凉。她深深相信他就是真心的、没有任何阴谋自私目的地对她好。

林凉五脏六腑都难受，低下头，不敢直视她清澈的眼。

她白至透明，一眼望穿。他却是深不见底的黑。他们像是洗衣机里一黑一白两件衣服，从来只有黑色会染黑白的，所以他怕，他怕他的阴暗会伤到她，又怕掉色，掉到她的人生里去。

5

林凉曾以为，只是因为他爱上了禁晦的刺激，才去逗弄一个傻子，借这个人让自己融入正常人里。

可她仅用一幅画，却让他这种人产生了内疚和负罪感。

他这种人……

他曾去市场，一脸温柔地摸着白兔身上细软的绒毛，笑着对老板说："它看起来太可爱了。我想养它。"但一回到家，却对它不闻不问。

他也曾穿着黑西装扮成大人，在鱼龙混杂的夜场里一掷千金。他冷漠地看着人们为金钱疯狂的景象。

曾有可怜卖身的女孩，瘸着腿，哭丧着脸。她看到他温柔的面相，以为是善良的救世主，于是细声细语地恳求他帮她。他也只是冷漠地瞟了一眼，抽身离去。他嫌恶她如同脏蛆。

若这女孩见到学校里的乖乖生林凉，必然难以相信。在学校这么温雅待人的他，怎么会是这样？

林凉从这伪劣的家庭中衍生，发丝至骨头都如雪水寒凉。

钟爱血色的他，表面纯良的他，竟然放纵自己去靠近宋轻轻，用百般伎俩去碰触她，甚至生出同情心。

她为什么能勾出他那点缥缈的善意？

好似生来她就该属于他。所以她解锁他的情欲，开发他的怜悯，这些他都本不该拥有的东西。

明明在这傻子面前肆意展现自己的恶劣性子就好，反正她又不会告状。他却耐着性子哄她教她，唤她轻轻妹妹，温柔以待。

为什么？

黑夜如墨，各家灯火亮起。他家楼下一侧传来一阵瓷碗破碎的声音。

女人大嗓门地骂骂咧咧，混着棍打的闷响。防盗单元门被猛力打开，马春艳发怒地扯着宋轻轻的头发，一把将她甩在地上。

"老娘辛辛苦苦养你个傻子已经算仁至义尽了！你还吐痰在我衣服上！造反了是吧！以后你别进我家的门！没良心的玩意儿！"

宋轻轻呆呆地看着紧闭的单元门，蹲在门前，双臂抱住肩膀。

楼下的动静引来楼上各家上上下下的观望。黑暗里，女孩的身躯看不清，也听不到呼救，大家更愿意相信是听错了，明天还要早起，都摆摆手回了屋子，心想外人不好掺和。

宋文安，没有出来。

三分钟后，林凉走出来。

宋轻轻的拖鞋在拖扯中掉了一只。寒风中她冻得发红的右脚下意识地蜷缩着，头发被扯得如鸡窝般杂乱又狼狈可怜，脸上是寒风刮擦出的冻红与被指甲掐出来的紫色。

她静静地蹲着，不哭不闹，看着他向她走来。

林凉小心翼翼地撩起她的衣袖，她白嫩的两只手臂上是惨不忍睹的青紫痕迹。他借着灯光翻开她的手心。她手心红肿一片，似是被竹片扇过。

林凉哽咽一声，用手指轻轻点了点她的眼皮，发出的声音似月光般柔和。

他说:"疼的话就哭出来好不好?"

宋轻轻只呆呆地看着他,轻轻歪了歪头。

她已然把别人对她的打骂欺辱视为习惯,习惯了,也就麻木了,麻木了,也就连哭都不会了。

哭的本质是为了博取他人心疼。她不会。

他问她:"疼吗?"

她点点头。傻子不会说谎。

林凉为她披上厚衣服,抱着她打车去医院里治疗,开了些药。

林凉把宋轻轻捡回了家。

后来,他第一次抱女孩睡觉。

她身上有沐浴的清香,脖颈处散发杏子的气味,他喜欢极了。她软软的发丝拂过他的耳垂,如清风。

她的身子绵软如云,一伸一展如云舒云卷,他轻轻揽在怀中生怕揉碎,又怕隔得远了就散化。他的嘴轻触她的额头,似轻抚她的心理伤口。林凉闭上眼,不愿看她静如死水的眼睛。

说疼的人是她,现在不在意的也是她。

他却比她还在意,还难释怀。

他一直以为他的女孩相遇时必是披星戴月、披荆斩棘地迎着风雪而来,然后告诉他,你是我的。

可哪知在这风雪路上,他自己想主动做暖阳,融化她发丝上的冰雪。

他因她,悄然多了一分人性。

6

"昨天……"

黢黑的街道,宋文安低着头,欲言又止,半晌后才说:"谢谢你收留轻轻。"

身侧不远的林凉垂着眸子,收着嘴角,当是聋了。

宋文安没有等来本该彬彬有礼的人温雅地回他一句"不用谢",只有一段冗长的沉默。

他吞了吞口水,慢慢地捏紧书包的黑色肩带。

人行道路口,两人相伴而过,渐渐走进人烟稀少的街道。

似是思量良久,宋文安咬了下唇,才开口:"每次我妈打轻轻,她都会让我回房间学习。我不敢说什么,也不敢明面上对轻轻好。我妈消气后才会让我去找轻轻。林凉,我这人是挺糟糕。"

"可是……这个世界不是只有坏。我不劝她，是因为我替轻轻求过情，结果那次轻轻被打得更惨。我不拦她，是因为她觉得我偏袒轻轻，然后她会做出更极端的举动，这样闹下去只会没完没了。

"林凉，你家境很好，可我家不是。薯片、酸奶这些东西，我都不能轻易给她买。我妈经营一个小小的便利店，每天收入微薄。你不知道我母亲是怎样一个人支撑起这个家的。她有个酗酒、赌博的丈夫，除了一个儿子，她还要去照顾一个从小生活就不能自理的孩子。她费尽心思地一点一点地教轻轻穿衣、梳头……

"这些年家庭的压力压榨得她脾气很坏。可我是她的儿子，她是生我养我的妈……我看着她一个人搬货，腰被弄伤躺了一个星期……我没理由和她顶嘴，她负担已经够重了。

"可我又是轻轻的哥哥。我只能借你的面子，带她出去玩，带她吃好吃的，尽量去弥补她。"

宋文安深吸一口气，偏着头轻轻垂下眸子，声音有些哽咽。

"轻轻，她很乖。她忘得很快，她很容易满足。她很懂事，被赶出去后，不哭不喊地一直站在那儿，等我去接她……"

林凉轻轻弯起嘴角，不动声色地问他："那在衣服上吐痰，是她干的吗？"

宋文安浑身一僵，没有回话。

林凉嗤笑一声，宋文安没有听到。

生活不能自理的宋轻轻，小时候肯定也做了不少令人头疼的事。人的成见何止是山？多少人习惯揪着别人的前科不放，一根筋地就认定是宋轻轻干的。

林凉想了想，思索出马春艳责打宋轻轻的缘由。

但更大原因，不过是找一个出气筒。

恃强凌弱的人，愤怒将本来面目暴露。

一个麻木弱小的傻子，可不就是个任人打骂的沙包。

他问宋文安："你问过她疼吗？"

宋文安陷入沉默。

他知道没有，不然宋轻轻不会这么麻木。大抵是知道没人能做她的靠山让她有底气去哭去闹。

每次宋轻轻被施暴时，宋文安都被关进了自己的房间，他便也佯装看不见宋轻轻怎么被毒打。更别说这傻子笑得幸福成这样，谁也想不到她身上全是伤。

只顾自己的哥哥从不会问她一句：疼不疼？

林凉恍然间看到了一点自己的影子——那个无人问津的小男孩。

他拍了拍宋文安的肩，笑："没关系。以后轻轻妹妹再被赶出来，我会收留她的。"

宋文安僵硬地笑了笑。

宋轻轻,真如她名字般,薄如蝉翼。

哥哥的欺虐,婶婶的毒打,长期被关禁闭。几件黑色衣服裹着,几颗奶糖成了珍藏。在读书的年纪却洗衣劳作,十六岁的手心上长着层层老茧,身上遍布深深浅浅的伤痕。

腐烂阴湿的环境里,被轻视到只是别人烦闷的发泄工具。

苦涩的女孩,却有明媚的笑。

她是怎么了?!

他十指扣住她的小手,磨着她的硬茧。他用了狠劲,指头嵌进她的指缝。他生出了一个念头。就是烧死他,也烧死她,一同烧成一堆灰烬,两人才能永不分离。

抽离时不知哪儿刮来一阵风,吹散他的念头。短时间,他又清醒了,理智了。

附近的小超市里零落摆着些糖果,他打量了几眼货架,拎起一包大白兔奶糖去了收银台。

等他邀兄妹俩又来他家玩时,他把一整袋奶糖递在她怀中。

她的眼睛突然亮了。她仰着头,眼如月牙,笑得露出两个酒窝,似秋季的稻,纵情恣意。

他恍然间觉得她的脸竟然好看了,特别是她的眼睛,清澈剔透,一颦一笑间,都有流光。

她这样直白地信任他,相信他对她的好,相信他只有真诚。

他心慌了,眼睫轻颤,不能看她,只低头,细心地教她语文。

林凉在宋轻轻心中,一直都是这副温柔模样。

话也轻,笑也轻。

林凉却不敢再像以前那样。他不敢再坦然地对她施展内心的罪恶。他曾想借她"治"好自己的恶女症。可那受伤的一周,他感同身受她的苦难后,他摸到了自己,他的良心被捡起来了。

他看她认真地学习汉字和成语,嘴里不停重复,努力地渴望背这些知识。一次又一次记不住后,她一点也不难过,喝着酸奶,又一遍遍不放弃地去背。

好似再难的事,她只会一直做到底。

太满足的人坏就坏在"太",这种环境里安分守己就是寻死。

林凉看了她一眼,喉咙干烧了一下。他对宋轻轻感到衰竭无力。

他不懂,怎么偏偏对这女孩产生怜悯,有时甚至是青春期的念头。

他因为燃烧,无力自持,只能咬她的手指发泄,他不想在她印象里成为一个禽兽。

即使，她什么都不懂，也什么都不能对别人说。

清晨。
宋轻轻笑着目送林凉和宋文安入学。
"哥哥，林凉哥哥，再见。"
为什么今天会对这个声音格外敏感？林凉如针刺全身，下意识地停了步，想转身看看她。后来他还是没有。
这对他来说实在太不对劲。
更不对劲是晚上回家。他侧着身，透过单元门的缝隙看她被宋文安搂着肩说话，他四肢僵硬，没有以前的淡然和玩笑，取而代之的是一种说不清道不明的情绪，正在五脏六腑里横冲直撞。
百依百顺的宋轻轻和自私的宋文安。
碍眼。他觉得极其碍眼。这一幕就像苍蝇在眼前乱飞，挥不去、拍不死，恶心透顶！
林凉抿嘴，垂眸，右脚狠狠踢向单元门，附近的电瓶车不停地发出鸣叫，他又用力狠踢一脚。
在宋文安转身看来之前，他飞快地转身离去。
后来宋轻轻笑着给了他两颗大白兔奶糖。
他没有在意，因为这糖放在手里黏糊糊的。
两颗快过期的糖果。
再后来，宋文安对他说："宋轻轻珍藏的罐子里一共只放了四颗奶糖，都是过年亲戚给的。她放了半年多一直舍不得吃，不知道为什么，那天我悄悄看了一眼，竟然少了两颗。"
他说："林凉，你知道吗？对于一个孩子来说，糖果是最珍贵的。"
她分了一半，给了林凉。

7
"没关系。可以的。谢谢。"
优雅的完美少年，被责骂、夸叹时都是一副礼貌谦谦的模样。你简直无法想象他怎么会有失态失控，甚至威胁别人的时候。
此刻，他的眼神却惺然，玉色的手臂伸展——不是握，是箍过女孩的双臂高过她头顶。用力使他的肌肤呈现出淡粉色。他的一双眼，寒透刺骨地盯着她，语气也令人匪夷地心悸。

"宋轻轻……你敢听宋文安的话。"

他低下头……

林凉乍然从梦里醒来，黏湿的触感让他起身，捂额，皱眉，后知后觉地涌上一股窘迫。

莫月是林凉的同班同学，开学后一直被这少年吸引，她以朋友的身份接近，关注了近一个学期，才终于鼓起勇气。

她借着顺路的谎言，跟着林凉一同来到这个小区。一路上她找寻话题，不胜其烦地讲述，她瞧着也一路附和她的温月少年，眼看快到了他的家门口，她的心躁得慌。

她已然做好了告白的准备，放学时还特意支开了宋文安。

直到跟他到了单元门前，莫月紧张地捏着衣角，支支吾吾着，什么也不说，但也不肯走。

林凉瞧得多了，很了解她的目的，心里顿时烦躁，面上却温和，轻声说："莫月，天太晚了。快回家吧，注意安全。"

这句话像是催化剂，瞬间点着少女的勇气，她大着胆子轻点了一下林凉的面颊，立马便低头，羞涩地说：

"林凉，我……我喜欢你。"

一瞬间，林凉只觉得脸上有无数令人恶心的小虫爬过，他太想用手狠狠擦拭。可他深入骨髓的伪装外表促使他只能习惯地微笑。他礼貌地婉拒道："莫月，实在抱歉。家里人不允许我谈恋爱。"

"那……那我们还是朋友吧？"莫月忍住被拒绝的失落，笑了笑，大声地问他。她知道这是他的客套话，却佯装开朗，不想因此断掉和他的关系。

林凉笑着点了点头，温文尔雅："当然了。"

"那下个月我过生日你一定要来啊！"莫月临走前，有些落寞地朝他喊道，面容含笑，突然露出两个酒窝。

他愣了半天才回神，立马点头同意了。

林凉面上的笑依存，转身，便看到宋轻轻正站在身后盯着他。

他的笑，顿时就僵住了。

她似乎站在那儿看了很久，目光直直地落在他刚刚被女孩点过的地方，一动不动。

林凉下意识地抬手摸了摸，很不自在地舔舔唇，看她一直盯着那地方看，他有种被抓包的心虚感。

她就是个傻子，而且又不是自己什么人，自己心虚什么？！

林凉轻咳了两声，朝她笑笑："轻轻妹妹，在等你的哥哥吗？"

宋轻轻霎时一笑，对林凉提出的问题自然是积极回答。

"嗯嗯。"

少女笑如灿花，声如铃脆，转而去瞧宋文安常归的小路，一直望着，再也不分一点注意力给他了。

她不懂男女亲近的意义。

林凉猛地闪过这个念头，笑容一点点地收拢了。

他抬眸，看着待在原地一直等待宋文安回家的宋轻轻，唇又抿了抿。

"那你等。"

少年的声音是他自己都听不出的冷漠，连一句礼貌的再见也不说了。

宋轻轻转头，不知道怎么惹他不舒服了，声音听起来怪怪的。

这是他第一次把一个女孩拉进黑名单。

后来莫月问他为什么，他只笑着说是被父母收了手机，又说，莫月，我其实不喜欢跟女生做朋友。

直白、冷漠。

与莫月印象里的林凉大相径庭。

林凉说完内心也震了一番，这也是他第一次冷淡绝情地表态。

林盛总教导他隐忍，不能暴露自己的弊端，若是他行为上稍有差池，便会引来一阵责打，久而久之便成了习惯，所以也有女孩曾做相同的事，但他恶心之余却也不会做到寡情的地步。

这是他第一次解放自己。

只因觉得，她落在他脸颊的目光，莫名地像在可怜他。

可她分明是不在意的。

生命的悲歌如烟穿过，她不在意给予恶意的人，便也不在意给予好意的人。

没人能在她心上留下过痕。

他的百般思量，罪与好、与其他女孩的亲密，在她眼里，都是一阵烟，还没来得及吹，就散了。

她不懂男女之间的纠葛是情感还是生理上的。

那个下午，他内心烦躁地拉起了小提琴，弦乐无章的弹奏，吵得对面的邻居不禁敲门斥责。他双眼放空地放下琴，开了门，带着微笑道歉。

他倒了杯水，饮下，又瞧着茶几下为了方便她而放置的几盒零食。他不自觉地回了卧室，走到了那个窗口。

第一次观望的时候，像是待在库房里的少女坐在桌前低着头写写画画，他写着作业，瞭了一眼便不再看。

只觉得这个丑女孩，绝对不会与他的生活相交。

这一次，窗户里的宋轻轻如往常般地坐在桌前，抬头看见他的身影便开心地对他笑得招摇。她双手拿起本子，兴奋地朝他扬了扬，示意他快看。

不过是因为教她知识，她才对他信任亲近，是不是随便一个人对她好，她也会这样对别的男生？

林凉下意识地垂眸，手掌撑在墙上，五指轻轻地收拢。

宋轻轻见他没回应，便隔着窗大声唤他一句："林凉哥哥！你看！我会写了！"

他不由得回了神，仔细地去看——

破旧的纸本上，写着四个晃眼、扭曲的大字，是他不久前教她的四字成语。

逆流而上。

他告诉她，即逆水前进，比喻迎着困难而上的意思。

言外之意，是希望她反抗宋文安和婶婶的打骂，至少，不要麻木地顺从。

而她，怕是只当四个好看的字而已。

他无声地笑了，面上是褒奖的赞扬，窗户外，却是他的拳头狠狠捶向墙面，瓷白的手指骨节掺着墙面的白灰，还有点点猩红的血迹。

林凉，她是个情感智障者，你却那么希望她有感情：会哭、会闹、会懂男女之间的亲密。

你想干什么？

8

更年期的妇女，生活的压力和客人叨叨念念的责骂，情绪上头时便如火山爆发瞬间理智崩塌，一个稍微看不过眼的点，会不由得被放大。

宋轻轻不利索的动作，便成为马春艳发泄情绪时绝妙的依托和理由。以强欺弱以大欺小，人骨子里的劣根是无法祛除的。

那段日子生意不好，马春艳为房租和生活费而烦躁，为一切用钱的地方头疼。林凉隔着窗，总能频繁听到楼下马春艳的打骂声。

他发短信邀请宋文安和宋轻轻来家中，表面说辞是学习探讨。

到了他家，宋文安只顾玩游戏，避而不谈宋轻轻的情况。

林凉便备好药膏，教完宋轻轻小学数学后，轻轻掀开她的黑色衣服。

伤大多在背部和手臂，细腻到像丝绢一样的肌肤上面遍布丑陋的颜色。

他知道多疼。药膏覆于伤口上，是叠加的痛感，他也曾为此闷哼一声。

他认真地看比他瘦小的宋轻轻吃痛地咬唇，握笔的右手不停地颤抖，小小的汗液从额头滑落，可她就是不吭一声。

林凉抹药膏的手一僵，温柔地说："疼就说，不要憋着。我下手会轻些。"

动作变得更加轻缓，接着他情不自禁地添上一句："轻轻妹妹，你要是受不了，那就对我说不。"

她只低头看书。

林凉失神地看着宋轻轻的侧脸。

他盯得久，于是她眨眨眼，左手手指轻轻触到他温柔的唇瓣。

她以为他又要咬她手指了。

将抹药膏的棉签扔进垃圾桶，他盯着她疑惑的眼睛，缓和呼吸后，捏住她的手指放在手心，才用简单的字句对她说："轻轻妹妹，这是不好的，知道吗？你不能别人让你怎么做你就怎么做，就算是我也不行……你要有自己的想法。"

她似是懂了，点点头。

后来他试探她，指使她把房间角落里的一箱牛奶搬到卧室里，她顺从而毫无怨言地下意识走去。他脸色难看地捏住她的后脖颈。

他问她："你还记得我说过什么吗？"

她摇头，不懂他的意思。

林凉突然意识到，让一个固有思维的人去改变原有的习惯很难，如同砍自己一刀才能生长一般煎熬。而且，她的领悟力太弱了，还需要长时间的教育。实际情况是，她也没任何能力去反抗那群人。

无援无助，无人在意。

似乎能帮她的人，只能是他。

那天，马春艳狠拧着宋轻轻的耳朵破口大骂。

他坐在桌前，隔着窗户，手里捏着从小区里捡来的石头，瞟了瞟妇女的背部，算了算距离，右手抛出石头，正砸中马春艳的背部。

马春艳惊得下意识地捂着痛处。她愤怒地转过身，瞪着眼，想看看是哪个浑人拿石头扔她。

但只看见坐在书桌前安安分分地做作业的林凉。

少年低着头，无辜，与世隔绝。

马春艳打消疑惑，又怕家丑外扬，不想多待。背部的疼痛蔓延，她现在只想找点膏药贴一贴，用劲一推宋轻轻，捂着背就走了。

林凉轻轻抬眸，瞧着远处的少女，渐渐地放下手中的笔。

宋轻轻对他笑。她看见了是他。

于是他也缓缓一笑,眼里如星灿般耀人。

后来,为了不引起怀疑,他特意拍了马春艳毒打宋轻轻的照片,第二天交到派出所,说是有虐童事件。

警察敲门询问马春艳,平日张牙舞爪的妇女顿时被吓得畏畏缩缩地讨好地笑着辩解,还特地买了零食给宋轻轻,让她在警察面前别乱说话。

宋轻轻一向是听话的,马春艳让说什么就说什么,她威胁宋轻轻在警察面前说自己没事,也不准给警察看伤口,不然永远别想待在这个家。马春艳又说,孩子不听话偶尔打一下,都是她顽皮,教育孩子呢。最后警察警告马春艳情节恶劣会判两年以下有期徒刑,给乡井市民的马春艳留下了阴影。

若真进了派出所,那就是一生的污点。谁都怕监狱牢房。更别说她还要工作养家,她还有个儿子。想到这些,马春艳对宋轻轻的打骂收敛很多。

至少,那些药膏堆在他的抽屉里,再也没有拿出。

9

幼拙的女孩渐渐依赖林凉。

宋家没电脑,宋文安不愿放过一周珍贵的游戏时间,直奔林凉的电脑间,直到天晚,才一脸不情愿地出来。

他恨不得连吃饭的时间都省了,更别谈,去看顾宋轻轻。

客厅里,宋轻轻看着电视,认真而关注。

一分钟后,她侧了身,对低头读阅书籍的林凉眨了一眼,天真地问他:

"林凉哥哥,我可以抱抱你吗?"

林凉有些错愕地抬头,看了眼她,再瞥向电视剧里拥抱的男女。

他抿嘴一笑:"好啊。"

她轻轻扑进他展开双手的怀里,双手围住他的脖子,在他的耳侧真诚地说道:"林凉哥哥,你的身子很软和,很舒服。"

哪有说一个男人的身子是软的。

林凉的心微涩。

她主动走近了自己——这种认知像有根小小的茅草挠拂他的胸口,泛起密密麻麻的酥痒。

他眸色变深,拥抱她的手臂微微收紧,声音却温柔:"轻轻妹妹,你也很软。"

每次离开,宋轻轻会扬起渴望的眸,问他:"林凉哥哥,明天我还能来吗?"

他笑着说:"这里永远欢迎你。"

某次被宋文安听到,他霎然变了脸,看向一脸温和的林凉,仔细打量。然后他又笑了,摸着宋轻轻的头。

"轻轻,不能来太频繁了,会给林凉哥哥添麻烦的。"

宋轻轻一听,漠然低着头,还没等林凉回什么,宋文安拉着她急急走了。

林凉盯着两人的背影离去。

两人从楼梯口消失,他轻笑两声,转身回房。

冰箱永远备着草莓酸奶和各式各样的零食。琳琅满目的中英书籍在书架上,在《理想国》《社会性动物》《量子理论》《弦理论》后突兀地多了十几本小学教材,还有童话故事和寓言故事。

他教她,人存在要拥有自我意识,遭遇困境即使如烛光渺茫,也要燃烧发光。

她问:"渺茫是什么意思?"

"几乎没有希望。"

"那什么是希望?"

"你想要的,你想争取的,你喜欢的,你渴望的。"他摸了摸她的头发,"还有……抵抗别人的欺负。"

她拿了一颗糖放进嘴里,笑:"希望我已经有了啊,而且我还把它吃了。"

他沉默,眼里平静如死水,手一直摸她的头发,似要摸到她的思想。

她爱上拥抱。两人独处时,她总小心翼翼地问他:"林凉哥哥,我可以抱抱你吗?"

他做的只是自然张开双臂,再缓缓地收拢。

小如团子的软包,绵绵软软地被他揽在怀中,依偎在身体里如泥化水。

林凉沉溺于她全心全意的亲密中,享受傻子对他的独特依赖。他认为这是一份怜惜。不幸的人会对不幸的人敏感。这是一份比他还弱小无助的人给予的同情帮扶。

他从不想,是情愫。

期末考试结束前,一通勒令电话打乱林凉的轨道。

林盛让他搬回来。林盛怕媒体拍到,乱写些父子关系不好,怕舆论引发事端,命令林凉收拾东西回家。

他干脆利落地应了好,准备打包行李离开。

临走前第四天,他又撞见宋文安对宋轻轻扇打,他花钱派人带来一只隐翅虫,在宋文安上厕所时,他将之放进宋文安的书包里。

宋文安的手受伤后,他再装模作样地陪宋文安去校医院治疗,听医生说一个星期左右痊愈。林凉轻轻抿唇，安慰道："宋文安，你以后一定要注意点啊。"

由于右手受伤，宋文安找借口对马春艳说晚上要来林凉家让他帮忙写作业，顺便还带着宋轻轻。后来他又跑到电脑桌前，用左手玩电脑。

林凉在客厅，看宋轻轻入神地看着电视里关于本市哀山的旅游广告。

他问她："想去吗？"

"可以吗？林凉哥哥。"宋轻轻立马转头看他，后又小心翼翼渴望地抿抿嘴。

她低头又说："我……我想出去看看。"

话未说全，林凉知道她不好意思麻烦他。没有被宠爱的孩子不敢要，要的过程也只像是在犯罪。

她被关在屋里十年，如此渴望外面的风光。

这次他没有如往常般一呼即应。他低了眼。她沉默地继续看起电视。

他偏头，看着窗外黑压压的楼层和点点光。黑与光的结合，韵调美妙得如黄金分割。黑夜里，那点光那么小。

临走前第二天，林凉谎称身体不舒服逃了下午的课。出校门那刻，他回头望向高耸的教学楼，里面隐约传来老师的上课声。

那一刻，他感觉自己就是个疯子。

一个做蠢事的疯子。

那样带着懊悔地拍响宋家的门。

马春艳每天都要看管铺子，家里经常只有宋轻轻一个。他站在门外冷脸让她开门。

她迷糊地打开，揉着眼睛，嘴里的话含糊。

"林凉哥哥……"

他一下用双手捏开她面颊，仔细看她因懵懂而可爱的眼睛。

好半天，他的心情才回缓了。

他温柔地朝她笑。

"走，我带你去看哀山。"

他们坐上102路公交车。

他对她说："坐公交车需要投币，你要看公交站牌才能确定目的地。"

她摇着头，表情沮丧："名字好多，我记不住。"

他摸摸她的头："慢慢来。"

半个小时后，两人下车。

过马路时，他向她伸手："手伸过来。"

于是她把手交给他。

林凉怕宋轻轻走丢，一路上牵着她，继续给她讲解公交车怎么坐，那些高大建筑是什么，物理意义上的力与力又是如何构成。多数她不懂，但她很耐心地听，享受他回答她所有的未知。

下午三点，他们到达哀山。

一片碧蓝的湖、一座灰白的山、一排白色枝丫的树、一片黑色的土地，聚成一幅天地四宽的图。

身旁是雪色点点的树木，她兴奋地眺望远处的雪山，张着嘴。她往上跳了跳，然后像只兔子跑了起来。

林凉无奈地把她抓住，她扑进他怀中。她缓缓冒出头，雪色在她眼里撒野。

女孩情不自禁地说：

"要是有个雪人就好了。"

城市的雪很小，只有山顶才见得到雪。哀山海拔不算太高，但爬上去还是要费些时间。

关键是，他已经做够出格的事了。

不管宋轻轻的那句话是感慨还是变相的请求，林凉都笑着敷衍回她："以后有机会我再帮你堆个雪人吧。"

宋轻轻紧紧搂住他，脸颊贴在他冰冷的衣服上。她弯着嘴角，软声真心对他说："林凉哥哥，谢谢你。"

够了。

他见够了她的笑。怎么能这么单纯无害？令人罪恶又心疼。他见够了，看累了。

林凉的食指覆上她的左眼皮，往右轻轻地滑动，他看着她的肌肤有他的温度，然后，渐渐消散。

他离开了。而她呢？她还会这样笑吗？她会因为他的离开而难过吗？她在意吗？还是被时间磨平一切有关他的部分。

他很不舒服，又说不出是哪儿，只有郁结难舒。

一根烟的工夫，黄昏来了。

离开的最后一天上午，林凉收拾好了行李，准备向宋文安告别。

他不经意而习惯地站在书桌前，看着破烂雨棚下一个不自知在困境里的傻子，如何在她空白迷茫的人生里原地打转，走完一个句点。

他看她没有梦想，看她的路早已被淹没。

他的手摸着行李箱上的银色把手，眼睛往下看，看窗栏留给他的最后一幕。

宋文安拉上宋轻轻卧室的窗帘，窗帘没有拉严实，露出了两指缝隙，直对她的床。

他看她,看她怎么主动去抱坐在床沿的宋文安。两人回抱。

盯着她环住宋文安脖子的手臂,他右手轻轻握成拳头,眼睛降霜。

还以为拥抱是他的特殊。算了……他紧握的手又放松了。

算了。他要走了。

没有。

林凉没有离开。他的脚凝在地板上,他的心一直强调他在释然,眼睛却如利箭。往常温和的双眸,此刻只如杀人般腥热。

他继续看——

看她是怎么远离宋文安。

第四章
林凉哥哥，我们和好了/

1

"林凉哥哥……"

今天的温柔哥哥面目生冷，宋轻轻感觉到了，缩着脚，只敢弱弱唤他。

"抱歉，今天不想讲题。"

林凉还是礼貌地笑，拉着门，却没有一点让她进去的意思。

"可是……我们说好……"宋轻轻慢慢低下头。

少年神色冷峻："嗯。但是我忘了，下次吧。"

宋轻轻什么也不会说了，巴巴地站在原地，头越来越低。

林凉朝外走去，关上门。他要去公园散步。

一路走下楼，他打开单元门，又关上，走出两三步，有点不耐烦地转身，语气还是柔和："跟着我干什么？不回家吗？"

宋轻轻只是把头埋着，用余光瞅他。

她也不知道自己为什么要跟他，说不清道不明，就是无意识觉得要是不跟着，心里憋。

林凉不再理她，只是朝前走。

绕了几圈，才走到一条落满枯叶的小径上，他停下，转头一看。她还跟着，只是腿短跟不上，与他隔了一大段距离。

他停在原地，冷冷地看她，眼神很深。

宋轻轻慢慢走近，走到他影子里，与他相距一步的距离，她停下，有点迟钝地抬起眼。

他突然问："你讨厌你哥吗？"

宋轻轻只是呆呆地看着他。

林凉的声音提高："我问你，你讨厌你哥吗？"

她愣了半响，摇了摇头。

他看她摇头，一瞬间，全身僵硬，心脏溃烂，愤怒溃堤，所有的血肉都在四分五裂。

她怎么能？

她怎么能！

快要疯躁的少年咬着牙，屏住了呼吸。

他费尽心思帮她解决马春艳、帮她疗伤，从来守规矩的他居然还逃了课带她去看什么破雪山！

他第一次这么用心去帮一个人，教她读书，教她拒绝，教她反抗。她就是一句听不进去！就是要被动地任人宰割！

宋文安都这么虐打她了，她居然还当没事发生一样！居然还和他拥抱？！

这就是个养不熟的傻子！

那他之前对宋文安做的算什么！算什么！

郁气如海浪翻涌，林凉一把扯过她的衣领，凑到她眼前，咬牙切齿地道：

"你知道他是怎么对你的吗？！你忘了上次被他打得连路都走不动，还是我背你去的医院？！

"宋轻轻，你是真的蠢得没救了。

"现在他打你，你不恨他。要是他以后强迫你呢？他就是个猪狗不如的畜生！我走了以后谁来教你这些？谁来救你？！你只能靠你自己你懂吗？！你不反抗你不拒绝，那谁愿意浪费一辈子去照顾一个傻子！你想一辈子永远给人欺负、给人践踏、给人发泄是吧？！

"宋轻轻，你要是稍微表现出一点点的恨，我也不可能……"

他的声音突然哽咽，手慢慢放开了。

"宋轻轻，你能不能……"

早点学会长大。

我都要走了，你为什么还让我不安心？

后来，他静静看了她很久。

她还是那副表情，毫不动容，心智低下全露在这张脸上。

林凉突然觉得可悲：就算她觉醒了，那又怎样？人生最苦痛的事是有梦，但无路可走。

他感觉寒心至极，恨铁不成钢的愤怒顺着血液和神经蔓延，一双眼睛像黑域的泥沼。

林凉一下推开她，力气很大。宋轻轻身轻，被这样一推便重重地摔倒在地。她摔得有些疼，无措地看向他。

林凉绕过她，直直地离开。

宋轻轻背对着他，偏头去看，一种莫名的委屈突然涌上来，从鼻腔涌到眼眶。

她第一时间想的是，是不是她做错事了？

宋轻轻很久没有起身，还捧坐在原地。

后来，一双手放在她的头顶，温柔而缓慢地抚摸。

他说："对不起。疼吗？"

没走三四步，他的怒气一点点退却，悔意来了。

他这坏透的暴戾性子，不该这个时候暴露。这世上没有完美受害人，要想找她的错，那你一定一定会找到。可这个事情里，真正受到伤害的无辜者，只有一个。

他为什么还要在她的痛楚之上，再去责备她？

沸腾的热水，灰泡一个个破裂。城市虚烟在上空游走。

红色的光照在锈迹斑斑的铁门上，用炭笔扭扭曲曲写着"爱"，最后一笔颤抖延长刻重。

马春艳曾教宋轻轻梳头。

红色的塑料大齿梳上面零散粘着厚重的发垢，她对着镜子在宋轻轻头皮上刮拉几下，用橡皮筋捆上。

马春艳把梳子递给她，解了绳，示意她自己来。

宋轻轻努力记住刚刚的动作。她左手握住右手梳来的头发，可对着镜子就是左右不分。橡皮筋扎不上，头发一次次从指缝里滑落。

马春艳用手狠狠扇了她后脑勺一掌，她的头像不倒翁一样往前弹着，又回来。

"我教了多少次了！到现在你都不会！我真是倒了八辈子血霉遇上你。我跟你说宋轻轻，今晚学不会就别想吃饭！"

宋轻轻脑子嗡嗡的，疼。

后来，她每天对着镜子练习扎头发。

她终于学会扎马尾那次，是在深夜。

宋国安喝得醉醺醺打着酒嗝回家，马春艳嘴巴毒，饭桌上一直说他。酒醉的宋国安听不得，拍着桌子一把抓住马春艳的头发拳打脚踢。宋文安正在上晚自习，没人敢阻拦他。

宋轻轻待在洗手间梳头发。外面一阵阵男人的怒骂声、女人的尖叫声，还有碗碎柜倒的声音。她紧紧握着梳子，蹲在地上，捂着耳朵不敢动弹。

直到马春艳惨哭，头发散乱、狼狈不堪地躲在床底下，臃肿的男人再也打不着,只能骂骂咧咧地踢了两下床脚,出门打牌了。

马春艳从床底爬出,眼角青紫,双眼哭红,像枪口般居高临下地盯着蹲在地上的宋轻轻。她胸腔不断起伏,怨与怒的承载找到了对象。

那晚她拿着宋文安笔袋里的铁尺命令她梳头发,没扎好,打手心一次。

一次一次又一次。

宋轻轻哭,凄惨喊疼,肿得像山包的右手颤抖地梳着头发,越疼,越扎不好。马春艳烦躁地让她不准哭,嫌她聒噪,又骂她别喊疼。她越哭越喊,只会被打得更狠、更绝。

她终于学会扎头发。手心、头发、梳子上都是凝固的暗血。

不是不怕疼,是疼怕了,所以永远不哭不喊。

他却让她哭出来。他让她说,疼。

这个人,她信他不会让她感受到真正的疼痛。

可现在,被他推到地上,远不如那次疼,眼睛却特别湿。

用手背很慢很慢地擦干泪水,她弄不明白,自己这是怎么了?

2

他又问她:疼吗?

这声音像一把铲子,挖开了她的委屈。

痛从来不是痛本身,而是痛背后有多敏感。实际上也没多痛,可被人关心,偏偏会放大痛里的难过。

以前他问过无数次。

只有这次,也只有这次。

宋轻轻难过地低头:"疼。"

她从不脱口的第一声疼,因为他。

"对不起。"他摸她柔嫩的面颊。

他抱她起来,说对不起,又问她哪儿疼?

"屁股疼。"

他凑到她耳边:"那我抱你回家好不好?"

她偏头:"不要。"

最亲的人伤得越深。她心里的温柔哥哥轰然倒地。

宋轻轻现在不想理哥哥了,只埋头任他抱着往前方走。

林凉察觉出她的生气,悔恨之余也开心。

会喊疼会生气会委屈,比以往麻木任人宰割呆滞的死样,终于有了独立思考和自我意识的征兆。这是宋轻轻区别于别人对他的情感表达。

这种认知使林凉欢喜地抱紧她。

"轻轻，你会有判断的能力，你会有拒绝、挣扎和说不的能力，你也会明白你的人生美好。而我，会一直陪你，陪你长大。"

只有他能带她逃离泥淖。

林凉没有听到回话。她还在跟他犟气。

到了单元门她也不进去，也不搭话，就捏着衣服站着。

他是真的吓到她了。

林凉的双手捏捏她的面颊，柔声问她："你要怎样才能原谅我啊……轻轻妹妹。"

她动了动嘴唇，没发出声。

林凉带宋轻轻去了步行街。

她路过一个小摊，那里卖秋季打折的、青色的碎花衣。他看了看价格。二十块一件。他又看了看她固执的眼神，还是为她买了。

"真好看。"

见她套上衣服后，他笑着夸她。

她笑着说："真的吗？"

"真的。"他点头，"只有轻轻妹妹穿才好看。"

"那我，以后都穿这个。"她慢慢地摸着纽扣，动作呆板。

他蹲下身，摸她的耳朵："以后……以后你见到我，那就穿这件吧。"

"嗯嗯。"她会一直记住。

宋轻轻跟着他，从街道到商场。他还为她买了长款羽绒服，又小心地将拉链拉到顶。

他为她裹好了厚厚的衣服，戴上手套和帽子，将自己脖子上的围巾也给她围上，为她穿好了袜子和鞋子。

他又买了一枚戒指。

戒指戴在他的左手食指上。食指连心，近在眼前。他告诫自己，一定要忍耐脾性，保持理智以免伤害她。

他摸着她的头，说："宋轻轻，我们去堆雪人。"

坐上出租车，两人来到哀山的山腰处，林凉便一路背着她，迎着小风雪，开始爬上这海拔三千多米的山体。

平地上的温度还在零度以上，海拔越高，温度越低，山风便像是冰刃般刮着他的面颊和外露的脖子，夜晚的寒气也浸入支撑着她的手骨。

蒙雾的黑夜，少年流的汗又被风吹冷，只有山间的清明和灯塔的余光俯泻，微光落在两人的发丝上。背在他背上的少女，被围巾裹得只剩下一双眼睛，溜溜地望着前方，却没有被黑夜惊惧。开着手电筒的手机被握在她手上，照亮前方。

雪落在少年的眉上，风至而落。

林凉仔细查看路标，一步一步踏在山间小路的泥壤中，观察四周的雪量。

他的耳朵冻得似是失去知觉，怕宋轻轻害怕，他不由自主地说些闲聊话。

"宋轻轻，你长大后想当什么？老师？医生？还是别的……"

"小学的知识学完了，以后我就教你初中的好不好？"

"宋轻轻……这个寒假我要暂时离开这儿，但是很快就会回来的。在我离开的这段时间，你不许抱你哥，也不许他碰你，不然……"

他说，宋轻轻，等你到十八岁，如果我们还是这样。

你没人管，我也没人管。

那你的以后就由我管，你不准离开。

听到没？

他摇了摇她的身子。

宋轻轻没回他，还在恼他。

走走停停大约两三个小时，林凉有些体力不支地喘气。他放下她，瞧她一脸傻呆的模样，他没好气地捏捏她的脸颊。

"轻轻，你还没在黑夜里爬过山吧？竟然都不害怕。"

"你说要是我们死在这儿，有人会相信这两个傻子只是为了堆一个雪人吗？"

宋轻轻不吭声。

后来她脱了手套，两只热乎乎的小手贴在他脸上，温暖他僵冷的脸颊。

林凉下意识地愣住了，心微微一跳，他感觉这种热量正在温柔地劈开他。

慢慢地，他的手心盖上她的手背，紧紧捂住。他深深看着她，拉下她的手，给她戴好手套。

他摸着她的头。

"我不冷，你别冻着了。"

直到大片雪迹出现，他舒了一口气。

到了。

3

凌晨四点，天色渐渐亮起，树林、草簇逐渐有了轮廓。

他放下她，整理了一下她的围巾，将她的脸庞露出。

"你不是想看雪人吗？我给你堆一个。你就……不要再生我的气了。"

他停顿一下。

"好不好……"

他什么时候对女生这样放低姿态、带点撒娇地说话。说完便转头，他咳嗽两声掩饰局促。

宋轻轻看他，额发上的雪粒，青白干裂的唇。她看手电筒光下满目的白色。

她点点头。

林凉让她照着光，用手捧起地上的雪。天气冻冻的手再碰上雪，冷得彻骨。他轻轻皱眉。他将挤压成硬邦邦的雪团放在地上，又捧了两捧雪。一点一点，再一层一层压成大雪团。

她蹲下身，捧着雪便跑到他身边，将雪盖在底球上，终于开心地笑了。

林凉拍了拍她手套上的雪，耐心地说冷。她不愿，又去抓，他捏住她的手腕。她换只手，他又看到了，手臂一直阻止她去抓雪。

于是宋轻轻抓起身边的雪，不满地扔在他头上。

他的上方飘着小小的偷了光的雪点子，泛着凉意落在脸上、肩上、脚上。

林凉甩走头上的积雪，一时气笑地抓着她，将她揽在怀中，用双手指尖捏开她的面颊。

他瞧着她无助地被他捏成滑稽的模样。

胜雪的肤色，热气晕出的红腮，怎就那么动人；她眼里是气鼓鼓的生息，恼他不让她玩雪，怎么就那么可爱？

这是他的女孩，就在他的双手里生气。

林凉隔着围巾，冻成红色的双手捧着她。他闻她唇的味道，唇间是风雪，还有她暖暖的体息。

如药剂般流进他的全身，治愈他孤寂的心。

谁能想到世上有这样一个人，他会被她需要，会被她惦念，会因她相信这个世界要有花，要有风，要有到死的长路，要好好地走。

要陪她逃离地狱。

别人当她是个六七岁的傻子，而他只觉她是个十七岁的少女。她可以恋爱，可以读书，可以追上千千万万个平凡。

他要保护好她。

像一棵树。

他又去堆雪人，手冻疼到忍不住放在脖间暖了暖，又拿出，开始找雪、捧雪、压雪、滚雪。

她不时偷偷玩雪,被他逮住,便拉着脸蹲在地上,一脸不开心地捧着脸看他。

他回头,看她万事无忧的豁达。

月亮隐退,天空泛白,雪人堆好了。

"好看吗?"林凉蹲在一旁,看着他的杰作,偏头朝宋轻轻问。

两个形状不一、扭曲狰狞的雪团再配上无脸的恐怖景象。这个雪人比电视和图片里的难看多了。

这是她第一次摸到雪人。

她说:"好看。"

"那你不能再生我的气了。"他转正她的脸,直视她。

她没有动。

她盯着他的眼睛。

隔了很久,她用双手在脸上比出微笑的动作。

"我喜欢笑笑的林凉哥哥,不喜欢这样的林凉哥哥。"

她演出怒瞪的面庞,十指分别比画出野兽吃人的恐吓模样,像极了生气的林凉。

可能真的给她留下心理阴影了。林凉无奈又后悔,又被她可爱模样融化。

他笑着摆出发誓动作:"好。我以后再也不这样了。"

她不喜欢。那他温柔一辈子就好,等她舒枝开花。

得了承诺,宋轻轻一时笑开。热雾涣散在一片白雪中。其实人发怒时就是个病人。病人是可以治好的,只要不发病,原来他还是那个温柔斯文的林凉哥哥。

两人没有走。他们坐在一块平整的石块上,准备看山间日出。

早上六点。黄白球从地平线升起,俯瞰而下是山间的云雾缭绕,翻涌如潮。金黄的光染上朝气,光芒将鱼肚白的天空染成黄红色。像有一条河流流泻,流过雪地,留下金色雪粒。

"林凉哥哥,快看!太阳!"

金黄的光洒落在头挨着头、安静地看着远方的他们。

宋轻轻从石块上站起来。她向太阳奔跑,手掌努力伸向天空,眼中都是光。

他看她奔跑,看阳光落在她头上。

左面一道雪路,有深深浅浅左右交替的一行脚印。

两人身后是个无脸的雪人,被阳光染成红金色。

"宋轻轻,我们做个约定好不好?"他看着太阳,冲她说话。

她停下,向他跑来,站在他身前。

他伸出冻红的左手,蜷缩四指,只竖起一根小拇指。

阳光下,他笑得干净而清雅。

"如果我们拉钩了,就代表我们和好,以后谁都不能再生对方的气。"

小孩子的幼稚把戏,他用在她身上。

她利落地伸出右手的小拇指,不假思索地钩上他的小拇指。

她笑如春花,钩得紧紧的,牢牢的,死死的。

红色的光落在两人的指背,生如夏花。

"林凉哥哥,我们和好了。"

4

猫儿是什么?

听说她们出卖尊严,放弃自己,沦为情欲和金钱的工具,最后老了,这一生都是污名。

真是下贱的活。

他问她以后想当什么?老师?医生?公司职员?她说她想当个小卖铺老板,以后想吃什么就吃什么。

他还以为离开他,她能过得多好。

还是那么惨。

二十七岁的他看了看小拇指,轻轻弯了弯。他取下戒指,思绪拉回。

戒指放在温水杯旁。长期隐藏的手指肤面是圈小小的、密密麻麻的文身,德文 Vergessen。他的右手拂过曾疼痛的黑痕。

他对她那么好。

他又戴上戒指,缓步进了书房。

不过只是因为他的好。

林玄榆执着地盯着手机微信,手指放在嘴边咬了咬,便噼里啪啦地打了几行字发出去。

"老女人,摔疼了没?明天我上学你可别像上次一样放我鸽子。不然……"

不然……能怎样?打她?骂她?打也不可,骂也骂不出口。林玄榆挠头半天也没想出个法儿来,她要真又像今儿这样等着表哥,他又能如何?

硬的不行,只能来点软的。

"你来了,我给你买草莓酸奶喝。"

他急不可耐地发出去后，才懊恼地醒悟过来。这酸奶早成了那两人的专利，自己又插一脚进去，岂不是又勾起她对表哥的感情？

真是烦躁。

他躺在床上，又默不作声地撤回消息，换成一句："我可是包了你一个月的金主，你还想不想要钱了？"

发完又觉得自己在发神经，他不该这么在意。

林玄榆皱皱眉，起身洗澡去了。

夜晚，车的引擎声震响，余音吼在破败巷口。

呼啸而去的名贵车，很快在宋轻轻瞪大的眼里，消失了。

她摔在雪地里。车消失了，于是她挣扎着站起来，动作缓慢，双臂使足气力，却还是瘫在雪里。他上了车，毫无留恋地离去。

那片黑幽处的灯光下只有飘絮的雪点，她看了三秒，低着眸子，慢慢地把脸埋进雪里。

她哭得压抑，没有声音，只是流泪。眼泪渗进雪里，温暖的泪水和融雪浸湿她的脸颊，不一会儿就结成冰。

宋轻轻一直觉得和好是件很容易的事。

笨性子的她老是做出令人啼笑皆非的事，也不是没有惹他动怒发火。那时两人已经同居，她想试试一个人出门看看，结果迷路了。从早上到黄昏，她哭着被他在公交站台找到，气得他黑脸回了屋子怎样也不肯理她。

她便一直缠着他。他坐着，她便坐他身上，听他板着声音，冷淡地问她："干什么？"

她用脸颊蹭他的脸，手臂紧紧环抱他的腰，轻声撒着娇回他。

"林凉哥哥，我错了。我再也不会不打招呼就一个人出门。我学狗叫你就原谅我好不好？汪汪汪，我是一条小狗，汪汪汪。"

后来怎么和好的？可能花了十五分钟，他轻易败在她撒娇卖软的招下，一面吻她，一面伸出手指，拉了钩同意和好。

那时他多像深黑的夜，脸色恐怖得像是真要与她诀别，再也不会管她。可最终却在那么短的时间，他们和好如初。

八年前，她做了一件最大的错事。

可她从未想过他会真的视而不见听而不闻，就这样放任她摔在雪里。

林凉走了，再也不回头。

他不是最紧张她疼吗？现在怎么就连一眼都不再看她，也不再心疼她？

她好不明白。

宋轻轻埋怨自己怎么就出不了声儿,她用力扇打自己的脖子,又用劲捏脖子上的肉,恨不得真的弄废了。可最后她还是脱力地瘫进雪地里。

为什么她说话这么慢?她想说她等了他八年,她想说我没有不自尊自爱,她想说林凉你别丢下我。她想说对不起,她想说的话好多好多。

最后她只能说一句最想说的话。

"林凉,我们和好吧。"

然后带她离开。

被徐嬷从雪地里拉起,她的脸已经冻僵。青紫色的嘴唇混上脸上狼狈不堪的水痕,散发凝成一股黑线,像个落汤鸡,身子摇摇欲坠。

徐嬷忙拉她进了暖和的浴足店。她准备晚饭后刚出来就看见她倒在雪地里,没大注意之前发生什么事,于是带她进了屋,忙把暖手宝给她,又给她穿上几件厚衣服,拿帕子给她擦了擦脸。

"阿姨,他回来了。"

擦脸时,她突然蹦出一句,脸上不是旧人归来的欣喜,也没了往日的呆然。

徐嬷和宋轻轻固定住在这儿,其余阿姨有自己的住处,平时赚的钱付房租和维持一些生活开销。

徐嬷也是八年前才来这儿,上一个老板不做了,转了店面让给她,她就盘下了。

宋轻轻,是她八年前救下的。

她只知道这女娃不肯走的原因只是在等人,具体事她没仔细过问。因为宋轻轻很少说话,现在听她这么一说,刚跳起的心被她落寞的神色吓着了。

八年了。

徐嬷从未见她这样悲伤的表情,以前被人骗、被人毒打,也没现在哭得这么令人难受。

傻子有傻福。大抵是苦难都不放在心上,得过且过。徐嬷真没看过她这么痛苦。

徐嬷一时不知说什么好,但她大概也猜出一个女人会被男人弄伤心的原委。她收了帕子放进水盆里,背着身回她一句:"等到了不是好事吗?哭啥啊?你老公还是你亲戚啊……"

她摇摇头,没想出他和她究竟是什么关系。

"都不是……可是他不要我了。"

说到"不要",她的泪又流下来。

徐嬷停了洗帕子的动作。嫌弃这儿的背景准备断绝关系,这种事见多不怪。她便拧了拧帕子挂在架子上说:"那你的打算呢?该不会还等他回心转意吧?

"不要就不要,天下男的那么多。你别伤心了,听我的,别干这活了,女人这辈子还是得要有个家。

"别怪我现实。娃儿,没几个男的不看重你工作在啥地儿,你也别浪费青春等他了。"

徐嬷过了很久都没听到说话,只得回了厨房把饭菜端上来。

她盛了两碗饭,才看到坐在沙发上的宋轻轻已经睡着了。

嘴里还吐着话。

她凑近一听,含糊得很,只隐约听到"而上"两个字。

5

林玄榆等在校门口,心不在焉,跟同学聊几句话,半搭不搭。

抬眼看到,宋轻轻正穿着羽绒服站在不远处,他一直浅皱的眉头才松开,向同学告别,便径直往前走。

"究竟你是大爷还是我是大爷?还让我等你,不知道的还以为是你养我呢。"少年开口说了一句不满的调侃。

嘴上不耐烦,手却捏住她的手,相握着放进他暖和的衣兜。

"老女人,你别以为我性子好啊,上次不来这次迟到的,下次还这样,我哪管你闹,保证收拾得你哭得更厉害。

"不回我话,胆子大了……"

"林玄榆。"

她突然打断他。

这是她第一次主动唤他的名字,如春间小巷风拂过般的轻音,悄然挠他的心弦。

他不由得抚平浮躁的心刚咋咋呼呼说了她一大通,一时不自觉地收住。

他舔舔唇,柔着声问她:

"怎么了?"

宋轻轻从昨晚那声"表哥"里,一下知道了林玄榆和林凉的关系。

于是她躺在床上思索来去,先难过他的离别和无动于衷。

可她还是好想和林凉说说话。

那一晚她想仔细了,和好,很难,可她终要向他认真地说声对不起,所以她想到了林玄榆。

林玄榆以为她脑子发育不正常,所以说话慢,于是耐心等她一会儿,听她说。

"我想见见林凉。"

又是林凉。

林玄榆只觉那火噌地便上来了,什么柔和全烟消云散。他一把将她按在墙上,掐着她的下巴,轻笑一声盯着她。

"姐姐,你真成我金主了?使唤我倒挺来劲儿,以为我脾气不错是吧?"

从开始的憋屈一路闷到这儿,可面前这人丝毫不关心他,还想让他带她见林凉,真是越想越气。林玄榆猛地一脚踢在她身后的墙上,墙灰惊慌抖落。

宋轻轻惊得身子一抖。

他的脸逼近她,眼里混浊:"宋轻轻,我脾气挺躁的,折磨人的手段也不少。你既然收了我的钱,就好好记住,别在我面前谈别的男人。"

"你觉得我带你去,他就会见你?"

她看着他,呆呆地喃喃一句:"他不会的……"

至少,他不会不理她。

这个傻子终于能反驳在意了,以前无视他还不如脚下一只蚂蚁,什么都平静自若,现在倒好,能耐大了,都能反驳他的话了。

可凭什么是因为林凉?

林玄榆觉得身体里有根紧绷的线霎时断了,他疼得厉害,恨不得弄死她。

他怒极反笑地看着她,双手紧扣住她的食指按在墙上,凭着身高的优势,居高临下地将她圈在怀中,低着头回她。

"林凉是什么人,你又是什么人?昨晚他甩了你的事,你这么快就不记得了?他就是嫌弃你。宋轻轻,你没钱没背景的,还是个傻子。怎么配上我哥?嗯?"

嫌弃。

她晃晃眼,抬头与他对视:"为什么觉得我就是个傻子?"

嗯?

他被她的问话怔住了,下意识地松了手。

她说,我只是比你们想得慢一点,记得慢一点……林玄榆,我是个正常人。

一个傻子说她是正常人,多滑稽可笑的事。可林玄榆一点也笑不出,他看她的眼睛,一时悔青了肠子,知道是他说话过重,口不择言。

可那把火就是熄不下去,说出的话也覆水难收。他只得抱住她,在她耳边含糊道:"那我不说这些了,你也别在我面前提起他。"

他在害怕。

三个月前,他只路过看了一眼就舍不下了,说不清什么感受,也没想未来规划,反正终究还是来了,把她收着。什么都没开始,她等的人却回来了。

他的表哥。虽然表哥明显地表达过自己的厌恶和不再回头,可这终是他心中一根锐利的刺。

因为他知道林凉有轻微的厌女症。在国外八年从不接触女人,直到现在,林凉身边只出现过一个女人,再加上林凉回国后的情绪反常。

岂能不让他难受。

"我想见见林凉。"她有她的执着。

林玄榆放开她,轻佻地笑。

"行啊。想让我带你见他?"

"姐姐,我不想纯聊天。"他的手拂过她的脸颊,"冬天冷,要不你给我暖暖?"

他用手指捏紧了她的衣领:"不是想见他吗?做几次见几次怎么样?听说你八年没做,我该不会是你第一个男人?"

她只是看着他,一动不动。

他凑到她耳旁,轻轻吹气:"你不会这种时候还叫他的名字吧?"

宋轻轻摇摇头。

她答应过林凉,她不会的。

林玄榆一下拉住她的手往前走了,偏了头,冷声冷语:"那就好,你就别跟老子谈这件事。"

可宋轻轻走了两步,停了。她看着不远处的人有些怔然。

林玄榆才感觉不对,顺着她的眼神望去,看见一个熟悉的人。

"西洲。"她说。

他顿时皱起眉头,望着正向他们走来的同样夺目的少年,握着宋轻轻的手便一紧,压声叱问她:"你们什么关系?连名字都记得挺清楚。"

西洲。

她恍惚想起一个叫南风的姑娘,两年前曾来过这儿。

南风是她见过的最活泼可爱的姑娘。

只可惜,她永远活在了二十六岁。

6

这个人。

林玄榆想了很久,才对对面的学长有点印象。穷小子一个,成绩不错,长得还行,身边不少女生讨论他。

可学长跟宋轻轻是什么关系?

他的眼睛低垂,偏头看她呆然的脸,心里顿时毛糙,怎么看西洲都不顺眼。

如果这穷小子还有胆子向她问些有的没的……林玄榆直盯着他走来的身影,缓缓收紧拳头。

西洲淡然地掠过他们,什么话也没说。

林玄榆一松,料想这人看见他的确也不敢说什么,转念又想到宋轻轻身上,无名火又起来了。

勾搭那么多男的。他清清嗓,皱眉,想问清能被她记住名字的男生到底和她什么关系。

背后却突兀地传来西洲的声音。

"宋轻轻,那个女人跟……"他停顿一声,"那个老男人过得好吗?"

她低了眸,吞了吞口水,好半天才点头。

"她过得很好。"

一片死寂,林玄榆感到纳闷而无措,他听到西洲语气不佳地说:"是啊。被人包养总比跟我这个穷光蛋好。你跟她说,如果我毕业了,她还是想跟那老头的话,好,我们俩就真的完了。"

他说完就走了。

风轻轻刮动她额间的散发,颤动她的几根睫毛。

她的眸里似是映出一个二十六岁的女人。女人抱着她,说自己准备和西洲去春城看海。

那时她无法认清对方的绝望和释怀,只以为对方想通了,还笑着与对方告别,让其早点回来。

最后回来的,只是西洲。

那女人说,小时候她就很想看看,火车到底会开去哪儿?她让宋轻轻把她挣的钱转交给西洲,说是资助他读大学的学费。还要告诉他,她过得特别好。

宋轻轻迈开步伐,往前走了。

林玄榆大致从对话里知道宋轻轻跟西洲没啥关系,也不想知道另一个女人是谁,一时松懈了心,却还是没落到底,火还在烧,转而又拉着她的手。

她挣扎了一下,又停了。

他带她去酒店。

现在林玄榆想通了。

什么喜欢不喜欢,他一个人唱的独角戏呢,瞧她那样,他就跟空气似的,还不如在她身上讨点好处来得实在。

站在酒店门口,他朝一旁的宋轻轻抬了下头,挑眉:"身份证。"

她摇摇头,不进去。

"行。"他耸耸肩,"不进去就把钱还给我。"

"好。"

林玄榆顿时皱眉,不相信地盯着她:"一万呢。真不要了?"

她神色未变:"我会把原来的钱都还给你。"

他深深看了她两眼,沉默了一下说:"不想要?你得知道一万块能干很多事。"

她平静地回他:"我不要了。"

他猛然拉着她的衣领,眼神锐利:"宋轻轻,你再说一遍。"

趁她说话迟钝的空当,林玄榆想到什么,更紧地捏着她的衣领,暖热气息洒在她脸上,语气恶劣:

"哟,见到林凉后是不一样。

"你是什么人?而他是什么人?你觉得他会来这种地方?就算以前你是他女朋友又怎样?就凭你现在这样。想复合?你看看你自己什么样儿,他现在连看你一眼都觉得恶心。"

她的心像被剜了一刀,冷风狂笑。

"宋轻轻,你现在在他心里比垃圾还脏,懂吗?"瞧她神色莫名不说话,林玄榆心一软。

"你跟着我不好吗?以后,以后说不定我……"他不敢想和她的未来,却又忍不住去想。

她摇摇头。

她说:"我挣钱只是为了他。"

八年前林凉走的那个夜晚,月亮未露全貌,街灯暗淡如灰。人潮的归家声、钥匙开锁的清脆声,还有饭菜香,一番热闹欢乐。

宋轻轻蹲在门前,埋着头看敲门的手指骨被蹭出四道鲜明的血痕,铁门上留着她的血迹,已经发硬。

她敲了一个晚上的门。

她来的时候夕阳落在眼皮上,她走的时候天微微亮。

她一直敲,不停地敲。喊,用脚踢,用拳头砸。后来邻居受不了她的打扰,让她走。她不走。最后物业保安把她拖走,她哭着挣扎,撒泼似的挥舞手脚,强壮的保安挟制住她,扔到了小区门外的拐角。

保安骂骂咧咧地让她不准再来,不然送到派出所。

抽泣的她沉默地坐在地上。她看手指骨的伤口，从肉色看到血色。

他说，疼了那就要说，不喜欢那就拒绝。

他说别怕，我会答应你所有要求。

那个深夜，她蹲在路边，背靠在斑驳的墙上。她的左手摸着结疤后又露出血肉的右手，绝望从深处蔓延，她仰着头哭，后来又低着头哭。

林凉，我好疼。

她不相信他真的走了。在地上睡了一夜的她，头发被霜打湿。她搓了搓眼，醒来后又想去敲门看看，被保安眼尖地发现，又吆喝着赶她出去，后来拿着棍子警告她。

她只好回到那儿，蹲着，手指在地上画圈。她在等他出来。

她等啊等啊。她饿了。

又是深夜，她走到路边的烧烤店，点了一份金针菇，掏出身上仅有的四十三块钱，从一堆纸币里小心地递出两张一块的。

兜里一部手机，两天前没电了。

她沉默地走，吃着金针菇，毫不在意油渍滴在领口处。后来她被一群喝了酒的混混撞翻在地。

竹签子摔在地上，上面挂着一串没吃完的金针菇。她狠狠地仰头，看他们喝得满脸通红，兴致勃勃地嚷着说她撞到人了要她赔钱。她身上没钱，被他们抢走手机。临走时，只搜到几十块钱的领头混混不爽地看地上缩成一团的脏兮兮的女人，气得直骂脏话，想起自己赌债未还，酒意上头的他拿着身边一根木棍，狠狠地砸向她的头。

她能听到骨头碎裂的声音，过一会儿就听不到了。她头晕目眩得像无数只仓鼠在玩转圈。这里人流稀少，她想只有林凉会来救她。

所以她好难过她再也见不到林凉，她还没跟他和好怎么就要死了？

后来，徐嬷救了她。

那时候，徐嬷救她只是好意，却没想到她不仅医药费掏不出来，身边竟连一个亲人朋友都没有。徐嬷也要养家糊口，所以让她打了欠条，让她做什么活都好，慢慢还钱。

那次她完全清醒，已是十多天之后。

她发现她说话慢得像只乌龟。

她想的和说的比以前慢好多好多，她永远也追不上别人，嘴张了半天急得就是说不出来，于是她难受地捂在被子里哭，后来她发现记忆也时隐时现。

宋轻轻别无去处，徐嬷带她去刚接手的浴足店。

浴足店在林凉租住的房子旁边，她熟悉的地方。

她仔仔细细地看着。

她一直这样觉得，这是个如果林凉回来了，那他一定会知道，她就在这里等他的地方。

她又一次去到那间房子，保安忘了她的模样。她回他和她的家，正好碰见打扫屋子的房东婆婆。

她看着空空的房间，愣了半刻，绝望地问房东婆婆："他走了吗？"

房东婆婆说他出国了。

她呆愣半天，问："出国是什么？又问怎么才能出国？"

房东婆婆打量她，知道她脑子不好，又见她衣衫褴褛，这辈子不可能出国，便说："有钱就能出国。"

"要多少钱？"

"最低五十万吧……"房东婆婆也是瞎说。

宋轻轻带走屋里林凉抓到的那个兔子玩偶。

她回了浴足店，坐在小红凳上出神地望天。沙发上打趣八卦的阿姨们看着电视笑得开怀。她又看不远处的树。

树丫上的第一朵花，被风刮得无助，坠落。

她问身边正嗑瓜子的阿姨："做服务员一般一个月多少钱？"

阿姨嗑着瓜子，随意地回她："五百到一千吧，累死累活的。"

"做这个呢？"她又问。

阿姨正看着电视上瘾，笑了笑，扬了扬手说："这就难说了，你敢豁出去，一个月上万的都有，反正比端盘子挣得多。"

后来她跟徐嬷说她想做这个。徐嬷疑惑地问她为什么，她说可以挣很多钱。徐嬷思来索去，不忍心她"下海"，好说歹说才让她打消这个心思，只在这里当个正经洗脚的。

为了挣钱，晚上宋轻轻还去烧烤店洗盘子赚外快，挣的钱给徐嬷帮她存进银行卡，想早点去见他。

春去秋来，水涨潮落。八年过去，牛肉面从四块一碗变成十五块一碗，水煮鱼、辣条不再售卖，街上多了好多外国字，高楼一座一座平地起。她恍惚记得她要等一个人，他的名字里有个凉，具体叫什么，她记不清了。

可她不敢跑远，她怕他回来找不到她，于是一直坐在小红凳上，看树叶发青发黄。

八年了。她没等到林凉回来，也没有存够出国的钱。

直到昨天，他回来了。他说他不会带她离开。

于是她没必要再挣钱了。

如果林凉真的不要她。他真的舍得不再和她和好。

她想，或许会听徐嬷的话，准备找个好人家嫁了。

相夫教子，也不会再想他了。

"行，宋轻轻，为了林凉，一切都是为了他是吧！"林玄榆听了她的话，直气得心脏乱跳。

她不就那么想见林凉吗？！

林玄榆咬着下唇，喘着粗气，气抖的右手摸向兜里的手机。

7

我只是为了林凉。

我要存够五十万去找他。

然后没必要了，他回来了。

这些话，多深情可赞。一个从一而终、念念不忘等林凉八年的故事。听听，多让人心生叹喟。

林玄榆却听得只如苍蝇噪耳。

他扯着嘴角讥笑地看她，看眼里空白、话里却不含糊的女人。

林凉是她的命一样，说起这两个字才能撬开她。

她才会主动问话，才会叫他名字。

他捏住她的下巴，呼吸薄薄打在她的上唇，眼睛一点一点地勾勒这老女人的轮廓，从肌理看至血管。他真想从她那儿拿回他不安静的心，他不明白她凭什么能让他疯狂。

他林玄榆是什么人？

首都京贵的交际圈里，谁不知他？虽是个少年郎，但只要沾上林家，就是个惹不起的人物。有权有势就是他的牌，人情社会里关系有多重要。这偌大城落，若是去声色场所，多是打扮精细，极力讨好、生怕惹他嫌隙的小姐。

她呢？就这么个破巷子里开个烂招牌的没文化的洗脚妹。

让他低头讨好她，还得耐心听她些缠绵悱恻的爱情故事。不就仗着他对她有那么点意思，就肆无忌惮地要求他。

他咬着下唇，右手缓缓摸上手机。

她不就是想见林凉吗？

行，他让她见。

"好姐姐,你说你不做,但我可签了一个月的协议,这份协议还放在徐嬷那儿呢,你这毁约了,我很不高兴,我一生气你整个浴足店都得完。"他的食指轻轻划过她的嘴唇。

她轻微皱眉,他的手指戳她的酒窝。

"我不是什么死缠烂打的人,我只是不喜欢被人忽视而已。既然你那么想见他……"

"这样吧……"他摸了摸她的头,"你陪我玩,我就让你见他。"

纯净的嗓音,字里行间却含有迷离的欲色。他的食指在她手背上,慢慢画圈。

"我都这样放低姿态了,你都不能满足我一下下?"

她任他动作,放空地看着他,一点主动意识也没有。

老女人……

林玄榆紧紧捏住她的手,直捏得自己手骨突出,筋脉分明。

她生来就是存心让他难受的。

林玄榆气得不轻,心绞痛着,拉着她的手,语气威胁。

"拒绝可以,代价就是那个破浴足店永远消失。你听不懂,我就说明白些,你的徐嬷,你那一帮阿姨都会因为卖淫罪而坐牢。坐牢懂吧?关个几年,出来后什么都没了,名誉、金钱。到时候报纸电视都会铺天盖地报道这件事。"

她的脚步,缓缓动了。

林玄榆轻轻笑了,办好入住,一路领着她上楼。

他说:"别急。"

宋轻轻待在房间,林玄榆便去门外,背贴在墙上。

他掏出兜里手机,低头拨通一个熟悉的号码。

"表哥,宋轻轻正跟别人在一起呢。豪森酒店701,她为了钱自暴自弃找了个五十多岁的老头。表哥,你真不在意了?"

他就是想看看林凉是不是真的不在意宋轻轻。

还有,宋轻轻,真是不到黄河心不死。

"林玄榆,你打错电话了。"

话音刚落,林玄榆看着电话已被挂断的界面,怔了一会儿,扯出嘴角,耸了耸肩。

冷漠的林凉,怎么这么反常呢?

墙边有一扇窗户,朝下看,正直对停车场的入口。林玄榆站在窗边,低头而望,眼里神色不明。

一个小时后，他看着熟悉的车子进入停车场。

他顿时沉着脸，而后笑着打开房门，看沙发上正看着电视的宋轻轻，他埋进她的脖颈，沙哑着声伴着濡湿的呼吸："姐姐，开始吧。"

8

林凉来了。

林玄榆脑海里闪过他的黑车残影，盯着宋轻轻的面庞，瞳孔不由得收缩，像个旋涡。

他的林凉表哥，嘴上无所谓，面容淡漠，还劝他也放弃，说些什么傻子还不了的话，不过是耿耿于怀而已。

如果……表哥真要和他争她……

或许接下来，他就会彻底打消这个念头。

林玄榆撇撇嘴，大不了被表哥打一顿。

而宋轻轻，他哪管那么多。他的念头早变了，只要人在自己手里不就得了，哪管她懂不懂爱。

他低着头坐在沙发上，满足地瞧着。宋轻轻低垂的眼睫温顺，一切显得这么扣人心弦。

林凉。

他只是想着表哥推门而入时，惊愕而愤怒的脸，神经顿时被刺激得颤了一下。接下来的这一幕不管是看表哥的嫉妒，还是对老女人的不满，都令他舒服。

他不信表哥看到宋轻轻和他这般后，还能佯装随意，还能自在离开。

宋轻轻蹲下，慢慢低头。林玄榆闭着眼，仔细听脚步声。

外面的人礼貌地用手指骨节在门上轻轻敲了三声。

林凉看着门牌号愣了半刻，没人开门。

于是他依旧礼貌地敲着，只是用力了些。

他低眸，看着里面的人故意留存的门缝，眼睛一下深了。

他径直推开门。

宋轻轻听到敲门声，霎时抬起眸子望向林玄榆。

林玄榆不管她眼里是在意还是淡漠，左手轻轻地划弄她的发拨到耳后。

他声音嘶哑残忍，全身都蔓延着残忍的恶作剧意味："好姐姐，敲门的人正是你心心念念的林凉。你不是一直想让我带你见见他？他现在就要进来了。"

宋轻轻顿时难以置信地瞪大眼，双手奋力推开他，却被他用手紧紧按住逃离不得。

死局已定。

林玄榆看见林凉，有些兴奋却佯装害怕地低头。

"抱歉。我来得好像不是很巧。"林凉淡淡一笑，眼神慢慢地瞟，缓缓落在她身上。

他径直走向林玄榆，低眸俯视，话语温柔："穿好吧。你爸让我接你回去。"

宋轻轻离开林玄榆的包围圈，站起来，轻轻唤他："林凉……"

"您好。"林凉似是才发现屋里有人般，一切动作都斯文矜持。

他笑着，用礼貌而疏离的语气说："宋小姐，我表弟年纪还小，不能染病。抱歉，以后请别再打扰他了。"

"表哥！"林玄榆刚穿好，一听完顿时不满地皱眉。

林凉一听唤声，霎时偏过头，一瞬间眸色如冰，转而又温和了。他微微弯腰，右手用力拧紧林玄榆的领带，直勒得林玄榆急喘着呼吸。

他却笑得更柔："林玄榆，回家吧。"

说完他便拖着林玄榆从沙发上起来，用力将其推出门外。

林凉跟着出门，跨出门槛时停了一步，继而转了身。他对呆滞的宋轻轻温雅告别。

"宋小姐，再见。"

随后他又有礼节地笑了笑，便转过身，往前走了。

"林凉！"宋轻轻疯了般冲向他，手臂紧紧一抱。

因为着急，脚趾猛地磕在门槛上，疼得她摔跪在地上，双手却是死死拖着不肯放开他。

他没有推开她，只是轻轻挑了眉，等她说话。

"林凉，疼……"她抬头，眸子如水般看着他。

疼呀。其实她没那么脆弱，只是他在身边。

就好像，她从金刚变成掌心一朵需要他呵护的娇弱小花。

曾经的宋轻轻爱上他无微不至的哄护，她贪心地喜欢他心疼她，喜欢他摸她的头说：

"有我在呢。"

所以她学会了装疼。

小孩子都知道，哭泣就会有糖吃。

她总冲他撒娇撇嘴地说："林凉哥哥，我疼。"

少年聪明地摸清她的恶作剧，却也不恼。知道她只是想要更多的被爱，所以笑着揉她脸颊,一面埋进她脖间以示"惩罚",一面流里流气地回她:"哪儿疼了?是这儿吗?还是这儿?"

再密密麻麻地攻击。

《狼来了》的故事,他不是没教过她。

说多了,他不会再相信她是真疼。

"宋小姐,疼了就去医院。抱歉,我帮不了你。"他轻轻低眸,双手握住她的双手。

她抓得紧,却抵不过他的力气,只能眼睛红着咬着唇,绝望地看他是怎么利落、不在意是否真的扯疼她地用力扯开。

最后,她红着手腕脱力地摔倒。

林玄榆便走在前靠在墙上等林凉,不敢轻举妄动,听着林凉那些话,一时不知情绪。直到看到宋轻轻倒地,他一时慌了,赶忙上前。可他刚经过林凉,却被一把扯住后衣领,林凉用力拖着他直往前走。

"表哥!"林玄榆挣扎着,看到宋轻轻呆然地看着他,忙侧脸看向表哥,只看了两秒,握紧的拳头悄然放下。

他打不过表哥。

他蓦然想起藏在深处的回忆。

六年前,他怀着好奇去找表哥。下了飞机,却打不通表哥的电话,他只好四处逛逛,意外观看了一场拳赛。

莫斯拳场,半决赛与决赛在同一天进行,场下的人为一个名为 Devil 的拳手欢呼。他看 Devil 脸上血迹斑驳,对对方出拳的速度与力道,一时崇拜而高呼。

中场休息 Devil 用帕子随意地擦拭面颊,擦得不甚用心,颊边还有伤痕和干涸的血迹。

他一点一点地擦干净,露出清楚的面容,如此俊秀温雅,仿若一个学者,怎么可能来这血腥暴力的拳场。

林玄榆呆了——这人怎么长得这么像他表哥?

面如冠玉,可在拳场,每一拳都置人于死地般凌厉。别人都是为了奖金,而他,似是只为发泄。

后来在将近八万人的竞赛里,他夺冠了。

林玄榆再也没见过他。

见到表哥,是好几天之后。林凉脸上毫无受伤痕迹,他疑惑地问了几句拳场的事,林凉却笑着说他看错了。再后来,看着表哥一派彬彬有礼的样子,他也越发觉得那一天只是他的错觉，便抛之脑后了。

若不是今天，他还真想不出来这番事。

这手劲的力度，分明就是……

林玄榆一时心头忐忑，挣扎几下便放弃了，只好朝宋轻轻喊道："宋轻轻，我明天来找你。"

林凉收紧手，拉到拐角才放开他。他从兜里掏出烟，两指优雅地夹住，烟头对着林玄榆的眼睛指了指方向，双唇微动。

"走。"

林玄榆看了看宋轻轻缓缓站起身扶着墙面的瘦弱身影，咬咬唇，只好向前走着，按了电梯。

林凉真的，完全没回头。

一路下行到负一楼，他坐上副驾驶，车开出了停车场。

林玄榆眼睛转了转，终于还是胆大地问出口：

"表哥，你不是说打错电话了吗？怎么……（又来了？）"

林凉吸了口烟，将车停在路边。

他看着他："林玄榆，"后又看向窗外，"我不关心她。你也不用试探我。你不接你爸电话，他不放心，现在他俩出差管不到你，所以让我管你。"

"是吗？"林玄榆半信半疑，总觉得表哥嘴硬，编一个借口。

林凉递过手机给他，是他爸打来的电话。

这下，林玄榆完全打消了疑惑，原来林凉真是受他爸的拜托才来见他，才不是为了宋轻轻，只是时间恰好吻合而已。回想刚刚，想来表哥是真的对她无感了，面上、行为上再也看不出有任何留恋的成分，肉眼可见的陌生和排斥。

而他却像打仗般做好准备。看来表哥是真的觉得宋轻轻不适合他，才不是所谓的嫉妒。

林玄榆接过手机，下意识地咽了咽口水，天知道他怕他爸，拿起手机的手也微微颤抖，划开后立马假笑。

"喂，爸。哪有……放学后我学习去了，在家静不下，不信你问表哥……我真的没有鬼混……"

听着林玄榆的话，林凉左手散漫地搭在窗沿，手里的烟快烧尽了。

不经意地，他抬头望了望。

那个酒店，刚刚出来的房间外有一个小小的阳台，阳台的护栏是一堵厚实的围墙。他微微眯眼，才瞧得矮矮的围墙上坐着一个白色小点。

黑色是她的头发，厚实的白色羽绒服随着冬风摇摇晃晃。

仿佛一根小小的指头轻轻一碰，女人便会从围墙上掉下，坠落成花。

她没有理由解释坐上去是为了什么，或许只是想吹吹风。

离开他，为了赚钱出国待在那儿八年，和林玄榆的纠葛，好像一步一步都走成错棋。

他再次毫不留情地离开她，每一次，她都追不上。

他不喜欢她和别的男性接触。她以前迷糊地半知半解，现在懂了，懂了却还是惹他生气了，只是想和他和好，向他道歉，却老不争气地惹他生嫌，做尽蠢事。

真没用。

她慢慢移动步伐，关上了房门。

黑暗的房间里，她看见了阳台外的灯光。

好耀眼。

这辈子，她没能配上明面上的光，只能偷偷地，在阴暗角落里发芽。

宋轻轻巧地爬上栏杆，一点也不怕地坐在上面，尽管这是七楼。她知道，如果她稍不小心，就会掉下去狠狠摔成血泥。

她只是想吹风，吹冷静了，她就还能坚持，再坚持一下，反正八年都坚持过来了。

她有时也想，如果她还是那个不疼不哭、不懂喜欢的、纯粹的傻子，那就好了，她不会等人八年，应该早早就跟别人过了，就不会等到后被无情地推开。

现在在这儿，一个人吹着冷风。

掉下去当然就不会难受了。

林凉。

她摇了摇左右脚，双手撑在栏杆上，露着光洁的脸，如星河般的眼眸仰望城市的灯光。

别丢下我啊。

跳楼。低劣的幼稚玩笑，是比"林凉，我疼"的骗人话来得更震撼些，博取同情的威胁做法，她到现在还没变。他没有同情心了。

林凉低头不再去看，望了一眼还在通话的林玄榆。

他不会再去救她。

不管她是被人侵犯、殴打，就算真的跳下去了，都与他无关。

林凉开足马力往前开，途中接过林玄榆通完电话的手机，用蓝牙接听秘书的电话，听她汇报行程安排和公司事项。

"林总，最近的会议行程已经发到您手机上了，请麻烦查看一下。"

"好。我回去看。"

"华晨国际那边已经开工了，那边的老总想约您吃个饭。"

"定周五晚上吧。"

"好的。哦，对了林总。丽景城那个施工地有个工人不小心从十五楼摔下去死了，他的家人正在公司外面闹呢。"

他舔了舔唇，稍作迟疑："给他们二十万吧，安葬费我们公司出了。后续纠纷再说。"

"好的，林总。"

"一条人命就这么没了……"秘书挂断前下意识回着，声音很弱。

林凉拔下蓝牙，眺望远方。

开过两个红绿灯路口后，天如墨般黑沉，衬得附近高楼大厦的光越发煌亮，窗口的黄白光如太阳般夺人目光。

站在窗口的人如夜般黑，若是静悄悄从窗口落下死了。

就死了。

活着还有故事。

死了，是别人衣服上的灰，拍一拍就没了。

他下意识地闭了闭双眼后睁开，一个紧急刹车，车停在了路边。

他侧着脸对林玄榆说："公司出了点事我要赶紧回去，抱歉，你打车回家吧。"

他眼神瞟向路旁不远处一座住宅区的七楼窗户。

正亮着灯，人影蹿动。

雪飘着，落在手背上化成水。烟气呛进了林凉的喉咙，他难受地拍着嗓。

关上电梯低头那刻，他还是吸了两口，吐出。

都说烟味臭涩，他第一次抽也咳嗽，后来抽多了，就上瘾了。

他无意识地转了转左手的小戒。

或许对人对事都这样，多了就难戒瘾。

林凉无奈地闭上眼，嘴角微抿。

回绝林玄榆的试探后，他真没想过要来，若不是林玄榆的爸爸拜托他一定要管教林玄榆。本来，他准备起草一份地产文件企案。

他还是没压住心口莫名的烦躁，以至于对林玄榆还是对她，行为都有些粗暴。他应该再平静温柔些，可偏偏还是使用了暴力。

视觉比听觉冲击力更大，以至于他看到时差点恶心反胃，感觉脏了眼睛。

在意吗？

他摸了摸跳动的心口。

静如死水，从头至尾。

想来时间是最好的洗涤剂，现在一干二净、了无牵肠。

电梯上行至七楼。他走出门，步子缓缓地走至门口。

门关得严实，他握着门把手推了推。

没有打开。

那就不做停留，他面无表情地原路返回。

走到电梯口霎时按了下行按钮，他静静地看着电梯的橙色数字。

40、39、38、37……

10。

他掏出手机。

豪森酒店的前台正在办理新来客人的入住手续，手机突然轰鸣一响。这是她为经理的特殊设置。经理话多又挑剔，她可不敢怠慢，立马笑开接起了电话。

挂了电话，她更发起了牢骚。

资本的世界，哪儿哪儿都有朋友，哪儿哪儿都有特权。这不，现在要给大老板的朋友送房卡去，还是已经出售的房间，这房间里的人是他的朋友。

电梯门"叮"地一开，她抬眼看见一个俊俏男人。

她不敢仔细打量，只因对方身上名贵的衣饰和面如冠玉的秀雅。

她出了电梯门四处张望寻找，明明说好在电梯口等。

晃眼间，原本靠在墙上的男人突然慢慢向她走来，身姿挺拔，气质高雅的绅士。她顿时荡漾，又不知所措地低头，心脏跳得厉害。

要联系方式？

"把房卡给我吧，谢谢。"

男人面对她温柔地说道。

她愣了一下："啊，好的。祝您愉快。"

林凉笑着接过，在她走进电梯偷偷打量的眼神中拐着弯进了走廊。

这里风好大。

她的发丝飘进微张的嘴里，脸庞缩进羽绒服的帽子，双手也揣进兜里，像只企鹅。

低头，她看马路上一辆辆车，飞驰而过。

"宋小姐是想跳楼吗？"身后是他涵养的问候，听不出讥诮，仿佛是在哄她。

他没听到她回话。

"宋小姐,我们前脚刚走,你后脚就死了。"他渐渐靠近阳台,停在推拉窗前,"到时警察问话就麻烦了。这是你求和好的方式吗?以死相逼?"

她动了动嘴唇,过了一分钟回他:"没有。"

"嗯。那就好。我已经录音,就不打扰你了。"他摇摇手机看着她。

她似是没有反应,也不下来。

他转而转过身往门的方向走去。

他刚跨出一步,停了。

"宋小姐,外面风挺大的,小心一刮就没了。我帮你联系一下你的家人带你离开吧。"

真像是陌生人的热心帮助,声音也温柔可亲。

"没有。"她的声音很小。

"嗯?"林凉转了身又看向她,"宋小姐的'没有'是指没有家人……还是别的?"

风摇曳着她,衣服带着身形微微晃动,在城市的夜里显得格外惊心动魄。

"你说,要管我一辈子。"

牛头不对马嘴的回答。

林凉顿时失去耐心,微笑的嘴角缓缓捺下。

管她一辈子。以前的他还真有这荒谬想法,想掏空自己地宠她,想有什么就都给她,毫无怨言。她现在依旧天真,不过是丑陋的天真。以为用威胁和旧承诺就能挽回他,让他继续受她没心的欺骗。

毕竟他现在,有很多钱了,不是吗?

微笑又回到脸上,他抬起脚,准备离开。

"林凉哥哥。"

像蜜糖里的一颗棉花糖,咬开,甜进骨头。

"轻轻,以后叫我林凉。"

"为什么?"

少年轻轻咬了咬她的耳垂:"有些称谓只适合特别的地方叫。"

"什么地方?"

少年避开她求知的眼睛,尴尬地咳了三声才说:"林凉哥哥只能在……床上叫。"

宋轻轻立马摇头，抱着他的手臂撒娇地摇晃。

"我不要！我就要叫你林凉哥哥！"

她好喜欢这样唤他，就像呼吸空气般自然。像有千百条小溪汇入江海，融合交织。

他的心顿时软了，双腿迈不开第二步。

这是一句最狠的咒语。狠到一听到，他就会神经衰弱、全身麻木，只想全部奉献给她。

太深刻了以至于难忘到剖骨吸髓也得用力扯出来。

"管你一辈子的人叫宋文安。"林凉转身靠近她，声音冰冷。

"没有。"

又是没有。

他的手肘支在围栏上，偏着脸看她的侧脸："怎么老说没有没有的。既然当初已经做出选择，就不要为选择后悔。那都是过去的事了。

"宋小姐，胡搅蛮缠只会令人厌烦，知道吗？"

风中只刮来一句——

"他不是。"

他似乎发觉了什么，手指不停地转动戒指，顿时阴沉了脸，没出声，只等她说下一句。

宋轻轻转过头，看着他，停顿片刻后才说："林凉，对不起。"

他用力吸入一股空气，斜眼看她的脸，上下打量她轮廓的眼睛里只有冷霜。

他再不复平静，声音冷得骇人："你说话怎么回事？"

原以为她只是胡乱说话或是逃避回答，现在，仔细想过她说的每一句话，全都是回答上一句的内容。

以前她傻是傻，回答人却是正常的语速和停顿，绝不是现在……

他盯着她微张却就是发不出任何声音的嘴，时间长到心头的不安越发浓烈。

他不顾之前的温文尔雅，用蛮力将她从围栏上抱下来摔在沙发上，身体逼近她，双手一下撑在沙发上围住她，咬牙切齿地命令她：

"现在，你立刻、马上就回答我！"

她张着嘴，眼里盛满急切，但说不出来，只好用手一下一下地敲着脑袋，如木桩撞钟铮响。林凉一下明白了。

他看着她的嘴唇，四肢顿时如侵灌寒风般僵硬，他缓缓低头凑近她，眸子盯着她。

"有人打了你的头，所以你说话跟不上了？"

宋轻轻点了点头。

他霎时无奈地笑了声，笑容退下，右手立刻捏紧她的面颊，眼睛如冰彻骨。

"宋轻轻，没了我你就过得很惨是吧。又是做猫儿又被人打得连话也说不好，真有能耐啊，有手有脚的，都能把生活过成这样。"

他暴躁着，正在丧失冷静。

"你能让我看见你有一次，哪怕有一次离开我是过得好好的？！嗯？你要跟宋文安那就好好跟着！好好过日子不行吗？！你凭什么要在我面前扮可怜惹同情！宋轻轻，我好好一颗心，早就被你给弄死了，你知道吗？"

她摸他的脸，他的话她没听，只想着让他消气。

"林凉哥哥，不要生气。"

呢喃完，宋轻轻吻上他上下滚动的喉结。

南风说，男人最抵抗不了这招了。

林凉停止说话，喉咙下意识地吞咽，他低着头看她的发旋，神色不明。

林凉最敏感的地方是腰，只要轻轻抚上，他就会浑身战栗地拥紧她，告诫她不许乱碰。

可她知道，他喜欢。

她放上手指，还未移动，林凉一把扯开她的手臂远离，她倒在沙发上看他又是那个文质彬彬的林凉了。

"宋小姐，我不是你的恩客。请自重。"

"还有，请容许我直白地说一句。"他站直身子，整理着一丝不苟的西装，"宋小姐，我有我的生活，我们不会再和好了。"

情绪收敛只在瞬间，他一下闪过她和林玄榆在一起的画面。

他不在意。可身体里每根神经都不舒服，刺穿他的淡然，都在嘶吼：

谁教她这些讨好男人的调情手段？

她和多少个男人发生过关系了？第一个是谁？而他又是第几个？谁教她的？谁允许她自甘堕落？从别的男人那儿学习了技巧的她，现在学以致用，竟然用在他的身上。

她只是个养不熟的傻子。

他闭了闭眼。

他不该想这些。

这与他无关。

宋轻轻没敢上前，因为他的脸色肉眼可见的寒冷，冷到她呆愣原地，无措地摩挲着双手。

门重重地关上。

她从沙发上下来,房间里很黑。她的脸藏进了头发。

原来有一天人会难受到没有情绪面无表情地坐在地上鼻子一酸眼睛一红觉得自己就是个废物。

林凉是真的不要她了。

她知道。

还是难过。

9

时间像看星星,远望是个点,近看是骇人心脾的处处回忆。

他心里那座房子白雪茫茫。

晚上九点左右,宋轻轻坐电梯下楼。

这样的天少有车辆来往,于是她在冷风呼啸中等了近四十分钟的出租车。

下车时她拢了拢衣服,颤着手敲着浴足店的门。

徐嬷一直在等她,所以临近十一点也没放下卷帘门,见她一直没回,手机也不带,正急得不知所措只能干等时,才听到敲门声。

"你总算回来了。我就怕你出事。"还未见人影,徐嬷的大嗓门便传出来。

"他就仗着有点钱把咱都不当人看,都这么晚了才让你回来。"徐嬷忙打开室内的老旧空调,给她倒了杯热水,又摸着她冰冷的手骂起来,"天那么冷。屁股小架子大的。轻轻,以后跟那小子谈谈,让你早点回来。真不知道要做些啥子……"

徐嬷清楚现在大一的孩子不上晚自习,怎么说七八点就该回来了……这样一想,徐嬷忙又问她:"他没对你做啥坏事吧……"

宋轻轻本就容易被欺负,又好骗。以前就有些混混看她傻,趁徐嬷不在,用一百块骗她说出去玩给她钱,结果出去了就被强迫。最后宋轻轻打人又呼救,幸好引得旅馆服务员注意才逃走,不然真不知道会是什么后果。

徐嬷是看在林玄榆长得正经不像会干坏事,再者出手阔绰,从衣着上打量就知道与平常男性不同。惹不得,才不敢拦着。但好多有钱人不就喜欢折磨人?

宋轻轻摇摇头,只说堵车了。

徐嬷悬着的心这才安心落下。

她瞧着宋轻轻冻红的脸颊,心又疼了。

徐嬷年近五十,跟丈夫貌合神离也近十年左右了。自十年前知道丈夫嫖娼、赌博后,徐嬷闹着和他分居,念着孩子才没离婚。

八年前,她一个人在外打拼,做的都是辛苦的体力活。那时浴足店的前身是个脏窝子,直到晚上跳广场舞休息跟人聊天时,她才了解到此人因为惹了事,不敢在这儿待,所以准备把这儿便宜转让了。

徐嬷想了很久,终是咬咬牙接手了这个店,一来是原有的阿姨都认得这儿;二来她年纪也大了,老是腰疼,做不得体力活,便拿积蓄买了。

还留点钱在银行里,直到遇到宋轻轻,剩下的钱就给她治病去了。

她儿子也浑,二三十岁了也没个正经工作,整天打牌喝酒,没钱就找她要,不给就砸店子,长此以往,徐嬷对这儿子再深的感情,这会儿也全消磨没了。

徐嬷第一次见这姑娘,就惨白着小脸,衣衫褴褛地晕死在巷道里。她知道救了这姑娘先得自己掏钱,本是不想管的,可绕过这姑娘走后就老是耿耿于怀。

万一这么一漂亮的姑娘就这样死在这儿,怪造孽的。但没想到还真没亲人找她,可她还年轻,随便做个什么服务员慢慢赚钱还她不就好了?徐嬷这么一想,最终还是在医院把钱给垫上了。

或许没有徐嬷就没有八年后的故事,也没有一个坐在塑料红凳上的姑娘傻等八年,激动地伸着小指说:"林凉,我们和好。"

如果她真死在那儿,他这辈子都不会知道,偶尔想起也再找不到了。八年,尸体都腐化做肥,仅剩不甘还活着。

可这世上无论少了谁,车依旧会开,水还是会流,笑也会继续。

徐嬷知道宋轻轻说话的毛病。刚开始想说话,却老是说不出来,她急得流眼泪,后来医生说没法儿治,后来她坦然了,很少说话,碰到情绪波动的事才偶然主动冒出一两句。

徐嬷问了她好几遍她的家人。

宋轻轻只是摇头。

后来她就跟宋轻轻住了八年。这个贴心的小棉袄便真像她女儿般。夏天热为了省钱不开空调和风扇,就跑来给她扇风,一扇就是几个小时,让她停她也只说:

"阿姨,你热。我力气大,不累。"

冬天便常烧水给她洗脚,她脚上都是老皮老茧的,宋轻轻便细心地给她按摩。宋轻轻记性不好,学了一个月才学成了几招按摩的穴法,还笑着跟她说:"阿姨。舒服吗?以后我再学点别的。"

打扫浴足店,洗衣洗鞋都是她的活儿,徐嬷只负责做做饭,只因这妮子啥都做,就炒菜不会。

她怕灶子上的火,不过到现在也能克服着做几样小菜。

偶尔买买吃的，干活挣钱，其余时刻便乖巧安静地坐在小红凳上。

算是相依为命的两人。

徐嬷自然也爱怜这个孤独无依、身体又有点毛病的姑娘。平时她身子弱，又爱傻乎乎的冬天也只穿件衬衣，怎么教也不听，却也舍不得让她受冷受冻的，一看见就用毯子给她裹着。

自从林玄榆这小子包了她之后，她老是双手冻得通红，还咳嗽。

徐嬷不禁又在心里骂了几句不入流的脏话。

宋轻轻摸了摸她皱巴巴的手，平静地说："阿姨，我想走了。"

徐嬷半是诧异半是高兴地看着宋轻轻。徐嬷以前就劝她钱赚得差不多就离开这儿，也不知道她赚那么多钱干什么。女孩子以后还是要嫁人的，待过这儿的人嫁人已经很难了，更莫说还是个脑子迟钝的，可她就是偏偏不走。

现在她倒自己提了，徐嬷一时也开心。

"那就好，那就好。那我把钱还给那小子。你也老大不小了，阿姨我最近也在帮你相看对象，等看中个好的，我就安排你去相亲。以后就好好在家看孩子，多好。"

还是盼着以后的生活还有点希望。

宋轻轻只是觉得自己没必要再挣很多很多的钱了。

以前她只是一根筋觉得只要她待在这儿，林凉如果想找回她，那他一定会想到这儿。她觉得只要穿那件碎花衣坐在外面，他就会一眼看到她。就是觉得只要多干活挣大钱就能出国找到他。

她还为此骄傲，觉得两面进退都考虑到了。

她从不思考可不可行，也从不深思八年里他会不会不再爱她。

只是觉得她不变，那他也会不变。她不变，世界就还是以前那样。

一年过三百六十五天，一天过三百六十五次。

所以林凉说：我不会牵你的手离开。

她可真难受，比被打还痛苦。

以前温柔肆意、满脸柔情地对她说"让我抱抱"的人现在冷着声对她说："我们不会再和好了。"

她一直以为林凉就是林凉。和她一样，什么都能被原谅。

但她还是相信林凉不会不理她。

"嗯。走了。"她低头回道，自动忽略徐嬷为她找对象的谈话。

睡觉前，宋轻轻掏出林玄榆给她买的手机，努力回想，他教给她的手机操作。

今天林玄榆打完电话后，没关手机便放在沙发上，她蹲下身子无意间看到屏幕上一排一排的通话记录。

最顶上，她看到了"表哥"。

那时她心里只想着一件事，就是把林凉的电话号码记下。

她笨，记性不好，所以要花很多时间，直到手机熄屏。

他换了号码。以前她曾连续打了一天直到手机没电，对面依旧是对方已关机的提示音，再后来，就变成了空号。

她记着要打开电话列表，然后一点一点戳着虚拟键盘上的数字，按下了通话键。

十几秒后，电话接起，她的耳里传来她怀念的声音。

"喂，您好。"

林凉等了半刻都没人说话，皱眉正要挂断，一时才传来柔细又小心翼翼的声音："……林凉哥哥。"

他立刻挂断，不假思索。

她不死心地打第二遍，这次只是温柔的女声回复她："您所拨打的电话暂时无法接通，请稍后再拨。"

她听话地稍后再拨，连续三十二次后，她才觉得这个"稍后"是骗人的，她只好停了。

若是个聪明人，早知道换个号码打了，可宋轻轻就是想不到其他。自此每天早上八点准时醒来便开始拨这个号码，那人还是挂断。她便早上五次，中午五次，晚上五次，每次都毫不意外地收到"暂时无法接通"的话。

她还是不死心。

林玄榆也不知怎的，那天过后也没寻她。

宋轻轻自然是不上心的，她现在就盼着林凉接电话。

直至五天后的一个晚上，上厕所起身时一不小心手机从兜里滑下掉进厕所里，手机进水坏了再也打不开，宋轻轻一时急得哭了，仿若天都塌下来了，不知道怎么办，拿着手机就跑到徐嬷那里边哭边打着嗝咿咿呀呀地说："怎，怎么办……阿姨？他万一打我电话我就听不到了……他肯定又生气了……"

她没办法维持每天早中晚准时拨打他的号码。

徐嬷耐心地安抚着她说没事，第二天下午帮她买了新手机，把原来的卡装上。

宋轻轻开心得露着两个小酒窝，一开机就迫不及待地拨着列表里置顶的联系人。

这一次,对面的人接了,只是在她喊出"林凉哥哥"后,沉默了两分钟才开口。

她听不出来他的情绪。

"宋轻轻。"

第五章
树木为林，生水为凉 /

1

他说：我来找你。

她的嘴角拉得很开，像所有幸福都回来了。

"嗯。"

她就说他不会不理她。他要来找她了，她还想说些什么，可是他挂了。

没关系，他要来了。他来和她和好。他不生气了。

这个认知使她高兴地翻出两年前给他织的一条黑色围巾。以前她怎么也不会织，后来打定主意要为他织一条。会是会了，但老织不好，花了一年左右才织出一条完整的。

她真想看看他戴上是什么样。

她有基本的美丑之分。

宋轻轻就觉得林凉长得好看，比花好看，比山好看，比天好看。

她让徐嬷拿一个漂亮口袋，细心地叠好围巾装入袋中，又坐在沙发上抱着袋子等他来接她。

是不是该收拾一下行李？后又觉得行李太多了，他的车会装不下。

她要离开浴足店了，还不舍地对徐嬷说："阿姨，我会常回来看你的。"

徐嬷不解，睡意正浓还以为听岔了，只点着头不知回了些什么就打着哈欠回房了。

宋轻轻笑着，双手捧着脸痴痴地盯着门外。

真好啊。

她一直在等他接她回家。

等了八年了。

林凉开车来时，天色很暗，他在夜里将车停在巷口，按了按喇叭。宋轻轻一眼就看见了，忙抱着袋子小跑到他车前，眼里如流淌的星光，满怀开心地望着车窗里的他。

"现在就走吗？"宋轻轻露出酒窝笑着问他。

他看着马路，轻声回："嗯。"

宋轻轻兴奋地紧紧抱着袋子，坐上副驾驶便低头看着袋子里精心折叠的围巾，全程都止不住地扬起嘴角。她要到家后才送给他，亲手给他戴上，还要问他：我终于会织了，你不夸夸我吗？

他没有回八年前的出租房，没有去别墅。

他带她去了人民医院。

临进院门前，他停了脚步转过身子看着她。

她疑惑地打量四周，内心不安。

她看向他时，他开口了，礼貌的语气："宋小姐，我治好你的病，你以后可不可以别再纠缠我了？"

宋轻轻怔了很久，心脏和眼睛怎么就突然不舒服了。

他不是来带她回家。

她抱着袋子的手一紧，隔了好一会儿，才低着头硬声回他："我不要。"

"那你想怎样？"他顿时烦躁。

她揉了揉眼睛："我想和你和好。"

林凉一时平静了，他看着她泛红的眼睛，张了张嘴，最后什么也没说出。

他也不想管她，让她自生自灭就行。

可是，为什么呢？

林凉的秘书宋薇觉得林总最近不太对劲，从早到晚都在挂同一个人的电话，而且往往等铃声响起五秒后才挂断。隔了两三天终于看不下去，宋薇清了嗓好心提醒他。

"林总，您可以把人拖进黑名单。"

林凉沉默一下，才回她："……我知道了。"

知道什么知道。宋薇真想当着他的面翻白眼。

电话依旧如期而至，他还是不厌其烦地挂断。

直到那天晚上八点，电话却没有准时响起，宋薇下意识地看了看加班的林凉，他似乎毫无反应。

宋薇开始纳闷这是谁打来的，让林总这么矛盾？

第二天中午，林凉让她去查一下他的电话是不是欠费了？

宋薇听话地查了后，公事公办地回他：

"林总，您的余额还有五百四十一元。"

自从有了大八卦，宋薇便忍不住看他手机，老是看他低头摸着手机，连开会也走神。她只好轻轻提醒他：

"林总，到您了。"

直到下午五点左右全体员工开会，他正在总结，电话却突然响起，她看他怔了下，停了十多秒，在众人目光下第一次接起，不过只说了两句就挂了。

她想：或许是个重要的仇人。

又恨又舍不得。

他心里很烦。因为这个电话，他所有平静自若、八年沉淀、矜持涵养，仿若都成了个笑话。

这八年，没有她，他也过得很好。

现在没有谁缺了谁就活不下去了。

他想是因为习惯，习惯对宋轻轻心软。一看她受点伤、破点皮就心疼得不行，现在知道她得了病，更狠不下心了。而且她还不依不饶地缠着他……

他只想把她治好，给她钱，让她身体健康衣食无忧地好好过下半辈子，别再来扰乱他的人生了。

过往成了阴影只会让人避犹不及。

"你自己说的不爱我。现在过了八年才来说和好，你不觉得太假了吗？怎么，过得这么惨，是找不到像我这样掏心掏肺的人来养你了？"他笑着，眼里却全是冰。

"世上没有白吃的午餐。没钱，就装模作样地对我扮可怜，有钱了，就一脚把我踢开。"他抬起下巴，"宋轻轻，谁的心都是肉长的知道吗？"

她好不容易才憋出一句："我爱你，我……"

"好了。"他利落地打断她的话，眼睛如刀般割她的脸。

时间冗长，他突然低头轻笑一声。

"呵，你也会爱人？"

"治好了就别再缠着我。"他盯着她，不想再装温柔礼貌，"骚扰一个有未婚妻的男人很没有教养懂吗？"

未婚妻。

宋轻轻愣了下，慌张仓促地从袋子里掏出那条黑色围巾，小心捧在手里就呆呆地看着他。

"林凉哥哥……围巾……我会织围巾了……"

他深深看着她。

他记得，那是以前发生的一件事情。

"轻轻，天好冷。你摸我脖子都凉透了，等会儿还要去送货，可是我想你了。"

少年紧紧抱着她,握着她的手只在后颈处轻轻碰了碰,便放进双手里焐着。

"林凉哥哥,我给你织条围巾吧。"

"不用了。我自己受得住。天本就冷,你手冻伤了怎么办?再说……"他突然笑了起来,"上次你还说给我织副手套,结果到现在还没织完。"

他吻她的额头,又吻向她的唇:"你好好的就好了。"

"我一定会织出来的。"她不服气。

"行啊,要是你真织出来了……"他笑着用双手捂她的脸,挤成嘟嘟嘴的可爱模样,便心痒地啄着她的唇瓣,嘴里沙哑地说着情话,"那你说什么我都答应。"

八年前的承诺,她居然还有脸拿出来要挟。

他的眼一涩,脸凑近她,鼻尖对鼻尖,声音如冰冻人:"你看你这样,是不是和我当初一样贱?"

他轻笑着,手背拍了拍她的脸颊:"现在的你顶多只能被我玩玩,包养懂吗?我让你滚你就得滚,永远不可能是以前的关系。"

她一时没有回话,不是因为迟钝。

是因为她仿佛感觉面前的人不是林凉,林凉应该还在国外,眼前人陌生寒冷到扎人,扎得她摇着头下意识地退了一步。

他并没有多余表情:"看来你并不想,那就好。跟我去看病,病好了我再给你一笔钱。"

他深深看着她,话如针刺:"以后,永远都别再来骚扰我。"

他没顾她的反应,径直拉着她去了院长室,让院长给她看看情况。

待体检过身体,宋轻轻说想上个厕所,他指了指方向。

"她这个情况,恢复不了。"院长惋惜地拍了拍林凉的肩。

林凉低了低眸子:"多久了?"

"这姑娘说八年前被人打过。"

八年前。

他避而不谈的八年前,总变着法儿地出现。

烦。

宋轻轻还没回来,林凉看了看手表,皱了下眉去找她。

他沿着走廊一直往前,在拐弯墙边的窗前看见她。

还有一个三四十岁的男人。

男人正低头揉宋轻轻的耳垂,猥琐地笑着说些什么话,她只是低头没有反应。

林凉点了根烟没有过去。

他散漫地靠在墙边,眼睛盯着两人的侧脸,神色莫测。

男人走了,绕过他。

宋轻轻回头,发现站在不远处的林凉。

林凉笑着朝她挥挥手。

医院的灯光洒在他身上像是聚光灯。他的笑如含情脉脉。她像是回到以前,笑容一下就来了,身体下意识地朝他奔跑。

"林凉哥哥……"她笑着朝他跑去,双手缓缓张开。

他没有动作。走近了,她才发现他的笑是冷的,她下意识地停住步伐。

他的头朝男人离开的方向动了动,吸了一口烟。

这活干得挺不错的,到哪儿都有她的恩客。

他走上前,缓缓地将烟圈吐在她脸上:"宋轻轻,你比以前出息多了,会赚钱了。知道做猫儿要比开小卖铺来钱容易得多,懂得赚钱不容易了?"

她摇头,眼睛有些湿润:"没有。我只是想待在那儿……(等你)"

她的话又被林凉打断了。

他皱着眉一副不耐的样子:"不用解释了。我并不想听,我不是你的谁。"

说完,他转身就走,静谧空间里只有他的脚步声。

"你包养我!"她在他身后突然大喊一声。

他缓缓停了脚步。

"你包养我。"

只要能和林凉在一起,怎样都无所谓了。

他转着指节上的戒指,时间爬过他的眼睛。他深深吸了口气,仿若要吸干这里的所有氧气。

最后,他轻轻闭上了眼。

"好。"

他开车带她去了他的住处,一个独栋小别墅。

清冷房间里只有些平常家具,色调全是冷淡的黑白色。

他让她去洗漱,清洗后只给了她一件白色衬衣。

没有贴身衣物,她下身空落地站在梳妆镜前,他站在她身后。

"别后悔。你要知道……"他看着镜中忐忑不安的她,手指抚摸她的下巴,呼吸在她耳边绽放,"我早装够了。现在我可不会看你哭了就哄你。"

他的话如刀片般残忍:"你尽管哭尽管喊疼,我不会在乎你的感受。这就是包养,懂了吗?"

她发现一副黑色花藤文身占满他的半个右手臂。他的左耳上，有一排耳洞。他的眼神有野兽撕咬般的血腥。

她的心猛地一紧，身体下意识地战栗，她不由得想起那时，少年林凉也曾让她害怕得有过阴影。

八年后的他，一个眼神、一句话就让她觉得恐惧，像在刀尖上跳舞。

他明明，是最温柔的人，绝不忍心她哭，最害怕她喊疼。

以前他只会说：好好好。不了不了，乖，不哭了啊。

现在，她只觉得她是他一文不值的玩物。

林凉不是这样的。

他不是。

2

林凉。树木为林，生水为凉。

像温泉里的月光，温暖她苦难岁月里斑驳的身躯。

他那样轻轻敲出围墙的缝隙。

蹲在角落里的她缓缓抬头，贪婪地追逐一隙阳光。

宋轻轻住在春望镇希望村154号。

马红英是她的母亲，结婚后一直怀不上，过了三年才生下宋轻轻，之后就脑中风，四肢无力，常年瘫在床上。她的父亲宋根就在镇子上搬东西赚钱，家里就他们三个，所以宋根不敢往远了去打工，怕照顾不了马红英。

宋轻轻四岁前还不会说话，哭笑都会，也会咿呀几句，就是说不出完整的字句。马红英和宋根没啥文化，以为她就是学不会，等时间长了就好了，哪知是智力障碍的征兆。

家里的钱大多给马红英买药，所以宋轻轻没上过幼儿园。直到宋轻轻六岁，宋根才好说歹说地跟镇子里唯一一所学校的校长求情，让她上了一年级。

就上了不到半个学期，班主任就老打电话说这孩子学习不好，怎么教都教不会。起初宋根还觉得是宋轻轻贪玩不爱学习，还说过她，让她好好学习。

宋轻轻当然是努力学习，可就是记不住，思维也变通不了，成绩永远垫底，便老在班里被人叫傻子。

这里的小孩有着天真的恶毒。他们欺负宋轻轻懦弱，折断她的橡皮，然后丢掉，画花她的本子，弄丢她新买的文具盒，还警告她不许告诉家长。

宋轻轻在回家的路上偷偷抹泪，又怕人看见说她是爱哭鬼，只能躲在玉米田里哭，哭完了便佯装没事地回家。

她每天都会给马红英讲她当天学了些什么。

"森林，大大的森林。"

"是高高的森林。笨。"马红英笑着拍了拍她的小脑袋。

宋轻轻也笑着拍了拍自己的脑袋："我好笨哦。"

马红英自知自己说错话，一时后悔地抱着她："你一点也不笨，是妈妈说错话。"

没了橡皮，宋轻轻只好用手指沾着口水搓，搓得作业本上乱七八糟。改作业的老师一看就发火，在班上点名批评宋轻轻，底下的同学就捂着嘴笑她，后来就叫宋根来学校。

宋轻轻不敢跟宋根说，胆怯不安地拖了两天，直到那老师亲自打电话让宋根过来，解释了一番，宋根才知道宋轻轻在班里被欺负的事。

于是他大发雷霆，在班里逮出那几个一直欺负她的孩子骂。

宋根身材高大，又常年搬东西，身上都是肌肉，吓得那几个孩子哭得惨烈。老师觉得影响不好，劝宋根回去，说："都是些小孩子，你一个大人怎么跟孩子一般见识呢？"

那些孩子见宋根发怒，都害怕地看着他。

宋根打量了一圈班里的孩子，叹了口气，只好向老师请了半天的假，牵着宋轻轻的手回家了。

在路上，他轻轻摸了摸她的头发，又把她抱在怀里，温声柔情地说："轻轻，以后再有人欺负你，你就跟爸爸说，爸爸打得他们屁股开花。"

宋轻轻一下就咯咯笑出声，搂着宋根的脖子，疑惑地问："屁股开花？什么花啊？"

"喇叭花，把两瓣打成八瓣。"

宋轻轻想了想喇叭花的形状，双手不由得捂住屁股，害怕似的抖了抖，缩进宋根的怀里，撒娇似的说："爸爸好凶啊。"

宋根搂紧了她，哈哈大笑起来。

后来的确没有孩子欺负她了，却也没有孩子敢靠近她。跳橡皮绳从来没有人邀她一起玩，明明聊得火热，一看见她靠近，大家相互瞟了一眼，就默不作声地离开。

她被孤立了。

因为大家都害怕她爸爸，觉得她爸爸是恶人。

只有她觉得爸爸是个英雄。

宋根从来不让宋轻轻碰火,孩子天性的好奇促使她趁宋根上厕所时靠近灶火看火。她靠得太近,不小心被火烧到头发,火焰顺着发尾迅速爬上头顶,灼热的烧疼让她害怕地大哭,倒在地上不停打滚。直到宋根听见哭声,忙倒了盆水给她灭了火。

后来她的头发就被剃光了,自卑地戴着帽子上学。

大夏天还戴帽子。好奇的大孩子在体育课上调皮地拿走她的遮挡物,一个滑溜溜的光头滑稽地露出,所有人都哄笑起来,笑声冲破了操场,痛苦全笑成了喜剧效果。

她追着跑要拿回她的帽子,最后大孩子跑累了,无趣地扔在地上,说她是不男不女的丑八怪。

她慢慢捡起帽子,抹了抹眼泪,颤抖着手戴上。

周围的人都在看戏,笑声像一群喜鹊喳喳。

她的帽子像无数石头,重得她抬不起头。

她再也不敢靠近火和灶。

宋根看她情绪低落,便笑着安慰她:"你知道一休吗?你看,聪明的孩子都是光头。你以后还会学到一个成语叫聪明绝顶,意思就是聪明到没有头发。"

"轻轻,这是只有我才知道的秘密哦。你告诉别人爸爸就会被打屁股的。"

"真的吗?"宋轻轻开心地看着宋根,之后还特意跑去问老师。

"老师,是不是有一个成语叫聪明绝顶啊?"

得了老师肯定的回答,宋轻轻骄傲坏了,顿时觉得周围人的头发太多所以都比自己笨。又因为这是和爸爸的秘密,不忍心爸爸被打,宋轻轻一直藏在心里偷偷骄傲。

她觉得爸爸才华横溢,连这个都知道。

一个学期结束后,宋轻轻的期末考试成绩还是垫底,校方找了宋根,语气委婉地跟他说:"宋轻轻这个孩子或许是得了什么病,你最好带她去看看。"

宋根思索很久,还是带她去镇上的小医院看了看。医生说是智力障碍,要吃药,还要靠教育和培训养活,条件好可以送到特殊的学校读书。

春望镇还没有这种学校。

那天宋根沉默了很久。

他带着宋轻轻出了医院,没有回家。他背靠在医院墙上,低头看正仰着头笑得天真无邪看他的宋轻轻,小脸软软的。

多么可爱的孩子。他的孩子。

他摸了摸她的头发,笑着问她:"轻轻今天想吃什么呢,爸爸都给你买。"

"真的吗，爸爸？！"她露着酒窝，抱着宋根的大腿期盼兴奋地望着他，"轻轻想吃奶糖，很多很多奶糖。"

宋轻轻只尝过一次奶糖，是过年时婶婶给的，吃过之后只觉得什么都是奶糖味，白米饭是奶糖味，小青菜是奶糖味，鸡蛋也是奶糖味，连手指也是奶糖味。

"好吃鬼。"宋根笑着刮了刮她的鼻子，牵着她的手去了商店。

那晚宋轻轻抱着一袋子奶糖回家，幸福得直抱着宋根的手臂夸他是个好爸爸。一路上她都在哼歌。

"世上只有爸爸好，有爸的孩子像块宝……"

宋根当晚收拾了行李。

马红英疑惑地问他干啥去，他揉了揉眼告诉她。

前几天李四刚邀他一起去外面挖矿赚钱，他念着马红英才没同意。这下查出了宋轻轻也得了病，他想了很久，准备拜托镇里一个熟悉的婆婆照顾马红英和宋轻轻的日常生活，他就跟着李四刚去外面打工，等过了年就拿钱回来，给宋轻轻和马红英治病。

"现在就去吗？"马红英抹着眼泪，觉得是自己拖累了宋根。

"嗯。今晚的火车，要早点去。"他抹去她的眼泪，"你别难过，我过年就回来了。"

"那你还是跟轻轻说一声，你要是不见了，她肯定闹着不去上学。"马红英躺在床上，病痛折磨得她骨瘦如柴。

"好。"他点点头。

宋根骗女儿说要给她买更多的奶糖，让女儿等他。她以为宋根只是出去一会儿，心里只顾着奶糖了，忙开心地应着。

她看着宋根走出院子，走在田埂上，背影在月光下渐行渐远。

她突然慌张，忙大声朝背着行李正向前走的宋根喊道："爸爸你要快点回来啊！"

宋根回头挥了挥手，也朝她喊着："你在家里要乖乖听话！"

"我一定乖乖听话的！"宋轻轻大声回他。

她忍不住一直跟在爸爸身后，宋根让她回去。

他的脸抵在她的头顶上，温柔地说：

"轻轻，爸爸一定会让你继续读书的。"

那晚爸爸的背影伟岸得像是一座山。

月光像盐一样洒在这条路上。

宋根的确在外面赚了钱，每个月会给马红英打电话，会寄钱回家，会打听宋轻轻在学校的情况。马红英便笑着跟他说，宋轻轻还在因为你骗她不想和你说话呢。

生活越来越好，家里添置了很多东西。马红英开始期待今年能过个好年了。

宋根还想多挣点钱给宋轻轻换个好看的书包，于是白天就在矿场干，六点起床晚上八点收工，草草吃点干饭配咸萝卜，晚上就跑到老远的工地上给人和水泥，凌晨又走一个多小时回到住处。

这里天气潮，他们又住在一楼，天气入秋后宋根就老感觉膝盖疼，刚开始还能忍，后来忍不得了才去开了点土偏方，每天省着用，就怕用完。他膝盖上全是药酒味，但夜里还是疼得皱眉。

马红英打电话问他身体怎么样，他就跟过年放鞭炮似的面目红光，声音洪亮。

"我没事，我壮得很。这里特别好，有肉吃还有钱赚，等我过年回来给你们带牛肉吃，到时别跟我抢啊。"

马红英一听就咯咯笑了，说了他几句挂了电话更期盼过年了，于是哼着小调提前剪了几幅窗花。

两个月后，宋根死于煤矿塌方。

他被活活埋死的时候，李四刚正站在一旁目瞪口呆地望着。他本可以救宋根的，只是他突然想到矿上死了人会发一笔不菲的抚恤金，而他欠了一大笔赌债正愁找不到钱还。人性浅薄，于是他呆呆望着，身子僵硬。

宋根绝望地看着李四刚，因为呼救嘶哑的喉咙再也不能发声。他只是想到他卧病在床的妻子和乖巧的孩子，又奋力攀爬着，手指在石块上磨出了血，脸上全是黑色的沙和红色的血。

一次又一次摔倒后，他只能用尽力气艰难发声：

"李四刚！我枕头里……还藏着三千块钱！麻烦你帮我寄回家！"

沙土最后埋掉了他的声音。

李四刚不仅没有把三千块寄回家，还拿了上面发给宋根亲人的抚恤金，谎称帮他带回家，最后拿着这笔钱和那三千块再也没有回到春望镇。

马红英还在等宋根的电话。

宋轻轻也每天放学就在院子门口蹲着等他回家。她看着那条宋根离开的小路，等宋根伸开双臂笑着抱她，捏她的脸颊。

人不怕穷，就怕苦。

宋根已经很久没打来电话了。每个月的十五号宋根都会给家里打一个电话，那时长途漫游费贵，一个月只能打一次。宋根已经两个月没打电话了，打过去也是没人接。

马红英总能梦见宋根遭遇不测，吓得她每次醒来就开始流泪。

没有钱，婆婆也不愿来照顾宋家母女，马红英只好自己下床，忍着头痛给宋轻轻做饭穿衣。她预感宋根已经发生了不测，悲伤欲绝的心境加重了病症。

最后没有办法，她只好给在A市城里的本家姐姐兼妯娌马春艳打个电话，求姐姐收养宋轻轻。

马春艳立马回绝了。她自己养了个儿子，还要养一个傻子，这种划不来的事她吃饱了才揽着。

马红英求她："姐，我感觉我快不行了，你把轻轻养着，等我死了，你就把我家的地和房子卖了，就当轻轻的赡养费好不好，只要你把她养到十八岁……"

马春艳还是回绝，嫌麻烦，让她别再打电话来了。

马红英无奈地在夜里哭，有时压不住声，吵醒小床上的宋轻轻。宋轻轻问妈妈怎么了？马红英看着乖巧的女儿，抹去眼泪说："没事，妈妈就是想爸爸了。"

"爸爸那个坏蛋！"宋轻轻噘着嘴，"妈妈，我们不要想他。"

"嗯。不想，我们都不想。爸爸还在外面干活呢，等他回来我们俩狠狠揍他。"马红英挥了挥拳头。

"他说只去一小会儿的。他骗了我！"宋轻轻说着说着，闹脾气地捂在被子里不说话了。

过年了，宋根还是没有回来。马红英买了二两肉，她闻不得油烟，只好将肉煮了切成薄片蘸着酱油吃。两人看着别人放的烟花笑着过了这个年。

过完年她让宋轻轻叫徐叔叔来家里。

她想在他那儿买副不上漆的木棺材，越小越好，能省就省。

马红英还想向镇里人借点钱付宋轻轻的学费，可别人一看她这样子都不愿借给她，怕有去无回。

马红英只好强撑着给别人做针线活，攒宋轻轻的学费。

那晚她半夜起身喝水时脑中风突然发作，四肢麻木，头磕在床角上，她流了滴不甘的泪水——不甘地想着如果自己走了，宋轻轻一个人可怎么活啊，谁来照顾她啊？

"轻……轻……"

她最后偏头看向小床上安睡的宋轻轻。

马红英死那会儿宋轻轻还迷糊地梦见奶糖，醒来时揉搓着眼睛，脑袋晕乎地叫了声妈妈。

她看见了马红英,连忙害怕大喊着妈妈,可妈妈再也不会对她笑了。

后来是镇里的人看她可怜帮她妈妈收了尸,装在还冒着木头味的棺材里。

宋轻轻看着那些人是怎么指指点点说她,又是怎么把她妈妈装进棺材埋进土里。

她那时不懂死的意义,只是觉得奇怪——好好的床不睡,妈妈为什么要睡那个木箱子里?

当晚她就去埋马红英的地里用手敲地,用耳朵贴着地面听里面的声响,盼着马红英从地里钻出来。

她又用脚跺了跺,想吵醒妈妈,她肚子饿了,想吃饭。

马春艳得知马红英死后,第二天就来了。她贪图马红英的遗产、房子还有田地,她迅速搜刮了家里所有值钱的东西,还有房契和地契。

宋轻轻拦住她,看着搬家车里的电视机说:"婶婶,你不能带走它,妈妈还要看呢。"

一个小孩子能做什么,马春艳立刻推开她:"你妈都死了还看什么电视。"

宋轻轻立马揪住马春艳的衣服:"妈妈没死,她只是睡在地里,她一会儿就会醒的。"

"睡在地里就是死了!你妈不会醒了!"马春艳被她弄烦了,用了劲把她推在地上,忙招呼着司机师傅上车回去,准备卖掉地契和房契,好好捞一笔钱。

宋轻轻才知道妈妈死了,不是睡了,坐在地上便开始大哭号叫,顿时引来周围邻居。

宋根以前的朋友看车上全是宋轻轻家的东西,再一看宋轻轻在哭,立马拉着还未上车的马春艳,破口大骂。

"你还是不是人啊?!孩子刚死了亲人,无依无靠,你一个做婶婶的就来这里趁火打劫!心肠怎么这么歹毒!"

马春艳自知理亏,再加上人多不敢反抗,说:"那我还……还她总行了吧!"

那人眼尖看见她兜里的房契,一面立马从她身上扯出来,一面又骂她:"你还把这些都拿走了!你是准备让这孩子无家可归吗?!你有良心吗?!"

马春艳舍不得房契、地契,只好咬牙道:"你说什么呢!我是准备养宋轻轻才拿这些的!我妹当时就这么跟我说的,让我养她到十八岁,这些就都给我了!还来!"

"真的?"那人不信,扭着她进了派出所,让警察当个见证人。

马春艳无奈之下只好带着宋轻轻回了Ａ市。上车时宋轻轻还不肯,闹着坐在地上就是不走,马春艳只好骗她说宋根在Ａ市等她,宋轻轻才欢喜地去了。

"婶婶,爸爸真的在那里等我吗?"

"嗯。"马春艳敷衍地回她。

3

春花漫野的三月。

宋轻轻进了一个吃人不吐骨头的"监狱"。

马春艳变卖了宋根家所有的家具电器、房子,收了钱哄骗宋轻轻坐着火车回她家。

宋轻轻想宋根,可是又舍不得马红英,进站了就大哭大闹着不上车。马春艳扯宋轻轻的衣袖呵斥她,宋轻轻坐在地上大声哭号。

马春艳见周围看热闹的越来越多,又羞又恼地用力扭扯她的耳朵,厉声呵斥她上车。宋轻轻哭得更厉害。马春艳真想就把她扔在这儿,走出一步又想起宋根朋友的警告,只好买点糖哄她。

糖果最能哄孩子,宋轻轻一下笑开了,含着糖心甘情愿地跟马春艳走了。

开始宋轻轻还对新地方感到新奇,呆呆地任马春艳收拾了一个杂物间给她住。隔了两三天,她没见到宋根,又哭闹着要回家。

马春艳本就对这傻子不满,又被她哭得烦躁,一面气冲冲地拿起衣架往她背上招呼,一面大声吼叫:"你爸妈都死了,你回哪儿去?!要不是那龟孙威胁我,我早把你给卖了,老子还得管你吃喝拉撒的,我真是作孽了碰上你这个讨命鬼……"

"回家?!老子问你还回去不?"马春艳又扯着她的耳朵叱问。

宋轻轻凄烈地哭喊,于是马春艳下手更狠,一下比一下用力地抽打,掺杂着谩骂。

她被打得上身蜷缩,双腿战栗地倒在地上,害怕地哭着想跑,却被马春艳紧紧捏住手臂,她如何也挣脱不开。马春艳斥骂她不准哭,再哭打死。于是宋轻轻不再大声哭泣,只抽噎着,用小手胡乱地擦着眼泪,流着鼻涕求她:"婶婶别打了,别打了,我不回家了,我不回了……"

这是宋轻轻第一次被打。

后来被打的次数多了,她也就学会了一个道理——

被打的时候不能哭。

有时晚上她梦见她跟宋根打电话,每一次她都哭着求他说:"爸爸,你快接我回家好不好?"

梦里的宋根不说话,只是一次次挂断她的电话,像是对之前她不接他电话的惩罚。

她蹲在一片黑暗里,头埋在腿间使劲地哭。

她曾想偷跑回家。

她出了家门,出了单元门,看着那条一眼望不到尽头不知通向何处的水泥路,脚步停顿了。她茫然地仰头,看着一栋一栋的楼,还有天空。

南风说:城市没有星光,只有一层一层的霾。

八岁的宋轻轻眨了眨有些酸涩的眼睛。她还是握紧拳头,下定决心,迈出步伐。

回家。

回她家里的小院子,回她院子里有狗尾巴草的小屋,回她摆放在小屋里的一张折叠木床,回她折叠木床上暖暖的被窝里,被窝里有妈妈香香暖暖的味道。

九岁的宋文安突然出现,扯住了她的衣领,并向马春艳告状。

后来宋轻轻被关在那间杂物乱堆的小屋一周。她握着铁窗栏,手臂上布满了青紫的掐痕,疼痛印在身上,她的双手紧紧地握住窗栏,小小脑袋塞在两根棍子中间,呆呆地望着那条伸展向远方的水泥路。

她想,妈妈还在等她回家。妈妈一定把饭做好了坐在院子里等她,她要跟妈妈说,爸爸不在这里,婶婶骗了她。

哦。

她突然想起来。

妈妈已经死了。

她后来不想逃跑回家,因为被打得太疼了。

逃走了回到春望镇,难道就是幸福吗?

宋轻轻穿着宋文安淘汰下来的黑色衣服和破旧鞋子,安静得如空气般洗衣服、洗菜,听话地扫地、拖地。在痛的教训中学会自己扎头发、自己穿衣服,在他们开心看着电视欢声笑语时,自觉地去洗碗刷锅。

她学会生活自理,对一个傻子来说,也许是万分幸运。

十岁前的宋轻轻还有小孩脾性的小哭小闹,有自我意识,也会对不公平不满委屈难受。

直到十岁那年……

小区里有个杂货铺,是个老头开的。

宋文安时常指使她去买吃的,带她熟悉路之后,经常躺家里等宋轻轻买吃的回来。

老头姓李，六十岁，满脸褶子如沟壑纵布，脸上长满鼓脓的红痘，皮肤溃烂。他见宋轻轻脑子不好，又长得水灵，便生了歹心。他骗她进屋说免费吃糖，用枯糙的双手欺负她。

宋轻轻被宋根教过这样不对，便哭着跑回家，她告诉马春艳李老头的行径。马春艳忙着手头活完全不理她，还嫌她碍眼让她走开。

她又告诉宋文安。

宋文安只担心零食有没有买回来，见她空手而归，只是骂了她一顿。

后来她又被宋文安指使去买东西，她害怕地低头问能不能不去？宋文安挥了挥拳头，宋轻轻只好眼睛酸涩地走出门，捏着钱，颤抖地去了杂货铺。

没人在乎她，没人相信她。

那天她挣扎，哭着嚷着跑出去。被李老头污蔑成偷东西的坏孩子，跟马春艳说这孩子被他发现偷东西吃，被他说了一顿才哭着跑回家。于是她被马春艳臭骂一顿，还按着她的脑袋向李老头道歉。

宋轻轻说他想扯她裤子。

马春艳说她小小年纪就撒谎，又打了她。

宋轻轻呆在原地，觉得四周全是黑。

她说的都是真的啊。

她不懂为什么最亲的人都不信她？

还是真的是她做错了？

后来她被李老头欺负了将近一年。她一来，就被扯进小黑屋里，一直到李老头搬走。

李老头走的那天，她很正常地吃了一碗饭。

她已经学会了一个"道理"——被人碰的时候不能反抗。

她知道了，推开任何一个男人，都是她的错。

我的轻轻，怎么能活成这样？

如名字般轻如薄羽，任人宰割、任人欺负，一天接一天地麻木地躺在砧板上，渐渐失去自我。同龄的女孩已经在撒娇要新书包，宋轻轻远远看着，只是看着。

她有多美好，命运待她却有多龌龊。

宋轻轻没有想过未来，更不知道什么叫未来。

她能做的，是一天又一天，坐在门口，等太阳出来，然后某一天去死。

4

宋文安很不喜欢宋轻轻。

这颗白色碍眼的饭粒子，粘在袖子上，只令人生厌。

马春艳的漫骂责打，多是扭曲事实，什么混吃白喝的寄生虫，什么浪费她精力的傻子，让她又辛苦几分的害虫。八岁的宋文安一一听入耳，久而久之，对宋轻轻没什么好印象。

而且对这个总赖着他，跟着他的宋轻轻，心生嫌弃。

宋文安一向活泼，小区里的孩子大多是他的朋友，这一点让宋轻轻羡慕不已。可是宋文安不想带她出去玩，她扯着他的衣角轻轻地摇晃求他，他便皱着眉恶声恶气地警告她，不许跟着他。

可是宋轻轻还是偷偷跟着他，远远地躲在树后睁着眼一转不转地看着他们玩乐。

每次宋文安放学回来写作业，宋轻轻便跟着进门，呆呆地站着看他做题。

宋文安被看得不自在极了，推她出门，把门锁上，不准她进来。

后来宋轻轻自己学乖了不再去，宋文安才不锁门了。

宋轻轻十岁前一直都很依赖他，开心地跟着他满世界跑。他不喜欢她跟在旁边，她便自己玩树叶，玩沙子，等天黑了就从树后出来，再一路小跑跟着他回家，听着他皱眉地说她是个缠人精。

宋文安让她去倒水，她就去；宋文安让她买零食，她就去；宋文安让她去抓蚯蚓，她也听话地颤着手去。

宋轻轻还喜欢模仿他，他端着碗吃饭她就端着碗吃饭，他看电视她就坐在他身边跟着他看电视。宋文安不耐烦极了，让她别黏着他。宋轻轻失落地应了声，可下次还是这样。

只因宋文安是唯一一个陪伴她的人，她崇拜这个聪明、有很多朋友、活泼会讲故事的哥哥。

宋文安的确给她讲了个故事，把奶奶经常给他讲的熊外婆的故事讲给她听——趁着晚上熟睡的孩子不知道，熊外婆就会啃她的脚趾，啃得嘎嘣嘎嘣作响，像嗑瓜子一样一只一只啃掉。

吓得宋轻轻一晚上没睡，第二天还带着黑眼圈哭着问他，说她很想睡觉，有没有什么办法不让熊外婆来啃她脚趾？

宋文安见她快要哭的模样，只好敷衍她，说他已经打跑了熊外婆，熊外婆不敢再来了。

这么一说，宋轻轻便更崇拜他了，欢喜地搂着他的手臂唤哥哥。

直到十岁发生了那一场变故后，宋轻轻再没了以前那股依赖他的缠劲了。

那年，宋轻轻被李老头欺负后，逐渐变得沉默寡言。

宋轻轻很想上学，很想读书。

所以她翻宋文安的书架，喜欢本子和笔，每次都被宋文安皱着眉收回，锁在抽屉里不准她乱动。

所以她总是清晨起得很早，看着别的孩子上学，一直看着他们消失在视线里。

所以她偷偷拿了宋文安的笔，没有本子便在白墙上写写画画，被马春艳大骂着责打时，也不想停止，偷偷地又在角落里画着。

那一天，马春艳想去打牌，让她去接宋文安放学。她小心地避开人群，来到校门口，等着宋文安放学，等得脚底隐隐作痛。

宋文安跟着朋友一起出校门，一看宋轻轻等在门口，欢笑的脸立马拉下来了，站在她面前低声责问她："你怎么来了？"

那时候宋轻轻头发还没扎好，脸上还有污渍没有擦干，脏乱得不成样子，可她毫不自知，仰着头就回他："哥哥，婶婶让我来接你。"

"宋文安，她是你妹妹啊？"身边的朋友一看，抿着笑便跟身边的人嘀嘀咕咕的，"宋文安的妹妹怎么这么丑，好几天没洗澡了吧……"

宋文安只觉得丢脸极了，他自小成绩优异，又长相俊俏，能说会道，在人群里都是闪光的，这时突然出现一个让他丢颜面的宋轻轻，他只觉得羞恼透了。

他跟着朋友一起回家，跟他们说这个是他小区里的傻子，总是乱认哥哥，解释完便让宋轻轻等他走后再一个人回来。

宋轻轻一时听话地应了。

她不是不懂，她都知道。

她总仰慕的哥哥也说她是个傻子。

宋轻轻呆呆地望着宋文安搂着别人开心交谈的背影离去，双手重重地揉了揉眼睛。

当晚回去宋文安就带着埋怨地跟马春艳说以后他自己回来，不需要别人接，还说宋轻轻让他在同学面前难堪，以后别让她出门了，不然熟悉他的人就会嘲笑他。

后来马春艳就很少让宋轻轻出门了，最多就是让她拿着豆浆在单元门送他上学。

自此，傻子宋轻轻不再依赖他了。

她不会再跟着他出去玩了，不会再贸然进他的房间了，不会再求他给自己讲故事了，也不会看他做作业了。

因为关在屋子里时间越长，见识得越少，没读过书，马春艳也不准她私自开电视。

宋轻轻变得越来越呆滞。

宋文安一直都讨厌宋轻轻，觉得她又傻又笨，还爱缠着他，内心只觉得烦躁，可有时又觉得她也算是天真可爱，也会分享些吃食给她。

直到后来宋轻轻不再缠着他后，他只觉得有些别扭。

他出门玩耍时，那个讨厌的小尾巴反常地没跟上来，他疑惑地系着鞋带，系完都不见宋轻轻站在身边，忍不住偏头看了看，客厅里也没有她的身影。

可能是还不知道他要出门。

可以前都不用他说，她自己就屁颠屁颠地跑来了……

宋文安清了清嗓，有些做作地大声说着："今天要去河边看落日，时间快来不及了，我得赶紧走了。"

说完，宋文安下意识地看了看宋轻轻的卧室门，可宋轻轻还是没出来。

他皱着眉收回了眼神，嘟囔了一句便开门走了。

没了宋轻轻的纠缠，宋文安轻松了好一阵。可过了那一阵，他就觉得怎么都不是滋味了。看着本子上被她乱涂乱画的杂乱图画，宋文安烦躁地撕掉。

这个傻子宋轻轻，他惹着她什么了？

真的令人讨厌。

5

宋轻轻……

人在结识一个不熟的人前，听过的流言风评都或多或少地影响着对这人的印象。

再加上年纪小，不懂得辨是非，之前听过马春艳对马红英的歪曲谩骂，说马红英自私成性，要她白养一个傻子等这些贬低别人又显得她委屈的话后，宋文安对马红英的女儿宋轻轻，一开始也是带着不成熟的偏见，自然没有好印象。

再加上没受过什么教育的小孩宋轻轻又皮，所以，宋文安对宋轻轻的印象便是——

霸占他家的外人宋轻轻，烦人的缠人精宋轻轻，蠢笨如猪的宋轻轻，脏兮兮的宋轻轻，惹人生厌的宋轻轻。

宋轻轻喜欢画画，夜里趁他睡着就偷摸出签字笔画花了他的作业本，害得他第二天被老师罚抄十遍，直抄得手抽筋。

他好不容易耐着性子和她玩沙子，她却一把将沙子撒在他的脸上，害得他眼睛红了两天，又怕马春艳打狠了她，只好谎称是自己不小心弄的，只是回到卧室就斜着眼瞪她。

宋文安一面红着眼，咬着唇，一面心里恶狠狠地想着，他要是再心软跟她一起玩，他就是头猪。

……

好吧，他就是头猪，一头死性不改的猪。

她为什么非要跟着他？

他曾那样恶狠狠地对她说："你再跟着我，信不信我打得你满地找牙？"

可宋轻轻还是跟着他，只不过就可怜巴巴地躲在树后看着他玩。

这讨厌的宋轻轻！

他一瞟眼，只见她呆呆地站在那儿，露出半个身体，双手摸着树皮，睁大了眼，满满都是他身影的眼里流露出渴望的表情，弄得他玩一会儿就毫无心情，只好谎称说马春艳叫他早点回家，以此为由退出了游戏圈，径直走到她面前没好气地说了声："回家。"

她还傻呆呆地问一句："怎么不玩了？"

怎么不玩了……

她还好意思问！

他真的是……

宋文安只感觉五脏六腑都快炸了，气不打一处来地瞟了她一眼，收了眼神就径直走到前面去了。

她生活不会自理前，身上总脏臭脏臭的，一流鼻涕就擦在袖子上，擦得满脸鼻涕，又爱玩泥巴沙子，所以马春艳才挑黑色的给她穿。她脸上经常脏兮兮的，指甲里也满是黑泥，直看得宋文安一脸嫌弃，拖着她的手就往洗手池去。

时间像是融化剂，相处久了，宋文安也成熟了许多，看宋轻轻就带着些可怜意味了，即使还是会耐不住脾气打她。

十一岁之后，宋文安会在放学后在小摊上买些小零嘴回家，拿点给宋轻轻，也会开放自己的书架给宋轻轻翻看，想着反正她也看不懂。

可宋文安不知道她趁他不在，曾自己偷偷翻阅他的书，日积月累，除了数学得靠人教才能懂，语文词汇倒是积累得不错。所以那天她扯着他衣角，指着书页顶端的一段文字，便天真而求学地问他："哥哥，我看不懂。"

宋文安偏头一看，两眼昏花。

——这不是他的黄色笑话合集吗？！

宋文安勒令她不许再动那本书。

理由是，小孩子不准看这类故事。

宋文安对宋轻轻的感观，随着年岁的增长越来越好。宋轻轻的乖巧听话，再加上她模样长开，是一派清丽可爱的样子，对着他一笑，他便觉得更顺眼了。

可宋轻轻的听话和天然的痴傻，也渐渐养大了宋文安对她的控制欲。

由此也忽略了她其实也有着自我感受。

宋文安对宋轻轻没那般厌烦了，便更加郁闷宋轻轻没以前那么黏他的事儿了。他心里就像站在火烧的锅子上，哪儿哪儿都觉得不自在，又烫得慌。

宋文安每次拖着步子说要出去，却都不见她跑来，心里就难免揪一下，嘴里便不满地嘟囔一句，他又不是什么病毒，需要这么躲着他吗？

后来他便释怀，觉得宋轻轻也长大了，学会独立了。

小小的别扭的种子，藏在他的土里还没发芽。

6

"宋文安，我帮你吧。"耳边忽然响起少年和煦的声音。

宋文安不由得看了看眼前依旧笑得温雅的林凉，有些发愣地看着他柔和的双眸。

林凉见状轻轻偏了头，宋文安瞬间低下头握了握拳头。

宋文安怎么都没能想到，会有与林凉剑拔弩张的一天。

林凉是他的朋友，是他为数不多曾值得信赖的朋友。

他记忆里的林凉，总是一副和煦的笑颜，连声音也温柔，仿若春风。他从不动怒，矜持谦卑，不关注八卦，完全不像是十七八岁的青春期少年，所以同龄人总对他有几分仰慕。

长相俊俏，待人温柔，成绩优异，家世显赫，明明有这些完美的条件，身边却没有任何女孩。

那时的宋文安猜想，只因林凉眼光高。

林凉是这样优秀的一个人。

林凉曾不辞辛苦地帮他找回手机，大方地邀请他们兄妹俩上门吃喝玩乐，常常给他家里送礼，他们曾谈天说地不亦乐乎，林凉曾耐心帮他解决学业问题，又支持他做任何事情毫无怨言。

可原来这些……都是假的。

宋文安揉了揉眉头，还是不大愿意想起，早上林凉送宋轻轻回来的画面，只是些细枝末节，都让他心脏像要裂开般，恨不得毁掉面前的一切。

宋文安吸了吸颊边的肉，眼神狠厉："林凉，轻轻脖子上的痕迹怎么回事？"

林凉只笑了笑，眼神纯然，还是如往日般温雅："你在说什么？"

宋文安一步跨上前，一把攥住他的衣领，将他拉到面前，狰狞着脸："林凉，你最好不要跟我说是你！"

林凉依旧笑得那般雅然，轻轻地后退一步，像是害怕他的暴力般："宋文安，说话就说话，那么粗暴干什么？"

可宋文安看得恨不得将他脸上的面具撕裂。

爬雪山堆雪人之后，宋轻轻是在早上被林凉送回来的。昨晚八点，林凉说他要搬走了，临走前想带宋轻轻逛逛，买几件衣服送她。可到了深夜他们还没回来，宋文安打去电话。

林凉回他："轻轻妹妹逛累了，我带她休息时她睡着了，所以我给她安排了一个房间。宋文安，别担心，等她醒来我就把她送回家。"

他说："宋文安，你不信我吗？"语气带着些微委屈。

宋文安曾怀疑过林凉对宋轻轻有过分关注，固有印象下，起初他的怀疑并不深——这类人，怎么可能会看上宋轻轻？可时间越久，宋文安越觉得不对劲，察觉到宋轻轻对林凉的依赖远远大过了他，这使宋文安恼怒。

那条窗帘缝，让林凉看见宋轻轻和他亲近，是他故意留的。

他用主人的口吻宣示宋轻轻是他的宠物，但客人带走玩一会儿也不是不行，他根本不觉得林凉会对宋轻轻做什么。

所以，宋轻轻被林凉带走，深夜未归，宋文安能安然地说："林凉，我当然信你。"

那天早上，他笑着接回林凉身边的宋轻轻，又聊了几句。

"你们都去哪儿玩了？"

"就逛了逛街，给轻轻妹妹买了几身新衣服。还爬了座雪山。"林凉笑着递给他一些袋子。

"唉，想到你要搬家了……"宋文安叹了口气，看了看他，"以后有空再来家里坐坐啊。"

林凉看着宋文安的眼睛，轻轻低下眸子："是啊。我太舍不得轻轻妹妹了。要是她住在我家就好了。"

"你想什么呢？！"宋文安一听，愣了会儿便笑着捶了下他的肩膀，"她是我妹妹。"

林凉的眼神闪了闪，又笑了笑："是啊，她是你的妹妹。"

宋文安和林凉告别,将宋轻轻带回了自己的房间,锁上门,让她坐在床上。

"轻轻,你和林凉哥哥去哪儿玩了啊?"宋文安似是不经意地问起,仿若聊天般随意。

宋轻轻回他:"买衣服,爬雪山。"

直至看到她脖子上一串不寻常的红印,他一下僵住了。

宋文安微眯的眼盯紧了,手指渐渐上滑,整个人坠入黑域般,声音不寒而栗:"宋轻轻,这是什么?"

宋轻轻疑惑地歪着头"嗯"了一声。

他的眼像刀般直盯着她的脖子。

"哥哥……"宋轻轻不理解地看着他。

宋文安闭了闭眼,声音冰冷:"这些是林凉弄的?"

宋轻轻点了点头,想到林凉莫名用手拧她就感觉委屈。

"疼。"

宋文安咬着牙,只觉得五脏六腑里像是有千千万万的锤子,被人用了狠力敲打着,直将他的身体给敲碎!毁灭!

林凉竟然对宋轻轻……

宋文安喘着大气,胸口剧烈起伏着,他死盯着宋轻轻无辜的双眼和那片印记,只觉得像是有一盆凉水直淋头顶般,身心彻寒。

林凉不怕被他发现,所以在醒目的地方大大方方地留下印记,直等待着他的发现,像是对那条窗帘缝隙的回应般。

都是假的。林凉骗他是个纯良的少年,他已经准备好摊牌和林凉对峙。

"被发现了啊……"林凉的右手握住宋文安挟制住他领子的右手,看着宋文安盛怒的模样,笑容更柔和了,"因为轻轻妹妹真的太可爱了……"

宋文安一拳打在林凉的脸上,林凉受力踉跄地倒在地上。

"林凉!我把你当朋友!我那么信任你,可你呢?!你却对轻轻做出这么禽兽不如的事!"宋文安怒视着倒在地上的林凉,恨不得将他千刀万剐。

"禽兽?"林凉嗤笑一声,缓缓地起身,拍了拍身上的灰尘,"宋文安,你确定要跟我谈禽兽二字?"他眸中含冰,笑意难寻,"恐怕你还不够资格。"

说完,他一个勾手和踢腿便将宋文安压制在地,手臂紧紧地勒住宋文安的脖子,令宋文安挣脱不得,呼吸困难。

"宋文安,装了那么久我也蛮累的。你在我面前装呵护妹妹的好哥哥,你不累？"

　　宋文安难受,双手握住他的手臂,想用力扳开,也不知为何他看上去文弱的身子,力气却这么大。

　　宋文安怎样都挣脱不开,只能喘着气意不平地回他:"林凉……是,我也是个禽兽。可你又是什么?!我不会让轻轻再和你待在一起了。"

　　林凉的面目终是撕开了,里面都是冒泡的黑水。他缓缓靠近了宋文安的耳旁,一字一句清晰地吐出:"宋文安,其实你也想成为禽兽,但是你懦弱。你试试你能不能带走她?"

　　宋文安被勒得脸色涨红,却还仰着头笑了一声:"真的好笑,林凉,我跟她相伴了十年,你觉得她会听我的话,还是听你的?"

　　林凉挑了挑眉,低眸看了看面色难看的他,眼神毫无波澜,语气平缓:"我只知道,属于我的,她就是我的。"

　　他松开手,起身看着不停咳嗽的宋文安。

　　林凉缓缓地拍了拍身上的草屑,仔仔细细拍衣服上面残留的尘沙,直至一尘不染后,抬首间又是那派温雅的笑容了。

　　"宋文安,我,你惹不起。"

7

　　风携着一丝草木的土湿气,被人嗅进鼻息。这些气味,流进胸腔里,却变得发腥、发恶,不复清明。

　　宋文安用手按压着被勒红的脖子,挑衅地冲着眼前的人笑了笑,伴着几声咳嗽:"林凉,你行李收拾好了吗?"

　　林凉没说话,只望着他狼狈的模样笑了笑。

　　堵在喉咙的火得不到发泄,像是硬拳碰上棉花般的无力,宋文安咬了咬牙,盯着他平静的面容,一时更无话可言。

　　"宋文安,朋友,"林凉微抬了右手,垂着眸子,左手手指优雅地摩挲着洁白的衣袖,似是专注一幅油画的艺术家般,眼神专注而动人,"我还是提醒你一句。"

　　他的眼神转而凌厉地看着宋文安,如无形的水刃般:"你敢动她。"

　　"林凉,你别忘了,你要搬家了。"宋文安面不改色地看着他,"你管不了这么多。"

　　林凉望了望天上如浮萍的白云,轻轻笑了笑:"但是我相信……马阿姨会管得挺多的。"

宋文安顿时身体一僵，皱着眉头："你什么意思？"

"啊……没什么。"林凉的眼里似流转着一片星河，乘着清梦和浮舟般，"我平生无所好，就是喜欢拍拍照片。马阿姨不是不同意你和女生走得近吗？"

"我得承认。"林凉瞧着身子僵硬的宋文安，眸子里像是含着伤心和示弱般，"唉，我的确管不了这么多。"

"我想起一个人……她叫文什么来着……抱歉，我对女生的名字一向记得不太清楚……"

"林凉！"宋文安气急，"你不怕我把你的事也抖搂出来？！"

林凉沉默了一下，便微微笑着："你觉得……无凭无据的，有人会相信温柔有教养的林凉会跟你妹妹有关系吗？"他偏了偏头，语气淡然。

宋文安可真想撕碎他那一副伪装平淡，骨子里却孤高的伪象，拳头握得青筋暴起，牙齿咬得铮铮作响，眼睛似是瞪出血般看着他，最后还是喘着气归于平静。

他不想让马春艳知道他和文丽走得近。

林凉抬手看了看手表，时间已不早了，他准备离开，与宋文安擦肩而过之际，宋文安只听得耳边落下几句震煞心口的话——

"人要是敢，那想要的东西都可以得到。宋文安，你的把柄太多了。还有，请不要趁我不在的时候，还像以前那样对宋轻轻，毕竟……"他稍停了一下脚步，侧头看了看宋文安僵呆的背影，"轻轻妹妹不会说谎。"

天要黑了，广场上的灯一盏一盏地被唤醒，宋文安束手无策地站在原地，指甲深深地陷进手心肉里。

"轻轻妹妹，林凉哥哥要走了哦，记得想我啊。"林凉弯着腰，温柔地笑着摸了摸宋轻轻的头发，身后是自家司机。

"想。"宋轻轻笑了笑，似是一点也不在意他的离去。

林凉只觉得那股不好受的滋味又来了，他压下心中莫名的烦躁，递给她一个手机："这是手机。"他看了看身旁冷着脸的宋文安一眼，笑得温和，"还要麻烦你教教轻轻妹妹怎么用手机了。"

宋文安没有回话，只低着头。

"主要是想让轻轻妹妹拍几张好看的照片，她平时不也喜欢玩玩手机游戏吗？所以特意给她挑了个内存大运行流畅的。"林凉无辜地笑着，"我没有恶意。"

照片……

宋文安的右手手指下意识地动了动："好。"

林凉瞧着他紧握成拳头的右手，收了眼神，一脸谢意地笑道："那真是谢谢你了。"

"记得接电话哦。"临上车前，林凉用手做出电话的形状，宠溺地冲她摇了摇"电话"。

宋轻轻冲他摇了摇手，下一秒便垂着脸好奇地看着手里的手机，都不再看他，一脸的开心。

林凉坐进车里，忽而脸色便阴沉下来，眸色暗淡，右手转了转左手的小戒。

车子启动，那轰然而起的车鸣声令宋轻轻无意识地又抬起头来，看着那车越行越远，她感觉自己的心也随着那个小黑点的远去而逐渐变得发涩。

直到宋文安笑着搂着她进了屋子说要陪她玩游戏，那份感觉才消失。

其实，若真是点点滴滴地回想，宋轻轻对于初见的林凉是虚渺的。

她忘记了递给她第一次喝的草莓酸奶的人是谁。

她忘记了第一次见他是什么样。

从哪里开始有他的记忆呢？

或许是他教她九九乘法表的那刻，她看着身边的人，含着笑耐心地为她讲解着数学知识。她看着这个好看的少年，只想了一句，他的皮肤和酸奶一样白。

后来的碎片便越来越多了。

他给她上药，细腻的手指温柔地抚过她的伤口，抱着她驱走她的寒意，让她哭让她说疼，让她对世上的不公说，我不愿。

他带她看雪山，堆雪人，领略世间的自然风光，玉尘满目，青松压枝。

他的身子，很香，很软。一碰到他，她便会情不自禁地想要拥抱，仿若被他抱在怀里，就像在冷雨淅淅、孤枕难眠的夜，裹在绵软的被里，只想囿于温暖之中，贪婪吮吸着里面的悠悠况味。

他和别人，好像是不同的。

她好像，变得越来越依赖他，信任他，期待他。

她想，这是什么？

后来有人抽象比喻，说它像是口香糖，越嚼越没劲。有人用情景剧情去增添它，说它像是清晨惺忪鼻息细嗅的一缕饭香，醇厚绵长。还有人说其实是因为习惯和依赖，习惯他的存在，习惯他磨着你的棱角，习惯他宽大的臂膀为你遮风挡雨。

人总在肯定爱的含义却又否定它的存在。

一见钟情会说成见色起意，日久生情也会被说成习惯使然。

爱。

宋轻轻学到这个词的时候，总是无法用任何画面、词句、场景去描述它。
她无法理解它。

8

寒假来临，那时林凉已经回到林宅，参加了几场宴席，剩余空闲的日子便被安排到国外生活，了解他国文化，丰富人生经历和眼界。

他很想宋轻轻。

他开始承认什么可怜、什么心疼，都是混淆他的错觉，他不想以一个强者对弱者的角度进行怜悯了，他只想实实在在地把她挂在心上。

他想她纯真的笑容，想她盛酒般的小脸窝，想她指尖上他的记号，想她的眼眸。

忙碌了一天后，他急急打通她的电话，揉着眉头，话语却柔："轻轻妹妹，想我了吗？"

彼时宋轻轻正趴在桌上写写画画，手机铃响起时，她便按着宋文安教她的，按下接听电话的按钮。听见对面那声询问，她便回了一句："想。"

似乎是听出她话里的敷衍，林凉一面写着作业，一面问她："那你怎么想我？"

这可把她难住了。怎么想……宋轻轻用笔戳了戳下巴："坐着想。"

可林凉似是不满意，翻了一页作业后，一边写着字，一边不罢休地又问她："那你站着不想啊？"

"站着不想。"宋轻轻回答得简洁明了。

林凉一下便停了笔，握着手机的手缓缓收紧，眸色不明，正要说话呢，对面又传来她的声音。

"站着累，我想坐着。"

林凉一时便笑出声，又拿着笔开始写了："好吧，那你就一直坐着吧。那你躺着想我吗？"

"躺着不想。"宋轻轻又简单地回他。

林凉似是明白她的脑回路了，便又温声问她："为什么不想啊？"

宋轻轻认真地想了想："因为躺着就睡着了。"

林凉舔了舔唇，跷了跷二郎腿，转了话题："那你哥哥有没有碰你啊？"

林凉说过，只要是身上的肉，碰了就是碰。

宋轻轻摇摇头："没有。"最近宋文安恨不得离她三米远。

看来宋文安是真的害怕。林凉一时眉眼都笑开了："那你在家里要好好的，乖乖等我回来。"

没有人会用这样宠护的口吻和她说话，宋轻轻像是孩子对成年人的依恋般，期待他的每一个电话，喜欢他对她的叮嘱和教学，喜欢他唤她轻轻妹妹时那像要融掉她耳朵的如水温柔，喜欢他的声音。

"轻轻妹妹，我的名字叫什么？"

"林凉。"宋轻轻眯着眼回他。

"对。我是宋轻轻的近义词，我叫林凉。"林凉笑了笑，说起情话来还是有些不自在地红了红耳朵。

"那宋轻轻的反义词是什么？"可好学的宋轻轻只想问这个。

林凉霎时暗了脸色，不假思索地低声回她：

"叫宋文安。"

高二下学期开学前，林凉又搬回来了，条件是必须保持整个学期的年级第一，并做出一份像样的企划案交到林盛手上。林盛虽然有点在意媒体对他们父子不和的虚假报道，但更在意林凉按不按他的想法活动。

偶尔的自由，林盛还是会给他的。

"轻轻妹妹。"日久的思念压抑得林凉快破裂散化，只是一瞬间的柔意，转眼间便是洪浪滔天的欺负。

晚自习，他和宋文安还是结伴上下学，只是宋文安不再与他交谈，只沉默地走在他身旁。林凉并不在意，在意的，是宋文安怎样把宋轻轻带到他家来。

"林凉，你真的无耻。"宋文安一听他的要求，便骂了起来。

林凉只笑了笑，坏意了然："谁让我有点你的小把柄呢？"

林凉也不知何时，自己好像变成个缠人精，总想靠着宋轻轻。

他怕痒，宋轻轻却知道他弱点，不时就挠他痒痒，他求饶："轻轻妹妹，会死人的。"

他喜欢她的每一点。有时看她练字，常年不见天光的手臂皮肤白得晃眼。以至宋轻轻问他，这个字写得怎么样时，他便回她："这个字真白。"

"白？"宋轻轻疑惑地看了看自己手里的黑色签字笔。

他给她买好看的小女生的发卡，各式各样的，装了满满一个盒子；他给她买好看、颜色青春的衣裙，不再是单调的黑色。

他总能满足她的各种要求，而这些要求，对他来说也是微不足道。

他教她人伦道德，教她自尊自爱，教她抗争逆流，可他教她最多的，总是一句："宋轻轻，我是你这辈子的依靠。"

后来宋轻轻不知从哪儿看到一些话，她虽然看不懂这些话的含义，却下意识地想起林凉的面容。

若他为流萤，那他一定曾是天上为我坠落的星星。

诗行是他，风月是他，山洪也是他。

9

"哎，文安，你咋不去林凉家？"马春艳正拿着拖把拖着地，看到卧室里坐在亮着台灯的书桌前的宋文安，又偏头看了看空无一人的宋轻轻房间。

"我做作业，没空。"宋文安烦躁地放了笔，看着台灯一时出了神。

"你就放宋轻轻一个人在你同学家啊，这也太不像话了，天还这么晚……"马春艳又嘟囔了几句，"还好你同学是个好学生，肯定是你妹贪玩所以才赖着不肯走……"

好学生……

宋文安忍不住嗤笑了一声："人家的确是个好学生。"

话完，他眼神黑如浓炭，所到之处都抹成黑色。他五指用力地握紧签字笔，狠厉地用笔尖按压在纸张上，直至笔头断裂，黑色的笔墨流出。

他不愿去，就是不想看见那扎眼的一幕。他可以如往常般待在电脑前玩游戏，却不能再如往常般做到心无旁骛，打游戏的手按得键盘起起落落，心也随着耳朵听到的声响而起起伏伏。

后来他终是忍不住出来看看。看到林凉认真地教宋轻轻学习，宋轻轻的黑脑勺和林凉似笑非笑的神色、幽深的眼眸直望得他心涩。

他不愿再去了。

在房间里，他发泄地用拳头捶墙，恼得咬得牙齿作响。

他恨林凉的无耻，又恨自己的软弱。

可是宋轻轻……竟然会这样轻易地接受林凉并且依赖他，这是宋文安最不愿接受的。

凭什么……凭什么啊？

宋轻轻回来后，话语里总会带着林凉，说他老是打扰她玩游戏，说他总会买些零食。她问宋文安，林凉家是不是开小卖铺的，甚至还会追问他什么时候才去林凉家。

而且，她开始反抗他。

宋文安说过会带她去迪士尼玩，结果最后变成只有他和文丽，只因林凉装病博宋轻轻的可怜心，她说要留下来照顾她的林凉哥哥，不去玩了。

宋文安鄙夷地笑了几声林凉的卑鄙行为，笑过之后却是无尽的失落、迷茫。

宋轻轻变得没有以前那样无知和呆滞了。

有时宋文安要求她做什么，宋轻轻竟然也会拒绝了。宋文安恼得不行，声音冷如寒霜般质问她："为什么？宋轻轻，以前你从不反抗我。"

可宋轻轻回他什么？

"不行。林凉哥哥说这样是不对的。"

一个傻子居然懂对与错了。

宋文安只觉得胸口的沸水正乱窜游走，烫得他浑身作痛。

他捏紧了宋轻轻的脸颊，眼神锋利地盯着她的脸："宋轻轻，是不是林凉说的话你都听？我也给你零食吃，带你玩，我更是你的哥哥，怎么我的话就如耳旁风？你怎么就赖着他了？嗯？"

"林凉哥哥……教我的。他从不骗我。"宋轻轻无辜地看着他。

"那我呢？宋轻轻，我要是说这样是可以的，你信他还是信我？"宋文安眼神幽幽地看着她的嘴唇，期望她的嘴里能吐出些让他觉得是好听的话来。

可宋轻轻回他："哥哥，你也对我很好。可是林凉哥哥会为我疗伤，会教我长大，他总会考虑到我的感受，所以和他待在一起，我很快乐。哥哥……我很信他。"

她说的都是些什么话？！

宋文安只觉得身子僵硬。

看着这个有些陌生的宋轻轻，他扯了扯嘴角，却什么话也说不出，最后闭了闭眼，转身走了。

不在沉默中爆发，就在沉默中灭亡。

宋文安的爆发是在高考的前一晚。

他为高考而烦躁，更为隔壁敞开的房间里，宋轻轻在电话里娇声唤林凉哥哥的画面而烦躁。

他烦躁到想撕碎面前的一切。

高考结束就真的结束了，他会离开这个家去上大学，而宋轻轻成年后脱离宋家，最后肯定会被林凉带走，而他束手无策。

"林凉哥哥，加油啊。好好考试。"

令人烦躁的声音。

宋文安的火随着这声音蔓延全身，握笔的手正控制不住地颤抖，死死地盯着笔记本上工整的字迹，内心浮躁不堪。

"林凉哥哥,你要带我走?"

走?

她要去哪儿?宋文安捏断了笔。

第六章
一定有那么一个人，会把我带走 /

1

那天，下雨了。

颜色是透明的，温度是冷的，味道是苦的。屋檐下携着年岁沙尘顺着沟壑往下滴落的雨，形成了雨帘子，蒙住了行人撑伞挡雨的孤寂。这细细密密的生活节奏，很少有人那样仔仔细细地听雨了。

瘫在地上奄奄一息的宋轻轻，认真地去听。

夏雨酣畅淋漓地洒落，剧烈滔天的暴雨一串乱奏。

前天，是宋轻轻的生日，她满十八岁了。

那天无事发生，是高考的日子。

中午吃过饭后，马春艳把她带到了附近的浴足店。

按照约定，她该被送走了。

那时候还不是徐嬷接管，是另一个人的，她来者不拒地收，听马春艳说宋轻轻是个傻子，收的钱也不贵，她才同意宋轻轻当猫儿。

以后年纪大了又是个傻子，马春艳想着想着，便想到附近不远处的猫儿所。

进了那儿，她有吃有穿不愁，宋文安也不会受影响地好好上大学，两全其美，马春艳算是坚定了自己的想法。

"两千块。"马春艳坐在里面的沙发上，和这儿的管事人孙嬷讨价还价。

"一千五，真的不能再多了。妹妹，她是个傻子，啥都不会，我还得教她。"孙嬷嗑着瓜子，随意地将壳吐在地上。

马春艳笑了笑："她会整理家务，自理都会。你也不用教她。"马春艳瞟了瞟正坐在板凳上对周围好奇新鲜的宋轻轻，"你说啥她就听啥，不听就打。"

"行吧行吧，你比我会做生意多了。"孙嬷扯起宋轻轻，打量了几下，又笑着说，"现在的年轻娃儿就喜欢这种白白净净的女生，先说好啊，卖给我就别想再要回去了啊。"

"那当然了。我跟她没啥关系，就是看她可怜，我这也穷养不起她，就麻烦你照顾了。"马春艳笑着接过钱,手指沾了沾口水,开始数起来。

数完后,她眼也不抬便擦过宋轻轻准备离开。

"婶婶?"宋轻轻看她越走越远,疑惑地喊着。

马春艳没有回答,只沉默地低着头,手揣在兜里捏着那两千块钱快步行走。

"婶婶!"宋轻轻见她没有回应,忙大喊一句,"等等我。"

当她拔腿而走时,孙嬷却一把扯住她的衣领:"走啥走?你婶婶把你卖到这儿了。"

"卖?"

"说了你也不懂。进来,等会儿有男人来了,你就跟他进这个屋子听到没?"孙嬷拉着她指了指里头一个简陋的房间,只放置着一张床和一面镜子。

那时的宋轻轻还不懂,以为马春艳只是把她放在这儿,过不久就像把她赶出单元门那样,会让宋文安来接她。所以她没有任何警觉地坐在这儿,玩着手指,等着宋文安来接她。

她等了两个多小时,等来了一个年近四十的男人。

男人是一名普通公司职员,在家里受够了妻子的欺压和打骂,一通火正没地撒,兜兜转转碰见一家浴足店,叼着烟便进来了。

宋轻轻想着孙嬷说过的话,听话地把他带进房间,准备走时,男人却一手搂过她的腰,难闻的烟味蹿进她的鼻腔,粗犷的嗓门冲着她的耳膜大声吼着:"走啥啊?!"

宋轻轻疑惑地看着他,又想了想林凉说过不许被别的男人碰,忙用手握住他的手臂,试图扳开:"不对……"

"新花样?"男人以为她是欲擒故纵的调情手段,"老子刚好喜欢这调调。小姑娘,我还有别的花样想试试,到时候钱肯定少不了。"

说完,男人突然用脚踢向她的两只膝盖内侧,尖锐的皮鞋尖戳进皮肉,敲在骨头处发出清脆的响声。宋轻轻立刻疼得双膝下跪,眼泪一下便流出来了。

"吴莺,你还跟老子神气不?!"男人显然把宋轻轻当成自己的妻子发泄着,右手用力地扯着她的头发,右脚踩在她下跪时身子低矮的右肩膀,用力碾压。

钻心的疼痛从头皮开始蔓延,她觉得自己的头皮像是要被扯掉了一般。宋轻轻一面用双手抓住男人扯她头发的右手,想阻止他的暴行,一面抽泣着:"你认错了……我不是吴莺……"

"谁让你说话的?!"男人恶声恶气地吐了吐口水,夹在两指间的烟冒着火星,他看了看身下哭到脸色发白的少女,扯着笑,吸了一口烟,随即便将烟头用力地烫在她的臂膀上。

这一次，是宋轻轻凄惨的尖叫声，只不过下一秒，便被男人用手掌捂住："别叫，等会儿来人了就不好了。"

泪随着汗水落进发白的嘴唇里，火红的烟变成灰色的灰，飘落在被烫黑的皮肉附近，猩红的血肉挣狞地埋在一层黑色烟灰下，她疼得用手捂住伤处，额头无力地撑在地上，无力地喘息。

腿弯的疼痛还在继续，像一把凌迟的刀，正一刀刀割着她身上的皮肉，切到她的骨头。头皮上的疼痛也在蔓延，有无数的盐撒在血肉模糊的伤处般，她的头像泛着细细密密的疼。

她连挣脱的力气都没了，只本能地求饶："我不是吴莺……我叫宋轻轻……"

男人哪管她是什么宋轻轻宋重重的，这一刻她只是他手里发泄的工具，一个无足轻重的工具。

"吴莺，你真以为老子怕你呢？！还派人打我？！要不是你家大业大的，老子早把你甩了，你这贱人！"男人已经被仇恨迷了眼，扯住宋轻轻的头发，看着她梨花带雨的模样，心里被满足感充斥。

"啪！"

他扇了她一巴掌。

宋轻轻疼得眯了眯眼睛。

"啪！"

又是一巴掌。

一巴掌接着一巴掌，扇得宋轻轻耳朵疼，疼得好像听不见男人的漫骂。她出现了一瞬间的失明，后又重复光明，她的哭声埋在他的手掌里，疼痛在全身绽开。

她说了无数遍她不是吴莺，但没有人理睬。她艰难地用双臂撑在地上匍匐前进，咬着嘴唇，红肿着脸颊向那扇紧闭的门爬去，手指抓在地上磨破了皮，磨出了血，几条鲜红的血条顺着她爬行的痕迹延伸。

还没爬出多远，她又被男人拖着双腿远离那扇希望的门。

"跑？！想跑哪儿去？！嗯？！你个贱人！"

又是用力的一巴掌。

宋轻轻从没被打得这么狠过，嘴角开始溢血，五脏六腑都开始疼了，骨头也如断裂般疼，可那男人还不罢休，又按着她的额头撞在坚硬的地上。

不善言语的她只能一遍一遍地说："我叫宋轻轻……我叫宋轻轻……我叫宋轻轻……"

她想跑，可没有力气，哪儿哪儿都疼，出血的手奋力地抓住门底，骨节都快撑破皮肉地抓住，希望的眼神刚刚抬起，却还是被男人更胜一筹的力气拖回。

碎花短袖被撕碎随意地扔在地上，泪水浸湿了她的头发，她无助地用手臂遮住自己，尽力地蜷缩在角落里，沾了血迹的脚无意间碰到一个硬硬的东西。

是手机。

宋轻轻从没有主动打过电话，这一次她迫不及待地拿起手机，第一个打给的人是宋文安，她只想问他为什么还不来接她？

没人接。

宋轻轻手臂渐渐地松懈，有些绝望地想起了宋文安曾说过，高考对一个人的命运影响极大，是不能带手机的。

那个男人似乎打累了，正抽着烟回短信，没有关注她这边。

宋轻轻抹了抹嘴边的血，看了看腿上的青紫伤痕，又看着上面署名为林凉哥哥的电话号码，顿时落了两滴泪滴在屏幕上。

你会来救我吗？

宋轻轻颤抖着手，拨号按钮上留下血痕。空间静得可怕，宋轻轻好像听到了一阵雨声，如滔天巨浪般从天上涌下，淹没这座城市。

她按下了，存存最后的希望，那等待的十几秒，从未这样漫长过。

"轻轻妹妹。"

是熟悉的声音。

宋轻轻立马哭出声，看着眼前开始解带的男人，正残忍地笑着冲她走来，一步一步像是用刀割着她残破的心脏，她的声音充满着绝望，像是一只蚂蚁漂到河中，只能无力地摆摆自己的触角。

"救救我……"她呜咽求救。

窗外依旧下着雨，倾盆大雨。

2

"我的盖世英雄，他呢，一定会踩着七色云彩来娶我。"

宋轻轻一直记得这部电影。

高考那天总是要下点雨配合一下情景。午饭后，林凉撑了把黑伞走进校门，站在墙边，他的手下意识地摸了摸兜里的手机，又轻轻笑了。

他知道这小妮子从来不主动打电话给他，可他有太多话想和她说了，不管是路边碰到的大爷大妈，还是一直跟在他身后的一只野狗，他都想和她说说，只是想听她好奇地问一句——啊，怎么这样啊？

这样，他便有更多的话与她叙说，最后听她崇拜地夸一句："林凉哥哥，你好厉害啊。"

他想成为她的天，给她顶天立地无所不能的印象，让她舍不得离开他。

该进考场了。

林凉将手机放在考室外专门放置手机的盒子中，闲散地坐在座位上，撑着手臂四处正打量着。

该给宋轻轻买鞋子了。

林凉看了看不远处的女生正摆弄着自己的新鞋，女生无意间偏头看见林凉正看着她，顿时脸就红了。

鞋的确好看。林凉点了点头，回去给宋轻轻也买一双。

考试铃响起，考生们纷纷开始答卷，林凉也拿起笔，在答题卡上写下自己的名字。

第一道选择题刚做完，教室外突然响起一阵不合时宜的铃声。

监考老师立马出去拿起阵阵作响的手机，回到教室大声说："谁的手机？不是说了必须关机！手机响一律按作弊处理！谁？出来！"

林凉看着老师手中自己的手机，上前几步接过，然后大步向教室外走去。

这是他为宋轻轻设置的特别铃声，宋轻轻从不主动打电话，如果她打了……

林凉揉着眉头，心里生出一股不祥的预感。

"轻轻妹妹。"接通后，他抢先开口。

"救救我……"

电话对面的人只来得及吐出三个字，下一秒，带着哭腔的声音便戛然而止了，只剩下"嘟嘟"声。

林凉霎时觉得天都暗了，那一声似环在耳边，像是一颗巨石，压在他的肩头，让他不禁软了腿脚。

他想也没想，拿着自己的伞，便撞开监考老师飞奔出去。

剩下一群在考室里面面相觑的学生，还有怒吼的监考老师："你小子干吗呢？！"

救救我……

林凉闭了闭眼，难以想象曾再疼再痛都不吭一声的宋轻轻，是在怎样的情形下小声害怕地说出这句绝望而凄惨的呼救。

倾盆大雨，雨雾空蒙，校外的人内心焦灼地等待孩子考试结束，却看见一位穿着校服的少年撑着伞跑来，兴许是嫌撑着伞跑得太慢，便扔了伞。

校门口的保安立刻拦住奔跑的他，栏杆外的家长也看热闹似的看着这个因奔跑而喘息的少年。

"回去。"保安以为他是不想做卷子的学生，挡住了他的去路。

"让开。"少年语气凌厉，绕过保安，直奔向前。

保安看着长相文雅的少年，却这么叛逆，只好用武力准备抓住他的双手，压回处理。林凉却一拳打在保安的脸上，面带冷意，看着跟跄着后退的保安，他低了低眸子："对不起。"

说完，他双手攀上栏杆，以矫健的身姿跃过，平稳地落在地面，黑伞还撑开着落在一脸呆怔的保安脚边。

周围的人们撑着伞惊愕地望着这个不同寻常的少年，他奋力地在雨中奔跑，不顾一切地推开拥挤的人群。

雨还在下，不停地下，似要下个痛快，下得酣畅。像石子般的雨滴砸在他的头上，他的脸上，他的肩上，浸湿他的衣服和鞋面。他的头发湿漉漉地搭在额前，雨滴顺着发丝滴入眼睛，不适的痛感令他揉了揉眼睛，抹走碍眼的雨水。胸腔开始缺氧，因为呼吸急促，他开始张嘴呼吸，无情的雨滴便呛进他的喉咙，带来生理上生涩的刺痛。他下意识地咳嗽了几声，又停了会儿撑着膝盖喘息着看向远方。

他不能停。

林凉又开始奔跑着，不余遗力地逆流于每一簇人群和每一行车流，向她悍然不顾地奔去。

他带着潮湿的身子跑进马春艳的店里，一把揪住正坐在收银台里的人的衣领，令其身子悬空，呼吸困难。他的眼神如刀一般，质问她："宋轻轻呢？"

"你谁啊？"马春艳受惊吓地立马用手拍打着那只用力揪住她衣领的右手。

林凉毫不留情地扇了她一巴掌，声音不寒而栗："我问你，宋轻轻呢？"

马春艳尖叫一声，捂着脸。她看着眼前头发滴水，狼狈不堪却依稀辨得出模样的林凉，正以杀人般的眼神盯着她，气势太强，把她吓住了，只能声音颤抖，畏畏缩缩地说："我……我把她送去附近的浴足店了。"

"哪儿？"林凉一把将她从收银台里扯出来，毫不留情地将其摔在地上，居高临下地看着她惊慌失措的模样，紧紧地握了握拳头。

马春艳被他暴力的行为吓得不轻，赶忙抖擞地说出具体地址。下一刻，少年便不见了。

送浴足店里。

林凉反复琢磨这段字词，内心的悲鸣乍然而生。他想到宋轻轻被男人折磨得多疼才说要救救她，明明是平时捧在手上含在嘴里都不忍伤她一分一毫的珍宝，却被人惨无人道地折磨。

他用力地抹去脸上的雨水和汗水。

宋轻轻，你等等我。

你敢有事，你敢出事……

到达店前，他买了瓶酒，黑色的瓶身，玻璃坚硬无比。

林凉又抹了抹脸上的水，一步一步走近。

"你干吗？"里面的阿姨见一个浑身湿透的人正往里面闯，想用身子拦住这个疯子，却被他一手推开，摔在地上，屁股疼得她不停叫疼。

林凉一个个打开里面的房间，里面正男欢女爱的人一时吓得惊慌失措，以为是来捉奸的，见他又离开后，又破口大骂，脏话连篇。

宋轻轻麻木地躺在地上望着天花板，冰冷的地板凉着她的身体。

后来，是一个玻璃破碎的声音惊醒了她。

她回了神，看到前一秒还在打她的男人捂着流血的头，正要歪歪斜斜地起身说些什么话，在又一下玻璃瓶撞击头部的声音响起后，男人说不出话了，眼睛一闭，轰然倒地。

她看着，男人的身后慢慢显出一个人的身影。

林凉狼狈不堪，全身湿透，眼神猩红地握着破碎的酒瓶，双手因为用力而青筋暴出，像魔煞般慑人。

却在听她哭着唤他一句"林凉哥哥"后，他的神色顿时如春风拂雨般温柔。

他向她伸出手，手上是微微的汗意，声音柔得像云般，生怕吓着她。

"轻轻，走。"

可她全身都疼，动不了，只能无助地摇着头带着哭腔道："疼。"

林凉看清了她脸上的巴掌印、手臂上的烫印、手指的血印、膝盖被人踢打的青紫印，他用力地咬着嘴唇，双眼突然流出液体来，他装作无事地抹去，脚用力地踩向那人的右手，直恨不得踩成碎泥。

不知何时雨停了，一抹阳光泻下。

林凉的面容不复干净，身上的衣衫湿褶不堪，哪里还有贵公子的模样。他惨白的唇抿着，面如煞鬼，眼睛里却都是柔色。他跪在地上，双手张开，准备抱着她离开。

他旁边是一扇小窗，雨后，阳光照在窗上，有淡淡的红影。

她的林凉，会奔跑在雨中，面色狼狈却不顾一切地来救她。

宋轻轻吃力地伸出手臂："抱。"

"好。抱抱。"林凉小心翼翼地拢着她的身子，见自己浑身湿透，便轻声哄着她，"等等我，我衣服太湿了。"

林凉嫌恶地扒下那人的上衣穿上，又蹲下身子："轻轻，我背你去医院。"

宋轻轻撑着双臂搭上他的肩头，被他背在背上。

衣服上是那人恶臭的味道，可宋轻轻只闻到林凉脖颈处的清香，香到她情不自禁地贪闻着。

"林凉哥哥。"她又喃喃地唤他。

"嗯。别怕，我在呢。"他的声音温柔得像是一汪泉水，像是一缕烟尘，像是一卷书香，令她情不自禁地闭上双眼，贪婪地闻着他脖颈的清香。

后来她忍不住埋进他脖子里哭了。

昏黄的灯花，喧闹的人群，她好像有了重量般，安心地闭着眼任他带她去天涯海角。

临走前，她听见一阵阵"杀人了"的哄闹声。她刚要睁眼，便听见他说："你不用管，不关我们的事。"

那好吧。她有林凉哥哥，他说不关他们的事那就不关。宋轻轻又闭了眼。

后面她又听见林凉接了一通电话，好像说着什么逃了最后一门理综。她隐约地懂得，刚想说些什么，林凉却什么话也没回，便把手机关了。

宋轻轻睡着了，她并不知道林凉以什么代价来救她。

自然界有这样一种植物，叫檀香树。

这是一种半寄生的小乔木，它的树根不是扎在泥土中，而是扎在另一棵树的躯干内，其树则称为寄生树。

檀香树生长极其缓慢，通常要数十年才能成材，而且非常娇贵。

所以，它在幼苗期必须寄生于凤凰树，才能成活。

林凉侧着脸看了看已经睡着的宋轻轻的脸庞，一直悬着的心才轻轻放下一些。路灯煌煌闪过他的面颊，他盯着她被风扬起的一绺发丝，眸色逐渐变深。

宋轻轻，我把所有的一切都压在你身上了，我的未来，我的全部。

你敢离开我。

你会知道后果。

3

一定有那么一个人，会把我带走。

去天之涯海之角，去春暖花开面朝大海，去四点未眠的海棠夜，去温柔的月色，去嘈杂的人群。

回忆翻腾如浪，一层一层地浇湿宋轻轻，她失神地望着天花板，盯得眼睛发酸。

醒来已是下午了，昨天整夜，他弄得她手肘发疼，膝盖也疼，因那人的用力，她从里至外浑身乏力。

身上是一件新的白色长衬衣，在开着暖气的屋里，宋轻轻不自在地拢了拢双腿。

她撑着身子去洗漱，又在这房里的衣柜里翻翻找找，不是上衣便是短裙，连条裤子也没有，宋轻轻只好开了门朝外面轻轻唤了句："林凉哥哥。"

没有人回应。

她疑惑地伸出头四处看了看，空落的难言感让她寸步难行。打开卧室门便是走廊，有围栏，往下看便是大得出奇的客厅和厨房，上下两层的格局，二楼却只有两个房间，一个卧室一个书房。

她站在门边掩着门加大了声音再次唤了声"林凉哥哥"，依旧没有人回应。

这个房子里只有她。

意识到这点的宋轻轻放弃地回到了床上，望着窗外良久，才不经意瞟眼看见床头柜上放着自己的手机。

她顺手拿过，点开联系人，拨通了林凉的号码。

手机里传来用户正忙的提示音，宋轻轻握着手机的手一时便松了。她把它放回了原位，身子有些乏力地侧着，手臂覆在脸上。

她现在知道了，是徐嬷之前看她一直打才好心告诉她，听到这种提示音表示对面的人挂了你的电话。

林凉挂了她的电话。

他们不是和好了吗？宋轻轻下意识地揉了揉眼。以前都是他主动给她打电话，也从不挂断她的电话，他会温柔地对她说话，他会叫她轻轻妹妹……

她又望着天花板出神了，微妙的疼痛令她轻轻皱眉。

不一会儿，手机振动，宋轻轻拿过，开了锁。

"正在开会。等会儿回来。"

开会为什么比她还重要？若是以前的宋轻轻，被他惯得骄横地应该是这样回复，可现在的宋轻轻只能回他一句。

"嗯嗯。"

不到十分钟，大门便开了，宋轻轻扯了扯身上的衣服，慢慢地起身开了卧室门。她刚走到楼梯口想下楼，一眼便看见在门口正换鞋的林凉。

他手里提着食物，正动作斯文地换上拖鞋，低着头睫如黑扇，听到动静才缓缓地抬起头，神色漠然地看着她，只扬了扬手中的袋子说："吃饭。"

宋轻轻只好忍着身子的不爽利下楼，坐在餐椅上，看着林凉向她走来，将食物放在桌上。

两个袋子，宋轻轻随手拿过一个，打开一看，是一些粥和青菜。

宋轻轻撇撇嘴，不太满意，打开第二个，居然是她喜欢的烧烤。

宋轻轻下意识地伸向烧烤，却被打了手。他冷着声说："喝粥，垃圾食品等会儿再吃。"

"那都冷了不好吃了。"宋轻轻小声嘟囔着，可也只好先喝粥。

等她喝完是和昨晚一样的事，直到夜色笼下，林凉才揽着她到浴室，洗去身上点点碎碎的痕迹。宋轻轻都不想再看，那人一面洗一面调侃似的问她："受得住吗？"

什么？她已经迷糊了，下意识地点点头。

林凉便笑着吻向她的唇，话里却都是阴寒味："被我养着就别再想你的那些过去了。"又咬着她的舌尖像是泄恨般用力。

疼得宋轻轻一把推开他，捂着嘴胆怯地看着他，还有些难以置信的意味。

林凉站起身来，看着她，声音淡漠："宋轻轻，你要明白。这是八年后，时间会让人脱胎换骨。"

那个晚上，他抱着她入睡，双臂紧合的力度直让她呼吸困难。

4

"轻轻，回家了吗？怎么不打电话回来，是不是遇上啥事了？"徐嬷见对面的人终于接了电话，忙关心地问着。

那晚听到宋轻轻说有人来接她回家，徐嬷是有些疑惑的，后来她怀着疑惑看着宋轻轻上车。天色有些暗，她一时看不清车里人的模样，只看宋轻轻一脸开心又欢喜，她才打消了疑虑。

但她还是让宋轻轻到家后给自己打个电话，却迟迟没有等到。她只好打过去，可又没人接。

电话接通已经是第三天的事了，急得徐嬷问个不停。

"嗯嗯，没事……我忘了，对不起阿姨。"宋轻轻眯了眯惺忪的眼，透过窗望去，已经是午后了。

她动了动酸痛的腿，身上已换了件新的白色衬衫，不过里面依旧是未着片缕，还好屋内的暖气很足。

"阿姨，我等会儿回来拿些衣服。"宋轻轻瞧了瞧自己的双腿。

"好。我先给你收拾着。"

宋轻轻想找一条裤子，在这里实在找不着，难道是他忘了买裤子了吗？

衣柜里不是男士衬衣便是短裙，其余都锁上了打不开，宋轻轻没法了，只好又给他打电话，可是他不接。

她不知道这是哪儿，也没法让徐嬷送来，想裹着床单出门，可门内也需要指纹锁解开，她懊恼地看着门锁发呆，四周窗户也有铁栏围着。

怎么像是把她关起来似的？

宋轻轻只好给徐嬷打电话说过几天再去。

她饿了。

冰箱里都是些新鲜的菜，还有一些面条，就是没有熟食。她碰不得火，只好关上冰箱门，饿着肚子，茫然地打开了电视看着。

等林凉回来已是下午六点，她饿得有些发晕。看着刚进门换鞋的人这次手里什么都没有，她嘴唇下意识地一嘟，朝他不满地喃喃了一句："我饿。"

那人轻轻扬了嘴角，似是嗤笑般："宋轻轻，都过了八年了，还不会做饭？又等着我给你做呢？"

宋轻轻一下愣住了，有点不知所措地不敢看他，只好低着头看着自己的脚趾，像个迷路的孩子般捏着自己的手指。

她知道，她在他眼中很没用，什么都不会，什么都帮不上他，她就是个废物。

不不不。她不该这样想，她已经努力在改了，他们已经和好了。

"过来。"

声音从厨房里传来，等她抬头时，林凉已经穿好围裙，正拿着鸡蛋和锅铲一脸不耐烦地看着她。

他让她搅鸡蛋，他切葱，倒油，再把冷饭从电饭煲里拿出来倒进锅里，又接过她手里的鸡蛋倒进锅里，加上味料，炒饭香便出来了。

宋轻轻开心地嗅了嗅香味，更开心地看着他做饭的背影，仿佛又回到那时般，弄得她情不自禁地唤了声："林凉哥哥，你做的饭是最棒的。"

林凉僵了下身子，没回她，自顾自地炒着，装盘了放在桌子才回她："过来吃。"

吃到一半，宋轻轻突然抬起头望着正倚在墙上低头看手机的他，俊逸的脸庞配上一身黑色正装，一副仪表堂堂的模样，比之多年前还带点婴儿肥的脸，现在棱角分明，毫无赘余，添了男人的味道，也……更显得有了距离。

"我会背这里所有医院的急救号码了。"她说。

林凉疑惑地看了她一眼，不在意地"嗯"了一声。

宋轻轻看着他又低下头不再看她，有点失落，只好继续吃着。

蛋炒饭吃完了，她满足地露着酒窝看着他，像只撒娇的猫般。随后她便起身拿着碗进去洗，刚打开水龙头，衬衣下摆处便探进来一只手，带些清凉，像是抹了凉膏。

她避开他的手,像是求饶般委屈地与身后的人说着:"我想穿裤子。"

他笑着回她:"你需要吗?"

"可是我要出去……"宋轻轻的声音带着哭腔。

林凉的声音寒如冰霜般:"出去干什么?宋轻轻,待在这儿多好,你想要的我都可以给你。"似乎又想到什么,他阴笑一声,"当然,除了感情。被掏空的人哪还有感情。"

宋轻轻这下真哭出来了。

林凉抱着她回到卧室,让她坐在自己腿上,皱着眉,用手抹去她的眼泪:"宋轻轻,你哭什么?在这儿不好吗?有吃有穿还有人管,这不就是你想要的?"

他说得没错,宋轻轻都不知道从哪儿反驳,可她知道这句话让她并不舒服。

"我只要你管。"宋轻轻双唇颤抖,"我听你的话,从不让别人碰我……"

"那你待在那儿干什么?"林凉欲色消退的眼直盯着她,捏着她的双颊质问,"你不知道那是什么地方?你忘了我是怎么把你背出来的?"

她有些害怕地看着他怒视的面容,慢慢地回:"我想挣钱……"

"哦,当然。"他嗤笑一声,放下自己的手,"做猫儿不是为了挣钱为什么。"

——然后去找你。

宋轻轻没说出这句话,因为她说话的迟钝让他失去了聆听的耐心。

林凉伸出手拿起床头柜上的烟和打火机,他衔着烟,把打火机递在她手中,轻轻扬了头,示意她点上。

她怕火,可是那是林凉……

宋轻轻颤着手闭着眼拨开,等着面前的人伸过头点燃。当一抹烟味蹿入鼻中时,她手里的打火机已经被他拿走,睁开眼时便是林凉带着烟味的唇覆上她的唇。

她呼吸急促,烟味的呛感流进喉咙,难受得她轻轻推了他一下。

"和我表弟也是为了挣钱?宋轻轻,钱很重要是吧?为了钱做什么都可以,就像以前为了生活过得更好些而选择宋文安一样,宋轻轻,我不会再把我的怜悯给一个贪婪的傻子。"

面前的林凉陌生得让她有些恍惚,她摇着头想退后,却被他拉过手臂又开始胡作非为。

"想出去也可以,"他把吸尽的烟头扔在烟灰缸里,声音淡漠,"出去就别回来了。宋轻轻,你自己想好。"

从此,她每天只有在他工作完才能见到他,他不会接她的电话,她只能每天等他回来做饭。

夜晚,林凉在折腾她时也冷漠得不说一句。

结合并没有让她觉得发热。

她跟他说，能不能像以前一样让她开个小卖铺。

他非常冷地看她一眼，她就明白了他的拒绝。

"林凉哥哥，我们已经和好了……"她有些疑惑而不甘心地看着他，"你能不能别这样……（冷漠）"

他为什么变了？变得这么陌生、难以捉摸。

"谁说我们和好了？"林凉看着她，似开玩笑般地说，"不是说好你只是被我包养的小情人吗？"

他表情一收，眼尾上挑："放心，我玩腻了你之后，给你的钱够你花半辈子。"

"包养"和"和好"不是同一个意思吗？和他以前说养她一辈子的话有什么区别吗？不都是在一起吗？不都是养吗？为什么从他嘴里说出，却冷得人牙齿打战？

没关系，她又想，只要和他在一起就好。

一个寻常的周末下午，她从他的怀里醒来，将他健硕的腰身抱得紧紧的，被他推了一下还有些不开心地又紧了紧。

是她要求他陪自己睡午觉，她能任意地打量他身上的所有细节，欣赏他每一处的细腻。她喜欢这样睡着后显得温和的林凉，而不是醒来后对着她一脸漠然和不在意的金主。

门铃响了，他起身穿好衣物，打理好自己却让她待在这个房里不准出来。

她悄悄开了条小门缝，想看看来人是谁，她已经很久没见过除了林凉之外的人了。

那是谁？

谁能这么近地坐在他的对面谈笑风生？

一个漂亮精致的女孩子坐在沙发上，和他很熟的模样，一脸开心地和他说着话。

"凉哥，那瓶红酒送给我怎么样？"

他笑着从酒柜里拿出："好啊。"

林凉，在笑。

是以前她最爱的那种笑，如春风的笑，如细雨的笑。

"有凉哥当老公，真是几辈子修来的福分。"女孩笑着从他手里接过，忙上下打量着这瓶珍稀红酒。

"说笑了。不过是一瓶红酒。"林凉温雅地笑着，眼眸轻轻地上抬，瞥向房间,又很快收回。

宋轻轻的心,好像一下空了。

他对她,冷冰冰,粗暴又浑蛋,不顾她的感受,为什么却对其他女孩子像以前一样温柔?

她从未看见他对别的女人这样。

是他说过的未婚妻吗?

那她算什么?宋轻轻背靠着墙,憋住那些难受。她可以忍着酸痛放纵他不分日夜地乱来,也可以忽略他的冷漠,她还可以像只笼鸟一般等他回来。

可是她忍受不了他对别的女孩子好,还把她喜欢的笑给别的女孩子,把她最宝贵的笑给别的女孩子。

原来这就是养和包养的区别吗?

她知道现在的自己很难受很难受,难受到不想装作没事发生的样子和他说话。她等会儿一定会忍不住情绪,只能低着头不敢看他。

她一下明白了——

她和他,不是以前那间小屋子里,互相取暖的人了。

5

妻。

她喃喃出声,怕惊扰了尘。

是与一个不知过往、不知离向的女人发生关系,三两张钞票甩下,身体的暖濡感渐渐缓解了内心的孤寂。

对陌生事物保持新鲜感是人的通性。曾经有男人赖上一个阿姨,一周好几次都来看她,后来被他妻子发现了,拿着扫把就从家里冲出来,一间一间地搜,后来,二话不说扯起那阿姨就是一巴掌。

她说:"老娘才是他的老婆,是他的妻。你算什么东西?你个骚婆娘勾得他没皮没脸地不回家要跟你乱搞,你羞不羞人?"

宋轻轻茫然地看了看尴尬的男人,又看了看愤怒的女人。

后来她才知道,原来妻,是站在他身旁最好的身份。

她呢?暂住在徐嬷那儿,没有一个小房子是她的家,那儿的确比不得这儿。这儿多漂亮,房子又大又干净,哪像那儿,水泥地永远扫不净灰尘,衣服永远有一两滴油渍洗不干净。穿西装、打领带的男人根本不会跨进那儿一步。

而这儿多漂亮,多昂贵。

所以,他也嫌弃她,是吗?

宋轻轻不知看了多久，听着他们从市场波动谈到政府政策，陌生的词汇和言辞听得她生出更多的难受，心口像被人掏空了。

侃侃而谈，默契和谐，才郎璧人的画面，偷看的她仿若是个格格不入的外人。她涉足不了他的领域，也干预不了他的决定。

宋轻轻把门关了，轻轻的。

手机不知道何时被他收走的，她躺在床上看着天花板看得眼疼，只好坐在窗前发呆，看着野花野草被寒风侵袭枯摧。

时间在走，她看着那人也走出铁门，才望了望天，原来太阳已经下山了。

卧室门被推开了，她偏头一望，是林凉冷着脸让她下去做饭。

她洗菜淘米，他炒菜做饭，最后她洗碗刷锅，完了他又递给她一件新的衬衣，叫她去洗澡。

他如白玉的手掌着她的后脑勺，细密的吻吮得她步步难退，她手指挣脱地压着他的耳垂，被他用力握住十指相扣，又捏着她柔弱的双肩埋进怀里，寸寸紧逼。她呼吸困难，脚趾收紧。

埋进脖间的呼吸一层一层叠放，湿息交濡。

"张开。"林凉皱着眉看着她的腿。

宋轻轻的不配合让他浑身泛起躁意。

她摇摇头，带着莫名的固执："她，是你的未婚妻吗？"

他深深地看了她一眼："嗯。"

一些酸涩在她鼻尖泛滥，指尖开始泛凉，连呼吸也凝了。

"叫什么名字？"

林凉微冷的手指划过她的肌肤，声音微沉："路柔。"

"你们怎么认识的？认识多久了？"她不依不饶，问题一个接着一个，眼睛也发红。

他怎么就有别人了？

"宋轻轻，问这些没意思。不过你装吃醋的样子还蛮新奇的，我还从来没见过呢。"林凉笑着，手却用力地握住她的脚踝。

"你是不是，结婚了就把我丢了？"用着孩子的口吻，宋轻轻眼里的不甘和失落明明白白地显露着。

林凉默了片刻，声音冷淡极了："我们之间不存在丢不丢的说法，你不是我的东西，你要钱还是怀念以前都行，我只能对你可怜到这儿了，之后有了钱也别去那儿了。"

可怜？

宋轻轻双眼直望着他，就像在看一个街上匆匆而过的行人。

他的面容，他的衣着，同她没有半点的故事纠葛，她不知他的姓名，不知他的过去，不知他的为人，一切都因他太生疏了。

她想，这一定不是她八年等来的人。

一定不是！

宋轻轻一个用力将没有防备的林凉推开，光着脚跑出去，直直冲往楼下，不顾一切的悍然，像进错了房子，直到那扇门拦住她。

她的手指放上去，是冬天的寒凉，冻得指尖刺痛。一遍遍指纹错误的提示声实在恼人，她只得用手握着精致的把手，拽得用力，也未见半分松动。

她颓丧又恼怒，却又无力地看着紧闭的门，抿着唇，平复呼吸。

后来，门开了，还伴随着林凉的声音："要走现在就走，我马上叫人送你回去。"

像冰一样的声音，刮她骨头的伤人话。她好像被谁打了，浑身是看不见的疼，疼得叫嚣。

他不在意她，在身边也一样，离开也一样。

"你不是……"含混不清的话吞进嘴里，宋轻轻摇着头，像是否定所有。

为什么只有我还停在过去？

她的脚碰到冰冷的草地，心也跟着凉了。她刚踏出一步，手臂却被人紧紧握住，他的手指甲陷进她的肉里，他说："确定了？"轻描淡写的语气。

不确定。她的心从来就不能确定，说走时犹豫，不走时却坚决。她怀疑自己每做一个决定，后来都会变成后果。

"你能不能别不要我……"微微弱弱的卑微乞求声，和颤抖的脚趾。宋轻轻那样绝望地看着他，鼻子红了，眼睛红了，手指也红了。

林凉一把拉过她的衣领，隔着点距离，咬着牙阴沉地瞪着她："宋轻轻，你终于有八年前我的感受了？我跪着求你别走那会儿，你怎么没这么迷恋我？！嗯？"

她哽咽地说了声："对不起。"

他看着她低垂的头，停顿了，转而嘴角勾出一丝苦笑："对不起，真廉价。"

林凉放开她的衣领，任她站在寒风中，转身便往楼梯的方向走去。

地真冷。

他说她和他是一对近义词，所以一个轻薄如命，一个寒凉如水。

"你什么时候结婚？"她大声问正在上楼的林凉。

林凉停了脚步，牙根有些酸痛，没转身，声沉低微："一月五号。"

还有二十六天。这么快。他从来没有想过找她，原来回来，只是为了完成婚约。原来，他从来就没有想过与她和好。

宋轻轻感觉眼睛有根睫毛掉进去了，扎得难受流泪，但最终还是没落下，只用右手轻轻地揉了揉。

她问他为什么？

她说我学会了很多。我坐过这里所有的公交车，熟悉了这里所有的路，不会再让你害怕我迷路。我还会记账采购，我会挣钱养家，我不会再被人骗了。我会打所有碰我的人，我会带防狼喷雾和辣椒水。我还记得这里所有的医院，这样你受伤我也不会傻呆呆地站在那儿什么也不能做。

林凉，我还学会了很多很多……

她说，林凉，我在一点一点地长大，努力地向你靠近，为什么？为什么你就要娶别人了？

"挺好的，宋轻轻。"他没有转身，"以前的事我真不想提。年轻可以撞得头破血流，现在真没那劲儿了。婚姻家庭需要的是可以互帮互助的伴侣，而不是消遣和浪费，你别在我身上找寄托了。

"说得美好些，你就是我年轻时做的一个梦，所以我捧着你养着你。但梦碎了就不想再做一次了，因为挺硌硬的。"

脚步声消失在走廊，转进卧室，余音也无。

她点点头："我知道了。"

宋轻轻站在原地，看卧室里的人渐渐消失。

林凉，我总习惯听你的话，十七岁是这样，二十七岁依旧改不了。

宋轻轻这人吧，就是一根筋。也难怪有人说她是个傻子，也不是一个什么都不懂的傻子，她迟钝地活着，总对事情想得过于简单美好。

她只是觉得林凉对她太好了，好到让她无条件地去信任他，听他的话，好到她觉得自己是个没用的废物，好到她觉得自己永远都跟不上他。

她不止一次地烦恼过自己怎么就不能聪明点呢？为什么别人记东西可以轻轻松松，而她却需要很努力很努力去背十遍、百遍、上千遍？为什么别人见多识广滔滔不绝，而她却语言不顺，什么都说不好，也什么都做不好？害怕连自己都嫌弃自己，只能每次都勉励自己说：不可以把自己说得这么糟糕。每天把安慰当动力，我是个正常人，我不是傻子。我可以懂得很多很多。

这样，才跟得上他。

"我可以参加你们的婚礼吗？"临睡前，宋轻轻突然冒出一句。

她想看看林凉穿新郎装的模样，他一定会笑。

用手指就能轻易画出林凉微笑的弧度，弯弯的，两边嘴角会露出两个可爱的小窝。她喜欢他的笑。

回答她的是一句冷冰冰的话——"想去就去。"

十二月的雪又凌乱地下了。

6

林凉抽了根烟。

冬燥得心也荒废，百物凋枯。他站在窗前看着黄色灯柱，被窝里的人还在熟睡。

就不该提出什么包养的破事，本来想以此打消她跟来的念头，结果碰上她被男人调戏的事，心就躁了，不知怎的就答应了。

以前宋轻轻不爱他，现在却一副爱他要死要活的样，他得承认，这人的劣根性就出来了，他或许还在为以前的自己打抱不平，所以才用一副金主的态度对她。

可这样纠缠下去就不成事儿了，他不想再与她有什么纠葛，这八年在生意场上，他已经被磨得现实圆滑多了，比以前清高孤傲不愿合群的自己多了几分世故，他老是提醒自己不再年少。

林凉侧着脸看了看宋轻轻，眯了眯眼，把烟给灭了。

和路柔是两年前定下的婚事，他和她接触不多，第一次见了后双方同意，往后可能就几个月见一次，谈的多是商业上的事儿，回国也是为了完成婚事。

路柔和宋轻轻完全不同。

路柔是职场精英，女强人能言会道，头脑精明，独立自主。

可宋轻轻呢，智力障碍，什么都得靠他。

谁都会选择好的那一个，少点生活压力和负担，也免了和家里人的争吵，和平安静多好。他二十七岁了，二十七，是个成熟到带点冷的年纪。

我要娶的女人不可能是宋轻轻，他想。

他并没有睡着，眼里闪过的，全是宋轻轻红着眼看他的模样，她说她在一点一点长大，她在向他靠近。

听到这些话，他的心就跟被剜了一勺一样，那一字一句仿若变成缠人的锁链在他身上游动，赶不走、甩不开。他浑身不自在，心里乱成一团麻。

他不该招惹她。

林凉拉过窗帘缓缓躺在床侧，把那人又搂在怀中，闭上了眼。

你恨一个人，又怎么能同时拥有怜悯呢？

林玄榆自回家之后也是郁闷。父母听了表哥的"好心监督",他被说了一通不谈,还被打了一顿,疼得他下不了床只能请假,连第二天去找宋轻轻的承诺也失约了。

打她电话却老占线,他也傲,打过几次就不打了,嘴里念叨着什么可别惯坏她,谁稀罕啊。结果他伤好了就迫不及待地想见她,听着嘟声好不容易没了,传出来的熟悉声音却让他怎么听怎么不舒服。

"表哥,她手机怎么在你这儿?"林玄榆心头不满极了,却不好直说,眉头皱得深。

"她在我这儿。"

这一听,林玄榆差点把手机摔地上,很久才平复:"表哥,你开玩笑吧?你不是不……"

"真的。"林凉没有任何情绪,"林玄榆,我有我的打算,而你现在最重要的是学习,别想其他的。"

他连反驳的气都没呼出,电话便挂了。

林玄榆很快推测出宋轻轻肯定在表哥的独居别墅里,趁着表哥饭局的时段,他忙打了车去了那地儿。大铁门是密码锁他记得,防盗门是指纹锁他解不开,只好在院内大声唤着。

"老女人,你在吗?!在就出来!"

一楼的窗帘被人拉开,宋轻轻扯着衬衣,对窗户外的林玄榆轻轻说了声:"我在。"

这里的窗户都很小,林玄榆只看得到她不多的上半身,见她露面,忙跑过去:"怎么不出来?"

她拍了拍窗,说锁住了。

"这个老男人疯了吧!怎么把你跟个囚犯似的关起来?"林玄榆气得连表哥都不唤了,又看了看呆呆的宋轻轻,"你怎么会在这儿?"他越想越不是滋味,一时脱口而出,"这个老男人说话跟放屁似的!"

"我自愿的。"宋轻轻不习惯说谎。

"你蠢吗?!"林玄榆气得青筋直冒,"下个月他就结婚了!你等他有什么用!你二十七了,女人再大点就没人要了,你也要嫁人的!"

手指轻轻摸了摸冰冷的玻璃,她说:"不嫁人了。"

林玄榆一时没反应过来,好一会儿才问她:"怎么不嫁?又不是没有人要……"

她笑了笑,露着酒窝:"不想嫁人了。"

如果是个正常女孩子，或许早就一了百了：被老头猥亵一年，被亲人暴打成习惯，很庆幸早期她不懂由道德生出的羞耻对人有多大的影响，不然早绝望到抑郁。现在待在浴足店八年，这八年，前些年懂得少，后来接触的事多了才懂得多了。

什么廉耻、自尊、肮脏、丑陋、自卑。其中人类强调之所以与动物区别的人性、道德约束和礼义廉耻，她不说不代表她真的不在乎歧视的眼光，太多人说她傻人有傻福，她也一直以为她不难受。

只是林凉对她的态度，让她突然意识到，她也是被嫌弃、被无视的一员。

他都嫌弃她了，那还有谁愿意珍惜她、包容她？

所以——

"不嫁人了。"

原来她在意一个人是这样，以前他老烦她什么都不放在心上，眼睛里空荡荡的。现在，他看到她因为情绪，眼里微闪着水光。

林玄榆把脸贴在玻璃上，尽可能地凑近她："老女人！你别乱想！"他的手指轻轻放在她微红的眼角处，声音像柔风般，"别哭，要不你嫁给我？我虽然年纪小，但是照顾人很有一套。小时候最爱给妈妈洗脚了。宋轻轻，你要不要跟着我……"

似乎看见了以前的林凉，她的眼，突然就舍不得移开了。

衣领突然被人用力扯起，勒得脖子难受，林玄榆呛了几声，怒着脸扭头去看是谁差点把他弄死。

那人穿着黑色正装，仪表堂堂的，手里提着公文包，带着微醺的酒意，薄唇轻抿。

林凉看了看腕上的黑色手表，散漫地站着，眉眼里都是沉密的低气压。

周围因他骤然寒冷。

他勾出笑意："晚上八点不回家，来我这儿干什么？"

他瞥眼，看向宋轻轻。

手指隔着玻璃碰上眼角？一个深情的少年和一个凝视的女人？可笑。好像在他房子里上演一部生死别恋的苦情剧一样。

看得人窝心，他把林玄榆扯远了，身体的不适感才缓缓减少。

"我带她走！她说她要嫁给我！"他的声音铿锵有力。

嫁人？林凉笑了一声。嫁给林玄榆？

"真感人。"林凉一时轻扬嘴角，眉间一片阴翳。

"不过你养得起她？被断了经济来源的林小少爷，十指不沾阳春水，连饭也不会做，更别说赚钱养家。你以为养个白眼狼很容易？"他的目光突然投向她，

"不过这句话的确让女人很心动。"

他突然一把拉过林玄榆的领子,声音寒冷:"你以为,养一个傻子很容易是吗?"

"再过一年你就要出国了,但如果你想提前领略国外的风土人情,我可以帮你一把。"他拍了拍公文包,面上柔笑无害,"我就不送你了。明天我再向二伯问好。"

林玄榆被林凉赶得踉踉跄跄。

林凉拉着林玄榆的衣领,用他挣不开的劲往前走,将其扔出门外时还自言自语地说了句:"该换密码了。"

被关在铁门外的林玄榆气得直踹车门。

林凉走进院门,面色清雅,站在大门前用指纹解锁后,门轻轻地敞开一条缝隙。

门外寒风阵阵,声音很小,如暴风雨前的宁静,地上一阵风沙走石的凌乱。阴森的树摇摇晃晃,仿佛下一秒,就有暗鬼蹿来。

宋轻轻的心像吊在塔上拿不下来,她隔着玻璃看他从门那儿一步一步走近,身姿优雅。

他俯低眼,路过茶几时,却猛然抬眸,这一眼,如穿心一箭,眼里的泥沼仿若要将她死死拖进去,她再也逃不了。

落锁声,公文包摔在地上的声音,领带解开摩擦衬衣的声音,金属皮扣卸下的声音,声声俱来,汇成最深最暗的海洋,要将她拽入深海无法呼吸。

他的笑不再是对林玄榆般的柔笑,而是以她不熟悉的弧度,如阴风恻恻,在昏暗的黄色壁灯下,黑暗爬上他的侧面,犹如恶煞。

宋轻轻没见过这样令她恐惧的林凉,她战栗地不停后退,被逼在墙角,紧缩身体看他向她轻轻走来。

他冲她笑:"跑什么?"

一想起她的眼透过窗,不肯挪动地黏在林玄榆身上,饱含深情。

真爱上了?

想嫁人了?

她怎么敢?

"怎么,对年轻人动心了?"

她的周围笼罩着一层阴森的暗雾,男性缓慢的脚步像用利刃凌迟,他一步一步向她走近,笑得温雅。

她的喉咙却像被掐住了般,难以呼吸。

"多好的男生,"他用力地握住她的手腕,笑容龟裂,露出他最原始的面目,狰狞扭曲,"长相帅气,还扬言要娶你,为了你能和他平时最敬爱的表哥翻脸,我是不是应该拍手庆贺呢?怎么,想嫁给他?"

这才是最真实的林凉,强势黑暗的内心正破罐而出,流脓发黑,恶臭不堪。

男性的气息夹杂着酒味扑面而来,危险的信息在她脑海里挥之不去,她用力挣开他的右手,踩了一脚他的脚面,便用力地往楼梯上跑。

这不是林凉,这不是。

宋轻轻摇着头咬着唇,奔向卧室一推门便急忙锁上,脊背靠在门的背后,急促呼吸。

脚步声像是枪声,一步比一步来得撼动,她惊慌失措地咬着手背上的肉,冷汗控制不住地从额上冒出。

男人一脚用力地踢门。

因门的冲击她身子剧烈颤动,又急忙靠在门后。

"你跑什么?我做什么让你害怕成这样?嗯?"门外是温雅的语气,却听得人不寒而栗。

门被推开的那一刻,宋轻轻立刻被推到地上。钥匙的清脆声还残存着,她偏头看着那人用高大的身影笼出一片黑色的阴影在她身上,余光只照出他那双眼睛,狼一般让人避之不及。

"轻轻妹妹,你躲什么?"他扭了扭脖子,像是动手前的热身动作。

"你要好好回答我的问题,懂吗?"

地上羸弱的人狼狈不堪,她眼里满是恐惧,双臂撑在地面的微小挣扎,以及弱弱的求饶声,似要将面前的男人推向最不理智的巅峰。

她说:"你清醒一点……"

这一幕,怎能不让人发疯?

7

林凉半弯了腰,看着地板上露出惊惶表情的宋轻轻。

他右手缓缓圈住她的脚踝,用力扯过不断后退的她挨近身侧,神色怜悯地抹过她额角的细汗。

他的食指从她眉梢划至唇侧,凑近耳旁,靡靡之音掠过她。

"喝酒的人都说他很清醒。"

清醒到从她的发丝看到双眸,再看到笑时如遇旋涡的酒窝位置。

真不可理喻。

就这些,就这些竟然都能让他失控,他对多少人心如寒冰不起涟漪,偏就让这个伤过他的臭女人扰乱他。八年像只是八秒而过，他好似从未被时间抹平过，燃点又因她而沸腾。

一颗烂心还在鬼迷心窍不得好死。

她懂什么情爱？从不说谎的她现在都可以大方地说爱他了，轻易地离开又轻易地来，从不将他的心当肉，想走时谁也留不住她，有一张乖顺的脸，却比谁都决然，装出这样一副迷恋他的模样，不过就是觉得他对她好，舍不得这个保姆，一个能给她钱、照顾她还洗衣做饭的奴隶。

难怪听到他说没戏后，她也能坦然地说着参加他与别的女人的婚礼。

她嘴里的爱和喜欢，怎么就这么廉价呢？

明知道她就是这样，从不将自己放在心上，却还是一次次地受撩拨，一次又一次的自嘲和不甘嗞嗞作响。

他的额头抵住她的额头，他黑色的眸直望着她，他的长睫像只受伤的蛾子般不停地扇动翅膀。

"宋轻轻，你能让我好受点吗？！我也曾为你失去那么多，再怎么样的心也经不住你这样践踏。你愿意和别人在一起，愿意跟着林玄榆都可以，我不在乎。"

他声音轻柔地说："但你别对我说什么和好、爱我、向我靠近的谎话，好吗？"

他太容易信她了，以至于摔跟头时头磕出血了还要念着有没有溅到她身上，生怕她害怕。

"我只想跟着你。"宋轻轻拼命地摇头，声音哽咽，她不敢与他对望，无力地低头喃喃，"对不起，对不起，我太没用了⋯⋯"

可是，林凉⋯⋯

她抬头，眼里的委屈化为泪水，她的声音接近呐喊："是你说要管我一辈子，是你说你是我唯一的依靠，可也是你不守承诺地要放弃我！林凉哥哥，我们为什么就不能像以前那样和好⋯⋯"

她手指用力地抓紧他的衣衫，看着他，声音特别无助。

她流着泪，问他："为什么⋯⋯"

"你再说一遍。"额头的纱布被血渗红，少年面颊消瘦，胡子拉碴，嘴唇惨白而破皮如沟壑，双手握紧病床冰冷的床栏，骨节突出青筋暴裂，眼睛像利箭般盯着背对着他的少女。

"我要回家。我不想和你在一起了。"少女的说话声小小的，如蚊子般，风大点仿佛就吹没了。

"你再说一遍。"

少女没说话了，呆呆地站在那儿，他只看见她低垂的后脑。

"轻轻妹妹，抱歉我刚醒来，脑子有点乱，不太明白你说的话。"少年放下了握紧床栏的手，双手合握地轻放在白色床被上，声音温柔。

"我说……"她哽咽一声，像是被人掐了一下，"我想回家跟着哥哥和婶婶，不想和你待一起了。"

"嗯。你是想家里人了对吗？乖，等我病好了，我就带你回家看看……"他上扬的嘴角依旧柔和，十指用力扣紧。

"我不回来了。"

空气停滞，细微的虫声碎碎，平静如水，却如洪涌前的风平浪静。

保温瓶砸在墙面发出剧烈的撞击声，再撞到地面，声声碎裂，空彻回响。

少年的声音依旧温和："轻轻妹妹，你之前说的那些话，最好是骗我的，知道吗？"

"一朝被蛇咬，十年怕井绳。宋轻轻，我不是没有给你讲过这个故事。"林凉的手包紧她的手，喉结滚动，左手食指划过她的锁骨，声音低沉。

宋轻轻："那十年后是不是就不怕了？林凉，我还可以等两年……"

林凉忽地笑出声来，手指抹去她的泪："我要结婚了。宋小姐，谢谢你给我的年少带来过心动和绝望。可再谈这些事就是徒增烦恼了。"

他终究还是拾不起这碎镜，生怕划了手又割破刚好的伤疤。

宋轻轻终于确定这不是她要等的那个人。也许是等到了，但也只是个皮囊。

八年等待，始终比不过他嘴里一句表明一切结束了的"谢谢"。

宋轻轻放下了捏紧他衣衫的手，却被他握在手中。

好，结束。

她垂下眸。

她的英雄要成为别人的新郎了。她唯一的寄托没了，她该等的人没了，接下来呢？她等他是她这八年唯一的信仰，可"耶稣"却不再允许她追随，就这样舍弃了她。

"我要回去。"她轻声说。

应该回浴足店浑浑噩噩地过下半生，不再与他纠葛，不再添加他的烦恼，这一次她真的没有懦弱，是他不想要她，很坚决地一次次说醒她，所以她才说回去的。

天知道她有多舍不得。

很熟悉的话。

林凉不由得嗤笑一声，迅速起身，打开一直锁上的柜子，里面全是裤子。他找出衣服和裤子扔给她，不做任何挽留："起来穿好，穿好了我派人送你回去。"

她拿起地上的裤子，慢慢套上，慢慢转过身，用脊背对着他，低头抹掉脸上不争气的泪珠，穿好衣裤停了一会儿才转过身看着他。

他将一张卡和手机扔在她怀中："里面的钱够你用了。能治病就拿去治，不能治就当嫁妆，别回那儿了，睁大眼睛看清你要嫁的人对你好不好，别稀里糊涂地就跟着别人走，听到没？"

她低下头，手指冰冷，脚也冰冷，脸上却热热的，一道一道的，又不留痕迹地落在地上没了。

"好。"

好。

林凉，我听你的。

好好嫁人。

"一月五号那天我会来的。"她笑着说。

临走时，那张卡被她放在他的窗台上。

她想，来时空空以为是不缺，现在离去也应空空，因为留不住。

8

夜色如沙，满目尘埃，放眼望去，皆是黑色的虚无。

双手空空，眼前虚渺。

林凉没有陪她那一程，只是站在门口，看不清面容地倚在院墙上，看着她坐上车后座，眼一垂便转身离开。

她却还望着，不肯移开眼睛。

司机是个爱唠叨的中年人，一路上不停说着最近的热点时事，又扯了些鸡毛蒜皮的小事，见这姑娘安分不争的模样，后来又拐弯抹角地问她是林总什么人。

她说是他的……停顿了很久，最终还是没想出来，就没说了。

司机不由得唏嘘几声。

林家在国内算是名门贵族，各行各业里林家处处都有人身居高位。

林凉回国便投身于房地产行业，国内不少一线城市都有他企业投资的项目，另外，他还投资了几家娱乐公司和科技公司，发展得如鱼得水。那几年他在国外一直管理海外公司发展互联网交易，最近才开始接手国内事业。

杂志报刊上都采访过这样一个年纪轻轻却登上全国个人身价前十名的名贵人物，可谁也没想到，在人才辈出的林家，却是唯一一个学历较低的人。谁初见他无不因他读书人般彬彬有礼和煦如风的面相迷惑，误以为他是学识渊博的学者，怎么看也不像个唯利是图的商人。

司机刚派来跟随林凉不久，对这个年少有为的男人有着极高的八卦欲，有钱的男人免不得风流，笙歌作乱的公子哥他见得多了，可林凉偏是其中最不合群的。

说他不喜女人吧，却有个未婚妻，虽然两人不曾亲密，见个面更像是公事公谈的朋友，没有一点恋人的亲近。可若说他喜女人吧，莫名有些牵强。宴会上陪酒的女人，丰翘，盈美。再清冷的男人也免不得谈笑两声，偏他一眼也不看，反而含着歉意地说有鼻炎，闻不得香味。

这样的骗人话，明眼人一听便知他的嫌恶，若再仔细多看几眼，便会发现他与女人总是隔着一段距离。

所以对于宋轻轻的出现，司机是疑惑的。

他看着一向寡淡冷漠的林总，圈住这女人的手腕，扯着她，再看着她进入车厢。

真是个稀奇事儿。

仅从面相上便觉得他们不太相配。

宋轻轻是典型的"六分脸"，清秀，却显得小家子气些没啥特色，偏稚嫩。相比之下，路柔倒是实实在在的骨相美女，韵味气质上佳，与林凉的面相也更般配。

更别说气质上，从衣着配饰上的打量便瞧得出，这女人身家贫困，性子唯唯诺诺，一看就是个得让人娇养的主，生性敏感脆弱，现在的男人哪喜欢这种，自强自立的女性才美。更莫说追求林总的优质女人也不少，还有比路柔精致优秀得多的，女人喜欢上进、有能力、长得还世间难寻的俊俏男人那是无可厚非的，所以看上林凉也是理所应当的事儿。

可蜂拥而来却又落荒而逃的人不在少数。

他曾以为只因林总的心只在路柔身上，后面看到宋轻轻，抿了嘴，才觉得这事儿还没那么简单下结论。

这条街名南北，取通透之意。街道往左三分之二处便是桐花巷的入口，车停在了街口，让她不急着下车。司机掏出手机和对面的人恭敬地说着已经送到的话，才偏着头笑着对她说："宋小姐，再见。"

她一直低着的头这才轻轻抬起。

她说："嗯。谢谢。"

停顿了一下，她又说："……再见。"

再见。

价值不菲的车从她身侧驶去，车轮扬出一抹灰尘，落在她的鞋上，她低着头轻轻抖了抖，却还是抖不干净。

路灯幽黄,此时是夜间的九点。

风声萧萧,寒气瑟瑟,对面前有些陌生的景刺得眼睛有些涩疼,她下意识地揉了揉眼睛,好似这样才好受些。

面前一排写着"城市新印象"的图画围栏,形形色色的宣传画,像条龙般延伸开,向左望不到边,向右望不到尽头,她难以置信地眨了眨眼,又抬了抬下巴,像只着陆的金鱼般。

旧时楼阁成了一堆废土,在光晕下,尘土正恣意飞舞着,张牙舞爪地昭示着人的无能为力,将过去的自己变成尘埃穿过指缝。

有人来了,看了一眼便走;有人走了,匆匆掠过,再也不回头。

只有她停了,呆着,望着,却隔着高高的围栏什么也看不见。

这个巷子,悄无声息地没了。

她找了块大石头,费力地放在地上,平衡着身子踩上,双手攀在栏沿上,不甘地想一看究竟,是不是真的没了。

废墟里,露出一只红色的凳脚,她的手一下便僵了。

她曾在这儿待过八年,她曾满怀希冀地坐在小红凳上等一个人来接她回家,她曾把这儿当作自己的第二个家。

都没了,仿若有预兆般,她所有的期盼,所有的等候,所有的回忆,这一天都没了。

林凉没了,浴足店没了,小红凳没了,她的过去,她和林凉的过去都没了。

太糟糕了。

太难受了。

她的心终于有反应了,一下蹲在地上不顾形象地开始大声哭了起来,声音凄烈,仿若从来没哭过般,比出生婴儿还大声号哭,绝望得只想哭得再大声些,有人听着也不管了,有人像看猴般也不管了,有人看热闹指指点点也不在乎了,她现在只想发泄般让自己哭得尽兴,哭得死去。

"你走的那十几天,政府就派人下来说是城市规划,钱也给得足,这里的人就全同意了,前几天才推平的。"徐嬷给宋轻轻倒了杯热水。

宋轻轻给徐嬷打了电话,隔了十几分钟才被徐嬷接去了她新租的地方,一路上又问宋轻轻怎么打不通电话,是不是回来拿衣服的?

她说她手机被收了,又说不是,说她不回去了。

"咋回事?不是接你回家过日子吗?"徐嬷停了脚步。

"他要结婚了。他不是来接我的。"她捏了捏手指,语气平淡许多。

徐嬷手里的钥匙铮铮作响,吼了声过道里的声控灯亮起,说:"这叫什么事,要结婚了还带你走。男人真没一个好东西！"

　　望着陌生的环境，她看着门上的猫眼，说："阿姨，他只是……可怜我。他很好。"

　　不知道要怎样形容他。或许是像小时候最爱的奶糖，想吃又舍不得，不吃又怕它化掉，两面都不讨好。

　　徐嬷只当这孩子是迷了眼听不进去半点那人不好，叹了两声便拉着她进屋，给她倒了杯热水才给她解释巷子被拆的事。

　　"好像有个姓林的承包了这块地，要建个新楼盘，这儿挨学校那么近，交通又便利，建好了不知得多赚钱，有钱人真好。"徐嬷又叨叨上了。

　　宋轻轻喝了口水，没说话。看着电视里还放着缠绵悱恻的爱情剧，宋轻轻一下失了神。

　　"之前，我找了一个男人介绍给你认识，还没来得及跟你说你就走了。你现在回来了，到时候有空去看看。我说啊，这女人的青春没几年的，你也二十七八了，该找个人嫁了。虽然那孩子长得寒碜些，但人是真的好，但因相貌这事儿没多少姑娘想嫁，一拖便拖到三十几了，他父母看他老大不小的，就催婚催得紧。"徐嬷摸了摸她的手，又叹了几声。

　　"幺儿，你也别怪阿姨找的人不太好，我身边就这些人。你也别想着那个要结婚的男人了。咱们各过各的，不是一路人不走一条路。那孩子我看了，很会照顾人，又热心肠，是个好男人好丈夫，你就去看看怎么样？不满意我们再找找。"

　　宋轻轻低着头，还是没吱声。

　　徐嬷也急了，拉着她的手不由得紧了紧："你千万别想什么一个人过啥的。老了你就知道没人陪伴，没人帮你那才难受。阿姨也老了，陪不了你多少年，到时候谁给你做饭吃，你病了谁照顾你？你就乖乖听我话，去见见怎么样？"

　　宋轻轻抬眸看了看她，又看了看这个陌生的小屋，隔了许久，才终于点了点头。

　　宋轻轻言听计从，没有主见，老是喜欢被动地把自己交给另一个人，也没什么奋斗人生的愿望，更没什么远大的人生志向，得过且过自在就好，不麻烦别人也不会拒绝，有时就看看花摸摸草喝喝茶，把一个人放在心头就足够了。

　　徐嬷让她见见。

　　林凉让她好好嫁人。

　　她乖乖听话。

第七章
为什么她要离开那么好的林凉？/

1

"凉哥，过来坐坐？"路柔挑着眉，笑着拿起酒杯，下颔点了点旁边的卡座。

"不了。"林凉拿起酒杯朝她的方向示意，笑着饮了一口。

路柔顿时笑得更开了，看着面前西装革履的俊俏男人，眼睛轻轻转了转："瞧你一副生怕被我吃了的样子。你这毛病不改……到时怎么交差啊？林先生？"

"养精蓄锐，用兵一时。"林凉向她靠近了一步，却还是留着距离，"路小姐，你这么期待吗？"

"谁叫我当初蒙了心地答应婚事呢。"她将酒杯轻放，动作优雅地勾了勾胸前的鬓发，"哪知时间这么快，晃眼一过我们竟然就要结婚了。"

林凉抿嘴一笑，没回话。

"说起来，你怎么想到要开发南北街那个老巷口了？虽说那里位置还行，可那儿的人都蛮横，不给高价不让的，都是些老虎钉没人想碰，这种吃力不讨好的事可不像是你会做的。"她疑惑地微眯了眼睛，似要看清他脸上的变化。

"他早就想整改那片区了。我就顺手接下了。"他一边用平淡的语气说着，一边整理着袖口，瞧着一丝不苟后才抬眸看了看她。

她知道林凉口中的"他"是他的父亲，一时笑了，心想这两人的怨竟然还没消。

"一月五号见吧。"她起了身，拎起身侧的包，拨了拨耳后的散发，"再见，凉哥。"

她又轻笑了声："抱歉，我不应该叫凉哥了。

"再见，老公。"

今日着实有些喝高了，他的脑子里像飞进了一只苍蝇般嗡嗡作响。把人送走后，他孤身去往熟悉的酒吧也能碰上自己的未婚妻，真是奇了。他扯了扯勒紧脖子的领结，皱着眉解开衬衣第一颗纽扣、第二颗纽扣，露出白玉般精致的锁骨。

"喝一杯？"一些女人凑近，扬了扬手中的莫斯科蓝卡。

他斜眼一瞥，嘴很利："滚。"

女人顿时呆住，皱眉骂了一句。

林凉揉了揉眉头，烦躁自己说话怎么这么不留情面。有块东西一直闷在胸口，等待喷涌而出却又闭塞难开，所以只能朝另一个方向发泄。

他软了软语气，好似刚才那人是场幻影。

"抱歉小姐，我一时喝多认错人了，误以为你是……实在抱歉。"说完，他便佯装喝多了要吐的模样，也不管女人是何表情，绕过她便出门而去。

打了辆车回家，院里房内都是清冷的黑寂，他站在院里瞧着月色，又低头看着无灯的房子，踌躇了两步才把指纹印上。

他没有第一时间开灯，便倚在墙角点了根烟吸着，火星碍眼，没吸到一半就给灭了。后来他把灯按开了，竟下意识地从嘴里蹦出一句："要不要吃蛋炒饭？"

哪有人应他。

说完他自嘲地笑了，疑惑地问自己在说些什么鬼话，又觉得自己是真的喝醉了，发了疯。

于是他洗漱完便瘫在床上，侧着身子闭着眼却久久不能入睡，从这儿想到那儿，从公司运营想到企业合作，就是不去想关于那个人的，烦躁却随着难以入眠而层层迭起，越是催着自己入睡，却越加烦躁难安。

后来是耳朵的痒意使他睁了眼。

他皱着眉，从枕头上拿起那根长长的发丝，盯着它，好似火山喷发般终于找到了发泄口，泄恨般用力扯断这根发丝，声音无比低沉。

"宋轻轻！你能不能让我安静些！我这八年已经把你忘得够彻底了！我酗酒、抽烟、文身，都在一步一步提醒我绝不会因你而起任何波动！宋轻轻，这些年我做得很好！很好……"话说到一半，气势却越来越弱，仿若失了力般，手脚都软了，他望着天花板，神色悲切。

他说，没理由，没理由的，我绝对不会再犯错。

他一把扯掉左手食指上的戒指，用力地扔在墙上，看着它反弹在黑夜里不见踪迹，只有耳朵抓得一点消息后，他的呼吸才渐渐平静。

月色如凉，沉寂的房间，小虫细碎，还有人喃喃自语。

"绝不。绝不。"

如徐嬷所说，相亲的对象确实其貌不扬，一副苍老样，似是被生活逼出了褶皱，三十多岁已有了扎眼的白发，眼小嘴大蒜头鼻。

他说自己是跑外卖的，虽然累，但是钱挣得不少。

宋轻轻的心顿时一阵恍惚，下意识地问他："你会骑着摩托车看落日吗？"

奇奇怪怪的问题，可王川还是回了她："不仅落日，有时候还能看日出呢。"

王川的确是个心肠好的人，特意请了假来相亲，选了离她最近的茶楼，自己开着摩托灌着冷风提前两个小时到场，来的时候手都冻红了。一来便殷勤地问她想喝什么，又问她饿不饿，从怀里拿出一个新买的热水袋插上电便让她等会儿，说可以暖暖手，体贴热心极了。

她说自己待过浴足店，还有说话慢的毛病。

王川说不嫌弃，还笑着回她，说："你别嫌弃我就好了。"

宋轻轻不知道说什么了，只好喝着柠檬水望着地板出了会儿神。

王川单身久了，尝尽了女人嫌弃的目光，有点自卑，自然活得小心翼翼，看见宋轻轻俏丽的模样，对他虽算不上热情，但给足了他尊重。王川的心一下便热腾了，话一下也比往时多了，甚至勇敢出击问她要不要去看电影。

她闪了闪眸子，张了张嘴，最终还是什么都没有说出，只握紧了手里的热水袋，朝他轻轻地点了点头。

后来两人交换了微信和电话，王川把她送到了徐嬷的出租屋前，不敢碰她，只隔得远远的，看着她的面容，手指无措地摸了摸自己的耳朵，却不说话，看得宋轻轻疑惑地打量他，他才饱含着万千勇气地问她："要不，我们俩凑合凑合过吧？"

2

一只满身泥垢的独眼鸟落脚时，发现岸边一条快风干的鱼，它身上的鳞片已经脱落，眼睛也枯了。独眼鸟小心翼翼地走过去，用尖尖的嘴啄了一下它的脑袋，问："你要不要和我在一起？"

鱼摆了摆失了色的尾巴，说："你见到了我的王子吗？我只是在这儿等他。"

鸟说："看见了，他正在王宫里举办盛大的婚礼。"

鱼说："啊，这样啊。那你能带我去看看好吗？好鸟儿。"

独眼鸟看了看这条濒危的鱼，张开嘴把它衔在嘴里，张开翅膀便直往王宫飞去。二千九百二十公里，风雨兼程，日月掌灯，露珠为食，它们终于到了。

那一刻的鱼，本是干枯的眼突然涌进一条闪着日光的河，它说："我见着了，我见着了，很美，从没见过这么美的景象，他依旧还是那样俊俏。"

独眼鸟把它放在一棵凤凰木的枝丫上，拨开碍眼的绿叶，说："鱼啊，现在我们可以在一起了吗？"

鱼摇了摇尾巴，说："好。"

独眼鸟又把它叼起来衔在嘴里，双翅一展直入云霄，云雾皑皑遮了它的眼，它谨慎地衔住鱼的身子，生怕它掉下去。

鱼的鳞片不知何时全没了，只剩光溜溜的身子，滑得鸟儿衔不住它，飞飞停停的。

鱼说："鸟儿鸟儿，我要死了。对不起。"

鸟说："你撑一会儿，湖泊已经到了。"

鱼说："鸟儿鸟儿，那片湖泊不是我的，我只待过王子的鱼缸里，我已经习惯鱼缸里的水了，其他的水我试过了，我进不去，所以我要死了。"

鸟说："你死了王子也不会记得的。"

鱼说："鸟儿你糊涂啦，那时我也记不得了啊。"

鱼光溜的身子从鸟儿的嘴里滑下，从云层里落下，一层一层跌入风中，消失不见了。

独眼鸟眼睛不好使，鱼儿下落的速度太快，所以它找不到鱼儿落在哪儿去了，世界太大，它太小了。

独眼鸟只好又去找下一条鱼儿了。

眼含期盼的王川，正以卑微的姿态望着宋轻轻，令她不由得想起那时伸着指头乞求和好的自己。

痴情与胡搅蛮缠终归还是一对近义词，只是因站立的方向不同而显得好恶相对。宋轻轻好似有些明白那时他的心境了。

所以最终给她的，是可怜，是同情，是不忍心。是她那时抱着自以为是的想法去添麻烦，惹他心烦。

这里的人不相信从一而终，衷他不忘，甚至连痴情也会被认作是傻子，所以一而再再而三地强调寻找新的归宿，让她走正常人的路子，说失了莫念，时间和新欢是良剂。

她便好似进入了一个死潭，每一个器官都陷入潭中泥沼无法动弹，于是对得不到妥协，对失去妥协，无所谓是高是矮是丑是俊是好是坏。

反正不是他，她右手的位置不是他，是谁又有何区别呢？就当遂了老人的心愿好了。

"嗯。"心灰的声音从她喉咙里发出，周围的花草都失去颜色。

王川笑得眼角的褶皱全出来了，嘴角咧出一个难看的弧度，却显得实诚极了："那……那我明天再来找你。"

十一月二十二号，小雪，她等了八年第一次看见林凉。十二月十五号，她答应了一个只见过一面的男人的相处请求。

有时候，命运就这样转折了，只因一点观念想法的改变，悄无声息。

第二日早上，揉着惺忪的眼打开被按了三声门铃的门，她有些呆呆地看着面前风尘仆仆的男人。男人发丝上带着晨露的湿气，笑着递给她一瓶温热的牛奶便又急匆匆地走了。

宋轻轻站在门口，看着他坐上摩托车，戴上头盔，双手伸进摩托车把手上黑色的毛手套里。王川冲她招招手示意要去送货了，转身便疾驶而去。

她抱着牛奶瓶，玻璃瓶的烫意染红了指尖，她轻轻地缩了缩手。

天色渐渐明亮了，正慢慢地夺取黑夜的领地。

下午一点左右，她的手机传来收到微信消息的振动，她开了锁看了看微信署名，眼眸一垂，便看了看消息内容。

"老女人，我被我爸盯上了，上下学都派人看着我，所以才不能来找你。你别急啊，等着我。"

林玄榆，他的表弟，一个不该与她有任何交集的人。

她打开了手写输入，一字一字地回复他：

"我已经离开了。"

"我有男朋友了，以后不要联系了。"

刚发出一秒，电话便打来了，接通后，电话里响起男人咬牙切齿的声音，像低吼的野兽："你在说些什么鬼话？！哪儿来什么男朋友，男个屁……"

连脏话都冒出来了。

她声音平缓地回复他："他叫王川，南湖区的人，相亲认识的。"停顿了下，又对他说，"那个……你把银行账户发给我一下，我把钱还给你。"

林玄榆感觉肺都炸了，握着手机的手紧得像是要捏碎手机一般，沉了声音便质问她："表哥放你走的，还是你自己走的？再说宋轻轻，你不是说你不嫁人？嗯？！怎么这么快就搞什么相亲男朋友的，你要找男人为什么不找我？！"

"我自己走的。徐嬷说我该嫁人了……"她不知道对面的少年为什么会对她执着，但过不了几日，他会失了兴趣，所以她回他，"我觉得王川很好，我们俩很适合。"

言外之意是在说他不适合？他凭什么不适合……就那个名字听起来就土得掉渣的王川适合？！

林玄榆深吸着气，用力按了挂断键。

晚间六点，门铃又响了，宋轻轻疑惑地起身，透过猫眼看去，是熟悉的人。

王川头上还冒着奔跑的细汗，见她开了门，便搓了搓粗糙的双手，对她说：

"你不是想看落日吗？要不要我带你去看看，现在刚刚好。"

王川是个世俗的人，起早贪黑看日升日落，对这样的景已经像吃饭一样寻常无味，却听到她想坐着摩托车看落日的愿望，还是起了心思想带她去看看。

这座城市能看到最美落日的地点是云桥。云桥是连通两区重要的交通枢纽，长约三千五百米，车川流不息，驶来驶往。往下是潺潺而流的春江，微风吹送，红日伴着晚霞在高楼大厦间若隐若现，再落于西方，夕阳将楼尖染成红色，边角的光线像是金柱驻扎在红海中，宛如梦境。

追着太阳的影子飞驰，红色落在眉上吸入鼻息，成千上万种风的味道混着夕阳的暮气涌入肺叶和胸腔，像要将体内染上落日的颜色，余日红得如炉。

真美。

身前人的气息是陌生的，让她想起小时候在田埂里耕田的老牛。

好像传来了另外一个人的声音，从落日里拨开云层送来。

"轻轻妹妹，喜欢吗？"

她紧紧地抱住那比她宽厚的腰身，说："我喜欢。"

她把脸埋进他暖香的脖肩处，闻着他独特的气味，白玉的肌肤在她的唇下变得晕红，红色的光便沿着他精致的下颌落下，与余晖争光。

她盯着他的侧脸，仿若瞧见了余生。

林凉哥哥。

你知道吗？我从来不是喜欢看落日。

只是喜欢和你看落日，只是喜欢看落日的你。

王川晚上还有单子，这个点刚好有个客人点单经过云桥，所以顺道带着宋轻轻去看落日，带着她送完单便又送她回家。他坐在车上没有下去，从保温包里拿出一袋热过的草莓酸奶递给她，说："听徐嬷说你喜欢喝这个，但这个天气喝冷的不好，我就给你热了会儿。"

她接过了，说："谢谢你。"

转念又想到什么，她让他等一会儿，从自己屋里拿出一条围巾来，有点残次，线也没收好。

这是她最后一条了，最好的那条她没有送出去，在离开那里时被她扔进了垃圾桶。

她让他低下头，替他把围巾围上去，整理了几下边角，说："织得不好，你别嫌弃。"

"好。织得好。"闻着围巾里独特的清香，王川一时高兴得连话也不知该怎么说了。

戴好头盔,他终于鼓足勇气握住她的双手,贪心那点软意,又说:"那你早点睡,明天我再来给你送牛奶。"

不等她拒绝,他便急着去送外卖了。

她望着那身影,从线到点,一眨眼便不见了,手背上的余温还在,陌生的气息扎存。

好像……就这样了。

再深刻的过去,一旦定格成遗憾,除了一无是处的回忆,别的就是要尽力地去遗忘,顺便说一声:

人生还长着呢。

3

林凉的婚礼开始提前准备。百万朵稀有鲜花,正在岛上悉心浇灌。地点定的海外历经百年岁月的城堡教堂,牧师开始熨烫他新的祷服。烫金名字的请帖发送各地。

娱乐新闻开始暗自刊登自己的小道消息,头条写林家和路家的豪门联姻。

评论纷纷,但大多是羡慕和祝福,才子佳人,珠联璧合。

十二月二十号,是个艳阳天。路柔喜欢这样暖洋洋的天,便叫自己的未婚夫拍一套婚纱照。

拍照的前几天,林凉洗去了身上的文身,手臂上还有些瘙痒,只留了左手食指上的那串文字。

婚纱店是市内最大的一家,全国也有名号,高端设计的品牌婚纱几乎都收容在此,一楼参观,二楼试服化妆。里面琳琅满目的婚纱皆是七位数起步,大多是纯洁而高尚的白色,不染尘埃。

"凉哥,好看吗?"路柔捏起两边裙衫,笑如灿花地看着他。

精心修整的发型,昳丽的妆容配上精致的衣衫,只如锦上添花般,笑如烈阳。这样的女孩子,无疑是美丽且难见的。

可他脑海里浮现的,却不是这张面容,而是另一个女人。

她的眸子天真如水,笑靥纯然,如酒酿的两个小窝,总有迷惑的力量撕扯他。初见也好,相逢也罢,她轻轻一笑,只一笑,身体的某处便开始溃烂,理智消散。

不知哪儿的人在说话,说:"女孩子终究是要嫁人。"

女孩子都会嫁人。

她也会……嫁给谁?嫁给除了他以外的谁?

谁能做她的丈夫?谁会抱她亲她占有她?

这个想法乍然而出，他的血液一下停滞，大脑停止运作，身体里只剩叫嚣，叫嚣到喉咙发涩。

"问你呢，半天不回话。"路柔不开心地扬高了声音。

他揉了揉眉头，说："好看。"

换上新郎服的他的确是引来了众人围观，细致的眉眼潺潺，身形修长挺拔。他只站在那儿，便像有光倾泻流淌般，令人移不开眼。

周围的人开始夸赞他，说他与路柔是天作之合。

这场喜事落在心头却没有任何起伏，他只有恍惚想起一个人曾抱着他的腰肢，软软地说"林凉哥哥，你好帅"时才有点欢喜的情绪。

可回过神来，便是无尽的恼意。

他平复着呼吸，站在镜头前，像个假人般做着动作，却也不显得虚伪，只在摄影师示意可以亲吻时，两个人不约而同地拒绝了。

冷静无法回笼，他恼自己还是会对她有起伏，他一直遗忘逃避的八年前，总要因她从身体深处里涌来。

现在谈情爱都太虚了，抓不住也猜不透。

他倚在墙角吸了口烟，浮躁顺着烟气离去，好似舒服了些。

以前可以忍受贫穷和劳苦供养她，可以头破血流，可以不在乎名声，可以在临死前还念着别让她担心，怕她饿着，头晕着也要跑回家，尝尽心酸苦楚。可最后得来一句，她要走，她对他从来没有爱。

他怕了。

所以找个志同道合的人过一生，不会发酸发涩，也不会患得患失，挺好。

烟抽完了，被他熄灭扔进垃圾箱。抬头，不知为何望着天空，他的背靠在墙上，撑住身，双手插进裤兜里，神色莫名。

宋轻轻，你在做什么？

十二月二十号中午，宋轻轻跟着王川见家长。

王川看上宋轻轻很久了，他经常给浴足店送外卖，就是为了多看宋轻轻几眼，只是宋轻轻从未注意过他。他不敢轻易找她聊天，怕自己长得丑陋吓到她，只每次隔得远远的，看着她坐在小红凳上。

好不容易打听到徐嬷要给宋轻轻找男人，他便瞒着父母相亲。听徐嬷说她无父无母，脑子反应有点慢，说话有点毛病，来这儿是为了挣点钱出国见亲人，结果亲人死了，所以现在准备嫁人，没啥挑的，对她好就行。

王川听得就心疼了，听到只要对她好这句话也乐意坏了，忙请了假还特意剪了个发型买了身新衣服去见她,就怕留下不好的印象,只是他也没想到她竟然这么快就同意了,便开始急着把她娶回家。

王川的母亲李芬不知道宋轻轻的事,快要带回家吃饭时,昨天才跟人打听她在那种地方待过,顿时不满就露在面上,等人一进门,脸寒得跟冰窖似的,只是碍着儿子的面才没一开口说她,但在饭桌上便不礼貌地开始询问她的家世。

"你家里几口人啊?做什么生意的?"

宋轻轻反应慢一时没回李芬,李芬顿时觉得这姑娘还跟她甩脸子,筷子立马就摔桌上了。

"他们,早死了。"

"妈!你能不能吃饭?饭桌上问什么问……"王川生怕引出宋轻轻的伤心事来,忙说道。

李芬一向听儿子的,只好嘟囔几句:"有什么说不得的……"又拿起筷子。

饭后李芬让宋轻轻帮着自己洗碗收拾厨房,宋轻轻从沙发上刚起身便被王川拦住了,对着李芬说:"轻轻妹子是客人,哪有叫客人洗碗的?"

李芬被儿子又一次的打脸顶嘴给惹怒了,再加上原本对宋轻轻的不喜,扯着嗓门便吼着:"她多脏你不知道?就你跟个傻子似的把她当成宝!还想做我家媳妇儿?你就不怕传一屋子的病出来?!"

宋轻轻好像已经习惯别人这样不知实情就说她了,无动于衷地看了看王川,又看了看李芬。

王川顿时偏过头看向宋轻轻,声音温柔:"妹子,你别听她乱说,徐嬷跟我说了你全部的事,我相信你没做过那种事。你放心,我不会让你受委屈。"

说完他便拉着李芬进了别的屋子关了门,也不知说了些什么,出来时李芬只冷着脸去厨房收拾了,没了之前的嫌恶态度,但也没看宋轻轻一眼。

王川照例送她回家,带她坐上摩托车,给她戴上手套让她抱紧他,说现在冬天风大,刮起来冷,你就把手放进我兜里,脸一定要贴在我背上,我给你挡着风。

她听话地做着,跟着他穿行车流,越过绿灯。

路上不知哪儿冒出来一个醉鬼,吓得王川急忙刹车,见那人穿戴精致,不敢惹起大轰动,只好低骂了几声。听得宋轻轻问他怎么了,他说了声没事,便绕过醉鬼走了。

林凉眯了眯眼,今晚的酒劲带着莫名的冲动,于是喝了十几瓶,走路都有些看不清脚下了。

听得一道摩托车刹车声,他才惊觉自己好像没看车辆,偏头正要向那人礼貌地说声抱歉时,那人身后的人侧着的脸庞让他有些迷糊。

宋轻轻？怎么可能？宋轻轻怎么会抱着一个这么不入眼的男人，还坐着摩托车……

他想他是喝醉了，看花了眼，于是道歉也没说出口，那人带着身后的女人便绕过他走了。

车流携来的夜风莫名寒冷，凉得他后背惊起一阵战栗，还有难以言说的情绪盘踞。

这是……宋轻轻吗？

一直抵达家门口，王川没有马上走，握住她的双手，话语里有些迟疑："轻轻妹子，你知道我年纪也不小了。那个，我看了下农历，一月五号易嫁娶，刚好也赶上我爸过生日，双喜临门，所以我想早点把你娶回去……然后一月十号我们再去领证怎么样？"

他眼里的小心翼翼和期望，不好看的容貌此时因紧张更加扭曲难看，她看了有些久。

一月五号，好巧。

曾在网上不经意地翻到一条信息，说林家与路家的联姻，上面两人登对的照片她也曾用手一点一点地描绘出轮廓。从结婚地点说到参与人员，还有人在评论下晒出请帖。

她以前从未想过嫁给林凉，是因为觉得只要在一起就好，从未想过嫁的意义。

可她什么也没收到，说是参加他的婚礼，可他的婚礼办在海外，常人难去，更莫说，她连请帖都没有。

她想，或许是被他忘了。

"嗯。"她点了点头。

话音刚落，手机又响了，她看了看上面的"林玄榆"三个字，如往常般挂断了。不过这一次她学着徐嬷教她的，把他拉入了黑名单。

"谁啊？"王川见她摆弄了很久手机，疑惑地问她。

"骚扰电话。"

睡前她仔细地写了这条短信，已经耗尽勇气。

"林凉，谢谢你。你要原谅我不能参加你的婚礼了，对不起。但你要相信，我一直都希望你过得很好，只是我用错了方式。所以我要为我以前的任性和无知道歉。林凉哥哥，你一直是我心中的最好。再见。"

再见，过去和等候。

再删除他的所有联系方式，归于平静。

4

宋轻轻和王川的婚礼很简单。

在一家小店里租了件一千多元的中式新娘服,王川没租新郎服,向她解释说家里还有套爷爷留下的中山服,没穿过几次。婚纱照在影楼里只拍了一张,几百块弄了个玻璃框,挂在新房中。

思索了一会儿,宋轻轻还是发了自己的第一条朋友圈,上面写着"结婚了",还贴了一张她和王川的结婚照。

没请婚庆公司,只在老家的酒店摆了几桌酒席,基本上是男方的客人。

早上九点,收拾规整的王川笑着辞别父母,穿着中山装开着租来的车,去接新娘宋轻轻回他家拜父母。

一月五号,下了点小雨。

"林凉,还在看啥呢?快去接新娘子啊!"身边的伴郎看着他一直握着手机看得入神,忙看了看手表,一看都十点了,便催促他。

见他不动,朋友又凑过身子去瞧,只是一条短信,忙拍了拍他的肩:"想什么这么入神?不准备结婚了?"

林凉垂下眸子,删除短信,便收了手机,面目柔雅地笑着:"没什么。走吧。"

闹喜,塞红包,跪拜好话,哄闹,一一收进平静的眼眸里,旁人说些羡慕称赞的话,他一一礼貌地回应着,热闹的景象盛大,以至于众人都忽略了笑得欢喜的新郎连新娘的手都没碰上,便包机去往古堡教堂宣誓举行婚礼。

照本宣科般念着中英混杂的承诺,听着教父说新郎新娘可以亲吻的话,他顿时有些呆滞了。

路柔扯了扯他的衣袖,朝他小声嘀咕:"凉哥,委屈一下,我也不愿意,可谁让我们在结婚……"

他只好忍着性子侧着脸轻啄新娘,余光瞟过崭新的戒指,正圈在右手食指上,代替了左手。

中午时分便去大酒店里就餐,酒店内流光溢彩的装饰,精美得让人惊叹。司仪小姐安排着精心的节目,底下一片和乐融融。

他一面说些客套的礼话,温笑着让众人吃好喝好,一面欢喜地开始一桌一桌地敬酒。

直至喝得有些多了,便独自一人到顶楼吹风,他吸烟,散散身体里的酒意,望着天,被寒风吹得手都红了,烟还没烧完。

"恭喜啊表哥。"

身后有人拍了拍他的肩,他没有回头,只是回复:"谢谢。"

林玄榆却走到他的身前,以一副幸灾乐祸的表情看着他,说道:"一月五号真是个好日子,怎么到处都有人结婚。"

他眉头一皱,似乎有不安蔓延,却还是稳着呼吸抽着烟回复:"一月五号日子不错。"

"当然。"手机屏突然放在眼前,一张红色打底的照片充斥在林凉眼中,林玄榆一声讥嘲,"不然老女人也不会选择今天也结婚。"

红色真艳,刺得眼疼。林凉猛吸了一口,烟雾哽在喉中。

林玄榆很不好受。她把他的电话号码拉进黑名单却不删微信不回消息,他还以为一切是个错觉,今天就发现,从不发朋友圈的她,放了这么一张照片,无非就是让他死心。

于是难受到得找个人看着他也失措难堪。经历了这么多,他早看出表哥还念着她,最后的选择妥协给现实也罢,他也不想让表哥心里好过。

"祝她喜结良缘。"林凉笑着,无所谓地扯着嘴角,面上都是漠不关心。

他深深地看了林玄榆一眼,又说:"抱歉,我要下去招待客人了。"

许是酒意浓烈到毁坏了神经,胸腔起伏的高度有些骇人,他下楼时一个踉跄差点踩空,只能扶着栏杆稳了稳,俯着身子看着底下的客宴缤纷,呼吸逐然变得急促而狂躁。

嫁人……她嫁人……

短信上写原谅她不能参加他的婚礼,却和他在同一天结婚……

多么快,早恨不得摆脱他。

他喝得似乎有些毫无节制了,竟一时脚不稳地绊在地上,伤了膝盖,连丈母娘都来劝他少喝些,问他摔着了没?他摇摇头,忍着痛说了句没事。

他坐在椅子上休息,掏出手机,却看着空空如也的信息箱,揉了揉眉头,头昏脑涨,全身乏力。

她说她只是用错了方式,她说他一直是她心里的最好……

那为什么曾这么狠地离开他,现在又这么快嫁给别人?

这蠢东西!连要嫁的男人也不找个入眼的,一看就欺软怕硬,她为了结婚就把她下半辈子都要搭进去吗?!

"给,你平时不是喜欢喝这个,给你压压酒性。"一旁的路柔递过来一袋草莓酸奶。

大男人喝什么草莓酸奶。

他接过了,看着熟悉的包装,哑了声音,说了句:"谢谢。"

那时没钱,挣的钱还不够平日里的三餐开销,但还是省着每天带一袋草莓酸奶回家，把她从卧室里叫出来，看着她欢喜地接过又喝得可爱，他便侧过脸舔掉她嘴边的奶渍，却被她误以为他也想喝，用舌尖舔了舔他的唇，一面拿出嘴里的酸奶袋，一面含糊地朝他说着："林凉哥哥，给，我们一人喝一口。"

那时不知她偷偷跑出去干什么，手上和脸上落了灰想瞒住他却没擦干净，开门后便从背后拿出一袋草莓酸奶冲他笑得灿烂："林凉哥哥，你给我买酸奶，我也给你买酸奶喝。"

后来才知道她自己偷跑出去捡瓶子卖，一角钱一个，为了挣得多些，便跑去人多的广场上不顾面子地看着那些喝饮料打球的少年。回来的时候却迷路了，所以被他说了一顿，却又抹掉她脸上的灰内心自责不已。

他也想让她过得再好些。

那时可以不在乎物质的贫瘠，只要在一起，喝着酸奶，拥着躺在床上，就可以轻易地笑出声来。

可以纯粹到忘却苦累，只盼着按动门铃的那一刻，开门的是穿着拖鞋的她。

他说，你放心，等我开了大公司，就买下那个酸奶厂，让你喝个够。

可，怎么就……走到了这一步呢？

随口一说让她当嫁妆，她就马不停蹄地嫁人了。她这算什么？照片上的人远不及他，平庸面丑，可那又如何……她要和那人结婚。

过柴米油盐的生活，再生个孩子。

宋轻轻要为他生孩子……

子孙满堂，阖家欢乐。呵。

八年前的感觉又来了。那些臭酸味烧得他浑身疼，手臂疼、膝盖疼，哪儿哪儿都疼。他闭着眼张着腿坐在椅子上，头仰着，像个二混子般，不顾颜面。酒意上涌，头更晕疼了，呕吐的欲望蠢蠢欲动。

他为什么还不死心？

为什么去找林玄榆的父亲告状，为什么不惜高价亏本买下那块地铲除那个浴足店？为什么说要远离却越靠越近？为什么说只是可怜她却又一次次失态？连个请帖也不敢发，他在害怕什么！

明明是她离开自己，却又缠着自己。

"凉哥，没事吧……"路柔看了看他的样子，有些担心地推了推他。

"没事，只是喝多了。"他起了身，恢复原样，膝盖的疼痛让他皱了皱眉头，"我去房间睡一觉，散散酒意。"

"嗯嗯，好，去吧，晚上还要吃饭呢。到时候我派人叫你。"

他点了点头，缓慢地走上楼梯，扔掉手中已经喝光的酸奶袋子。

一次一次地告诫自己不准踏入她的浑水里，觉得已经麻痹到无动于衷了，结果还是心甘情愿地跳下，说些自己都觉得狠心绝情的话，以为就好受了，难受的却还是他。

一定是因为酒太浓了，他要好好睡一觉。

闭上眼，他脑海里却是宋轻轻穿着婚纱笑靥如花的模样，他的心脏像是崩溃了一般，呼吸难挨，疼痛又袭来了。

宋轻轻……你到底要我怎么样？

宋轻轻已经被王川接到他家，拜过父母。李芬虽然脸上没有多少欢喜，但的确想着王川谈了几个都是女方嫌弃，只好作罢，再听王川讲了些宋轻轻的事，虽还是有些硌硬，但见宋轻轻平日也来串门带些礼品，帮她做做家务，话虽少些，但人是好的，也就没太排斥了，递了红包，也为喜事开了颜。

交换戒指，相拥而吻，在宋轻轻心里平静，却也带着笑容招呼着亲朋好友，有时不经意望着门口时，便会摸着心口，总觉得少些什么。

酒宴纷纷，觥筹交错，王川和人划拳敬酒，一副喜样，声大如雷。她便笑着为客人们倒茶，没事了，她站在墙边笑脸盈盈地看着这番喜象。她的余光掠过门口时，心突然急促地跳了一下，连笑容也扯不出了。

她木头般站在那儿，看着那个人一步一步向自己走来。

他穿着一身定制的白色西装，仪表堂堂，完美好看到像是童话里的王子，眉眼深邃，如冠玉的脸庞泛着点酒意的醺红，在嘈杂的人群中，更像是一只凛然的白鹤，突兀得众人不禁偏头而望。

林凉，他怎么来了？

她捏了捏手指，难以置信地望着他。

坐上飞机一个人回国，再让人打听宋轻轻的下落，从浴足店一路赶到她住的房子再到这个酒店，不敢迟缓地赶来，呼吸急喘，脚步颤抖。

他一眼便看见她站在那儿，红色艳丽的婚服，看着她的丈夫笑得眉眼弯弯。

刺眼如钉。

冲动像洪涌摧堤，正席卷他的每一根神经，他的步子不急不缓，面如黑煞，只直勾勾地盯着她身上的婚服，恨不得撕碎成渣，周遭事物在他眼里如同死物般无视。

盯着她的眸子里混浊得像是泥淖。

他一步一步，走向几近呆滞的她。

宋轻轻，你真的敢嫁给别人。

是我救的你，也是我付出一切保护你。凭什么，你从来都能这么轻易地抛弃我，嫁给别人？

凭什么？

5

雪一堆堆地被铲除，花失了红色，草渐渐枯萎，天空阴霾。

他认了命，认降。

愤怒感，从女人喜笑的容颜开始发热。红色的婚服，她看新郎的眼神，宾客的欢乐祝福，无一不在激怒他。酒意咆哮，一点一点吞噬着他的自制力。

他看着她，不再虚笑，收着嘴角，面目如冰地绕过人群。

他一步一步，朝她走去。

徐嬷坐在宴席上正欢声笑语地跟周围的婆婆说着趣事，哪知一晃眼便看见正从门口进来的人，顿时惊得连筷子都掉了。

这不是那男的？

还没等她有所反应，便看见王川一脸含笑地向那男的走去，徐嬷顿时心里不安，忙低着头暗自念叨了一声——

"这都是些什么事啊……"

王川见来者衣着精致，疑惑了会儿，却也没想到宋轻轻头上，还以为是走错地儿的，忙拿了杯酒走过去，喜笑颜开："兄弟，你走错了吧，这是我和宋轻轻的婚礼，不过来了就是客，喝了酒再走吧……"

林凉掠过，目不斜视，只盯着一个方向。

王川纳闷地转了身子，见对方一步步正朝自己的新娘走去，这一下他有点慌了，忙追过去拍上对方的肩头，声音加大虚势："你谁啊？"

面前的女人正面露仓皇，眼神却不是看向他，而是瞟向来人。

他是谁？

林凉的理智如烟消散，无视众人哗然，便一把捏住她惊愕的脸颊，唇覆在她唇上，他轻声问她："你说我是谁？"

他毫无征兆地猛然掠夺她的唇舌，强握住她推搡的双手，分开牙关，压榨她每寸呼吸。

就让她的丈夫好好看看……他是她的谁。

宋轻轻被握得毫无力气抵抗，双手被勒得充血，嘴里发出的声音也被他一一吞没，时间却不长。

因为王川一拳朝他的侧脸打来，还伴着怒吼："你在干吗？"

力道不小，他的右脚偏移，脸颊伴着生疼，身子却只是轻轻偏移。

林凉摸了摸脸颊，转身看向面前比他矮半个头的男人，面容阴暗。

他从不是个温柔的人。

敢打他，那就得有勇气承受他的偿还。

一拳落下，是王川难以承受的力度，疼得他不由得痛呼一声，狠狠地摔倒在地，捂着脸从嘴里吐出一口血沫来，仰了头便带着怕意又愤怒地盯着居高临下的林凉。

再一拳，带着狠厉的力度，毫不留情地捶在王川的脸上，再起身，看着他。

宋轻一看王川倒地了，急得跑出去蹲在他身旁扶他起来，看着林凉紧握的双拳，似乎还要动手的模样，不想惹出更多的事端，一面准备扶王川起来，一面想劝他，便缓了声音说道："别打了……"

可落在林凉眼里，却不是那种滋味了。

着急、紧张、求他。

这些不应该的情绪，都是为了另一个男人。

他从未见过她护过别的男人。

"别跟我说，你嫁他是因为爱。"没等她扶起王川，他便扯过她的手腕，捏得死死的，整个人如阴影笼罩，浓烈的酒气洒在她的鼻尖，牙根作响。

她惊慌失措，加上王川就在身旁，否定的话难以脱口，便被面前失了智的男人误以为真，于是眉目里的郁色更浓、更暗。

"就这么几天就爱上了？我可真佩服你有一颗大爱无疆的心呢。"肯定的语气，不假思索的判断都在一念间翻涌，失了往日冷静的他看着地上的王川，阴笑一声。

锃亮的皮鞋动了动，他抬腿，想猛烈踢烂那人的胸口，却被拦下，是宋轻轻挡在他的身前，哀求道：

"别打了……"

这是林凉吗？如同剥皮换人般，揍人的狠度不亚于把她救出来的时候，她像是被人掐住喉咙，呼吸缺氧。

心疼？

拳头还捏得铮铮作响，暴烈的因子在肌肤内层嗞嗞燃烧。

那……就往死里打好了。

周围的宾客一一拥了上来议论纷纷，看见王川被打，嘴上开始骂着这个突如其来的男人，还有些想要阻止和解的，还没靠近那男人几步，便被他用力推开，手里还牵着仓皇失措的新娘。

他拉扯几步，又直接把新娘抱起，直跑着往门口而去，有人便远远看见新娘被他塞进停靠在一旁的车的车后座，还没等王川追出去，驾驶座上的司机就踩下油门将车子驶得没影了。

　　车窗再如何拍打也是紧闭，车门再怎样拉扯也是紧锁，她看不清身旁仿若埋在一团黑雾的男人，心口像摆钟般悬挂摇摆。她也不明白这个明明正在结婚的男人，却跑来这儿打伤她的新郎，把她塞进车里锁着，车速极快地不知去往何处。

　　未知是最大的恐惧，宋轻轻顿时害怕地看着他放在膝盖上骨节分明的手，正因郁气而骨骼凸结，青筋鼓起。

　　她知道他喝了酒。

　　内心尽力排解出不安，她舔着唇，希望他能平缓一下情绪。

　　她说："你不回去参加婚礼吗？我，等会儿也要吃晚饭了。"

　　火上浇油，雪上加霜。

　　他用力扯开自己的领带随意扔在车内，单手解开第一颗、第二颗纽扣，侧着脸迎着窗外的冷风，胸腔的气好似才少了些。

　　夜色渐渐放下帷幕，真正的黑色弥漫而来，掠过一点点城市的灯光，惶恐一点点变大，身旁的男人还是不说话，面色肃冷，宋轻轻倚在车门的身子有些酸痛。

　　她不知道他究竟要干什么……抢婚？

　　可是他自己说让她好好嫁人，不再管她。他也有别的新娘要娶，现在却把她掳到车里，又什么话也不说。

　　再说，王川还受伤了，他还在等她回去。

　　"林凉哥哥，放我下去吧。我……老公还在等我……"她小心翼翼，生怕他发怒地放软声音。

　　"停车。"他对前座的司机说，"你下车去抽根烟。"

　　宋轻轻怔住了，她下意识地看了看车窗外，透过车灯，只看见一片空寂的地和杂草。荒郊野外，风声也停止了。耳朵只听到虫碎声和两人的呼吸，虚寂而黑暗的闭塞空间一片幽黑，只有车前的两束光还亮着。

　　司机关上了车门，脚步声越来越远。

　　旁边的人将车熄了火，唯一的光，消失了。

　　幽闭的狭小环境里，只有她和林凉。

　　女人的心开始因身侧男人阴翳的气息而急促乱跳，手指冰冷，捏着婚服的衣角，直捏得皱巴巴的，褶皱漫布。

　　她不敢偏头看向那侧隐在黑暗中的男人。

　　他到底要做什么？

　　老公。

　　这两个字在身体最阴暗的地方一遍遍地回响，从血液里呼啸，从皮肉里轰鸣，一点点片甲不留地夺舍他的耳目，像是盲了聋了，神志瓦解。

她从来没叫过自己老公。第一次听她说出，是为了放她回去结婚。

他抛弃了成千上万人只为找一个她。

疯了。

他是疯了……疯了也好。

宋轻轻低着头，还是不敢看向那片低压区，捏着衣角的手指被衣料的线勒得生疼，身子难以自抑地发抖，心脏的跳动声大了。

她想离开，不顾恐惧了，霎时偏头朝他望去，却像是猎物入笼般被他抓住。

他粗重的呼吸喷洒在她鼻尖，不知何时他已靠近，双臂贴在车椅柔软的皮料上，将她困住后收紧他和她的距离，令她难以逃脱。

她睁大了眼，有些茫然地看着他，不解地喃喃："林凉哥哥，唔……"

再一次被他毫无预兆地低下头吻住，以更强势的姿态，侵略她唇舌间的气息，啃啮唇瓣上的嫩肉。

逼迫得她窒息难受，双手推着他，他却更加紧迫，被他弄得失去呼吸，她只能靠他给的氧气而活。

"你叫谁老公？"他咬着她的脖颈，声音低沉。

车内只有他们的呼吸，浓重。

男人眸很深，盯着她的唇，手指正覆上她的领口，虎口挟住她的脖子，仿若她的回答不对，他就会掐死她。

她惊恐地没有回话，不是怕他掐她，而是他忖量的眼神，从上至下，似是看见一件最丑的衣服，要将它撕得粉碎。

宋轻轻双手顿时掩上，在他的禁锢下弄成压迫姿势，似是明白他接下来不合时宜的行为，想阻止他，希望他恢复一些理智。

"你今天结婚……"

话还未说全，被人咬上一口，话里阴寒："你再说一句结婚。"

对上男人的视线，他的眼睛令她难以动弹，像是风雪中毛发黏血的凶兽，正咧着利齿。

"别……"

他高挺的鼻梁划过她的脖颈带着酥麻意味，他的声音像是幽林里传来，霸道无理。

"我说嫁人你就嫁了？"

"就这样，那你之前说的爱我算什么爱？嗯？"

"想挣我的钱给另一个男人养家？轻轻，我同意了吗？

"实话说，那男人又丑，身子又弱，轻轻，他能满足你？"

头发撩在她的耳后，声音儒雅如诗，话里却像个疯子般意外的偏执。

"八年前，你就是我的了。"

话里的丑恶随着呼吸喷洒，雄性的强势让她对男女力气的悬殊放弃抵抗。

她只能疑惑地问他："为什么？你要娶的人是路柔。

"林凉，你说别让我在你身上找寄托了。你说你很现实。你说，你要结婚，说不想和我和好。我现在嫁给王川，不是一切都合你的意思吗？"

"宋轻轻，我也不知道……"他掩住表情。

"我也以为我能做到我说过的那些……如果我能做到这些，我就不会来找你……"

无奈认降，自欺欺人盖不住了，凉水倒进浑水。

"宋轻轻，你说你爱我是不是？"

他的声音颤抖了："那八年前，你怎么能做得这么狠……"

宋轻轻有些呆愣地看着面前的男人，很久很久没有回话。

她抬起双手捧着他俊俏的面颊，双眸认真地看着。

她瞧这眉眼、这唇齿，无一不是按她心里的模样一点一点镌刻出的。他曾那样温柔地抱着她，也曾伤痕累累地躺在她面前，他做她的天地，他做她唯一的英雄，背负一切去救她，为她风尘仆仆遮风挡雨。

是啊，为什么？

为什么她要离开那么好的林凉？

第八章
你只有我，我也只有你 /

1

八年前，夏天。雨浇湿过去，地面潮湿，天云坠落，闷潮盖住了城市。

为什么？

本是夏花，却活成了冬雪。

"你回来啦，林凉哥哥。"宋轻轻偏过头，眸中映出走来的熟悉身影，两边嘴角便不由自主地上扬，酒窝伴着，露出欢喜笑容。

宋轻轻已经在这白色病床上看了很久的综艺选秀节目了，里面的俊男歌舞却并未让她开颜，反而抿着唇一副生闷气的模样，嘴里还叨叨。

"还没林凉哥哥好看呢……"

说着说着他的名字，她的气就更大了，鼓着脸，撒气似的把遥控器重重放在床边，便又看着电视哀怨起来了。

他个骗人鬼！

脚步声从门外传来，宋轻轻每次都说不要去看了，肯定不是他，但还是每次都偏头去望，一次次不是那人后，那气就跟正在打气的气球似的，随之越来越大。

她发誓不再去看了，她还发誓再也不会理他。她要等他自己走到面前乖乖认错！

可是……

脚步声越来越近，她咬着唇，眼睛盯着电视，告诫自己不能破功。

可是……

好吧，她就看一眼。真的就看最后一眼，如果再不是他，她就真的真的不理他。

她偏头望去，刚鼓的气顿时就没了，忘了刚还是个生气的孩子，就情不自禁地露出笑容，冲着来人欢喜地喊："林凉哥哥，你回来啦！"

门外的少年容色雅致，眉眼朦朦如藏山雾，身姿挺拔，肩宽腰细，衣着楚楚，鞋净袜白，路过的护士都免不得打量两眼。

他手里拎着一袋酸奶，嘴角含着淡淡的笑意。

向她走来的步子却缓慢得如蜗牛，走动几步后，他轻轻蹙眉，又不动声色地走过去，轻轻坐在她身旁的软椅上，坐下的姿势有些怪异，却很快恢复正常。

林凉低着头，将酸奶放在一旁，抓过她的手握住，感受她手心软肉，说出的话温柔："抱歉，我来晚了。"

不说还好，一说宋轻轻又变回之前的憋闷模样了，手指挠着他手心的痒痒肉，话里带着撒娇的埋怨："你骗人。"

林凉任她挠着，另一只手便摸了摸她的头，眼睛仔仔细细地盯着她。

看了良久，他把一旁的酸奶递在她手中，声线温柔："嗯嗯，是我不好。看在酸奶的面上你就别生气了好不好？轻轻妹妹。"

窗外是万里无云的晴朗，夏风携着热气翻涌，风吹落叶飘落，风吹帘子飘动，风从窗口灌入，风吹过他全身，似乎腰腹和腿上的疼痛正随着风的气息上涌至皮肤顶层。

他闷哼一声，却很轻很快咽入喉咙，被风声吞没。

那个雨后，走过昏暗的街，他背着她一路跑到医院，抹着汗水和残留雨水排队挂号看医生，又花钱安排了个单人病房，再背着她上五楼轻轻地将其放在病床上，他腿脚酸涩地坐在椅子上，湿漉感让他浑身难受，却一直不放心地看着医生为她诊治包扎。

看着她忍耐痛楚的表情，他便伸过手去安慰她说："疼的话，就抓我的手。"

小小的手从床沿伸过来，紧紧地握住他的大手，才有了鱼儿游在水中般的安心感，她声音弱弱地说："林凉哥哥……别走……"

他反手握住，像是包裹，比她更暖的热意，传入她的手心再传进空空的胸腔，将其填满。

他说，我会一直在这儿，乖，别怕。

她的眼睛才肯轻轻闭上，牢牢握住带给她信任感和安全感的手，再沉沉地睡去。

医生包扎好，向他嘱咐了几句注意事项，便离去了。他见她已睡着，才终于起身，轻轻抽出自己的手，将她的手放进被子里。

站起身时头突然一阵眩晕，扶着椅子才稳住身子，他闭了闭眼睛，甩甩头，好似恢复了些清醒，看了看天，已是晚上了，便准备出医院买点吃的喝的。

回来时他已经换了衣裤和鞋子，还买了热粥，见宋轻轻已经醒来，便打开热腾腾的粥，拿出勺子舀了一勺，放在嘴边吹了吹，见温度差不多了才一面放在她嘴边喂她吃着，一面还讲着笑话逗她开心："悬崖上有一只小老鼠正挥舞着短短的前爪，一次又一次跳下去努力地学习飞翔，每次都摔得头破血流。旁边的一只母蝙蝠看见了，便扯了扯公蝙蝠说……"

他故作玄虚地停下，弄得宋轻轻扯着他衣袖着急地问着："说啥啊？说小老鼠很坚强，我们要学习它的精神吗？"

林凉笑着喂了她一口粥，说："那只母蝙蝠说，孩它爹，要不咱们还是告诉孩子它不是我们亲生的吧……"

"哈哈哈！"宋轻轻笑得口中的粥差点落在被子上。她不知道为什么，只要林凉讲故事，她就想笑。

吃过饭，收拾好垃圾，林凉便下了楼将塑料袋扔进垃圾桶里，待转过身来便看见身后站着两个穿着警察制服的人。林凉眉一挑，没有意外，反而淡然地看着两人，优雅地笑着说："你们好。"

两名警察是接到报警而来的，通过一个女人描述，说是一个长相俊俏的少年用酒瓶敲得这个男人浑身是血昏迷不醒，又跟着路上的监控，于是一路找来，刚巧，进医院时便一眼看见少年，正在倒垃圾。

大抵是没有想到长得这么漂亮的孩子竟会出手伤人，还伤得那么重，见到他们前来还非常镇定。

其中一人有些讶异地看了看同伴，沉了沉声说明了来意，要带他进警局调查。

林凉没有反抗和震惊，只说："能麻烦等一下吗？我进去跟我女朋友说一声，我怕她担心。"

两名警察面面相觑，但还是点了点头，跟着他上了五楼，待在走廊外等他出来。

宋轻轻见林凉回来，便笑着招手让他过来，想让他陪着自己看电视，还没说出口，便被他抢了话，说他今晚有事，等明天再来看她。

宋轻轻此时对他依赖极了，经过那事后便总害怕一个人，便拉着他的手臂，一摇一摇，双眼乞求："能不能留下来陪我？林凉哥哥，我一个人害怕。"

他张了张嘴，还是没能说出来，偏过头看了看门外已经面色不耐烦的警察，只好吻了吻她的面颊，说："轻轻妹妹，我保证就明天，明天我一定会回来的。"

宋轻轻知道他最舍不得自己哭了，想装哭让他留下，可眼泪流不下来，便只能干号，啊哇几声说："我不要你离开……"或许是发现自己哭得太假了，面前那人只是宠溺地看着她。

宋轻轻一下收起，忙抱住他，仰首望着他："我就是不想让你离开，林凉哥哥……"

"乖。"林凉吻上她的额头，"听话，等我回来。"

"不要……"宋轻轻放开他，又扯了扯他的袖子，声音委委屈屈。

林凉握着她手将其塞进被子里，掖了掖："乖，等我。好好睡觉。"

2

林凉被带入警局，被关押在审讯室，对面是拿着纸笔记入档案的值班警察，一面盘问着他的身份信息，一面严厉地问他行凶过程。

值班警察脸上都是对少年的嫌弃，问话期间，眉间一直皱着。

从下午接到报警电话便听里面一个女人描述，说这少年拿着酒瓶就冲上来打人，差点把人打死。送去医院时翻出电话，才找到被伤男人的妻子吴莺的联系方式。

吴莺咬牙切齿地说要找出这个伤她老公的人，伴着凄厉的哭声说她老公平时多老实的一个人，怎么可能去那种地方，便一口咬定是这个少年疯了，还说肯定是怕这少年打他所以才躲进了那里。

"仔细描述一下你伤害何翔的过程。"

原来那杂种叫何翔。

"叔叔，"林凉微笑，看着面前只大他五六岁的警察，"他死了吗？"

值班警察愣了愣，有些恼面前这个明显把他叫老了的少年，偏又只能憋着，只得加重语气说："你这小子，看着斯文，伤人这么狠，你爸怎么教你的？！幸好那人活着。"

"原来没死，"他轻笑一声，"真是可惜。"

"你……"值班警察差点把笔摔了，对这个故意伤人的少年话语里不知悔改的傲慢气得胸腔起伏。

"叔叔。"他又说话了。

自己看起来真的很老？值班警察偏了偏头，看向他，闷哼一声，不耐烦地回他："怎么？"

"强奸和虐打女性会判刑吗？"

值班警察愣了会儿，好似对整个事件有了别的认识，头一低，要他说出整个事件的来龙去脉。

还没下笔，审讯室的门便打开了，门外是所长，招了招手示意值班警察出来，值班警察只好一面带着疑惑，一面出门了。

随后，林凉被带去了一个调解室，坐在椅子上，对面是个四十岁左右的女人，她精致的妆容盖不住皱纹，正跷着二郎腿，高高在上的样子。

"打人挺横啊。"吴莺双手交叉着，高傲地昂着头看向他。

吴莺是个刁蛮的人，家大业大的她渐渐对这个软弱没用的老公心生不满，便开始打骂他，现在有个人把她的丈夫打进医院昏迷不醒，这不是打她吴莺的脸吗？就算何翔是去招猫儿，但打狗也得看主人啊。吴莺就是想来出口气。

林凉静静地看着她,没有回话。

看着面前面色温雅,眸里却寒色如冰的少年郎,吴莺有一种自己被无视了的感觉,一时怒得用右手大力地拍了下桌子:"你知道故意伤人罪是要坐牢的吗?!"

对面的少年笑了笑,良久才摸了摸左手的戒指回她:"那你知道奸淫罪判几年吗?"

"什么奸淫罪?"吴莺嗤笑一声,似又想起什么,怀着恶笑便说,"你该不是在说那个女的吧?女人自愿的还能算是吗?"

马春艳。

他眸色一深,五指缓缓收紧握拳,短短的指甲陷进肉里:"他没死真是便宜他了。"

吴莺见对面的人还在嘴犟,呵笑一声:"还真是无知者无畏,年轻什么都不怕。"眉毛轻轻一挑,又说,"呵,那些女人最爱钱了,到时候嘴里的话换个调说说,你这小牛犊可就要到牢里犟嘴了。"

"你现在应该想想,怎么让我不追究才是正事。"吴莺仔细打量着对面俊逸的少年,瞧着瞧着竟一时被他的脸蛋儿勾住,又或许是他身上冷漠的气息感染了她,黑色的高跟鞋摇了摇,她微笑着说,"或者……我们换个地方再聊一聊……"

他毫不留情地一脚踢中女人的小腿,惹得女人一声惨叫,狠狈地从椅子上摔下,抱着自己的小腿,疼得眼泪唰唰而出。

林凉站起身,绕过桌子,居高临下地看着她,面容温雅如月:"阿姨,你得庆幸这是在警局。"

吴莺一时疼得说不出话来,等稍稍缓和了些,正要破口大骂,便见暗室的门一下被人打开了,进来的人却让她心中不寒而栗。看了看来人,她又下意识地看了看少年,顿时心里一阵后怕。

林盛凝着寒气而来,进了门走到林凉的身侧,不发一言便扇了他一巴掌,打完后便偏了头看着地上的吴莺,沉声说道:"抱歉,教子无方,给你添麻烦了。"

林凉用舌尖顶了顶发疼的右脸内侧,听了林盛的话,心里下意识地嗤笑一声。

他听到林盛说:"这件事,你看你这边有什么要求?"

吴莺看到林盛顿时收敛了,说其实都是误会。

林凉坐进车里看着窗外,似是知道这一天会来,只是没想到会以这样的方式,心中没有任何波澜,眸色甚至温缓地看着夜色,反而林盛神色不佳地盯着前方,腿脚蠢蠢欲动。

今儿正赶上出差，所以在飞机上没接上一中校长给他打来的电话，等下了机回拨过去才知道这小子逃了一门理综出了校门外不知去干吗，校长给他打电话询问也被他挂断，气得林盛挂了电话便派人去找，最后说是在警察局找到。一中校长说林凉高考作废，而林盛与保安私下解决完才去的局里。

"跪下。"进了门，林盛便寒着脸呵斥着。

林凉这次没有乖乖地听他的话，只挺直了身子，抿着唇沉默。

林盛一脚踹向他的膝盖。

他的膝盖骨顿时如裂开般疼痛，破碎的痛楚以压倒性的气势使他弯了膝盖，重重地跪在坚硬的地面，发出撞击声。他脸上逼出冷汗，牙关紧咬，双手撑在地面，想用力撑起身子却颓然得动弹不得。

林盛愤怒的话还在耳旁："让你住外面就给老子惹出这种事！林凉，你真是长大了！会缺考还会打人进警察局了！

"知道这是高考吗？！你居然还敢逃最重要的理综！"

猛烈的一脚再踢向林凉的胸口，胸腔的肋骨似是断裂开，逼得他闷哼一声，盯着地面，捂着疼痛处，终还是强忍着憋回嗓里。

"我养你不如养条狗！废物玩意儿！就为了个智障，人生最重要的考试你都不要了！不知好歹！你最好别让我看见你和她在一起！"林盛的声音愤怒且大声，家里人都被他吓得不敢张望。

"真希望你没有养过我。"林凉冲他轻笑一声，眼里蔑视。

"你说什么？！"林盛是真的没有想到平时乖巧的儿子竟然对他说出这样的话，顿时脸色发青，右手用力地扇了他一巴掌，打得林凉直偏了头，"有种再说一遍！"

"我说——"林凉盯着他，眼中的愤怒与悲凉从没有这么明显过，"我从来没有希望过你是我的父亲。"

又是用力的一脚，掺着漫天怒气踢向他的身体。他的身子侧翻撞在地面，肌肤被粗糙的地面磨出一根根血条，后脑勺磕在地面发出清脆的响声，肋骨或许真的断了，疼得他不停地咳嗽，咳在地上的全是血沫。

"今晚就给老子收拾东西出国。"林盛怒火中烧，胸腔还在起伏着。

"咳……咳……我不会去的。"他的手指紧抓地面，眼眸垂下，颤抖地回答，话里决然。

"翅膀硬了是吧？！林凉，你信不信我把你打死在这儿？！"林盛真不敢相信面前的人是他一向听话的儿子，儿子一次次地反驳反抗他，气得他撩起两旁的衣袖，眼里都是怒火，似乎真要将其打死在这儿。

常年累积的郁结，一直堵在情感的导管里，管子终于撑不住了，终于绷开，终于爆发——

"每次都是这样！"瘫在地上的林凉终于怒吼一句。

他无奈地耸动肩膀："咳……每次都是这样，我，咳，我只是你的木偶，稍有不满意，咳，你就随意打骂。你有，咳，把我当过你的儿子吗？你有考虑过我的，我的想法吗？你……问过我的解释吗？"

"没有，从来没有。"他喘着气，大口呼吸，声音悲哀到了极致，"我只不过是你炫耀的工具和出气筒而已。"

"我不会再听你的任何命令了。"他的手臂撑着地面，左手抹去嘴边血迹，一点一点从地面上站起来，身子歪歪斜斜的，只能倚在墙边稳住，头涌上一股难言的眩晕感，拍了拍头，直至清醒些才看着沉默的林盛，"你从来不了解你儿子真实的样子，你配做什么父亲。"

"就为了那个傻子？"林盛直直盯着他。

"她需要我。而且……"胸口依然疼痛，像是被一把锤子不停地重重敲打，疼得他忍不住皱眉，即使能站起身来，膝盖也只是弯曲。

他看着林盛，笑着："我不想再这样被控制地活了，以前的我，跟傻子有什么区别呢？"

逆流而上。

他一遍遍教给她这个成语，一次次鞭策自己。

"可以，你为了一个傻子放弃人生，现在还准备跟我断绝关系是吧？！不听我的话想跟她在一起……行，林凉。你觉得你纯粹，那都是想得美！什么不顾一切不惜代价，你真当自己是个救世主了？"林盛的眸子如利箭般盯着他，忽而便笑了，"好。真要经历过你才会知道什么叫悔不当初。"

林盛说完这些话便进了家门，似是不再管他。

林凉早就受够被人操控的生活。他的反抗或许是奏效了，他艰难地扯了扯嘴角。

解放了。

少年扶着墙缓慢而困难地走出院门，伴着咳嗽垂着头，头的眩晕感越来越重，眼皮也似乎加重了，他摇晃着身子看着眼前的景物变成一片骇人的绿色，还沾着血迹的手摸上额头，却是一片滚烫。

想来，那场雨让他着了凉，引发了高烧。他一时控制不住腿软地坐在地上，眼前的绿色越来越浓，连呼吸也变得困难急促。

再等等。宋轻轻还在等他，要是他晕了，谁去给她送饭……

于是他掏出手机，给她的医生打电话，强忍着眩晕和难受沙哑着声音说麻烦对方雇一个看护照顾她。

这种濒临死亡的感觉随着全身的疼痛袭来，眼前顿时一黑，林凉紧紧握住手机，还想撑着身子起来，他不想无人问津地晕在路边。

因为会死。

他死了，还有谁来照顾宋轻轻。

所以他得睁开眼，至少拨个急救电话让人来救他。

手无力地垂下，眼皮颓然合上，身子一软便重重地倒在地面，意识消失，他再也感受不到疼痛。

只有一句话还在叫嚣：

轻轻，等我。

3

无须闭眼。

一望无际的黑，这种静谧无光渗透，无缝渗光，虚无与孤寂织成了网。

挣扎，漫无目的地奔跑逃离，一声又声地急喘，无措又绝望地停下。

人潮霎时拥来，撞过他的身躯再没于远方。他跌跌撞撞，用力拨开聚合的人群，逆流处奔跑，人群纷纷扰扰，背对而行。

直至一声惊雷划破。

"哥哥，你醒啦？"

头晕闷的难受感犹存，四肢酸痛。他缓缓睁了眼，一张稚嫩的脸放大般落入眼眸。

林凉笑了笑，抬起些微失力的右手，摸了摸她的脸，想唤一声她的名字，喉咙却嘶哑得厉害，只好作罢地对她微笑。

"妈！哥哥醒了！"林音见林凉苏醒，忙跑出去唤着林母。

林母走来时，林凉已经从床上起来了，正整理着衣衫看着她，眸里波澜不惊。

林母见状，倚在门边："离家出走？"

林凉动了动腿，一瘸一瘸地绕过林母，声音沙哑："嗯。"

这世上确定一个人很难，确定一辈子更难，可那都是长大了才说的话。少时有天赐的勇气与天斗，对地闯。牵一次手就是余生，就那样昂首挺胸，对着众人的奚落冷漠地说：

是。

我就是要跟你们嘴里的傻子在一起。

"你确定你要违背你爸?我劝你马上跟那个傻子断了听到没!林凉,你小时候最听话了,现在怎么变成这样呢?"林母皱着眉,拉住他的袖子,语气责备。

"因为我长大了。"林凉弯了弯苍白的嘴唇,手指用力地拨开她的手。

林母磨了磨牙:"你父亲性子是有点急躁,但还不是你做的事太过了。你想想,我们辛辛苦苦养你十几年,就盼你望子成龙,结果竟然你逃了高考去跟什么傻子在一块,还进了警局,你这要是被人拍到怎么办……

"林凉,她是个智障。她家里有人去照顾她,你不能把自己赔在她身上……你考完试去海外留学多好,就算你找个平常家的女孩也总比那个傻子强啊……"

絮絮叨叨的,平时也没这么多话。

他轻微地皱眉,又平淡地回她:"嗯。我知道了。"

"林凉!"林母带着怒吼,死死盯着他一拐一拐的背影逐渐远去,"感情不能成为生活的全部,你太重感情了。"

那时他回的什么,好像是说:

"我宁愿是感情支撑我的生活。"

声音因为病痛而显得微乎其微。

"好,你走!"她带着冷笑看沉默离去仿若视死如归的少年,"可别说我这个做妈的没提醒你,这个世界有多少潜规则你不知道?你现在只是高中学历,除了点基础知识,半点社会也没接触过,你觉得哪家公司不看文凭?没有那张纸,你连面试机会都没有。你不出国去混点人样回来,不靠家里给你打点,你就想这样进社会了?"

她的话随着他的步子不停。

"你从小娇生惯养,大少爷想挣钱照顾一个傻子?林凉,你也傻,是吗?"

傻吗?

十八岁刚成年的夏季,他第一次遇见宋轻轻,如她姓名般轻如薄叶,一生浮沉。

她说你看起来很难受。

说你学我啊。有时候我觉得很难过的时候,我就去看花看草去吹风。你看,花知道你难过所以盛开了想逗你开心,草知道你难过所以挺直了身子告诉你要坚强,风知道你难过所以拍拍你的肩安慰你。

好吧,林凉哥哥,这些话其实是我在书上看到的,我看你不开心,所以才背下来。

那个,书上还说……拥抱是治疗难过的解药。林凉哥哥,我抱抱你,你就别难过了。

阴暗孤寂的人容易受单纯的诱惑,如教徒碰上志同道合的信仰。幼稚发笑的话，竟也能勾拨他。多少春秋，便衍生出多少的贪心不足，想占据她的手脚，吞并她的骨头，要成为一体才罢休。

十八岁，他救她于生死一线，把自己本将辉煌的青春岁月搭进去了。

那时谁都叫不醒这个离经叛道的"疯子"。

"哥哥要去哪儿？"十岁的林音看着林凉步子不顺地出了门，侧过脸带着疑惑地问一脸阴沉的母亲。

"他自己会知道回来。"林母看着他远去的背影，轻轻笑了声。

脸色也太难看了些，林凉对着大街上的橱镜看见里面的人一副邋遢相貌：下巴冒出密密的青茬，唇色惨白失色，双唇干裂，面颊上还留着青色的伤痕，眼尾拉塌，像个活死人，只有衣衫整洁些。

他买了瓶水，润着唇喉，又在公共洗手间里用新买的剃须刀剃去胡须，再洗了把脸，拍着面颊，抓了抓头发，看着镜中的人脸色稍微恢复了些人气才离去。

经过一家商铺，他停了脚步放眼望了望。是家饰品小店，孤身的他在这群爱美的女孩子间显得突兀而尴尬。

他低了低眸子，还是走了。

"说好明天就来的。你看看都几天了！"一脸怨气的宋轻轻努着嘴放开他，手指着窗外明晃晃的太阳。

"看太阳，也看不出是几天啊……"林凉眯了眯眼顺着她的手望去，刚醒的他什么都没看的确不知是几天了。

"你你你……你还顶嘴！"宋轻轻手一收，两眼一瞪，恶狠狠地盯住他。

林凉无辜地看着宋轻轻，而她也如他所愿地说出了答案："这都三天了！你骗我！说好明天，你保证了的。"

他只是没有想到自己会晕厥……他有些沉默地看着她。

"你知道这里晚上有多黑吗？我一个人在这里好害怕……"宋轻轻又努着嘴看着他，"我看着墙上的时钟就开始掰手指数时间，可是双手都用两遍了你还没有回来，那个婆婆也不说你去哪儿了……林凉哥哥，你个骗子！"

她老是在夜里惊醒，梦里都是那男人狰狞而恐怖的面相。她浑身是血倒在血泊中奄奄一息，醒来却只是漫长的黑夜和宁静，她害怕地抽泣着，将头捂进被子里捏着被角一遍遍地骂他"坏人"。

可第二天却又无比期待他的到来。

经过那事后的宋轻轻，对林凉产生了更强烈的情愫，也更相信林凉会救她。信任与依赖像是雨涡般，由点至面地铺开。

无条件听从他的话，无意识地缠着他，还会耍些从未有过的小女孩的娇气。

林凉听了,心里叹了口气,便含笑地捧着她气鼓鼓的脸颊,温言细语地说:"对不起。"

他从兜里拿出一个樱桃模样的发卡放在她手里,又说:"那戴上这个,美丽的宋轻轻还生气吗?"

"哇,好漂亮!"宋轻轻一把捏住,仔仔细细地打量着上面的花纹,是她在别的女孩头上见过的好看的发卡……想着想着,她的嘴角就抑制不住地弯了。

可是她抬眼看着对面少年也笑得如意后,嘴立马下拉摆出不高兴的模样,像只战斗的老母鸡般。

她才不想那么快地原谅他,不然下回他还骗她。

"我不稀罕。"宋轻轻将发卡扔在他手边,眼神不屑,眼角的余光却瞟着那发卡纹丝不动。

可是,糟了……万一林凉哥哥也生气了把它收走了怎么办……她可喜欢这个发卡了……

于是她清清嗓,准备给林凉一个台阶下。

"那你还想让我做什么呢?"他却这样问她。

宋轻轻转了转眼睛,看着电视里的综艺节目突然心生一计,便说:"我想看你跳舞。"

林凉恨不得有水一口喷出来,他下意识地摸了摸自己的膝盖,张了张嘴想说些话,却看着她期待的双眸,又看了看她还没痊愈的伤口,滚了滚喉结,顿了顿才说:"好啊。不过我不会跳,你可不要笑啊。"

说不让笑,可宋轻轻看着林凉僵硬的动作,还是忍不住嘻嘻笑出声来,一开始捂着嘴笑,到后面便直接大笑出声来,还心想着一向全能的林凉哥哥怎么跳起舞来这么滑稽啊。

膝盖的疼痛因为用力加剧,他忍住叫嚣的痛意,笑着问她:"这下不生气了吧?"

宋轻轻却收了笑,一时抿着嘴,小心翼翼地看着他,说:"那……那个发卡我还能要回来吗?"

林凉缓缓地拿起发卡,细致而小心地戴在她头上,怕弄到她头皮。

"本来就是你的啊。"

"谢谢林凉哥哥!"宋轻轻开心地一只手抱着他的手臂,另一只手伸出小拇指凑到他眼前,双眼溜溜地看着他,笑容满面地说,"那我们和好了!"

他的小拇指也渐渐靠近。

接近夜晚的天带着朦胧的雾色,许是尘埃。

静谧的走廊里，他手机里，传来宋文安的声音。

"林凉！你把宋轻轻带去哪儿了？！她姓宋！是宋家的人！你凭什么带走她！

"是。我妈是做错了事，但那也是我家的事！你没有资格把她带走！"

"什么？！你要对我妈做什么？！威胁我？就算你家里条件好，那也是犯法的！"

手机里的声音戛然而止，只留男性脚步声，缓缓的，听上去在忍着痛。

想照顾她，想教会她长大。

你只有我，我也只有你。

4

这是徐芬第一次看见这样的少年。

徐芬是印玉老城区里几个小区住房的房东。

租房的人形形色色，各种各样，大多数身上浮着世俗的腌臜气息，面容憔悴难堪，已被生活磨去尖锐的棱角，往往腰背带着驼意而显得颓靡不振的人，低微且满足。

可这个少年免不得让她多看了两眼。

他来的时候，身上只穿一件简单的印花白色短袖和黑色长裤，寻常的装束在这少年身上却似生着别样的引力，仿若黑夜树影下的清月，高悬长空，淡薄孤恃。

他问她："这里的房租多少钱？"

徐芬下意识地把价钱压低了些，又往好的说水电方面等房子的优惠及好处，等回了神才发觉自己怎么也犯了年轻人的痴意，对美好事物的留念，大抵是不想让这个少年离去。

思索了一番，少年便微微点了点头同意了："好的，谢谢了。今天下午我就搬过来。"

签了纸质合同盖了章，林凉出了小区大门，右手摸了摸兜里仅剩的几百块，站在街上，望了望穿行的车流，不一会儿便被人群淹没了身影。

"你要不要和我在一起？"他的额头轻抵着宋轻轻的，唇含笑意。

"在一起？林凉哥哥，我们现在不就是在一起吗？"宋轻轻眨了眨眼，似是不解。

"我说的在一起……"他轻轻捧着她的脸，如待珍宝般，话语徐徐道来，"我们会一起吃一起住，我挣钱养你，你就等我回家。"

她似是明白一些了，左手圈住他的食指，说："家……是像爸爸妈妈那样吗?"

夫妻?

他笑着环抱着她小小身子,头埋进她的脖间,软得似要整个人融入了。

"嗯。等我们再大些就可以领结婚证了,再过段时间,说不定就当爸爸妈妈了。可能会有些苦,可是……"他停顿了一下,还是没有抬头。

"轻轻妹妹,你婶婶不会让你回去了……所以,和我在一起怎么样?"

家……他和她组成的家啊。

离开婶婶,离开哥哥,没有感觉,却想到可以时时刻刻地陪着他,她便像个孩子般用脸颊蹭着他,开心地说:"林凉哥哥,我当然愿意跟你在一起啊。"

他呼出一口浊气,好似所有烦恼清空,又忍不住咬了一口她的指尖,咬完又后悔,对她说了声抱歉。

温柔的林凉哥哥。宋轻轻笑着摇摇头:"不疼的。"

她把手伸到他嘴边,碰了碰他的唇,又说:"不疼,你想咬就咬吧。"

他握住她的手指,放在被上:"那你在医院等我。我出去办点事,弄好了就接你出院。"

宋轻轻可真想黏着他,又觉得这样跟无理取闹有什么区别,只好忍着不开心幽怨地看着他:"那你要快点回来哦,不准骗我了。"

"我发誓。"他伸出了四根手指。

出了医院,第一个去的地方是租在学校附近的房子,他打开单元门,走上楼梯,脚步却停在拐弯处。

林凉看了一眼正坐在他房门口的人,脚又抬起,声音随之而出。

"宋文安……地上挺脏的。"他说。

坐在地上每日都来蹲点的宋文安见等的人终于来了,瞬间起身,一把拎住他的衣领,眼底发青,眸色凶狠地盯着他,质问:"林凉!宋轻轻呢?"

他右手用力握紧宋文安的手腕,一点一点地收紧,似是透皮至骨般。

疼痛致使宋文安猛然松开他的领口,另一只手下意识地抚上痛处。

他笑着说:"宋文安,能不能改改你老是拎人领子的坏毛病?我的衣服都不便宜,拎坏了你拿什么赔?"

"呵。林凉,我要是打得过你,坏的可不只是你的领子了。"宋文安嗤笑着,不甘心地看着他慢条斯理地整理领口。

他低着眸子,缓缓将褶皱抚平,声音渐寒:"既然打不过,废话就少问。"

"林凉!你到底要做什么?"宋文安咬牙切齿,又无力。

林凉看着面前不修边幅的少年,头发乱着,胡子也没刮,眼里含着骇人的血丝,的确是等他或是等宋轻轻,被折磨得失了常色。

他平静地看着宋文安:"她要离开这个噩梦的地方。被亲人暴打,还被卖到那种地方。你觉得她还能开心地待在这儿吗?"

"林凉,你和我有什么不同吗?"宋文安笑了一声。

林凉眸色暗了暗,笑得温柔,声音却如冰:"你?不过是肮脏的占有欲罢了。"他偏了偏头,"如果她想回来,你看到的人应该是她。"

宋文安全身僵硬,这一番话如雷轰顶般打得他无法动弹了。他被林凉用右手轻轻一推,便靠在墙边身子瘫软着,低着头,看着林凉掏出钥匙开锁。

隔了几秒,他还是难以置信道:"听说你逃了高考……所以你现在是跟家里闹翻了吗?"

林凉的手没有停顿,声音淡然:"嗯。"

宋文安脸色越来越暗,难以置信成了眼见为实的震惊和自我认知的失败感涌入全身,经久不息,久久难停。

"我的确不配……"他喃喃。

跟跄几步下楼,掌着扶梯的手随着脚步一停,宋文安缓缓转了身子,又问他:"你在电话里说要找人弄死我妈的事……是真的吗?"

"假的。"林凉没有回头,只是拉开防盗门,"气头上什么狠话都说得出。"

"好的……"他神情恍惚地点了点头。

"对了,宋文安。"

"怎么?"

"麻烦把宋轻轻的笔和本子带来这里,她很喜欢。谢谢。"

林凉收拾了自己的衣服和常用的物品堆在屋里,便去看了看自己银行卡的余额,不多,付了宋轻轻的住院治疗费后,所剩无几了。他收了卡便去了跳蚤市场。

这块手表是他小时候讨好大人,日夜努力得了钢琴比赛第一名,被林盛奖励的,曾被他一直视为骄傲和家庭幸福的象征,卖了两万块。

接着他顶着烈日,买了份报纸,搜寻着上面的租房信息,一个个询问后,只有印玉小区的价格合适,地段也好,交通比较便利,便签了合同,押一付三。

青春期男孩离家出走?饭后谈资说起的叛逆。林凉望着陌生的街道低垂了眸子。

其实早有过这样的想法,小时候,想离家只是单纯想引起他们的注意,想证明自己是被人关心的,想证明打是爱这句俗话是真的。到后来离家,连愤怒也是内敛的,被打也不敢还手,不想惹出更多的事端,只想平静离去,离开这个压抑的家庭。

或许每个孩子心里都有一个疑问——

大人，真的一点错都没有吗？

晚间他去了月色酒吧，这里有个他的老熟人，专门拉黑活的。

酒吧鱼龙混杂，社会黑子很多，以前烦闷的时候便偷偷来这儿消遣，后来遇上宋轻轻，来得便少了，但联系还是有的。

他一进去便直入主题："我想弄个人，叫马春艳。"

问了她的详细信息后，那人挑了挑眉："老阿姨惹到林大少爷什么了？"

"找点人让她留点心理阴影就行。"林凉笑了笑，避开了他的问题。

"行行行。"那人伸了个懒腰。

"两万。"

钱放在吧台，他转身便走，不做停留，只余气息。

已是夜晚八点，宋轻轻吃了婆子送来的晚饭正躺在床上嘀嘀咕咕地唱着歌哼着小调，身上的伤已经快痊愈了，医生也让她多走动走动，于是起了身走走停停的，觉得没有大碍。

后来她又嫌这地方太小了，便去了走廊，向前，转弯，向前，转弯，向左，向右……

等停了看着陌生的地方和走廊时，宋轻轻心里顿时一声咯噔。

完了……迷路了。

没办法，她只好硬着头皮向从身边经过的年轻男孩问路，告诉对方她的房间号码，却又被他向左向右的话弄得更迷糊了。男孩也被她的差记性弄得无可奈何，只好领着她往她的房间走去。

终于到了，宋轻轻忙向男孩笑着道谢，麻烦他给自己带路。

男孩也笑着说没关系，表示客气。

刚回来，撞见这一幕的林凉血都冷了。

他拎着酸奶袋的右手不动声色地用力握紧，眼睛如穿心箭般盯着他们喜笑颜开的画面，神经收紧，阴色正在眸中流动。

这男的……是谁？

霾气浓烈，男孩已经走出了他的视线，他的情绪却未见好转，只如暴雨前的闷天。

宋轻轻转身，一眼便看见不远处的林凉，忙冲他招手示意着："林凉哥哥！"

林凉缓然走近，手轻轻抚摸着她的头，声音轻柔，面露笑意，眼底却散发着寒意："刚才你在和别人聊什么呢？"

"刚刚我迷路了。"宋轻轻喝着他带来的酸奶，含混不清地回他。

原来是迷路。林凉笑着揉了揉她的头,被弄乱了头发让她眼神哀怨地瞪了瞪他,惹得他心像化了一般,便在她面颊上轻啄一口。

渐渐地,阴霾退去。

若是她与别的男人有接触,他都不知他这温柔邻家哥哥的模样在她面前还装不装得下去。

也许哪一天就会爆炸破灭。

第二天早上,他搬着行李住进了新的出租屋,收拾好了一切便去接宋轻轻回家,办理好出院手续,便带着她坐着出租车到了印玉小区。

上楼梯时他走在前,宋轻轻在后,走了一两步感觉不对劲,看见宋轻轻还在原地不动,便问她怎么了?他皱着眉有些担心,还以为她的伤还没好。

哪知宋轻轻见他转了身,便向他伸出双手,努着嘴,双眼鼓得圆圆的,娇声说:"抱。"

林凉松了口气的同时免不得在心里轻笑了一声,有了逗她的意图,侧着身,挑眉问她:"你的伤不是好了吗?"

"我不管,我要抱。"恋爱里的女孩子都是矫情精,宋轻轻看着他走在前面居然不牵着她的手走,走着走着心里就不乐意了,站在原地便等他什么时候回头能看到自己,等看着他转了身却又不满足了,准备罚他抱着自己上楼。

再说,宋轻轻喜欢被林凉拥抱,就像是被一团云裹着,热热的、暖暖的、香香的,只有这样她才能毫无保留地吸入林凉的气息,四面八方都被他围着,像是鱼儿入水般舒心。

"可是你都那么大了,小孩子才要抱着走。"他笑了笑。

"我就是小孩子。"她硬声硬气地回他,理直气壮。

瞧着她鼓得像仓鼠的脸蛋,林凉走下楼梯,径直走向她,一面用力将她抱起,手臂托着她,她的双腿便夹在他的腰间,一面像哄孩子般笑着说着话。

"遵命,我的小朋友。"

被抱起的宋轻轻,双手摸着他的脸,眼睛仔仔细细地打量着他面容,一棱一角,一点一面都不肯放过,打量完便笑着露出酒窝说:"林凉哥哥,你真帅。"

"多帅?"

"独一无二的帅。"

他发出真实的笑声:"你也会夸人了啊……"

"我说的是实话。真的,林凉哥哥,你要相信我的审美。"

"我相信啊……你的人怎么能不帅?"

"林凉哥哥,你自恋!"

花一路盛开，草伸直身子，风蹿进鼻息。

新生活要来了。

5

落日。

是太阳把血放入灯盏里。

宋文安带来宋轻轻的衣物，与他的正衣袖挨着衣袖并排，在一个长宽有限的衣柜里。

买了新的毛巾和洗漱用品，买了台二手的洗衣机，买了碗筷和锅铲。又铺好所有的床单被套和枕头，扫地拖地，做了一份简易的蛋炒饭，于是打开窗帘，吸收新鲜的阳光。

买了账本记录自己的收支情况，也开始精打细算每日的菜肴和果食。以前林盛给他的零用钱，他零零散散地存下来，付了医药费和房租，到现在现金只有几百块，卡里也所剩无几，别说养宋轻轻，养自己都够呛。

他向她说明要出去找工作，不能一天都陪着她，但中午一定会回来给她做饭。

早出晚归。

他的简历无疑在一群高中生里是完美的。各科全国竞赛的第一第二，钢琴十级，才艺兼备。可在大公司里，那都是不入眼的，顶多让他当实习生，多数看到是高中文凭就甩下了。

起初因年龄和学历被筛下，他还能依旧笑着致谢。

可少年有的最多的便是对前景充满着希望和自信，许是家庭的熏陶和众人的追捧、环境的塑造让他从内至外都保持着淡然且内敛的心态。

于是便去小公司里试探，可得来的结果始终还是不满意。大公司的实习生和小公司的入职工他都不愿意做，终还是因工资太低，两千多一个月，可这根本不够。

稍微高些的又都在市中心，可离租房太远，交通不便。

两头为难又处处碰壁的等待，让这个少年开始尝受到挫败和无能为力的感觉。

晚上只能回家，扫去一天的疲惫和不堪，敲敲门，里面的人便马不停蹄地打开，激动地露着笑说："回来啦！"说着便把拖鞋递给他。

他接过，也笑着："嗯。在家里怎么样？"

她一把捏住他的衣角，卷成个小羊角，露着酒窝，便冲他仰面一笑，说："我很想你。"再欢快地跟在他身后进屋。

他低下头摸了摸她的脑袋，嘴角含笑："我也想你这个小朋友。"说完，从背后递给她最爱的酸奶。

汗水已经浸湿了后背,他嫌恶地洗去身上的汗味,洗完后便穿着以前的黑色夏季睡衣将她从沙发上抱起,站立着,用鼻子拱了拱她的面颊。

他头发上的水珠却不经意落在她脸上,好闻的沐浴香吸入鼻息,带着湿漉的英俊面庞凑近,他独有的气味便涌进她的毛孔里,像是雨后洗净尘埃般。

"晚上想吃些什么?嗯?"

"蛋炒饭!"

"你吃不腻啊?"他无奈地笑了笑。

"你做的好吃。"她调皮地吸溜了一下舌头。

他笑了声,无条件地顺从她说:"好好好。"

在宋家时宋轻轻已经习惯了洗碗,但更知道不能让林凉把什么都做了,于是抢着把所有的碗筷洗了,还对一旁想说话的林凉说:"我不是小孩子,不是什么都不能做。"

"你不是说过你就是小孩子吗?"他倚在墙边,好笑地看着她。

"那,那个……我是……"她想了半天才说出,"我只有被抱着的时候才是小孩子。"又理直气壮。

林凉看着她,摇着头笑道:"轻轻妹妹,你的话真的越来越有理了。"

"那是。"她骄傲地仰着头。

晚间当然是宋轻轻的学习时间啦,林老师要调出初中的知识来教她识字识数了。为了让她努力学习,他把以前给她订的初中教材和试卷都带来了。他坐在书桌上,戴着眼镜,双腿修长,一副斯文模样,低着头勾画着书籍上的知识点。

林凉知道她很想读书,所以帮她补习初中重点,也算是打高中知识的基础,一步一步来,方便她消化内容。他想着,等挣足了钱送她去读高中,经历一番也好。

所以每个晚上便是宋轻轻的上课时间,宋轻轻自然干劲十足,吸收完林凉讲的内容便开始做题。

一看,才五道小题,这是在给她放水吗?太小瞧她了吧!于是她自信满满地冲他说:"你放心,十分钟内保证做完。"

林凉挑了挑眉。

十分钟后……

只做完两道的宋轻轻,脸侧瘫在桌上,看着默不作声的林凉,哭丧着脸捏住他的衣角,有气无力地说:"林凉哥哥……好难。为什么这么难……"

"慢慢来。不懂的就放弃做下一道。"他推了推眼镜,微笑。

好吧,只能埋头苦做了。宋轻轻叹息一声。

做着做着,宋轻轻又出状况了。她放下笔侧过脸幽怨地看着林凉,仿若他做了天大的错事般,双臂交叉环在胸前,一副气鼓鼓的模样。

"怎么了?"他疑惑地看了看自己。

"你为什么不抱着我?"她语气认真地质问他。

"嗯?"

林凉以为出现了幻听,握着红笔的手不自觉地放在腿上。

"以前我做题你都抱着我,为什么搬到这里就不抱我了?!"宋轻轻像个赌气的孩子般瞪着他,语气却认真极了。

这一本正经的模样终是惹得林凉忍不住发笑,只好从桌上下来。宋轻轻见状也从椅上起来,看着林凉坐下去,一面心满意足地坐在他身上,一面还要教育他:"下次记住了,不要犯错。听到没?"

他下巴便轻轻放在她脖肩处,双手环住她,一副受教地点着头回她:"好的,宋老师,我知错了。"

宋轻轻又开始做题了,身后的呼吸和气息让她沉醉,像是躺进一片棉花做的海洋里,背后的心脏跳动好似也劝服着她,便跟着他一起在这小小的天地里,呼吸同一片空气,用相同的频率。

人真是奇怪,怎么会这样轻易地对某一个人就失去免疫力呢?

两个小时后,好不容易做完题的宋轻轻正撑着下巴,仔仔细细地听着身后的林凉靠在她耳边细心而温和地为她讲着题。他修长的手指在答卷上写写画画,一写便是龙飞凤舞的文字。

突然,眼前一黑,惊得宋轻轻疑惑地抬起头望着黑压压的房间出声:"啊?怎么了?"

"停电了。"瞬间反应过来的林凉说完便放下笔,有点无语地笑着。

"题还没讲完呢……"宋轻轻扭了扭身子,又调整了一下姿势。

她是舒服了,可对林凉来说可真是折磨。

宋轻轻做一会儿便调整姿势好让自己坐得舒坦些。

这可就为难林凉了,生理反应并不是他想控制便能控制的。

于是他再不像以前那样抱着她做题,可现在抵不住她的要求,便只好偷偷趁她不注意便用手按下,不让她发现,怕她误会。

可宋轻轻因为这黑夜回了神,这底下硌得她不自在,于是她说:"林凉哥哥,你戳到我了。"

身后的人沉默一下,回答:"那是皮带。"

"你骗我,你明明穿的是睡衣。还有,我看过生理书的,那明明是你的……"

话还未说完,便被他极快地打断了,带着不容置疑的语气:"那就是皮带。"

他耍无赖!

"你放……"宋轻轻差一点就说出"屁"字来了。

身后的人一听她的话,又打断她,声音便微微放低,语气温柔:"我说过不能说脏话的,你又不听话了。"

"……我说的是你放心,我不会说出来的。"宋轻轻狡黠地笑了笑,又说,"原来是林凉哥哥害羞啦……"

他害羞个锤子。

自己怎么也说脏话了?林凉用手胡乱地揉着她的头发,看着她用双手捂住自己的脑袋拼命闪躲的好笑模样,他才消了消心中的闷气。

都怪这小妮子。

6
这孩子肯定有出息。

惯着他,那他还长得大?没有严厉的教育他怎么出人头地?

林凉,你记住了。你只要稍微歇息一会儿,就会被别人赶上。天赋和努力是并行的,你要有你自己的骄傲。

骄傲……

是阳光敲醒的他。他惺忪着眼看着周遭,才察觉手臂泛起不可名状的酸麻。他看了看怀里的人,低头吻上她的额间,轻轻抽出手臂

稀粥和酸萝卜,是今天的早餐。他的厨艺只能算凑合,酸萝卜是超市买的。

床上的人还在睡,他伸开双臂小心地将她抱入怀中去往卫生间,她的唇瓣碰到他脖间带着软意。

"瞌睡虫。"他托着她,在她耳边轻声说着。

她迷迷糊糊地推着他的面颊,不满地嘟囔一声:"你才是。"

吃过饭,他便又要出门了,拿出衣柜里贴身的黑色正装,对着镜子正了正领带,镜里的少年已经棱角鲜明。他拿好简历资料,嘱咐一旁的宋轻轻:"我要出门了,你在家乖乖待着,不能给陌生人开门,等我中午回来给你带酸奶喝。"

她认真地点着头,看他已经迈出一步,又上前拉着他的衣袖,沉默了一下,看得林凉少许的疑惑,才说道:

"我一定不会乱跑的。"

似是看出她一个人待在家寂寞,他弯弯腰摸了摸这个矮姑娘。

"那儿有电视,无聊的时候就看看。也可以复习一下我昨晚讲的内容,今天晚上还有新课呢。还有中午想吃什么,我买菜回来弄。"

他自诩不是个温柔善意的人，会冷语相向，暴虐暗瘾。柔和的皮相下是泛着孤芳自赏的内性。

现在却为一个人收掩着自己的毒刺，带着韧性的包容，二十七岁回顾时，仍旧觉得不可思议，甚至是荒谬。

她说："你带什么我吃什么。"

于是看着他蹲下身子穿鞋，白玉般的手指与灰黄的门把格格不入，脚步踏出门槛，她不愿停下，又跟着他下了楼梯，看着他扭开单元门的圆锁，还不愿停下，再看着他走在夜晚被夏风刮过的水泥小道上渐行渐远，她停在单元门口终于停了。

眸中的背影已经出落得伟岸，这和她以前透过铁栏张望的穿白色校服的少年背影不同。

变高了，她不禁用手比了比。肩膀变宽了，好像能承担着什么。身姿依旧挺立着，高大得像……像个成熟的大人。

这个背影。或许，这个背影……像另一个人。

也曾说要出门，也曾让她乖乖在家等着，也曾说要带东西回家，最后，却留在远方。

她突然愣住，胸口像有石块在砸般，钝痛延伸。她用力地迈开步伐追上他，带着急促的喘息抓住那人背后的衣角，执拗地捏住，看着他不解的眼神便仰着头，声音里是难以控制的微微颤意。

她说："你……你一定要回来好不好……我一定乖乖听话。还有，如果你打电话给我，我一定会接的……但是你一定要回家……"

她真的越来越依赖他了，这对他而言是件好事，于是并没有深究，便带着笑意握住她捏着衣角的手，说："怕我丢下你跑了吗？你别担心，我只是出去找工作，中午就回来了。"

"反正不要不回家。"她紧紧抱住他的腰身。

心智还是个小孩子啊。林凉微叹一声，也不知这种依赖是好是坏了，只好抚上她的双手安慰着："你放心，除了你自己想走，我不会离开的。"

她渐渐放开了他，带着不安。

第一天，第二天，第三天……

无果。

终于有了挫败和自信毁灭的悲感萦绕全身，他没有找到满意的工作，无论销售、管理、文案……这都不是来钱快且稳定的路子。心里焦灼而烦躁，他只能通过紧紧抱住身边的人才能得以慰藉。

再多的无奈他也只能夜里长叹，天亮还得继续出发。

太阳以燃烧走向坟墓，恣意的鲜活，向着生命的本质衰去，洋洋洒洒，热血淋漓。

他的汗珠滑向睫毛，再落在地面成花。发丝凝结成条，狼狈？憔悴？都有吧。还有些疲惫，许是顶上的太阳太烈了。他穿梭于各有目的的人群，东西南北人潮不息。他只是潮水里一滴不为人道的水珠，快被蒸发。

手中的矿泉水瓶已经空落，喝掉最后一点余渍润喉，他将其扔进垃圾桶，再次没入人潮。

再后来他脚底发酸，头带着些许的昏胀，内衫已经湿透，只能倚靠在冰凉的瓷墙边，躲在阴凉处，目光放远。

马路上飞驰的车辆众多，有他曾不屑也有爱惜的。他吞了吞口水，舌尖舔舐着干裂的嘴唇，从左往右，看着川流不息的车流，他的思绪稍稍放空。

后来是一辆电动车上的蓝色大盒子让他动了动手指。

A市是全国首都，人均收入偏高，智能手机的流行带动了网上应用的发展。电子贸易、网上交易等正以方便快捷的方式流行于人群，于是这个城市正以领先的姿态带动着新兴产业的诞生与发展。

二中中午没有门禁，有的女生早早点好了外卖，让外卖员隔着操场的绿色隔栏递进来。长发女生接过外卖便冲坐在操场边上的同伴说："快看快看，帅吧。"

"是挺帅的。咋了，你想每天点外卖然后和人家发展成恋人关系啊？"短发女生打趣地笑了笑。

"长得帅又怎样，还不是个送外卖的。我就是跟你们分享分享，我可忍受不了他每天跑上跑下地给别人送餐，身上都是油味。"长发女生嫌弃地皱皱眉。

"就你，有人看上就不错了。"早听不惯她口吻的另一个女生出言讽刺道。

"你！"长发女生气得停了脚步。

她远远地看着那人戴着黑色帽子，掩住双眸。他独有一番隔绝甚至是格格不入的气息，她看着他坐着车子离去的潇洒模样，内心别扭极了。

生活可不就是苦中作乐。

吃的便是一菜一饭，简陋而平淡。

为了省水省电省洗衣粉，只能隔几天才洗一次衣服，这对于以前一天换一件的林凉来说才真是折磨。

楼上总在晚饭时传来孩子啼哭和夫妻打架的吵闹声，扰人心神。

印玉是个老小区，总时不时地断电断水，他们只能时刻备水在桶里，买了一袋蜡烛。附近还有个火车轨道，每到夜晚便扰人清眠，林凉只得买了两副耳塞应付。不过最让他苦恼的，还是蟑螂这个玩意儿。

看见这种生物张牙舞爪地爬行在地板上，来回蹿动，震得他这个一米八的大男人顿时呆若木鸡，双腿僵硬，却还要紧紧抓过宋轻轻的手，微哽着声安慰她说："轻轻，别怕。别怕。我在。"

把她放在身后一副英雄救美的气魄模样，其实自己的双腿却不敢动一小步，只能紧张地看着那虫子，嘴里还一直对宋轻轻念叨着，说："别怕，别怕啊……"

身边的少女只是面不改色地盯着他的手，毫不留情地拆穿他："林凉哥哥，你的手在出汗。"

"我太热了。"他反应异常迅速地回着，待回过神后觉得有些尴尬，便轻声干咳地转移着话题说，"家里好像没米了，等会儿我去买点……"

脚步却还是没动。

说让她别怕，可宋轻轻在宋家见多了，绕过他拿起拖鞋便眼睛不眨一下地拍下去，看着它死了便侧着脸和他说："它死了。"

瞪着眼看完全过程的林凉，久久未语。

"……真好。"他立马收回惊愕，优雅地笑了笑，缓缓地移动着身子，"那我去买米了啊。"

到了超市买了三瓶杀虫剂偷偷放进橱柜里，某人的心这才安定了些。

可他后来才无奈地意识到，这东西，是无穷无尽的。

林凉也曾开过许多辆豪车，颜色夸张造型怪异又或是平平无奇，在深夜无人的街道里随着轰鸣声瞬间消失。

这辆摩托车他倒是有些新奇感，好在天生的直觉让他在短期内便能熟练地驾驶它。

一单四元，是他较满意的收入。

车后座放置着固定好的蓝色大保温箱，早上六点出发，中午是高峰期所以不能吃饭，只好抽点时间啃个面包便走，又选了家好吃的店铺打包好给宋轻轻送去，捎带着一袋酸奶，坐在车上让她在家好好复习功课，便又急匆匆地上路。

黄昏没单的时候，他便带着宋轻轻坐着摩托车到处走。跟着风，发丝飘在空中。看她没看过的长河横桥，看红色落日，看火车呼啸，看山顶暮日，看千千万种不同的自然景色。

听身后的人欢喜地说："我喜欢。"

林凉当外卖员，像是国王当乞丐般难以把两者混为一谈。可谁又能准确地预测出自己一生的走向？

活着，那就对生活妥协吧，对千千万万的人妥协吧。

他的生活是翻天覆地的变化，人也在红尘中浮沉摆布。

夏日的烈阳晒伤他的皮肤，冠玉般的脸庞变得麦黄，风吹日晒，他的外形失去贵公子的模样。本是高级香水熏染的衣衫自此都是调味料的味道，令人作呕。他不敢穿浅色的衣服怕染上油渍，总要备好纸巾擦去手上因为渗漏的油污和辣椒片。每次回家第一件事便是洗澡，可为了省水，爱干净的他只能加快自己的洗澡速度。

周末没有休息，中午有时便挨着饿，长时间的不规律饮食，他的体重因此骤减。一个月干得好便上万，可以留有余存，可也为此付出相应的代价。

为了加快送单，累计外卖数量，他闯过红灯，所幸没被逮住，骑过颠簸的小路，也迷过路。

有时候的确也打击他本是自傲的心。饭食在路上不小心被人撞到洒了，却只能忍气吞声地听着顾客谩骂，低眉顺眼地道歉并偿还饭钱，一切摆平，便总有愤然的情绪在胸口环绕，下一刻在叹息声中消失。

这份工作累，且稍不留神便会受伤。他再谨慎可也有疏忽的一天，那天爬十层没有电梯的楼层，因为着急派下一单而绊倒，小腿磕在坚硬的梯边，一份滚烫的麻辣烫撒满了全身，刚好灌在伤口处。皮破肉绽加上烫伤的疼痛使他禁不住抱着小腿咬着牙忍耐着。

等稍微好受些，他瘸着腿跳着上楼，一脸狼狈饱含歉意地向点单的客人说抱歉，并承诺会返回餐钱。

"我缺你那点钱吗？！凭什么要因为你的疏忽而浪费我的时间和精力？！知不知道就因为你这一摔，我又要点超半小时的单，那时都上班了，你觉得我还能吃饭吗？！你家里死人了是吧，跑这儿来恶心我？！"那人因为饿意和对只能忍饿的下午感到无比烦躁。

他深吸一口气，这种卑躬屈膝的姿态使羞辱感渐渐上升，手指在背后握成拳，眸中是衣服上大片的红色油渍。

林凉的沉默似是更激怒了那人："投诉！没什么好讲的！不想干就走人，这个城市从不缺人。"

一个投诉扣三百块。

他又深吸了一口气，便赔笑着弯着腰，又说："对不起。"

肩膀被蛮力推开，便有些站不稳地踉跄，门被用力关上，他看着紧闭的房门急速地转身，忍着小腿的痛楚平复着呼吸缓缓地下楼。

还有单要去送。他想。

下午还要履行带宋轻轻去看落日的承诺，他看了看伤口，只是看着狰狞了些，他还受得住，今天的单因为行动少了一半，又因为投诉被扣钱，挺不顺的。这样的事情或许以后还要重复千遍万遍，每一次都得用最卑微的态度服软着去维持生活。

但他还是笑着把她从家里接出来，卸掉箱子让她坐在后座上，听她问衣服怎么脏了。

他说："不小心弄脏了。"

"是不是摔了啊？！"她担心地想掀开他的衣服看看，却被他拦下。

"再不去落日就没了啊。"他笑着，"我又不是小孩子，怎么会摔倒呢？"

也是……林凉哥哥从来都是无所不能的，聪明体贴又多才博学，她都难以想象他会摔倒甚至哭鼻子的模样，简直比看见老鼠吃猫般令人难以置信。甚至有人和他打架的话，她也相信一定是他赢。明明他那么温柔，她却有着这样的错觉。

于是她放松地一笑，拥紧他的腰身："那我们出发吧！"

长风溜进发丝再离去，红色的光跳到鼻尖跳舞，两个人不约而同地追着落日放远，残曛烛天，她的手指伸开，风从指缝穿过像纱般轻柔，落日的余晖还照着前路，长长的影子在后面追逐着。

车停在了静谧处，远离喧嚣沉静了全身，像是在窗前听着屋檐雨滴滴在青苔石阶上的那般内心阒然。

红日被地平线吞没的那一刻，他吻了她。

像柔风又像春雨。点点滴滴，密密麻麻缴尽她的呼吸，舌尖的酥麻软意伴着蜜气，让人沉沦。

小腿的伤处被裤子摩擦得有些隐隐作痛，他假装无事地靠在车前，看着面前依旧笑得自在生气的少女，有些话忽然就从心口处跳出来了。

也不知是对她说，还是对自己说的。

我的小朋友。

时间还长，依旧有梦。

所以我们还有好长好长的落日要看，还有好多好多的风要去触摸，还有好多好多的事要去经历。那些或欢声笑语，或心酸流泪，或苦中带悲。

但一切都会好起来的。

会有一天，面朝大海，春暖花开。

你相信我，一切都会好起来的。

7

那个上午，是宋轻轻第一次见到林音。

一个十岁的女孩，身高却与她相差不多几近持平，梳着利落的马尾，一双水汪汪的眼透着干练和聪慧，更像个成年人般，肌肤胜雪，长相与他有四分相似，嘴角总挂着笑意。

她拿着林凉从小到大的照片，在林凉出去上班后，敲响了她家的门。

"姐姐，我有些口渴，可以为我倒一杯水吗？谢谢。"

女孩坐在沙发上，双手轻放在腿上，腰背挺直坐姿优雅。她细心地摆弄着白色衣裙落在沙发上的幅度和位置，打理好了才笑着看向她说着这番话。

宋轻轻缓缓点着头。

林音听着脚步声远离直至停在厨房，眼神便四处张望着。从左侧的小桌、绿色塑料椅，到旧沙发、老电视，头顶发黄至暗的老式灯泡，难以抹去污渍的地板，再直直看向窗台处晾晒的外卖服。

随着打量的这些，她的双手逐渐紧握成拳，胸腔憋着浊气，瞳孔缓然收缩着。

她的哥哥……怎么能……

……

"哥哥，你的腿怎么了？"

怎么描绘这样的场景……仿若是嫦娥仙子掉进猪圈并吃上杂草般的荒谬无稽。她瞪大了眼，失措地站在门口，难以想象……

她在同学家玩时，点外卖竟碰到自己的哥哥，正提着外卖袋子，带着强忍的不稳，微瘸着给她送货。

这是林凉啊……

"是小音啊。"他的表情没有变化，依旧笑着，提着袋子放置半空，示意她拿走，"不小心摔了。"

"妈妈说你只是出去旅游一段时间……为什么……你……"她难以置信地上下细致地打量他。从整体的装束，到细节上变黑的肤色，瘦削的脸颊和眉间的疲惫，最后停在他的小腿上，久久不肯出声。

她的哥哥一向要强，再疼再痛也强忍着说没事，以前是这样，现在离开也这样。她一直以为他的离开是缓解被打的郁结，去散心，可现在看来，这分明就是断绝关系，离家出走……

她没有接过袋子，只径直拉住他的手，声音决然："哥哥，我们现在去看医生。"

他却甩开她的手，揉了揉眉头："抱歉小音，我还有下一单要去送。有空再聚吧。"

于是她固执地拉扯他，却是纹丝不动，即便他的腿受了伤。她盯着他，咬牙道:"你不要你妹妹了吗?!"

"小音,无论早晚,我都会离开的。再说,又不是死亡,我会邀请你来我这儿坐坐的。"他笑着摸摸她的头,又扯了扯她的面颊,才转身离去。

她只好一路跟着他,看着他上了摩托冲她挥手再见。她抿着嘴,眉眼又怨又伤地看着他离去,总觉得眼里有水在流。

她把疑惑捎给了林母,林母握着她的手说了来龙去脉,又说她的哥哥只为了所谓的爱情,放弃了优渥的生活和美好的人生,最后连家人都不要了,为的还是个一窍不知、生活不能自理的傻子。

抛弃家人……傻子……

她的眼神如刀般,划过那身黄色的外卖服装。

于是她花了点钱和时间,揣着林母嘱咐她的一些话,第二天的上午,敲响了门。

……

"给。"

"谢谢姐姐。"林音接过水,含着笑礼貌地回着。

原来真是个傻子,仅从面相看便觉得心智不成熟像个幼稚孩子,衬托得反倒她成了个大人般,也是,她本来就比较早熟。

"……不用谢。"宋轻轻不知她的来意,有些不自然地回她。

"很抱歉冒昧地问一句……"喝了一口水,林音的眼里闪过光,"平常是我哥在做饭吗?"

她实诚地回着:"嗯。"

生活不能自理……林音看着她,嘴角的笑没有拉下:"那洗衣服和打扫卫生呢?"

"我们一起干的……"她不知道林音为什么要问这些。

她来的目的当然不是俗套地劝说宋轻轻离开林凉,这只会让林凉增嫌。林音回想起母亲教导的话,放下杯子,跷起了二郎腿,看着她,声音轻柔:"姐姐,你知道哥哥因为送外卖腿受伤了吗?"

受伤……

宋轻轻顿时眼瞪圆了些,焦急又懊悔地低着头,低声喃喃:"他明明跟我说他没摔倒……"

林音没听见她的嘀咕,又问她:"你不出去找份工作吗?"

"……工作?"不解爬上她的额头,她不明白林音的说法。

"对啊。"女孩的话如朗读声般平淡,"你不去挣钱吗?该不会是想当个寄生虫一辈子待在屋里等着我哥在外累死累活地挣钱养你吧。万一我哥哪天倒下了不能挣钱,你拿什么养活你们两个?"

挣钱、寄生虫、养活,这些字眼无一不摇动她的精神世界。

其实早有人对她说过这些字眼,后来学懂这些词汇的那一刻还是难受的。她看着书籍上的那些字,心就像被挖了般。

婶婶再打再骂,她始终把对方当成第二个妈妈,是她敬佩的妈妈。回想婶婶说过她是个寄生虫。这些令人作恶的词汇一下便否定了她存在于这个家的含义。也是那时她才明白,她从不是婶婶的女儿,只是个虫子而已。

可……从来没有人叫她去工作挣钱,她对这个概念淡得像云。

她不知道怎么回答。眼前的女孩看着很小,却让她不自觉地生出了害怕,只好低头看着脚沉默。

林音瞧她一直沉默,渐渐收了笑容,眼神凛然地盯着她,语气依旧柔和:"姐姐,我还想问一个问题。"

"什么……"她紧张地捏着手指,对这个看似温柔却咄咄逼人的妹妹心里产生着没由来的惧意。

"你喜欢哥哥吗?"

喜欢……当然喜欢。宋轻轻点着头,露着笑:"喜欢。"

"喜欢?"女孩听了她的话,反而发出一声冷笑,声音寒冷,"你这样的也叫喜欢?"

宋轻轻惊愕,又不知所措地看着女孩,手脚不知如何放。

"哥哥可以放弃高考去救你!现在却因为知道你无家可归,怕你横死街头,所以不惜跟家里决裂来养你。可你为他做过什么?他本可以成为钢琴家,又或许是商人,但绝不会是现在这样,成为一个落魄贫困的跑腿的。"

林音缓了一口气。

"但既然是他选择的,我只能说是自作自受。只是作为他另一半依靠的你,你在干什么?你关心他吗?你有想过分担他的压力和痛苦吗?他在外面辛苦挣钱,风吹日晒,你却在家乘凉悠闲,你的吃穿住行都是他挣钱维持的,你和他本是一样的年纪,凭什么你还像个小孩一样饭来张口衣来伸手,最后连他受伤了都不知道。姐姐,你确定你这是喜欢?而不是雇了个免费的保姆?

"你若是喜欢,那这样的喜欢我可真看不起。你可能是智力上有些缺陷,但你不是个手脚都断了的残废明白吗?"

明明是炎热的夏季,宋轻轻的手脚却因女孩的话而手脚冰凉,身体僵硬得像个木头般。但她觉得女孩说的每一句话都对,虽然每一句话都在压垮她的自尊心,碾碎成渣。

林音把母亲的话稍加改述地说完，又看了看周围的环境，脚尖轻轻地点了点地："这里真的烂透了。这地板、桌子、椅子、沙发。"看着她的眼里有几分笑意，"还有姐姐你。"

宋轻轻没有在乎她的贬低，只是几近呆滞地看着她，自欺欺人般地问："送外卖是不是很辛苦？"

"你没见过？"许是看着她满脸的认真，林音好心解释着，"送外卖要骑将近一天的车。有些地方车子过不去还要自己走。天气不好偏就是订餐高峰期，顶着烈日狂风和暴雨，你觉得好受吗？没电梯的还要爬楼梯。你在吃饭的时候我哥还在给人送饭呢。回了家还要给你做饭。王子身落得个奴隶命。你还什么都依赖他，徒增他的负担。"

愧疚一点一点塞满了心脏的每处血肉，呼吸急促，胸口像有块石头压着，沉甸甸的，她无意识地伸出自己的双手瞧着，声音含着歉意道："对不起……我……我……"

她以为送外卖就像带她去看落日一般，是迎着风带着笑容的。她一直以为他的工作很开心，却从没想过里面的艰辛，连受伤了她竟也当成不可能。或许是他平时表现得太过于顺心，老是笑着，让她忽略了他的真实感受，所以才理所当然地待在原地。

她觉得自己可耻可恶，又心疼林凉。

"我并不是你道歉的对象。"林音起了身，"你也是个成年人了，成熟点别老想着赖着别人。难道就这样一辈子待屋里？也求你别把哥哥的血榨干了。他也会累，麻烦你体谅一下。别当个一无是处的累赘，出去找份工作吧，为了哥哥也是为了你。在这个世上没用的人活着有什么意义？"

关上门前，林音似是想起什么，转了身对她说："谢谢姐姐的招待。不过要麻烦姐姐不要告诉哥哥我来过了。谢谢。"

她说，好的。

中午她收到了林凉送的午饭，却失了往日的开心与期盼，低眸看着手里的饭盒，情绪上涌，抬起头张着嘴想对他说些什么，却被他啄了一口便急着送单走了，她还愣着。

她失了胃口，拿起筷子没了食欲，却又想着那是林凉辛辛苦苦得来的不可以浪费，又扒着饭一点一点忍着吃完了。

下午下了场暴雨，她透过窗看着眼前绵延不绝，咚咚作响的大雨，担心地拨着手机，却是无人接听，又着急又无奈，却只能坐在窗前等着他平安回来。

下午六点，他终于回来了。

全身湿透如落汤鸡，浸湿的衣衫不停淌流着雨水，他脱掉鞋子，倒出里面的积水，又拿出裤兜里的手机，一把扔进垃圾桶里，在看见她疑惑的眼神便解释道："进水坏了。"

她看着洗衣机里的衣物，所有的都能拧出一小盆水来，连内裤也湿透了。她看着看着，心猛然一涩，像是被人绞着一样。

她想，都湿成这样了……这一路上……他是不是被暴雨打得只能眯着眼飞奔前行寻找着躲避的场所，又要忍受着黏湿感和头发的湿漉去一家一家地送货。或许还有人嫌弃他的狼狈，用异样的眼光看着他，还有他的伤口，被雨淋湿的伤口……

可他回来却什么也不说。

宋轻轻坐在沙发上，见他已经换好了衣物，拿着锅铲问她想吃些什么。

她看着他，抿着唇："林凉哥哥，你过来坐着。我想问你一些事。"

林凉疑惑地放下铲子，便走到她的身边坐下，右手环住她的腰，低着头，眸含星辰般："怎么了？"

她蹲下，撩开他双腿的裤脚，看见右腿上血肉模糊的伤处，她揉了揉眼睛："你骗我，你说小孩子才会摔倒。"

林凉不想让她担心，便放下裤脚把她抱进怀中："我都快好了。再说男子汉大丈夫，没有因为这点小事就诉苦的。"

"不是的。"她摇着头，拉着他的衣袖，"我不是小孩子，我也可以给你包扎的。我不是什么都做不来，你要告诉我，你不告诉我，我要是发现了会比你告诉我还难受心疼。"

"好好好。"

"怎么摔倒的？你说说。"

林凉见她不依不饶，只好简略地说了自己的遭遇，只说自己不小心磕在楼梯上。

"以后一定要注意脚下听到吗？不要再受伤了。"她的双手抱住他的腰身，下巴轻放在他的肩上，感受他的温热，心还是难受着。

接着她便让他待在沙发上不准动，今天的晚饭她来做，又让他明天在家休息不准出去了。

林凉见她一脸决绝，只好敷衍地点着头。

宋轻轻这才放心地去了厨房。

她用电饭煲热了饭，准备碗筷，却看着冷菜发了愁。

她觉得自己真是……老是跨不过怕火的阴影，好几次伸手开灶，又害怕地缩手,又恼又急地看着。

林凉看得一清二楚,笑着走过来,让她去外面等着,还是让他来。

没等宋轻轻反应,林凉便开始热菜了。

她只好呆呆地看着,越看心里就越不是滋味,总感觉自己没用。看着他劳作的背影,又看了看他受伤的右腿,她眼睛又涩了,扯着他的衣角,低着头,声音低低的:"对不起。"

他没有听清,只专心炒着菜。

这种对自己的无力的挫败感油然而生,就连吃饭时,吃着吃着,她便想到这些饭菜都是他冒着雨带着伤挣来的,这心就像被人用手狠狠捏了一把,浑身难受。

房租、药费、桌子、椅子、电视,还有她身上的衣服、发卡,这些都是他给的,可是自己呢……却没有给过他一样。

这种对比让宋轻轻更觉得自己真的是个寄生虫,无用又累赘,她看着眼前清隽绝伦的男人,心里难平自责的情绪一次又一次敲击审问她的内心。

宋轻轻,你配吗?

8

爱。

是付出也纠结回报,是在自我与他人的偏向中磨合妥协,是鸡毛蒜皮也共合大事,是短也长,会消也重生。

最折磨,爱背后还兜着一堆副作用,会嫉妒、猜疑、偏心、自卑、藐视,又争强比较。

爱复杂,不能凌驾于一切因理性,不摒弃至一文不值因感性。

哭笑不得。

宋轻轻不知自己对林凉的感情算是爱吗?

她本无知于人间情爱,却是他挑动她心脏内第一块血肉,渐渐不再麻木,第一次被人心疼呵护。

不知宝藏的糖果为何要与他分享,站在窗栏处看着他上学为何要难过,回来时仅是一只手露出墙角也不知为何欣喜。不知为何要喜欢他的手掌和拥抱。不知为何在意他对自己的想法是好是坏,也不知偏就信他的一言一行。

想跟上他,想成为胳膊而不是累赘。

高考那天的大雨中,她安心地被他背着,眼睛闪过灯影,贪婪地呼吸他的气息,那时她就想啊。

如果,如果能一辈子跟着他那该多好啊。

她多幸运。

像春花留在鼻尖，夏瓜鼓在双颊，秋杏落在头上，冬雪在舌尖融化。

当马春艳舍弃她后，她终于明白，她只有林凉了。

这些日子他总是无偿付出，久了，她就觉得理所当然。但一旦意识到这是因为自己的无能，自责与内疚便疯狂衍生，伴随着对自我价值的拷问。

她想，林凉会不会也觉得她是个寄生虫呢？

是她毁了他的高考，害他不能好好上大学。她知道他的家境很好，现在坠到这儿，那他跟她在一起，是好还是坏？

林音走后，这些是她想了很久很久的问题。

可是，她能做什么？做什么好呢？

"等明年秋季开学，我就送你去读书。"林凉拥着她埋入怀中，此时已是八月，热风不断。

读书。钱。

她失去以往的欣喜，只埋进他怀里，闷着声道："我不去。"

"怎么了？"他抬起她的脸，认真地打量，疑惑她不同往日的回答。

她看着他的眼，内心正一层一层地翻涌着，眼睛微微泛红。

他因为她不能去上学却还要供她去上学，用的是风吹雨打挣来的钱……她真的接受不了。

她轻轻偏了脸，避开他打量的眼睛："林凉哥哥，我只是不想读书了，好无聊。我想自己挣钱。"

他没有及时回她，沉默了一下，眼神像要看穿她般凝着："有谁跟你说过什么吗？"

"没有啊，我都是一个人在家的。"她回答得迅速，"我只是……想试试挣钱是什么感觉。我看电视上好多女主角都有工作，我也想有份工作。"

林凉轻轻笑着，他本意也想让她认识到自己的兴趣和价值，只是还在铺路奠基中，所以才不急着让她出去，只温柔地问她："那你想干什么？"

她认真地想了想，说："我想开个小卖铺，卖小零食挣钱。"她偷偷瞟了眼他的脸，有点小心翼翼的，"而且就不用到别人家买酸奶喝了……"

林凉盯着她，一副认同的表情点着头，似是附和般："一箭双雕，是个好想法。"

宋轻轻看他没拆穿自己，立马理直气壮地扯着嘴角露出酒窝："对吧，对吧。"

"可是……"他一个翻身，双手握着她的双臂压制在她的头顶上，眼里满是笑意，"开小卖铺之前也要钱啊，房租、进货、清洁，这笔钱也不少哦。"

经他这么一点拨，宋轻轻顿时蔫了，有些怏怏地回他："哦……"

"小馋鬼。"他笑着捏了捏她的鼻尖，以为她是贪吃。

他亲亲她：既然想，那都给你。

分开时唇上还带了湿意，他看了看那块，便有些好气地捏了捏她的面颊，习惯性地去了卫生间。

同居自然是享受与折磨的共同体，他只是还没有突破她阴影的信心。

他还是不让她出门，在家好好待着，并且他更忙碌了，有时晚上十二点才回来。她不知道他在外的情况，问他便得来加班的回答。

可她看得出他的疲惫和劳累，便找来附近楼下贩卖的药草煮沸让他泡脚，并细心地给他揉着，摸着上面多出来的茧子，她的心头很不是滋味，却还是抬头笑着冲他说："林凉哥哥，你的脚真好看。"

得来的是他轻轻一笑。

她开始尝试做饭，却还是一次次失败，直到离开这里，她都没有学会。

她找工作挣钱的念头并没有熄灭，她鼓足了几天勇气决定第一次出远门，于是林凉中午送了饭前脚刚离开，她便后脚跟着出了印玉小区。

她身上的钱是林凉给她买零食的零花钱，她第一次一个人坐公交车，不知道投一块钱便投了五块进去，又没听广播坐错了站，她的本意是去市中心人多的地方看看，下了站却是茫然一片。

没有一家店有招聘信息，就算有基本都是招长期工和二十岁以上的，她带着胆怯第一次同人搭话询问工作，被冷着脸拒绝。她只好一直走，一直走，这些陌生的地方像一个个怪兽，要将她撕碎般，她彷徨无措。

自卑和自我怀疑是在别人的拒绝和嫌弃中衍生出的。

宋轻轻看着自己的双手，放在阳光下翻着手心手背，看着阳光下指尖透亮，她开始觉得这双手好没用。

一直到了晚上七点，她还没有回家，因为她迷路了，失去了回家的方向。这个城市太大，除了印玉小区的名字，其他地标，她什么都不知道也没记住。

她借了别人的手机，拨着她熟背在心的号码。

"去哪儿了？"对面的人声音冷得如一月冰。

"我……我不知道。"她带着哭腔，茫然地看着四周。

"这里是王府井。"借她手机的人好心提醒她。

她被带回家，全程见不到林凉一丝笑容，对她仿若空气般，甚至与楼下大爷笑着打招呼，走进楼梯里便收回笑容，一个眼神都不肯施舍给她。

后来是她撒娇卖好才惹他动容。

他问她："跑那么远干什么？"

那一刻，她好像明白为什么林凉会骗她说没有摔倒了。这是对那个人独有的撒谎技巧，不想让他为自己皱眉和担心，也不想向他袒露自己的失败和弱小无力。

他想成为她心中无所不能的存在，她也想成为能和他一起承受的陪伴。

"我只是想出去玩……"她说。

他轻叹一声，亲着她的额头："轻轻，等过一段日子我就带你出去玩。我知道你憋坏了……抱歉。"

这不是他的错。她双手环抱着他的脖颈，嘴唇贴着他脖间温热的肌肤。是她活在他织的美梦里，被人敲醒了。

她不想放弃找工作，这次她做足了准备，记下公交站牌，记住街道，又坐上公交车去往市中心。

繁华的都市圈，高楼大厦闪花了她的眼，奔走的人群熙攘，车子川流不息，她似是见到了自己的渺小般，下车的那一刻站在原地停了很久才出发。这里的天桥，街道四通八达，转弯很多，名字又相似，走了几圈，她头都晕了。

她看见橱窗里美丽的衣裙和玩具娃娃，手指不敢触碰地缩在口袋里不愿拿出。她看着人群里有电视上才有的英姿飒爽的女白领，一身正装昂首挺胸地从她面前略过，她只闻到女白领身上好闻的香水味。

她在每一处都停了很久，因为陌生所以看了很久，想了很多。走走停停，她想看看时间，掏出手机却关机了，她懊恼地骂了句破手机。

于是她又走了很长一段路才走到公交站，看着地名和走向却记不起来时的地点。她努力地回想却还是一次次茫然，急得她用力地拍着自己的头，一下一下用力得不怕疼似的骂自己是个"笨脑子"。

"你怎么这都记不住！"

不甘心和挫败蔓至全身血液，她颓然地埋怨自己的记性，又带着面对林凉的害怕和羞愧坐在公交站牌的等候椅上，抹着眼泪看着地上很久很久，久到天黑了，才准备借电话让林凉接她回家。

林凉正在外面与同事喝着酒吃烧烤，还想着打电话问她想吃什么，他烤了带回来，还没行动，陌生号码便拨进来了。

许是因上次的事，他的脸顿时寒了，不好的猜测流满全身，闭了闭眼还是接起了。

"喂，请问是哪位？"

"林凉哥哥，我、我……"

她深吸一口气，手紧紧地捏住了手机，正要说什么，身边的人便抢话问他：

"你妹啊？"

"不是，是我的……"他停顿了一下，看着周围人眼中的揶揄，怕被误认为他有什么不良嗜好乱想乱讨论，便又说，"你听错了，是我女朋友。她在打嗝，所以你才听成了哥哥。"

"抱歉，那我先走了。"

他问了宋轻轻地址后挂断电话，动身离开。

同事见林凉走了，纷纷八卦着：

"小凉有女朋友了。"

"这又有啥稀奇的。小凉长得好，有女朋友不是正常的。"

"我觉得应该是个富婆看上他了，还有点怪癖好，叫他哥哥那种。"

"你就会乱想。哈哈哈！"

不知哪儿来的冷风，裹挟着沙土吹入那个胡言乱语的人的烧烤盘中，毁了他的吃食，正骂咧着哪儿来的沙毁了他的饭，眼前突然落下阴影，他抬眼一看林凉正站在身旁轻轻看着他，如刀般。

他一时哽咽，毕竟说人闲话被逮住是难堪的，可他却不怕这个比他小七八岁的少年，于是笑着装作没事一样问："咋回来了？"

林凉没回答，只是向老板说着："两串金针菇、一串烤肠、一串玉米，再来点脆骨，嗯，还要豆腐两串、鸡翅两个、牛肉五串……"

临走时，他微笑着告别，示意大家吃好喝好。

走了大约十分钟，那人才发现自己大腿上莫名其妙多了一团油渍，已经蔓延了半条大腿，这条裤子算是废了，只是那时他喝酒划拳没大注意，只好暗自骂了声真倒霉。

宋轻轻始终隔着他有半米远不敢近身，即使他如往常般地笑着，春风拂面般，可她内心的恐惧却不是这般言说的。

她的心告诉她，现在的林凉在生气，很危险很可怕。

门开了又关上，她站在门口玄关处还有些踌躇，不知所措。

林凉不计较了？还是另有后招？这些疑惑迫使她离林凉远远的，低着头不敢看他，脑中乱成一团。

五分钟的沉默，连脚步声都没有，寂静得骇人。她咬了咬唇瓣，终于下定决心抬头想跟他认错，哪知一抬头，林凉就在面前，只是她一直低着头，想东想西没看到。

他的笑轻柔，却像是刀片，薄而锋利。他弯着腰低头看着抬首惊愕的她，手指温柔地钩她的头发，声音温和残忍。

"我说的话你不会放在心上,是吗?"

"不是,我……"

话被打断,带着施压禁锢,她无力挣扎。

"嗯。你说,我听着。"他笑着,露出精瘦上身。每块肌肉都完美精致,不同于脖子处的暗黄,一片白皙。

"我……"她又说不出了。不管是出去玩的谎言还是找工作的真理由,她知道这两样他都不会接受。

他缓缓拉过她,手指摩挲着她的唇瓣,语气森然:"轻轻,你有想过万一哪天我真找不到你可怎么办?你总是不听教训,知错不改,或许得用点别的办法才能让你牢牢记住。

"你说对吗?"

墙上少年的影子恍恍惚惚,像是狼匹带着锐利而血性地进攻,而她这种弱兽只能颤抖着毛发拼命挖洞躲藏着,她瞪圆了眼不愿看他的影子,偏着头却对上他深邃的眸子。

他无情地逮住猎物,吞着口水,想一饱腹欲。

缓缓俯下,眸眼中有月梢柳头的温柔,他轻声说了句:"抱歉。"

蝗虫过境,如入绝境。

林凉看着迷离无助的少女,心里更生出摧毁之意。

"轻轻,别哭。嗯?等会儿哥哥给你酸奶喝好不好?"

洪水过境,漫天灰尘。林凉脑子像停顿了,病态般步步紧逼。

这是他的。

宋轻轻……轻轻。

他温柔地将她的头发从眼睛处拨开,瞧着她迷蒙的神色。

"林……哥……"破碎的话不成句。

眼中的林凉似是变了个人般,她不愿相信,正待睁大眼细看时,少年的手掌便紧紧捂住她的双眼,她的手下意识地想拿开捂住眼睛的手,却因他的动作失了气力。

她一向温柔和善的林凉哥哥。他面孔扭曲,声音却温和,仿佛春雨绵绵,她却因跌宕浮沉难以听清里面真实而展露本性的字句。

病状、疯狂而偏执。

"只能是我的,轻轻。"

她听不清,嘴里发出的回应全是碎语。

"你敢跟别人亲近,我就把你关在家里只能等我回来。轻轻,这只是让你好好反省知道吗?

"轻轻,轻轻……你不能背叛我。

"你要是死了该有多好,我就少了多少患得患失。轻轻,我又多舍不得你……"

他的话语喃喃如诗,认真而优雅。

"我的轻轻,我的……"

我的。

都是我的。

9

宋轻轻被收去钥匙,被摸着头叮嘱说:"别再让我担心了。"

她只好不甘地点点头。

后来他认真地问她:"是想读书还是想开小卖铺?"

她不假思索便回他:"小卖铺。"

她想,都要花钱的事,至少开小卖铺还能挣回来。

"小馋鬼。"他笑着扯了扯她的面颊。

他的工作比以往更忙了,有时她醒来到睡着都见不到他的身影,中午有时变成是他的同事来送饭。她看着他时刻带着一个本子,上面全是些英文单词。

只是那事儿没松懈过,趁着晚上有时间授课,便不知节制。

十月份,林凉参加了英语翻译证的全国考试,幸好成绩优异过了。后又好运连连碰见一家大型翻译公司急聘兼职,报酬丰厚,就是翻译工作繁多。

他便有时通宵在电脑上嵌入字幕,宋轻轻半夜醒来时,还看见他坐在桌前弓着身子工作。

她为他倒了杯水,揉了揉肩,劝说他睡觉,得到他温柔的拒绝后,只好抱着他的腰身说:"林凉哥哥,你身体会受不住的。"

"只有你才受不住。"他坏笑着摸她。

听到这话她一时没反应过来,只看他的动作这才醒悟,羞恼地拿过他的左手咬着他的手指撒气,咬完后却止不住翻来覆去地看着他这双手。

这双手真好看啊……

骨节分明,曾修长玉白,现在多了几分年岁的褶皱却不失秀挺,指尖还带着惑人蔻色,连指甲也长得圆润动人。

这只手,曾救过她。

"我不管,你必须睡觉了。不然不许上床,以后……以后也不准做那种事。"她声音闷闷的。

头顶上的人似是垂头看着她,过了会儿像是笑了笑,合上电脑后抱着她起身,两人一同摔进床里,她被他搂得呼吸困难,想推开他透透气,却被他更紧地锢住,像要束缚她一般,下巴抵在她额间,发出的声音低沉如钟鸣般。

　　"你这人。"他像是叹息一声,"小祸害……"

　　"我就只祸害你。"她挠了挠他的下巴回他,看向他的眼眸天真。

　　"只祸害我最好。"他又紧了紧她的腰身,低下头轻啄着她的眼睛。

　　他说别人没有资格。

　　十二月,他的翻译工作结束,报酬下来时他们吃了顿大餐。林凉还花了几百块买了个二手相机,空闲时便总是偷拍宋轻轻。

　　边看电视入神边喝酸奶不知嘴边奶渍的呆气模样,光着脚丫向他踹来向他展示新学的功夫的模样,撞到柜角装哭不起要他抱抱的模样,踩死蟑螂昂着头向他示意的神气模样,看着自己织的围巾被扔到地上气鼓鼓的模样……相机里,一张张,全是千姿百态的宋轻轻。

　　"林凉哥哥,你又拍我?!"原本看着电视偏着头的少女皱眉看向他。

　　"不是说好叫我林凉吗?"他按下快门,又打开录像模式,"轻轻,这可是你昨天自己答应我的。"

　　"啊!"相机内的少女恼羞成怒,像只发怒的小绵羊,埋下身子想用头冲他腰腹一顶,还没碰上便被他用手抵着头阻止她的前进,话语戏谑。

　　"过来啊,你怎么一动不动的……"

　　"林凉哥哥!你……你有种放手!"

　　她双手乱舞,头部用力,又气急败坏。

　　他若有心阻拦,她的手指连他的衣角都碰不到。

　　这些日子,相机里的内存,满满当当都是少女娇嗔甜蜜的景色,在家中或是户外,都是别样的珍贵,少有几张是他亲着她的画面,只随便的一幕,少年便不自觉地开始弯着嘴角,心口流蜜。

　　可八年后的人却还没翻开盖子,便随意将其塞进抽屉里。

　　了无踪迹。

　　冬天还是来了,以恣意招摇的方式浩浩荡荡地来了。雪花飘零,枝丫弯着骨头发出雪压声,那人把雪缝进枕头,长呼一口气再闭着眼轻轻躺上。

　　梦醒后,他相信,春就来了。

　　"轻轻,跟我来。"那个早上,他温热的手握住她的。

　　什么……

　　冷气在空中飞舞后消失,她的手包裹在一片温暖中,他领着她走马观花般掠过一条条小路，周遭店铺晃眼而过，她的呼吸与清晨的车声共存又被淹没。

停下后更加茫然，她环望这陌生环境，又疑惑地看向他。

他走到她的身后，右手捂住她的双眼，转着她的身子朝向一方。她埋于黑暗中，只有顶上的呼吸和周围的气味能安抚她。

他说，轻轻，这以后就是你的了。

声如清泉。

眼睛上的手掌渐渐放下，光争先恐后奔向她的眸子，她下意识地眯着眼，看向远方的眸子缓缓地、带着震惊地睁大。

一间铺子，小小的，不足三十平方米，里面是货架和柜台，零食、日用品应有尽有，一箱一箱的酒水垒起，中间是个崭新的冰柜，墙上挂着些娃娃，收银台上摆着可爱的招财猫。她不禁抬眼，广告招牌上的字便这样落入眼中：

轻凉超市。

她突然转身看向他，牙齿咬着嘴唇一时发不出任何声音来，心脏像蚂蚁爬过，愉悦又痛苦。

"喜欢吗？"他捏了捏她的脸。

"林凉哥哥……"她的眼睛一下红了，吸了吸鼻子。

原来，这几个月他加班熬夜通宵都是为了这个铺子，可她却埋怨过他回来得太晚，原来……一切都是为了她。

他为什么要对自己这么好啊？

"林凉哥哥……谢谢。"她的手抓住他的右手小拇指，紧紧地圈在手中，越收越紧。

林凉哥哥，我一定会好好挣钱。宋轻轻在心里道。

小卖铺离家不远，转两条街便到了。街道旁是个破烂小巷，暴乱分子的聚集地，但只有常住在这儿的人才知道。

林凉去送外卖，她便跟着出门，由他送她到小卖铺。他负责进货和算总账，她便打理小卖铺的卫生和负责收钱。

刚开始都挺好。

起初宋轻轻因为记性不好，老是记错商品价格而收错钱，后来账算不清，只好买了个计算器收钱。有人拿假钱付钱她也没有认出，还美滋滋地补了零钱——使得在这儿买东西的人都知道，这个老板娘有点傻。

于是坏心的人开始偷盗，甚至利用她的呆傻讲价。

商铺因她的迷糊而亏损。

于是林凉一点一点地教她："一百元是有水印的，你摸边上的条码是硬硬的才是真的。算钱的时候不要急,商品价格模糊记不清的也一定要看了再算,不要凭感觉。有人跟你讲价你也不要答应,就按标签上的价格,性子强硬一点,不要任人欺负,不会的一定要跟我说。"

她抱歉地低头:"林凉哥哥,对不起。"

林凉:"没关系,慢慢来,犯了错改正就好。"

他装了监控,每日还问她出去接触新的人是什么感觉。

她说:"有小孩很可爱,她还说分糖果给我吃。但有的阿姨老是讲价挑剔,我说不过她。"

"没关系,慢慢来。"他摸了摸她的头。

"嗯嗯。"她笑着露出两个酒窝。

但小卖铺的亏损是肉眼可见的,本来因地方比较隐蔽,人来得少,旁边还有个大超市竞争,除了价格便宜点,宋轻轻根本没有什么优势。正着急如焚时,有天来了个衣冠楚楚的中年人买了包烟便掏出一张名片给她,眼里都是精光。

"我是幼肤霜的推销经理。幼肤霜你知道吧?"

她接过名片,看着上面烫金的名字和号码点点头:"电视上有广告的。"

"对。"那人笑了笑,"是这样的。我们幼肤霜本来一直做高端品牌只在商场售卖的,但为了拓展市场准备在小型超市也进行售卖,所以想找你合作。"

"合作?"

"是这样的。你别不信,你看,这是我们的证书和计划案,都是国家认证了的,还有章呢。为了拓展基层市场,我们有优惠的,你买一箱我们送一箱,主要是为了推销我们的产品。怎么样?"

买一箱送一箱,大牌子,挣钱。

"好。"宋轻轻看着上面的文字证书,立马就答应了,"多少钱?"

"一箱一千五。"那人嘴角扯得很大。

是在第三天出事的,有个三四十岁的女人冲进她的店里,戴着口罩咒骂她卖假货,还带着亲属,他们的声音很大,引来周围人的围观。

宋轻轻无措地摇着头解释说:

"我卖的不是假货,那人有证书的。"

"放屁!"那人用力地敲着桌子,想着自己用了之后变红起痘的脸更气了,一把扯起她的头发,"你卖的我跟真品比较过了,生产地、包装、质地都不一样!我就说我用了怎么脸这么不舒服!你赔我脸!"

周围人兴致勃勃地看着这场闹剧,看着宋轻轻被扯得痛呼挣扎,还生出一番干得好的情绪。

有人便义愤填膺地说:"卖假货!你的良心是不是被狗吃了!"

"这人啊,为了钱什么都做得出,太不要脸了。"

鄙夷。

"快关店吧!黑心商家!"

唾弃。

宋轻轻抵不过那人的手劲,辩驳的声音也被众人吞没。众人的骂声像是一把一把的刀,要将她凌迟致死般,直到中午送饭的林凉赶到。

他一把抓住那女人的手甩开,用手轻轻揉她发疼的头皮,搂过她,朝那女人问道:"怎么了?"

女人感觉自己被甩开的手腕像被石头砸了一般,痛苦难挨,却不敢惹面前的少年,只好撑着腰把来龙去脉说了,说完便趾高气扬地看着他,问他怎么赔偿她。

"真的吗?轻轻。"他温柔地问她。

越是温柔,却越如刀割,宋轻轻眼睛顿时便红了:"林凉哥哥,我……我不知道。那人说他是推销经理,还有证书和盖章,他说买一送一,然后……然后我就信了。对不起,我、我不知道他是骗我的。"

"别哭。"他轻轻抹去她的眼泪,安抚着她,见她情绪好转后才放开她走到那女人面前商量赔偿的细节。

宋轻轻看着他向对方鞠躬道歉,看着他从钱包里掏出一大把钱递给对方,还说了些什么话。

她看得难受得心如刀割,双手不自觉地紧紧握成拳头。

是自己贪便宜和轻信别人弄出这样的局面,还没挣到钱就赔了一大笔钱。这不是他的错,更不应该是他来买单。她跑过去一把抓住林凉的手,也向那女人鞠躬。

"对不起。都是我的错。"

"真是傻子,证书也可以伪造的,买一送一这么明显的骗局,你这都信。"女人嫌弃地看了她两眼,得了钱见两人态度也好,心里也舒坦了,不做纠缠便领着人回去了。

周围看热闹的人一一散去,大多话里唏嘘,多数是在说她太傻太信任别人。

伴着流言蜚语,人群逐渐消失。

雪真大,一片一片的雪花落下。

她低着头,不知怎的,轻轻扯了扯他的衣袖,声音憋在嗓子口。

"林凉哥哥,你也觉得我是个傻子吗?"

身旁的人蹲下身子,双手轻轻捧着她的脸,眼如温水,声如柔风,他说:"轻轻,你不是。"

"可是……我好像什么都做不好。"她擦了擦眼睛。

"轻轻,你只是来得比别人慢一些,所以做事才会比别人慢一步。所以下次投胎要记得跑快一点。"他摸了摸她的面颊,轻轻笑着,"不过这辈子你有我呢,你慢,我可以陪着你慢,我也可以等你,等你跟上来。

"所以,轻轻,以后进货的事,你要和我说好吗?不要一个人去尝试。

"你太单纯了,可这个世界不是。"

他紧紧抱住她,他说单纯没有罪。

这件事一度成为这里的新闻焦点,小区里大多熟悉送外卖的林凉,现在经过这事,也知道宋轻轻这人了。小区里大多是退休的老人,经常在广场上坐在椅子上聊天喝茶。

有时宋轻轻回家经过广场时,便会听到三五个老人坐在长椅上背对着谈论她和林凉。

"林凉这孩子真不错啊,又勤劳又礼貌,送外卖都比隔壁二娃多挣一倍的钱,上次见我不舒服还去帮我买药呢。他长得一表人才又谦虚。"

她轻轻扬起嘴角。

她的林凉哥哥……当然了。

"就是可惜这个女朋友……平时就乱算账,这下被骗了还得那小伙子掏钱补上。是我,我得气死。"

她一下身体僵硬,指甲掐进肉里,低着眸子,脚步渐渐放缓。

"可怜也可恨。也怨不得那女娃,说不定她是真的脑子有问题呢。"另一个老人说。

"你这么一说,我好像记得那个宋家,那时我没搬家时听说过他家有个智障孩子,医院都检查过的。我之前记不住叫宋什么来着,现在想想,不会就是宋轻轻吧?"

"原来真是个傻子啊。"老人摇摇头。

她想走得再快一点,再快一点,这些话就不会追上她了。她的脚步加快,低头,走得悄无声息。

宋轻轻是个傻子。

这句话经过老人的闲谈在周围都传开了,有时来买东西的人都会瞧她两眼,似是看她哪里傻,是不是还会发疯。

异样的眼光逐渐加多,即使没有说出来,可宋轻轻能看出来那些令人不舒服的眼光。

"她看起来不是个傻……"小孩的嘴被大人捂住,大人尴尬地笑着,将手里的商品递给她。

她平静地报着价格，低着头。

每处血肉都如滚水烫过，嗞嗞作响，她的喉咙就像含了石灰，一吞咽，就疼。

宋轻轻畏怯听到别人口中有自己的名字。

10

"拿包烟。"

一个面相蜡黄干瘦的男人走到收银台前，胡子未刮干净，眼下青紫，容貌狰狞而显得凶恶，又见她磨磨蹭蹭地不肯动，眉头一皱："快点！"

宋轻轻吞了吞口水，有些小心翼翼地站起身："那个，你上次还没给钱……"

"什么钱？！"男人嘴角一扯，从身后掏出一把刀扔在柜面上，声音暴躁。

近几日多了一群人合伙来她店里威胁加恐吓地让她拿烟拿酒，她反抗，对面的人便又是拿棍子又是拿刀的，说要砸她店子，她只好妥协。后来她向人打听才知道这附近一直有混混乱窜，经常骚扰威胁店家。

宋轻轻心里顿如沉石，这伙人来的次数太多了，她这里真的吃不消。她想告诉林凉，可又转念一想，告诉林凉又有什么用，他们都蛮不讲理又人多势众的，怕林凉被打。

她只好闷闷地忍着。可又这般无能为力地任他们嬉笑白拿，心里郁闷烦躁，这几日神情丧然，饭也没胃口吞下，老是走神。

"怎么了？"林凉停下吃饭的动作，看着发呆的她。

她没有及时反应，过了会儿才摇着头说没事。

林凉没有说话，只是右手握拳撑着下巴，半晌，突然起身，从抽屉里拿出账本便坐在她的身旁，问她。

"烟卖了多少？酒呢？今天收入多少？拿出来我看看。"

她哪里拿得出来，又被他一个个的问题砸得心慌忐忑，只能心虚地缩着手不敢看他。

"轻轻，"他轻叹一声，抬起她的下巴，眼睛死死地盯着她，"还记得我说过什么吗？"

"你说……"她颤抖着声音，"如果有问题一定要和你说……"

"所以呢？嗯？"他挑了挑眉，右手用力。

宋轻轻只好说出事情始末，又说："林凉哥哥，可是他们人多，我们能怎么办啊？"

"以后碰到这种事更要说知道吗？"林凉听完，不知道这个小卖铺周围竟然会有这样一堆人,怪自己没有调查清楚,心里更是后怕一阵,紧紧抱住她似才安心一些,便也安抚着她,"你不要怕,会有办法解决的。"

林凉选择了报警。

打架并不是个好主意,那伙人很多,他不能保证能打赢,所以只能通过监控视频报警。

隔了两天,宋轻轻知道那伙人被警察抓进监狱拘留十多天的消息后,终于松了心地笑了,那天吃饭都吃了三碗,恨不得撑死自己。

晚上,林凉来接她回家,和她一起收拾了小卖铺的货架后,便拉下卷帘门锁上。宋轻轻搂着他的臂膀笑得欢快极了。林凉也笑。

"谁让他们那么坏,这下好了,进监狱了吧。"她摊了摊双手。

他揉了揉她的头:"是啊,欺负轻轻妹妹的都得坐牢。"

两人欢声笑语地走过街道,绕过树林,直到走到一条回家必经的幽黑僻静的小道上,林凉缓缓停了脚步,脸色严肃地看着前方。

陈军等人在这儿等了很久了,他带了七个人,每个人都拿着一根半米长的棍子。

他们在吸毒区那块混得有模有样,陈军曾毒瘾发作时把一个人砍掉半条腿坐过牢减刑出来,出来后不久又犯了毒瘾,之后干脆做上毒品买卖,所以这儿的人都认他为大哥。

那几个关进去的平时拿烟酒都是去讨好陈军的,陈军也把他们当兄弟一样看待,有着很深的情谊。

平时这里的人对他们能忍则忍,能避则避,所以他们一直很嚣张,现在有人竟然敢报警,陈军倒想看看是谁敢摸老虎屁股。

"哟,回家啊。"陈军不怀好意地吹了一声口哨。

林凉看了看周围来者不善的人,有的拿着棍子扛在肩上,有的拿着棍子不停摇晃,有的拿棍子背在身后杵着地。他收回眼神放在陈军身上,悄悄握紧了拳头,面容却是和蔼如微风。

他问道:"请问你是?"

"我是你爸爸。"

陈军说完,人群哄然一笑。

林凉没有愤怒,只是转而握紧了宋轻轻的手,嘴唇抿着,侧眼瞟着身旁由于害怕紧紧捏住他衣袖的宋轻轻,右手拳头轻轻放开,闭了眼呼了一口气,声音示弱带着讨好般:"对不起。我不知道是大哥的人,我现在就去找警察销案……"

说完,他转身。

"站住。"陈军喝令一声，渐渐走近。少年身材高大，像是居高临下地俯视他，低人一等的错感促使本就不爽的情绪加剧，他一个用力的耳光扇去，手掌微微作痛，语气凶狠： "再说一遍对不起给老子听听。"

被打得偏过头，嘴里泛起腥气，林凉紧紧握住想要上前的宋轻轻，将她拉到身后，神色未变地低着头，对陈军说： "对不起。"

"哎，真好听，哈哈哈。"陈军拍着手掌笑，笑容狰恶，身后的人也应景地笑着。令人窒息的氛围似是因这笑声而缓和一些，林凉也微微笑着。

那人转回身子，笑颜未收，挑着眉看向眼前镇定的少年，然后又狠狠地扇他一次，声音恶劣至极： "要不再来一次？我喜欢听。"

深吸吐纳，再收缩溢流的愤懑情绪，林凉舔了舔嘴边的血迹，声音未变，眼低垂着。

"对不起。"

陈军一时大笑出声，用手指不停地点着林凉的胸膛： "瞧瞧这孬种，有胆子报警没胆子面对？！呵呵，这什么狗玩意儿啊！"他一口唾沫吐在地上，上下打量着林凉，不经意偏头看着他身后少女的衣袖，眼神一凝，眼眉一挑， "把那傻子拉出来。"

林凉没动，只是望着他的眸子逐然变深，如风雪前的野兽。

"我让你把那傻子拉出来听到没？！怎么，就喜欢这种傻的是吧……"

话未说完，一只右脚狠厉地踹向陈军，幸好他反应快，林凉只踢在他的大腿内侧，可这也让他疼得捂着痛处吸着气忍痛。

这无疑惹恼了陈军，伴着浑话，身后那群人也面目狰狞地拿着棍棒挥舞着朝林凉冲来。

林凉一脚踢倒上前的第一个，再挥出右拳带倒右边的人，把宋轻轻拉在身后，被打倒的人起身又吼着冲他打来，那群人将他和宋轻轻团团围住，高扬着木棍肆意地虐打。

他的右手握住其中一根木棍，便有另一根木棍敲下，他敏捷躲过，却因为攻击太密，右手为了护住宋轻轻的头，结结实实地挨了一木棍，顿时手臂骨像是炸裂般作痛。他皱着眉狠狠一脚踢在那人心窝处，那人顿时吐血摔倒在地。

趁他无暇顾及，有人拿着棍棒趁他不注意朝他背后狠狠敲了下，敲得他顿时一个不稳半蹲在地。其余的人见他倒地，纷纷上前用棍子狠狠地挥打在他身上，肩膀、腿弯、胸口、后背，他只能奋力抵抗。

有三个混混狼狈地倒不起，他也渐渐体力不支，有些棍棒被他甩出老远，有人便趁其不备偷袭他薄弱的腰部，寡不敌众，他只能喘着粗气被其余人压在地上，四肢被禁锢，眼睛盯着前方猩红得似要滴出血来。

他的脸上满是血，胸腔似是被人打烂了般呼吸困难，只能大口大口地喘着，狼狈不已。

"你小子够狠啊！打人挺厉害的。"陈军也不好过，踉跄着身子蹲在他身前，右手用力地拍着他苍白而发汗的脸颊。

两人按住挣扎的他，陈军瞧他不驯的眼神，顿时阴笑一声，右脚狠力地踩上他的左手，看着他因疼而更加发白的面容，更用力地碾压，话里也是高高在上的残忍："你再傲还不是被我踩在脚下。"

他的左手或许已经被折磨得失去知觉，有一瞬，他竟感觉不到疼痛，晃眼一看，原来陈军撤回了脚，正低下身子看着他手上的戒指，仔细地打量着。

"哟，戒指。让我看看值钱吗？"陈军抬起他的左手，想要将他的戒指蛮力取下，林凉却不肯地紧握成拳头，眼神似要杀人。

宋轻轻全程被林凉护着，后来林凉倒下，她也被一个男人按住双手背在身后挣扎不出。她哭着叫着，着急而担忧地看着地上的林凉，想跑到他的身边，却总是徒劳无功。身后那人又嫌她吵，用臭手紧紧捂住她的嘴。

她只能绝望而愤怒地看着。

那一幕，像是噩梦般，在她眼前，正毫不留情地在她的一生里，留下阴影。

陈军用了很大的劲都不能将林凉的手扳开，时间的流逝让他失去耐心，他怒吼一声叫人一起把林凉的手扳开。林凉抵不过三四个人的力量，他们尖锐的指甲甚至掐进他的肉里，血腥气蔓延引得他反胃呕吐。他的小拇指被抠出，无名指，再到中指，到最后戴着戒指的食指。

怕他再缩进去，那些人扳开后便用脚用力踩住他的指节，只留下食指被人捏在手中。陈军本就是兴致上头，可林凉的一次次蜷缩彻底惹怒了他。他盯着面前笑得狂傲仿若在说你能奈我何的少年，火上浇油般，他的呼吸急促，笑如地煞恶鬼般骇人。

"跟老子斗是吧？！小王，拿刀来！"

那把刀，刀柄没有花纹，水果刀般的大小，刀尖在昏暗的灯光下依旧发亮，像要戳瞎她的眼般。她看着陈军没有半点犹豫，尖锐的刀刃直直下落割进林凉戴着戒指的食指血肉。

满目血红。

"不！"

悲怆的声音被手掌拦住变成呜咽，呐喊声也在滴血，她嘶吼，再被人用脚狠狠地踢在小腿处警告别出声，霎时眼睛里流出的泪无穷无尽。

没有人能阻止陈军。

食指上的血像河水般缓缓流向地面，林凉疼得闭了眼快昏厥，他已经失去力气摆脱，只是咬着牙倔强地不吭一声。他盯着眼前似是疯狂的陈军，又轻轻抬头，看着被这血腥的一幕震痛的宋轻轻正哭得满脸泪水。

"宋轻轻，闭上眼睛，不准看。"

这是他第一次用严肃的语气命令她。

刀刃已接近骨头，肌肤被用力划开的疼痛持久而冗长。他咬着唇，只看着还沉浸在悲怆的宋轻轻。

他紧紧握住了拳头："听话，闭上眼睛。"声音很大，哀求的，几近嘶吼。

接近骨头的那块很硬，所以那人要用双手按着刀背直直往下切割，狠烈而用力。

她看着林凉下唇已被他咬出斑驳的血迹，染红嘴唇，滴落在地面，眼神依旧如风。他在祈求她。

她听见他的声音变得孱弱，带着颤抖，温柔地说：

"乖，别看，会做噩梦。"

我不看。

我不看了……

林凉哥哥已经在求她了，所以她得听话地闭上眼睛。她要想这是个幻觉，等睁开眼清醒了其实什么都没有发生，她还会笑着和他说话聊天，正要准备回家，他们已经决定好今晚的晚餐是什么了，应该是芹菜炒牛肉……

可是……

她想起前几天才仔仔细细地打量观赏过这双手，多么漂亮，像一块瑰宝般不忍去破坏。

这世上怎么会有这么狠毒的人啊？

狠到眼也不眨地用刀切下他的整根手指，折磨得他疼到昏厥窒息，脸上还能一副幸灾乐祸的嬉笑。

"什么破戒指，烂货一个。"

是哄笑声和刀落在地面的声音，刺得她缓缓睁开了眼睛。

那个人放开她，那些人也走了，她像是没了骨头般瘫坐在地，呆怔了，难以置信地看着林凉。

林凉脸色白如纸片般，虚弱不堪，他趴在地上没有动弹，双眸低垂，没有表情地看着自己的左手。左手食指突兀地失去了前面两截，戒指落在血泊里挨着断指。

他艰难地被她扶着站起身来，用衣服包住指头止血，温声细语地问她："轻轻，你没事吧？"

她的心脏顿时像被人砸了，难受得说不出话，认真地盯着地面找东西。最后断指被她在墙角草堆里先一步找到。

他好看的手指，曾温柔地摸着她的脸，曾温柔地摸着她的头，曾指着习题给她纠错，曾抱着她背着她宠着她，还有很多。

很多。

是他的食指，被人切断随意地踢到草丛里。他却抹去她的眼泪安慰她："别哭了。没事。我们去医院还可以接上。"

"真的吗？！"她的嗓子像在被刀割。

"真的。"他的右手牵住她的手，侧过脸，又问她，"你没受伤吧？"

"没。林凉哥哥，给我拿着吧。"

被人踢过的小腿失去疼痛，她只在乎这根手指，小心翼翼地捧着，生怕它掉了。

医生说："幸亏送得早。接是能接上，接好后能恢复到什么状态就得看概率。"

"就不能完全恢复吗？"她急切地抓住医生的衣服。

他却拦住她，点着头，说了声："谢谢医生。"

当晚他被送进手术室，她便跑进厕所关上隔间门无法自抑地一直哭。明白他的手指再也变不回原来那样，这种绝望的现实沉重得压得她无法呼吸。

她后悔地想：如果不告诉他，那这些事就不会发生。

宋轻轻无法想象一根手指无能为力到不能弯曲。她不想看见他明明难受，却还要伪装没事。

她的脸埋进手掌，上面还残留着没有洗除的血腥味，他的血。

多希望这是场噩梦，那些光怪陆离的破碎和疼痛都给她来承受，惊醒之后，他好好的。

什么都好好的。

第九章
宋轻轻，你爱我吗？

1

林凉不肯哭，觉得眼泪丑陋。

他说一个男人不能示弱。

八年前的医疗水平有限，所以缝合接指的费用是高昂的，即便这是全市最好的医院也是明码标价，接一根肌腱、接一根血管、接一根神经分别多少钱，各项明确，想要更好，花钱肯定要更多。"可以弯曲"的潜在意思是——要花很多钱。

可他的钱，在付完铺子租金后，所剩寥寥。

听了医生的详述，他沉默了一会儿，便侧脸看向一旁的宋轻轻，轻轻抬眸："轻轻，能帮我买瓶水吗？我有些口渴。"

"嗯。"

听着她的脚步声逐渐远离，他才轻轻低了头，看着血肉模糊的左手食指。

他告诉医生说，接一半吧。

"确定了？"医生对于这种因为穷困放弃最佳治疗的事看多了，只是出于人道才问，"以后这根食指就不能弯曲了。"

他有些迟钝，两秒后才重重点了点头。

进手术室前，林凉喝了一口水，将水瓶放在宋轻轻手中后对她说，做手术的医生只能让自己恢复到能看的程度，不能弯曲。

他又抹去她脸上的泪说，不要哭，至少他不会缺一根手指，还是好看的。

手术出来后她又落泪了，看着他裹着纱布接好的手指，抹着泪问他："疼吗？"

躺在病床上的他笑了笑，说："还好。"

她说："你骗人，肯定很疼很疼。"

他渐渐收了笑，垂下眸子，轻轻动了动左手手腕，抬起头后又看着她笑了笑："嗯。好像是有点疼。"

怎会不疼？他一声痛也不肯呼，忍耐过多少才能做到这般非常人的坦然，又经历过多少才养成这般不言于表的容忍。

她仿佛听见身体深处的一声叹息,像藤蔓般攀岩、生长。她听见心里在说:如果,没有开小卖铺就好了。

如果……

她眼神缓缓向上,落在他的脸庞,他的笑还挂着,告诉她不用担心。

所以她更难受了,难受到去想,或许……再深一步。

如果……如果她没有拨打那个电话,他就不会放弃高考,不会离家出走,不会送外卖,也不会有小卖铺,他更不会断去手指,一辈子抱有缺憾。

如果……两人没有在一起的话……

她怎么了?!

宋轻轻霎时被这个突然生出的念头吓到了,她不知所措地抬眸,慌张地看向他的手。

她曾说在一起会有多幸运,而现在她在想什么?!不,不对。

她清空思绪。

半晌,宋轻轻双手紧紧握成拳头,上下牙齿剧烈地咬合,她说:"林凉哥哥,他会有报应的。"

林凉深深看了她一眼,停顿了很久,才用右手摸了摸她的头,他说:"会有的。"

却不知是什么时候。

林凉没住院,待了一天便出来了,医生说一个月后来取针又嘱咐了些注意事项。她一一记在心上。

林凉因手指受伤不能骑车上班,只能挑近点去送,一天下来完成的订单量缩减了五分之四,收入锐减。宋轻轻依旧经营着小卖铺,她还想靠着它挣钱给林凉买点补品,补贴家用。

那些混混见她还敢开业,便变本加厉地过来骚扰,拿东西的拿东西,撞翻了她的水还要骂骂咧咧冲她嚷着说"放的什么位置",还能这般强词夺理地说:"你报警抓我兄弟,我拿点东西做补偿怎么了?"

她只能无奈地等他们走后再整理一番。

隔了两天,陈军也来了,拿了包烟没走,靠近收银台,吊儿郎当地用双手撑在柜面上,手指点着柜面,嬉皮笑脸地冲她说:"傻妞,听说你男朋友接手指了?接好了?"

她掩盖不了自己的情绪,只愤怒地瞪视他,恶声恶气:"你会有报应的。"

"哟哟哟,报应。"陈军立马轻蔑地笑出声来,掏掏耳朵,弹着小拇指,面色不屑,"你也就只能求求老天给个报应了。"他耸了耸肩,"你不该谢谢我吗?要是我给踢烂咯,他还怎么接回去?你说对吧?"

他流里流气地哂笑,侧着耳朵,嘴角的弧度像是一把镰刀,说道:"快,说声谢谢听听,诚心点啊。"

一直觉得只要乐观一点,再乐观一点,那整个世界都会温柔。

可这样的人……

残忍地毁掉林凉,害得他的手指再也不能弯曲。这样的人,就直直站在她的面前,毫无愧意,甚至高傲地要求她感恩戴德。

这样的人。

宋轻轻低着头,直直盯着他放在柜面上的左手,上面的手指鲜活,食指正自在地摩挲着柜面。

她说过,他会有报应的。

没理由那么好的林凉,手却只能一辈子直着,而这种人竟还能这样耀武扬威地站在她面前,恣意快活。

隐藏在抽屉里的刀被她轻轻拿出放在背后,低着头像是思索。对面的男人只是侧着身子,左手撑着,望着店铺里面,笑得狂妄。

"说不说啊,我不想等太久啊……"

刀升到腰上,缓缓绕到胸前,她的呼吸有点急促,手渐渐往上快要伸过头顶。

对,就是这样,只要往下重重一砍,他所有的指头都会落地,他会尖叫、咒骂,最终会捂着鲜血淋漓的手落荒而逃,他会因此痛苦一生。

对……往下!再往下!

"轻轻!"

门外的声音突然喊她,惊得她一下收回刀慌张地放回原处。她偏头看向来人,手心的空无感使她握紧拳头,眼圈轻轻地红了。

差一点,就差一点……

林凉是来接她回家的,还未进门便眼尖地看见她的动作,瞬间喉部吞咽,急急出声阻止。

陈军也听到了,转着身子看向林凉,不知危险曾在头顶悬空,直起身子便肆意笑着:"哟,接傻妞啊!"

林凉看了看呆在一旁的宋轻轻,手掌紧了又松,才看向他,也笑着说:"大哥好。"

陈军抽出烟,低下头点上,缓缓向外走着,经过他的身前停下,滚烫的烟头直直按在他黑色羽绒大衣上,笑容残忍而揶揄:"挺识趣儿啊。"左肩撞过他的左肩，张扬而去。

没有伤及皮肤，只是大衣上烫出一个洞。他拍了拍烟灰，径直向宋轻轻走去，停下，右手食指弹着她的额头："你刚刚想干什么？"

她没有动作，嘴角的抖动暴露了她心有不甘的情绪，眼圈红得像血："林凉哥哥，你为什么要阻止我？"

他轻轻摇着头："现在不行。轻轻，我不想你也受伤。"

"可是就任由他们白拿白用。我们一直被欺负算什么啊……"她习惯性地扯着他衣角，看着他胸口处的洞，泪水终是忍不住流下，"林凉哥哥，是你教我要学会反抗。是你说，人不能麻木地活着。这些都是你说的……"

他搂过她的身子，低下头，嘴唇轻轻吻着她的头顶："世上不公，所以我们一定要有推翻斗争的意识，轻轻，我很高兴你能这样想。但我还想告诉你，反抗并不是盲目去做，而是深思熟虑，在合适的时机出击，能忍则忍，小忍以谋事。"

"什么'小人某市'？"她从他的怀中仰起头，擦去眼泪，眼里满是认真，疑惑地皱着眉，"林凉哥哥，你在说什么？"

他摸摸她的头，深深叹口气，又看着烟柜里少得可怜的香烟，闭了闭眼便弯下腰，额头抵住她的。

"轻轻。小卖铺先别开了吧。"

不知是悲还是喜，她环望了四周，从十五块的牙膏、五十块的大米再看到面前五角钱一支的棒棒糖，这些普通而平凡的东西。

她闭了眼再睁开，紧紧地握住林凉的手，颤着声音，回了他：

"好。"

他紧紧回握她。他说等着吧，轻轻，他们一定会有报应的。

束手无策的感觉比想象中还要糟糕，像个哑巴，嘴角扯出血了，喉咙干了，嘴唇破裂，可说的话，不过全是重复的单音节罢了。

他还在笑，他不过咬牙切齿。

2

商铺在合同期内违约不会退回租金，那三个月的提前预支是最低的租约，本意是让她试试，好了再续，现在怕那些人不知又会做出什么事来，只好关了。于是小卖铺降价大甩卖，得来的钱不多，他全收着当生活支出。

轻凉超市，从开业到结束，不到一个月。

正式关店的那个晚上，林凉停靠在小区内的摩托车被人用榔头砸了，破碎不堪，油箱被砸了个洞，把手也全被锤烂了，轮胎被人戳破瘪气。

宋轻轻蹲在地上捡起碎片，抹着泪骂那群人不得好死，又抬着头，唇瓣颤抖地问他。

"世上怎么会有这么坏的人呢？"

他把剩余完好的零件拿去卖了，准备等伤好了再租借公司里的电瓶车。

他的左手还在恢复，宋轻轻不愿让他炒菜，想自学，清洗完毕便听他一步步地指挥，却还是因为火而退却。她像一个极度恐高的人要去蹦极般，一次次地站在悬崖口，闭着眼，又一次次地睁开眼，抿着嘴站在原地，侧头看着林凉用右手翻炒。他说："我单手也可以的。你太小瞧我了。"

无数愧疚、自责铺天盖地地向她涌来。宋轻轻想，一无是处的累赘，是她吧？如果有天他倒下了，她却连做个菜都恐惧成这样。

她开始害怕对上他的眼睛，她觉得里面有个破碎的内胆瓶，每一片里都有个小如蝼蚁的她。

夜晚她抱紧自己，埋头，又被他的手臂环住。他的气息落在脖后，温热的、濡湿的、清香的，扯着她的身体坠落，从云层里跌落。

呐喊，再粉身碎骨。

喂！谁能告诉我，同样的一件事而已，为什么……为什么到我手里就做不好呢？！眼看它腐烂，眼看它消失殆尽。

她的泪被枕头吞了，又被它反敷上她的脸颊，她的脸颊和身体一样，正阴雨绵绵，潮湿生苔。

也许……

就因为我是个傻子，所以一辈子只能蜷缩、畏惧、无知。就这样……认命了。

这个一月是新一年艰难的开头，他的左手还没恢复，房租已经到期，付完房租，又是水电费，家中油米也需要添置，他和她，已经很久没买新衣了。

没了摩托车，凭双腿送外卖的效率是很低的，现在一天顶多赚三十块，除去每日必需的开销，他还想存点钱以备不时之需。月底宋轻轻翻过他的钱包，数了数，九十二块五，是全部的积蓄。

她说，要不要把相机卖了？

他不肯。

到后面桌上已经没肉，只是些瓢儿菜、白菜和血皮菜交替出现，她明白这些变化因何而起，更是难以下咽，筷子扒拉了两口，就吃不下去了。

林凉见她不想吃，看了看简陋清淡的菜肴，慢慢低了眸子。

第二天，他笑着让她穿好衣服，为她别好发卡，说是一个朋友要请他们吃饭。

少女坐在这家火锅店已将近半个小时了，她抿了嘴看着手表，放下后又撑着下巴看向门口。

约莫又过了十分钟,那人终于来了。

少女笑脸盈盈地看着来人,可这笑容还未绽到完美便僵滞了。她看着他身旁也望着她的女孩,轻轻地皱眉。

林凉拉着宋轻轻坐在少女的对面,向她轻轻点头道:"莫月。"

莫月深吸一口气,笑着看向宋轻轻,抬着下巴:"这位是?"

"我女朋友,宋轻轻。"说着话,他为宋轻轻拆开了碗筷,用卫生纸擦净桌面,倒了杯茶水。

莫月看着他的一番动作,内心如绞,紧紧捏住了筷子,面上笑着:"难怪这次你能这么爽快地答应我的邀请呢。"

撞见林凉送外卖算是个意外。林家一直没有透露他离家出走的消息,只是说他在国外,所以莫月接过他手里的外卖时,内心是惊愕的。后来她一直点他固定送餐的几家商铺单子,指定让他来送。

一次次的接触后,她终于确认——

林凉离家出走了,而且,过得很不好。

所以她一次次请他吃饭,一次次被拒,直到这次……

她笑了笑,算是明白他的意图了。一是带女友来再次表明自己的态度,二是……她看了看林凉身上原是应送去洗衣店干洗现在却已经发皱的外衣,他穷。

勾选了菜品,选了锅底,这个人均三百的海鲜火锅店正人满为患。

"林凉,还记得我们以前谈论过分形与混沌的同步现象吗?"

"嗯。"

"当时我一直觉得'麦克林托克效应'也属于其一,是你告诉我只是因统计学的错觉而导致的。我跟我朋友说了,她也不信,说你就算什么都知道,但这个是我们女生才能得出的,结果原来真的被证伪了。"

他没有表情地应:"嗯。"

他变了。莫月轻轻放下了筷子,以前温润如玉的少年现在冷冰冰的模样让她觉得有些难以适应。她看了看对这些言论显得茫然疑惑的宋轻轻,再看了看低着头不作言语的林凉。

她缓缓地跷起了二郎腿。

"林凉,我好像找不到我的钱包了,一会儿付钱的时候该怎么办啊……"她皱着眉,语气幽幽的。

他僵了下身子,抬眸,第一次正视她。

莫月瞧着这心心念念的面容终于抬起,也缓缓拿起了筷子,低着眸子:"林凉,不如你再跟我讲讲电子双缝实验的事吧,观测能影响它的波函数坍缩吗?"她笑容渐起。

林凉停住筷子,擦了擦唇,侧眼瞟过正吃着牛肉的宋轻轻,垂眸后再轻轻抬起,声音清冽:"在双缝旁摆个摄影机的说法都是思想实验,并没有做出来。改变实验结果的是'测量'而非观测,观测加入人的意识会造成误会,目前还没有定论,微观粒子的不确定性是内禀的……"

"也就是测量会干扰结果,这两种说法都可证明等价对吧?"莫月颔首笑着。

他们在说什么?

宋轻轻像是蚂蚁进入象群般迷茫无措,她不懂也插不进去话,只眼看着他们高谈阔论,字句晦涩,自己如边缘物、局外人。

她埋着头,只想吃东西,她觉得现在只有吃的才能忽略掉心里的那点小难受。

吃着吃着,她突然抬头看着眼前留着长发,青春洋溢,正和林凉说得开心的少女。

她想起来了,这个女孩。

碰过林凉哥哥面颊的女孩……是她。

突然好像有无数小针密密麻麻地扎在心脏,泛起如水面涟漪的圆圈,一层一层地扩张,扇形般侵略她的躯体,她不知道这是什么滋味,反正心酸酸的。

她收回眼神,又吃上了,可是吃什么都味如嚼蜡,只是一股脑地夹进碗里,再没一丝味觉地嚼下。

他们聊天,她沉默地吃着,莫月的话题她是永远参与不了的,只听着林凉说着话,莫月咯咯地笑。

"看来这段日子你女朋友是真饿了。"莫月看着走向厕所的宋轻轻,再看了看她盘里所剩无几的蘸料。

"不问了?求知少女?"林凉冷着眸,放下筷子。

莫月并没有回他的问题,笑了笑,又说:"我看她并没有多爱你啊。这么大个情敌坐在面前,她竟然毫无反应一句话也不说,都不吃醋的吗?光顾着吃。"

如血液堵塞在管口,他突然哽住。

这种滋味又来了。

那是两年前莫月碰他面颊那刻,宋轻轻那时的毫不在意,促发着他内心不甘的情绪。

沉默两秒,他回了她:"不用你操心。"

她没恼,只用双手撑着下巴,一脸纳闷:"林凉,话说你跟她谁追的谁啊?我真的很好奇。现在只因为男方对她好就答应恋爱的自私女人太多了,根本就不爱你，只是想着被男的宠着惯着照顾着，一旦对她比以前差了就心狠地要分开。林凉，我真的很担心你被这样的女人给骗了。"

一直掩埋的缺口终于被人给挖了出来，逼得他猝不及防地被人压着脖子伏在洞口，皱着眉，目不转睛地盯着那个缺口。

他们从不是传统的告白后发展恋情，而是他的半强迫半祈求，他的一厢情愿，他的主动。以前不在乎她爱不爱自己，一心想着只要抓在手里就是他的了，现而经历了那么多，他发现自己好像真有那么点在意。

在意她和自己在一起是因为爱自己，还是因为别的。

神可以一心只想着付出可以不在意她的反应，可他是活生生的人，马里奥救公主，路上都有金币呢，他发现他极度地在意，癫狂般地在意。

他暗暗深吸了那股气，盯着莫月的眸子更冰了，嘴角却笑着："莫月，谢谢你的关心。"

行。莫月知道他油盐不进，自己却一直在那儿唱大戏，难堪地摔下筷子把账结了便气冲冲地走了。

"她怎么走了？"刚解决完事的宋轻轻见那人不见了，疑惑地问着。

"她有点事。"

"哦……"宋轻轻神色未变地看着他，心里却高兴地想，她可算是走了，坐下后看着菜顿时觉得可口极了，再加上排泄后肚子空了些，就着这份喜悦又吃上了。

林凉如看着靶心箭般盯着她，看着她继续吃，身子缓缓靠在椅背上，双臂交叉着，声音微冷："好吃吗？"

"好吃。"宋轻轻这才尝出它贵的缘由，舔了舔嘴角。

他看着她的侧脸，嘴角露着小小的旋涡，眸色冷凝着，似是不经意地冒出一句："莫月挺漂亮的。"

宋轻轻顿时又觉得手里的食物不香了，她原来想闹脾气说"哪有我漂亮，我最漂亮"的话来着，可看着眉目里认真的林凉，她的心一下就更酸了吧唧的。

她想，或许他就是单纯觉得漂亮才说的吧，于是点着头吃了一口，又食不知味了。

"嗯嗯。是挺漂亮的。"她回他。

他一瞬便圈住她的手腕，紧紧地，阻止她的进食，面容里的寒色铺天盖地，催压着她的呼吸，他的气息打在她的鼻尖，话里不知情绪。

"火锅真有这么好吃吗？轻轻。"

自己怎么惹到他了？宋轻轻就算是傻也瞧出林凉的不对劲，忙回他："怎么了？林凉哥哥？"

他瞧着她眸里不带色彩的疑问，死死盯着，两秒后却自己败下阵来，放开圈住她手腕的右手，在胸腔里叹了口气，轻轻地说了声：

"算了。"

他想，或许只是因为最近生活太不如意了，别乱想。

街上热闹非凡，宋轻轻手里已经有好几张宣传单了，房产的、奶茶店的，多是美食的。她无聊地一一翻过，在看到一张日式料理的单子时停了目光。

那是林凉最爱吃的，以前在宋家时，她看他吃得最多的，就是日料。他也说过，他喜欢吃日料。

她本来想好好挣钱请他吃的，可是现在……

"想去？"林凉瞧她看得认真，弯着腰问着。

"想。"

想和林凉哥哥一起去。很想，很想，想让他终于吃上自己喜欢的食物。

可林凉的饮食习惯早就因时岁和环境改了，以前爱清淡进食缓慢，现在为了保持体力爱荤食又为了赶单子吃饭也变得急躁。所以对着单子没有任何起伏，反而看着宋轻轻一脸企盼的模样，胸口跟灌了穿堂风似的。

以前他什么都能给，现在沦落到蹭别人的才能带她吃顿好的。而她只对吃的上心，并不在意男女情谊。如果他真有一天废了，什么都给不了了……

林凉看着她把那些单子扔进垃圾桶里，低眸，摩挲了下手指。

他想，她会留下来吗？

轻凉超市关了，周围的流言又纷纷了。人们皱着眉猜是因为宋轻轻经营不善导致的，有人看见林凉的伤处，又说可能是因为她犯傻的时候把他砍了，有人又扯出她之前被骗的事来，带着鄙夷地谈论说，谁知道是不是装疯卖傻想以假乱真赚笔大的，谁知道上天有眼，出事了。要是用着没事，她赚翻了好吧。还有人说，跟个傻子在一起，疯了吧？不为自己想也要为父母想想吧，谁能一直照顾一个傻子，等父母老了，那个傻子又能做什么？

这里的人都说，跟宋轻轻在一起，真挺遭罪的。

世人好像总用最坏的恶意去揣测对方的心思和举动，因为站在道德制高点上不需要负任何责任。有些人的话便如一把刀，径直捅进去，再用力从血肉里扯出刀刃来。很少人的话是一枝带刺的玫瑰，带着针般的尖锐却总归是送给你好。

他们抓着你一点错处死死不放，并以此来审视你所有的成长。如果你展露过恶意，卖的东西再好，他们也觉得就是毒药。

她听过那些话，不经意的也好，故意的也好。一个人，最脆弱最无助的时候，不是外面的诋毁迫害，而是对自己的怯弱和看轻。她那时正走向这条弯路，不管是外界的影响，还是自身的认知，加在一起，正放大了她的自卑。

她甚至自暴自弃地想，想他们说得对。她就是没用！又笨！明明那么讨厌那女孩和他聊天，却始终插不进他们的话题，就只能听着看着，什么都做不好，一直都在拖累林凉。现在这样，或许以后也会这样，她会一直跟不上他，反而扯着他一起掉坑里，看着他一次次遭罪！

累。

好累。

宋轻轻累到想退回以前的壳子里，累到只想闭眼睛。

她好像，开始害怕和他在一起。

五指张开，透过缝隙，昏黄的灯光散射进眼睛，她躺在他的怀里，望着天花板，看着上面灰黑的痕迹斑驳四布，她微微眯了眼。

"林凉哥哥，你还记得吗？去年的今天，我们一起去游乐园玩了。"

"嗯。"他低头看着，不知她为何谈起这个。

她收了收五指，像要将光装在手心里。

"那时候。"她说，"我们很开心，没有任何烦恼。林凉哥哥……"

她说："是不是人越长大，开心就会越来越少啊……"

他紧紧地搂住她，吻着她的头顶，轻轻地闭上眼睛。

他说，我们会好起来的。

第一次，落日黄昏，他牵着她的手，红色的光停留在他的鼻头上，像一条温暖的河流，他对她说，说我们会好起来的，春暖花开。

她也紧紧地回握他，说，我相信。

"到时候我们会有个大房子，会有很多保姆，会有吃不完的美食，喝不完的饮料，还有个大酸奶厂，让你喝个够，喝个饱……"他的话一点一点流进她的耳朵里，又搂紧了她。

她悄悄背过身去，不想让他看见她眼里已经没了当初的憧憬。

就让她闭会儿眼，她等会儿就会回复他，再等一会儿，真的……再等一会儿，她要斩钉截铁地说，我相信。

"轻轻？"良久，他都没听见她说话。

她这个一无是处的人，怎么会让生活好起来呢？她要怎么自欺欺人地去说，你拖着我这个累赘，我相信的。

她说不出了。

宋轻轻咬着唇，稳着情绪，再添一点若无其事，假装睡着后被吵醒的惺忪，说:"嗯?"

这丝反常的氛围让林凉紧紧抱住她:"轻轻,心里不开心的话一定要和我说。"

没有人能解开自己不想解开的镣铐,她平静地用着平常的语气回他:"没有啊。林凉哥哥,我只是快睡着了。"

他的心因她的话缓了些,便闭着眼,抱紧怀中的温热。

"等我们都二十一岁,就去领结婚证。"

她的眼睛闭得牢牢的,她听见自己从嗓子眼里轻轻地发了声回他。

"好。"

二十一岁结婚。

实现了吗?

谁能对十八岁的她说一声吗?

3

你看我啊。

劈开我的骨头,全是凌晨的眼睛,没有光,连黑暗都畏惧,也唾弃。

拆掉钢针后,血肉已愈合。那根食指有时能小弧度地动一动,但绝大多时候就这样直挺挺的,弯曲不得。开始不适应,再渐渐去接受并习惯左手再也握不成完完全全的拳头。

戒指重新回到原处,刚好掩盖住疤痕。

公司租借的电瓶车很便宜,一百五一个月,但很脏,沙尘泥垢,把手也是脏黑的,伴着饭食馊臭味,反胃得他花了一个下午才清理好。

拆完线恢复的第五天,他便迫不及待地想骑车去送更多外卖,于是整理着衣服,弯着腰在门口换着鞋子。

宋轻轻担心地看着他的手指,劝他能不能再缓几天去。他回头笑着说没大碍,不用担心,又用手臂勾住她的脖子,头低着,睫如黑天鹅羽毛般,勾着嘴角说:"你就在家乖乖等我。我今天赚够了才回来。"

"可是你的手……"

"没事。"

眼里都闪着光。

他的背影在她无奈的眼里,由面到点,从点至无。

晚上的风如起舞的巨人,手脚像巴掌般扇在行人身上,沙粒的苦味被迫吞进喉咙里。他哼了曲欢快的调,又被风吸干。骑着电瓶车,穿行在宽敞无人的车道上，他回头看了看已经空空如也的箱子，松了口气。

快到家了。

他又轻轻勾起嘴角。

今天干得不错，等会儿去超市买点牛肉，买几个鸡蛋，还要买些什么……哦，对了，还有小朋友最爱的酸奶得给她买上，要放进腹间暖一下，省得太凉了对她的胃不好。

风声呼啸如鬼哭狼嚎，寒风像刀子凌迟着他的手背，灯暗成灰，风乱迷眼，他的眼睑成一条细线来抵御风沙的干扰。黑帽被他压得实实的，风却一次次试图将它掀起。

起了又落，落了便起，像个弹簧。

他的左手时不时地脱离把手压着帽顶，似要压住所有苦难般用力而显得有些焦灼，一向平心的他终是忍不住暗骂一声。

这歪风。

似是听到他的骂声般，风进行了报复，用更用力的姿态发起进攻。

眼看帽子便要离开头发，他高抬起左手，一束刺眼的光突然射进眼睛，要灼烧他……

他下意识地抬起手臂遮住光，惊慌在身体里汹涌澎湃，于是左手急忙放下，却因为食指的失力，左转力度不够而显得停滞。车子却以惊悚的速度奔来，一时，着急、紧张，各样情绪涌来，翻天覆地。

刹车，碰撞，车轮摩擦着地面的血肉，破碎击裂。喧闹后的平静，像陨石坑。

静了，四周都静了。

只有血流的声音，潺潺。

他被撞翻甩出，身体重重撞在地面，全身骨头都在钝痛。额角撞在地上的眩晕感萦绕回旋，似是出了血，右小腿被电瓶车死死压住，呻吟从喉咙溢出，脑子里晕得像棍子搅水般旋荡。

那辆因急事闯了红灯的豪车车窗已升上，快速离去。

他奋力地将右腿从车子下扯出，喘着粗气看着血肉模糊的右小腿，头晕目眩。

风冷得像冰，却吹醒着他，摇摇晃晃的身子站起，手扶住发昏的额头，跟跄着，摆动着，头闷得像埋在土里。这荒凉的车道，人烟尽无，地面是车子的碎片，碎屏黑幕的手机，从兜里落出的钥匙钱包，都在脚下，更像是迷宫，看得让人想闭上眼。

想……睡去。

他的眼皮向下，缓缓与肉相触，将要合并，手脚软了，斜着，以倾倒的姿势站立着,将要坠落。

却好像有什么东西,一直张着嘴说话,几近顽固地在说。

林凉哥哥……林凉哥哥……

哪里来的?缠绵的呼声从左耳、右耳里缓缓灌进,昏沉的脑被悄然震醒,心脏从腐烂里复苏,像是山与山之间的回响。

他缓缓弯下腰拾起那些东西,还有那五万块,都揣进兜里,开始步履蹒跚、一瘸一拐地向前走着。

一直走,就这样往前走着。

还不能倒下……还不能睡……更不能死。

宋轻轻还没吃晚饭,她还饿着等他回去做饭,所以得拜托人去照顾她。他要是在这儿倒了就没人会发现,真死了,那宋轻轻一个人以后要怎么过。如果庆幸地被人救了,也没人告诉她他去了哪里,她会着急担心。

所以还不能闭眼睛,所以得回家告诉她一声,他要去医院一趟,如果不能坚持清醒到医院,就让她找邻居帮忙交医疗费救他……

他望着前方,离家还不算太远。

于是林凉用尽力气奔跑,步子迈得很大,姿势因右腿的伤显得滑稽而丑陋。脑袋却越来越沉,呼吸越来越困难,便咬手臂上最嫩的肉,嘴唇都是血,用加倍的疼痛去抑制昏迷,再扶着扶梯上楼。他的气一直吊在胸口不下,直到了门口,气才像是用尽了般轰然倒地,只能低下头抚着胸腔大口地喘息,背靠在门上,血蹭在地上成疤,他用最后一丝力气抬着手奋力地敲门。

急乱的敲门声大而刺耳,从胸腔里发出的声音却微不足道,眼睛花了,意识紊乱,声音还是那样认真而执拗地唤着她。

"轻轻……轻轻。

"轻轻……开门。

"轻轻。"

她这一辈子都忘不了了,满怀笑意,在打开门后变得僵硬而难以置信的悲痛,她就那样直愣愣地看着林凉倒在地上,头上的血顺着额角流下,腿上的血在水泥地上肆流,染红裤子,染红她的眼。

他见了她,眼皮艰难地抬起,皱着眉,胸腔拼命地起伏,血液的流失和神经的难受让他一瞬觉得自己真的快要死了,可是他得忍住疼痛和昏沉告诉她,那些话。

所以他唤她,神色凄凄,抬起的右手想摸摸她的面颊。

轻轻,轻轻。

像是临死的道别，又像是希望的祈祷。

他抬起的手却因无力放下，没有摸上，只是从兜里缓缓地拿出那一捆钱，颤抖着递在她手中，困难地扯出一个难看的笑容，对她说：

"钱……"

轻轻。

如果我真的死了，这些钱，你要好好收着，知道吗？

那些话他没有说出，无尽的黑暗袭来，他不甘地闭上眼，手无力地摔在门槛上，以扭曲的姿势沉睡了。

她瘫坐在地上，轻柔地唤着他的名字，摇晃着他的身体，小心翼翼的，怕惊扰他。

"林凉哥哥……醒醒。"

没有回应。

林凉倒在地上没有声息，安静而不作回答。在她的回忆里有着相同的情形，那人也像安然无事，后来是无数的人告诉她。

你妈妈死了。

于是惊慌惶恐在血管里漂流，宋轻轻加大了声音，呐喊，面颊贴着他的面颊，眼泪流在他苍白的唇间。

"林凉哥哥……你快醒醒……"

这从缝隙里传来的细小声音，很小很小，却从身体深处蔓延，扩张变大，大到悲吼，撕心裂肺。

不！

她想带他回家，却拖不动他。想为他止血，却只能拿着卫生纸给他擦拭着，堵着，包裹着，眼看一张张纸被染湿而无措，想让他说话苏醒，却只能埋进他脖间无力地哭泣。

她要怎么做啊！

怎么办……怎么办……谁来救救他……谁来救救他啊？

于是她用力拍打着邻居的门，含着哭腔大声地说着求求他救救林凉哥哥。第一个人嫌她吵，推着她肩膀，让她滚。她抹着泪从地上爬起来，又急忙跑上楼敲第二家的门，同样的说辞，同样的力度，第二个人却不在家，于是跑到对面再敲，再喊，喊到声音沙哑，哭到筋疲力尽。

第五个人开了门，带着怒气吼她："你哭个鬼！人要死了就去打120！我又不是医生能救个屁！别来吵我了！"

120？是什么？怎么用……她不知道，她不知道！她一点不知道，没人告诉过她。

　　第八个人是个四十岁的中年妇女，对傻子宋轻轻和外卖员林凉印象很深。好心的中年妇女跟过来，叹着气看着倒在地上的林凉，拨打了120，又看着她哭啼的模样，声音也严肃了。

　　"你找那么多人还不如拨一个电话来得快，再说楼下有诊所，你随便找里面一个医生也比找那些人好，浪费救援时间，他都昏迷成这样了，你就只知道哭，哭有什么用！"那人又看了看林凉的腿部，更气了，"卫生纸会黏住伤口的！到时候做手术怎么清理？！你这是要把他害死吗？！"

　　宋轻轻垂着头听她的责骂，心里的罪越来越大。

　　她在害他。没用的她一直都在搞砸事情，从头至尾。

　　"他家人呢？给他爸妈打个电话。"那人问她，理性地觉得她不能照顾好林凉。

　　她摇着头，又自责地低下头，努力克制自己流泪的冲动。她说："我知道他有个妹妹，可是我不知道她的电话。"

　　听完，那人恨铁不成钢地呼着气："你都跟他同居了却不知道他父母的联系方式？！真是他傻你也蠢！"

　　她绞着手指，不知怎么回答。

　　后来是那人找出林凉的手机，拔出电话卡放在自己手机里，拨出了林母的电话，说了些她不知道的话。

　　"来了。"

　　救护车的声音惊醒了小区里的人，他们穿着睡衣看着热闹，偏着头又叽叽喳喳地跟身边人聊着，嘀嘀咕咕地说林凉怎么又受伤了，又用异样眼光打量着她。

　　她平静地走过人群，心却波涛骇浪。

　　中年妇女欣慰地看着林凉被抬上担架送进车里，所有人也开始笑着，庆贺林凉得救。

　　关上车门，坐在救护车里的宋轻轻哭了。

　　她双手抹去眼泪，低着头，看向他沉睡的面容，手轻轻抚摸着他的头发，泣不成声。

　　因为她预感到他们的走向了。

　　那是一条交叉线。

4

　　灯亮了，是红色。

　　医院独特的味道让人心神不宁，宋轻轻的眼睛哭得红肿干涩，胸口一直闷着。

她颓丧地坐在冰冷的椅子上，双手交叉紧握，抵在低下的额头，再用力闭着眼，牙齿咬着下唇，陷入沉默。

有人推着她的肩膀使她无法不睁眼，下一秒，质问的话便传进耳朵：

"我哥怎么回事？！他怎么进医院了？"

她摇着头，似有些力倦神疲。

又是一阵用力的拉扯，隔着衣衫掐着她一小层皮肉，她疼得轻轻哼了一声，身子摇晃得像一条鱼尾般，却只呆然地瞧着地面。

那人便带着哭腔和愤怒地吼："你怎么什么都不知道！宋轻轻！你不要再害我哥了好不好？！"

她下意识地张开嘴想辩驳，想说我真的不知道，又想说我没有想害他，可又不知怎的，吞回腹中。

又呆了，像条死鱼。

"林音，"不远处传来女人矜贵而优雅的声音，"过来。"

林音拿出纸巾擦去脸上的泪，又狠狠瞪她一眼，不情愿地走到母亲身旁。

之后，宋轻轻和林凉最亲的两个人全程没有交流，直到手术做完，医生摘下口罩，对上前一步的林母说，林凉只是因失血过多昏迷了，右腿轻微骨折，脑部也有轻微脑震荡，估计是发生了一场小车祸，过几天就会醒来。

让亲属放心。

不是亲属的她站得远远的，在墙角处，听着医生对她们的嘱咐，望着她们签字说话的景儿，苦涩从心尖尖里冒出。

她想，林凉哥哥，你的妈妈很漂亮，和你一样好看，让人移不开眼。

也好看到让人惶恐、失措、害怕。

"宋姑娘，我可以和你说些话吗？"面前的女人笑着，走到她身前，又指了指附近一处隐蔽的空间。

她点着头，血液里爬着不安。

那里有扇小窗，风刮得树叶飘零，她却不敢抬头去看，低垂着，时而看着墙面。

林母许玉月却站在窗前，背着她，不知表情。

"抱歉，我向周围的人打听了你们这一段时间的生活。"许玉月缓缓开口，礼貌而谦和，"很不好，这是我得知的消息。更准确一点来说……"

许玉月转过身，深深地看着她："是林凉过得很不好。"

她低着头，看着鞋子。下坠的睫毛像座监牢，像要封闭她，关死她，她开始捏起自己的手指。

许玉月轻轻呼了口气，眉皱着："当初他要离开。我以为是和他父亲赌气，所以才放任他的离去，觉得他自小在优渥环境里长大，吃点苦很快就会乖乖回来，并认识到和一个智力有缺陷的孩子在一起终归是一种错误。"她停顿了一下，又说着，"只是我没想到，他会这么倔……"

手指绞动的力度越来越大，恨不得折断十指般。

对面的声音逐然地加重，掺杂着愤怒："和你在一起，却把他这辈子的苦都吃够了。当外卖员？你让一个从小弹钢琴、拉小提琴的公子哥去送外卖？又脏又累不说，你知道因为送外卖出车祸的人有多少吗？！你又能知道在我听到他竟然还被人砍掉手指后，是什么感受吗？！你知道吗？！"

她的愤怒似是被最后一句点燃了般，更深更浓，眉头直皱成山川，咬牙切齿地看着宋轻轻，声音大而用力："他从小那么爱惜自己的手！那是一个弹钢琴的人最珍贵的东西！可是在跟你在一起后，什么都毁了。"

一个对孩子还是有心疼的母亲，正展露着敌意："宋小姐……如果没有你，他可以是名钢琴家，也可以是商人，但绝不可能拖着你这个什么都不会的人去做那么脏那么累的活！被人欺负得不敢还手！还要冒着生命危险去赚钱养你！这根本不是他应该拥有的生活！他本可以更好，而不是现在任人欺凌、狼狈不堪地苟活。"

她渐渐收起自己外露的真面目，叹了一口气，又转了身，说："宋小姐，原谅我的直接。你家境穷困，生活不能自理，脑子也不好，你真的配不上他。"

自己好难看所以不配。自己太矮了所以不配。自己学习不好所以不配。自己家境不好所以不配。自己毫无用处所以不配……

爱一个人，不配的缺点就这样被细心地挑了出来。

于是他来了想躲，他走了又想追。

她听见锁铐咔嚓的一声。

许玉月偏过脸，看向一直低垂着不言语的少女，她微微张了嘴说："离开他，他真的已经为你做得够多了。"

宋轻轻下意识地摇着头："可是，我爱他……"

许玉月嗤笑一声，上下打量着这个竟然会说"爱"的傻子，轻轻勾着嘴角："爱？我却只看到你全身上下可耻的自私。你自己孤苦无依没人照看，所以才想要一个心疼你的人，贪图他像衣食父母一样不求回报地养你，自己却活在舒适圈里，不是吗？"

是这样？她的爱，真的是自私？

脑袋混沌了，那些话重重捣着她的脑髓。

"你难道真的不觉得他现在的灾难和你的拖累是有着千丝万缕的关系吗？他

现在病了,你觉得你有能力照顾好他?你只是一而再再而三地增加他的苦难。如果你真觉得你爱他,那就不该让他过成这样,懂吗?"

是。

如果不是她傻,就不会领男人进门,害得林凉错失高考。

如果她要是聪明一点,就不会迷路也找不到工作,害得他一个人要赚两个人的钱。

如果她不说开小卖铺,林凉就不会加班熬夜给她租铺子。她要是聪明点也不会被骗,害林凉掏出本不多的钱替她还债。

如果她不开小卖铺,他的食指依旧好好的,还像以前那样,合拢弯曲,笑着握着她的手指。

是!

眼睁睁看着他被人割手指却只能哭!眼睁睁看着他倒在地上却无能为力!又是哭!不够勇敢怕火的她,一无是处的她只能用眼泪去逃避!只知道哭!

哭!哭!哭!

没有她,他还是那个温柔完美强大而精致的林凉。

一无是处的她现在还想依赖他,那不是自私是什么?!

她又掉眼泪了,这次却拼命地止住,抽动着鼻子不敢哭泣。

良久,她听见自己稳定情绪地说了一句。

她说,我会离开他的。

许玉月道了声谢谢,转身走向了林凉的病房,留下她一个人靠在墙上,终于有了勇气偏头看向窗外。

擦去眼泪和鼻涕,擦得脸红红的,鼻子像烂了一样发疼,难听的哭声被一次次吞进喉咙里。

学会放手或许也是成长的一部分吧。

她说,林凉哥哥,我长大了。

她只收拾了出租屋里的衣服,还没走,屋子里每样东西都有他的气味,她舍不得地看着摸着闻着,又眼睛红着。

三天后,林母打电话来,说他快苏醒了,让她亲口跟他说道别。

她隔了好久,平静地说了声好。

她挂了电话便蹲在地上,双臂掩住眼睛,撕心裂肺地大哭,眼泪全流进嘴里,哭得肝胆俱裂,像有人狠狠割破她的喉咙,震痛人心。

林凉哥哥,她说,我都还没……还没给你炒过一次菜,怎么就……怎么就要离开了呢……

睁眼。

光像针般刺眼,林凉微微眯着,缓了些,才仔仔细细地看着站在门前,手放在门栏上的少女。

他笑着想说些话,却扯着喉咙发不出声,于是吞咽着口水润着喉,沙哑着声唤她:"轻轻。"

他又从被子里伸出双手,张开双臂,瞧着她的眼里是死而复生的欣喜:"怎么,不过来让哥哥抱抱吗?"

少女还是那副呆滞的神情,没有半分动作,只有藏在身后死死捏住衣角的左手暴露了她的情绪。

死寂的气息让他放下双手,轻皱眉头,隔了会儿又喊她:"轻轻?"

良久,她转过身子,只敢背对着他,张了嘴说着话。

"林凉,我要回家了。"

这次她终于听了他的话不在寻常时刻唤他林凉哥哥了。

却听在他耳里更不是滋味,甚至觉得荒谬至极,他的笑容渐渐收拢。

"你再说一遍。"额头的纱布被血渗红,面颊消瘦,胡子拉碴,嘴唇惨白而破皮如沟壑,他的双手握紧病床冰冷的床栏,骨节突出,青筋暴起,眼睛像利箭般盯着她。

"我要回家。我不想和你在一起了。"少女的说话声小小的,如蚊子般,风大点仿佛就吹没了。

"你再说一遍。"

少女没说话了,呆呆地站在那儿,他只看见她低垂的后脑。

"轻轻妹妹,抱歉我刚醒来,脑子有点乱,不太明白你说的话。"少年放下了握紧床栏的手,双手合握地轻放在白色床被上,声音温柔。

"我说……"她哽咽一声,像是被人掐了一下,"我想回家跟着哥哥和婶婶,不想和你待一起了。"

"嗯。你是想家里人了对吗?乖,等我病好了我就带你回家看看……"他上扬的嘴角依旧柔和,十指用力扣紧。

"我不回来了。"

空气停滞,细微的虫声碎碎,平静如水,却如洪涌前的风平浪静。

保温瓶砸在墙面发出剧烈的撞击声,再撞到地面,声声碎裂,空彻回响。

少年的声音依旧温和:"轻轻妹妹,你之前说的那些话,最好是骗我的,知道吗?"

她被震得身子下意识地一抖,落在鞋上的碎片还反着光。她缓了缓才回他:

"我没有骗你,林凉。"

她说,我们在一起好像只有无穷无尽的苦难。你会很累,我也很没用,从来不能帮到你什么。这样的日子过下去真的太难受了。

背后的人像是从嗓子眼里逼出声音般,命令她:"你看着我。"

她没有动作,只下意识地抽了抽鼻子。

"你看着我。"那人固执地说着,凌然的语气。

她只好慢慢地转身,神色淡淡,是她那几天对着镜子练习出的,无动于衷的面孔。

冷漠的神色,从不是他印象里任何一个宋轻轻的模样。他听到自己血液沸腾的声音,震耳欲聋。

只有冷漠才能对抗冷漠,他不知怎么想的,看着她第一次对自己露出冷淡,心如刀割般泛疼,只想找个东西来将自己包裹着。

"你的意思是……嫌跟着我过得很苦是吗?"他寒着脸色,恶意的猜忌便这样堂而皇之地从他嘴里冒出。

他误会她的意思了。

但也没关系了。

于是她停顿一下,才轻轻点着头。

她说:"嗯。"

她不想再做停留,不想听他话语里对自己的恶意,不想破功作废,于是转过身子,伸出右腿,迈出第一步,想就这样干脆利落地走。

她却听到一个巨物坠地的声音,正狠狠砸在她的心头。

"轻轻……别走。"

卑微的求饶,在身后响起。少年见她真的要走了,冷漠也装不下去了,忙从病床上掀开被子,脚沾上地想去拦住她,却双腿失力狠狈地跪在地上,右手用力撑着床栏不让自己的身子摔倒。

他站不起来,也移动不得,只好跪着看着她僵硬的背影,又说:

"别走好不好?轻轻,现在是有点苦,但我保证,我保证以后肯定会让你过得好好的。有大房子,有酸奶厂,你等等我,真的……"

是着急而慌乱的祈求。

她的林凉哥哥在求她。

她悄悄擦去眼泪,转了身子,跑到他的身边想扶起他,可是他身子太重,她抱不动,几次抱着他的腰向上都是徒劳,她只好缓缓地放开了,想出去找护士帮忙。

她起了身想出门,却被他的左手死死扣住手腕,伴着恶狠狠的语气,说:"你要去哪儿？！"

　　她想了想，沉默了一会儿，说："我想回去跟着哥哥。"

　　"宋文安？"他难以置信地看着她。

　　她说："是的。"

　　他的左手除了食指其余手指都在用力，想缠束她，握得她手腕生疼。她只好低着头看着他上扬的眸子，轻轻抿着嘴唇。

　　他看了她很久，似是将她的前生来生都要看个遍般，喉结上下滚动着，那句话，便带着疑惑地说出了。

　　他说："宋轻轻，你爱我吗？"

　　她颤动着睫毛，不愿看他，只看着窗外。

　　良久，她听见自己这样回了他。

　　"不爱。"

　　你知道吗？

　　我渴望静默地坐在你的身旁。

　　我不敢，怕我的心会跳到我的唇上。

　　因此我轻松地说东道西。

　　把我的心藏在语言的后面。

　　只有不爱才能坚决，才能狠心。

　　那一刻，她觉得好像真的不爱他了。

　　"宋轻轻，你敢！"他不敢相信地看着她扳开自己的左手，声音用力得几近怒吼。

　　"宋轻轻，你再扳开我试试！"真面目的林凉这次不再装伪善了，加重语气，眼睛如靶心箭般死死看着她。

　　她不顾他的话，用双手狠力地扳开他禁锢的左手，他的右手想覆上，却支撑不住身子地往下倒去。她咬着唇，双手用力地一一扳着他的指头。她的眼角红了，她明知道左手食指是他的软肋，这一刻却不得不向它下手，只能偏着头不敢看他因为一根手指失力，所有的手指便被她一一用力拨开的难看面色。

　　再奋力地奔跑，离开这个病房，用尽力气。留下倒在地上的少年，看着自己因拉扯发红的左手，沉默了。

　　她没有跑远，转了个弯便失去力气地蹲在墙角，头埋进膝盖处，双臂环绕着，恸哭流泪，像个没了家的孩子。

　　林凉哥哥……我不明白。

　　明明我们那么相爱，为何却不得善终？

5

那个冬天，雪还在下，花还没开。

她离开他。

她的行李很简单，一个黑色的塑料袋里只有她的衣服，原谅她拿了点小钱要坐公交车回到宋家。

右手拉着车上的圆环，身子摆摆停停，窗外人流潮涌，喧杂声入耳的那刻，她握紧了左手，低着头。

熟悉的单元门口，熟悉的楼梯和熟悉的黑色不锈钢门。她敲了两声，又唤了几声，哥哥，婶婶都有。

从中午到黄昏，太阳的光芒从左眼落进右眼，直到上楼的婆婆告诉她，说他们早搬家了。

看着那门，想透过猫眼看去，却是一片黑色，被人盖上了。当黑夜落在头上时，她脚酸而蹲在门前的身子终于动了，便打开单元门迈出第一步，又停了，眼睛左转右望，忽而便停在林凉以前屋子的窗上。

窗帘紧闭着，再不会有一个少年坐在书桌前，拿着钢笔，温柔笑着，竖起大拇指，夸宋轻轻学习进步真大。

她迈出第二步，又停了。眼睛只看着脚下，看沙粒，看落叶，看蝼蚁，看朝菌。她提着那袋衣服，站在那儿任寒风抽打着，不知何去何从，何处容身，何处有家。

她想起那两只强壮有力的臂膀，却曾轻柔地环着她安眠，在一张碎花被的小床上，在一个几十平方米的小屋里。

那个人对她说，轻轻，你要不要和我回家？

他辛辛苦苦想为她造一个温暖的家，没有打骂和欺压，没有伤痛和悲哀，他说日子会好起来的，他跪着求她不要走。

对不起，林凉哥哥。她说，低下头，抽了抽酸涩的鼻子，逼回眼眶里的水。

她应该知道她早就没家了，却偏不信地还以为……还以为呢。

所以过几天她就会饿死，又或许是冷死，就死在这片地上，就不会有千千万万种难过了。

她又退了两步，蹲在单元门前，将头深深埋着，像要藏在地里般。

"轻轻？"不远处有人走来，疑惑地轻皱着眉，缓缓停在她的身前，"你怎么回来了？"

她抬头，缓缓站起身，声音有些迟钝："……哥哥？"

"我回来拿一下以前放的书。"他打开了门，让她进来，坐在沙发上后，又上下打量着她,"你不是跟林凉在一起吗?"

"我……"

说自己觉得拖累他所以选择离开?那到这儿就不是拖累了吗?她还能那样坦然地回到哥哥家吗?

她沉默着,没有说话,也不知道怎么办,觉得怎么做都是条死路。

"他不要你了?"

她摇摇头。

宋文安轻叹一声,看着这个以前带给他荒谬和冲动的妹妹,虽不知他们俩怎么了,但既然回来了。他说:"那你……要跟我回家吗?"

她停顿了一会儿,轻轻点了点头。

宋文安一家在他考上Z大时便搬去了Z市的老家,A市的房子就一直空着,有需要的时候才回来看看。

坐了两天两夜的火车,终于到了。

没有欢声笑语,没有欢迎,只有一把扫帚往她的脸上飞来,被宋文安抓住。

"宋文安!你把这个东西带家里来干什么!你这是要把我气死吗?!"

"妈……"他小心翼翼地唤着。

"别叫我妈!"马春艳面目狰狞,拿了一条麻绳便拴在一根房梁上,头便往里面套着,食指狠狠指着宋轻轻,"我跟你说!你要是敢把她带到家里来,我就死给你看!宋文安!你别以为我在开玩笑!把她给我带走!快点!快!"

她忽而又大吼大叫地流泪:"我真是做了什么孽摊上她啊!"

宋文安只好带走宋轻轻,到了公园的椅上停了,他拍了拍身边的位置,示意宋轻轻坐下,便望向广场上三三两两的人。

"婶婶怎么了?"她偏着头不解地问着。

"轻轻,抱歉,我没想到她会这么排斥。"他深吸一口气,缓缓低了头,十指交叉,"轻轻,对不起。"他从钱包里拿了一沓钱放在她手中,"看这样,我妈对你意见很大,可能……"他背过身,不愿看她,"A市的房子还是可以住的,不过一个月后我们就准备卖掉了,恐怕到时你得找个新住处,或者……来学校找我也行。你要提前想好,我好提早准备租房子。"

"如果你确定跟着我,轻轻。"他转身看着她,"我有女朋友,所以我不能养你一辈子知道吗?"

那几个月的消失,或许林凉说得对,他对她只是占有欲作祟,经过时间沉淀,那些热情和执着仿佛已经烟消云散般,甚至对宋轻轻要赖着他生活而产生了一点烦躁感。

"你自己坐火车回去吧。我陪你坐过，你应该知道怎么回去。就这样吧，我走了，晚上我还要陪文丽。"说完，他转身离去。

她没有挽留。

她坐在公园的椅子上，双腿并拢，黑色塑料袋放在其上，双手便摩挲着塑料袋，低着头不言语。

黑夜如乌鸦般黑，身后的万家灯火正烫着她的后背，人群像沙漏般流过她，她还低着头，马尾的发丝落在手背上。

一瓶水，放在她的眼前。

"给，我看你一个人在这儿坐很久了，都没喝水，怎么，等人啊？"

是个和她同龄的女孩，穿着一身白色的羽绒服，头发散着，美艳的容貌，脸上的笑容像个太阳。

"……谢谢。"她舔了舔干燥的唇，轻轻地接过喝了一口，才说道，"我没有等人。"

"那肯定心里有事。"那姑娘一下便坐在她身旁，"你这样，像被人刚赶出家门。一个人的苦叫苦，两个人叫排忧解难。不如你给我说说，看我能不能给你排一排。"

宋轻轻看着她，没有说话。

女孩立马摇着手说："我叫李艳，艳丽的艳。真不是拐卖妇女儿童的骗子。"见她还是不说话，才咬了下唇，看着她摸了摸自己的衣角，"好吧，我其实是听到你和你哥的对话，知道你只能一个人回A市，刚好我也要一个人去A市，所以想和你做伴。"抬眸，笑着，"不过真的。你要是现在心里很乱的话，我可以为你支支招。"

她又喝了一口水，对女孩笑着："我叫宋轻轻。"

她又摸了摸塑料袋，望着人群走过："我是个傻子。智力比你们低，所以做事老做不好，因为这样我不想拖累他，所以离开了我最爱的人。也回不到原来的家了。"

"为他好，我知道。好多电视剧都演这个。"李艳摸了摸她的肩，望着她的侧脸，声音突然沉了，她说，"你问过，这是他想要的吗？"

"轻轻。我相信，你的林凉哥哥知道你有着缺陷，却还是决定和你在一起是不会在意你拖不拖累他的。反而会觉得你在他做了这么勇敢的决定却选择抛弃他，他只会感到受伤和难过。"

她知道他很难过，她低着头，眼角又红了："可是我真的在害他。他因为我受太多的苦了。我真没用！"握着拳头狠狠敲打着自己的膝盖，"我找不到工作挣不了钱！又容易迷路，记性差，学得又慢！又轻易被骗，连饭也做不好！就连他,他要死了,我连急救电话都不知道!我一直都在拖累他!连累他!我恨自己为什么是个傻子!"

"小姑娘。"李艳缓缓捧起宋轻轻带着水花的脸,轻轻叹了一口气,说,"爱一个人要主动知道吗?"

要用胸膛拼命地去撞,要用手指奋力地去挖,要永远野心勃勃,永远逆水行舟。

"你不要把自己想得很糟糕很糟糕。没有人生下来就是完美的,没有人不犯错,没有人能说自己什么都会。因为我们一直都在成长,所以犯了错就改,不会就去学,学不会就千遍万遍地去学,不敢的就去尝试,就去超越。

"我们都要正视自己的缺点和不足,越逃避越害怕只会越懦弱。活着就是要把自己变得更好。轻轻,你要做好更充足的准备去寻找工作,不要气馁。路痴就去一遍遍地背地图,背路线,多去看,多去走。不会的就多去问多去查,被骗了就记住教训,累得想放弃的时候,你就一遍遍问自己,当初为什么要选择这样做,能这样甘心放弃吗?!我们要改正,要学习,要永远保持一颗努力上进的心,要好好活知道吗?"

李艳紧紧握着她的手:"所以什么成全什么放手都是屁话。你现在就回去找回他,跟他说对不起,跟他说你只是一时糊涂,说你会把自己变得更好,变得不会有什么配不上他,拖累他的破想法。你要相信你们俩就是最般配的,不然为什么曾经要选择在一起?不都是想为对方变得更好所以才走到今天的吗?"

宋轻轻抿着唇,又哭了。

他教她,逆流而上。

写过无数遍的她,背过无数遍解释的她,却原来始终都没有真正明白这四个字的意思。

那是逆着对别人的不看好而上,那是逆着对自己的不看好而上,向上,永远向上。

"李艳,你说得对。我要回去跟他说对不起,我要回去找他。我要跟他说,我会努力向他靠近。"她紧紧回握着李艳的手,用袖子抹去泪水。

"那走吧。跟我坐火车去。"李艳笑着,站起身来。

两天两夜,在火车上,她们坐着聊天。李艳说有个男生喜欢她,另一个喜欢他的女孩就对她不满,便找人放学要围堵她。

"结果你知道吗?她找的人里就一个人认识我,那一个人还怕我从后门跑了,就去后门堵着,然后我就从校门口大摇大摆地走出去,还听见有人在我旁边说,哎,李艳怎么还不出来,还纳闷。哈哈,笑死我了。"

李艳是离家出走想去大城市闯荡的追梦姑娘。

宋轻轻与李艳在火车站道别。

李艳挥着手，洋溢着笑容："我要去过我的白领生活啦！你要和他好好的啊！"

宋轻轻也向李艳挥手，大声地回她："我们都会好好的！加油啊！"

六年后，她叫南风，不叫李艳了。

天，怎么这么灰呢？

林凉伸出右手，遮了遮眼睛，他的左手还留着不可名状的酸痛，距离那场闹剧结束已经有五个钟头了，他以为在做梦，所以睡了，睁开眼，天就灰了。

"吃点饭吧。"许玉月坐在他身旁，吹了吹热粥，勺子递到他嘴边。

他偏了头，眸色淡然："你和她说了什么？"

"我能说什么？"许玉月嗤笑一声，放了碗，"林凉，当初我都没阻拦你们，现在我来多此一举干什么？是她自己提出要走的，难道我能拿刀架在她脖子上让她跟你说道别？她要是有心想陪着你，我说什么都没用知道吗？"

"她是个傻子。她根本不懂爱人。你能带给她好她就跟你过下去，过得不好了远走高飞不是正常的事儿？人都是自私的。女孩子也不可能拿青春陪你一直熬苦日子，懂吗？说到底，她就是不想等了。你自己想开点，人都这样。"她把鸡汤倒进小碗里，用勺子搅了搅。

她说，这样的日子过下去真的太难受了。

她说，回去跟着宋文安。

她说，不爱。

拳头狠狠砸在床上，用力，青筋暴出，骨节都泛起生硬的疼。

她做得对。

他们住的是时常断水断电、不足几十平方米的出租屋，糟糕的环境，有蟑螂虫子。他没有时间带她去游乐园，他不能随意带零食和酸奶给她，他关了她的小卖铺，他不能带她吃日料，让她被人欺负，让她只能在家等他。

他的无能，却一次次信口雌黄地对她说什么会好起来的……

呵，骗自己呢。

张开自己的左手，他低下头，轻轻碰了碰那根只能伸直的食指，上面还留着被人扳开的印记。

他真的没有一刻不想日子能好起来。所以选择来钱最多的外卖活，所以考证，所以一直想存钱买台好电脑自学软件代码，想留有资金开一家游戏公司，想等自己强大了再让她出来阅历。

可她说，她想工作，想开小卖铺……

而现在，他轻轻扯了扯嘴角，什么都没有了，还差点死去。

"等过几天送你出国治疗。国外有3D再造技术，还能把你手指的功能恢复到百分之八九十。你在这里的房子我也已经退了。安心疗伤吧，别想过去了，朝前看最好。汤我给你放在这儿了，我还有事先走了啊。"她起了身，望了他一眼，走了。

第一天，小雪纷纷，他看得眼涩。

第二天，又是雪，他叫护士给他装一点在碗里，他想摸一摸。

第三天，他开始尝试下地，不顾护士的劝说，却一次次摔在地上，膝盖青紫得肿了。

第四天，他能走一小段路了，窗外的雪依旧没完没了。

第五天，城市下了一场最大的雪，似要把纷纷攘攘都埋藏了，把回忆也埋了。他强忍着疼痛，扶着墙，一点一点地往外走去，钻心的疼在脑髓里蹿动着。

他扯着笑，笑自己都这个时候了，还要念着她，念着如果她哥哥没有接纳她，她一个人要怎么过，还想着要把她带回来，怕她饿死、冷死，无人问津。

什么温柔谦逊，不装了。

若真碰到她，骂他是个疯子更好！就强迫到让她绝望！让她胡言乱语！让她那么绝情地离开他！

他已经走到了大街上，单薄的病号服挡不住寒风，雪一块一块地砸在头上，冷意从脚跟向上，再汇入大脑，额头反而热得像是在燃烧。

他还要走，他要把这个不知好歹的人抓回来！

"砰。"

是重物砸进雪堆里的声音，沉闷的，重重的。

他还是倒了，脸埋进雪堆里，全身乏力的他一次一次地撑起胳膊，又一次一次地摔进雪里。雪落在他脸上又被高温融化，成了水流，近眼一看，还以为他在流泪呢。

他又不会哭。

身体里好像塞满了雪，冷得他轻轻发抖，于是眼睛合上，身子被一片片雪花埋葬，压死了他的眼皮，压死了他的呼吸。

他想，或许他要死了。

也或许他已经死了。

他抖了抖手上的雪，绝望和颓丧，重重握紧拳头，仿若抓紧了过去用尽最后一丝力气吊唁。

两秒后，再以无力的姿态，轻轻地，轻轻地松开了。

嗯。

宋轻轻不爱林凉。

所以苦求是场徒劳。所以直截了当地说不爱。所以不留余地地离开。

整整四天，那四天，雪由小变大了，路上阻碍也大了，但她真的没来过。

患难见真情。

人最不能原谅的，莫过于被迫从真诚的热情中醒悟，明白过来那个曾令他们寄托了全部希望的人，正是他们失望的人。

他想她的心真狠，怎么就这么狠？

宋轻轻……行，放弃吧。那就都放弃。

人群潮涌而来，议论着打量地围住了他。

正跑去医院路上的宋轻轻听着不远处传来惊呼声和议论声，混杂入耳，停下脚步一看，人群已经围成一团了，她什么也看不见。她抿抿嘴，暗骂自己不要看热闹，林凉哥哥还在等着她呢。

于是她转了身子，不再观望，径直便往医院里跑去。

没有人。

她呆愣了几秒，立马便想他或许是回出租屋里，于是又疾跑着，想打车回印玉小区。

出了医院门，那团人越来越多了，她只看了一眼又走了。

终于到了。

她看着眼前的门缓缓露出了笑容，两个酒窝露着，开心而愉悦的。她深吸了一口气，手轻轻地放上去，再缓缓地敲着门，带着小心翼翼道歉和好的意味。

林凉哥哥，我回来了。

我们和好，好不好？

她微笑地敲着门，他闭着眼被雪埋了。

她八年选择等待，他八年选择遗忘。

都开启了。

错过明明仅仅两个字，不知为何，背后的过去和现在却让人感到无比心酸。

6

耳畔一声似锦的话，绕着她的神经。

"在想什么？"男人玉色的双指捏着她的耳垂。

她含糊地"嗯？"了一声。

"怎么不回我？"他的牙齿轻咬她脖后一侧，一串串花盛开。

"对不起。我……"

他压低了声:"宋轻轻,对不起,我听腻了。"

他低头靠近,鼻尖扫过她的脸颊,呼吸薄薄打在她耳际。

"你知道我想听什么。"

他想听什么?

他问她八年前为什么这么狠?于是她应该回答,她爱他,她自卑才离开他,她等了八年就想和他和好。

宋轻轻张着嘴,细碎的话就在唇边,将要脱口而出。

可是一阵纯音乐的铃声突然意外打断,她下意识地闭了嘴看向手机。他停了动作,垂了眸,拿过手机,看了眼屏幕,转而抬眸望向她,嘴角缓缓向上弯着。

他划开接通键,打开免提便拿在手中。

"凉哥,你去哪儿了?新郎不见了可是个大事啊。"电话里调笑的女声在静谧空间里传开,却让宋轻轻的后背爬升出一股凉意。

是他的未婚妻路柔。

她的身子顿如石头般僵硬,心脏停滞般神经绷紧,脚趾蜷缩,双臂往下想挣脱他的禁锢,几次徒劳后只得低头平息自己的呼吸,牙关紧咬,不敢大气喘动。

林凉轻笑,将手机放到车窗边,右手轻摸她的下巴,唇凑近她的鼻尖,软声低语,像说悄悄话。

"怕了?"低低的笑声。

她动了动被他左手圈住的手腕,看向他的眸子里流露不安,却不敢任意出声。

小鹿般的眼神,让人……他圈住她手腕的手越发用力,狠了劲压她的呼吸,声音虚柔:"怕什么?我也不想让别人知道我是来找你。"

"凉哥?"电话里的疑惑声在这狭隘的空间里放大。

她咬着下唇,心紧拴着。

他的呼吸厚重,悬在她耳侧,手指覆上她,悄然低喃:"轻轻,你说,我要怎么回她呢?"食指缓缓像条游蛇般从中滑下,打圈,"要我实话实说吗?就说……"

他弯起嘴角:"我拐了别人的新娘,怎么样?嗯?"

她沉默地偏头,别开眼,远离他锋利的视线,身子微微发抖,因他的话泛起战栗。

"怎么不说话?"男人低笑,吻她的面颊。

她的眼角顿时红了湿了,只能摇着头,用最小的声求他:"别。"

"轻轻,太小声了,我听不见。"他缓缓笑着,"大声点,知道吗?"

这个人，怎么能这么坏。

"不要。"她凑到他耳边，微微抽泣。

他摇头："听不见。轻轻，还是太小声了。"

细汗在额上滑落，她的手脚已经发麻了。他手机不停传来嘈杂的宾客交谈，那头的人甚至还问着："凉哥，你那边什么声音？"

于是她低着头，带着哭腔求饶："不要。"

他抬起她的下巴，舔掉她的泪："娇气鬼……又哭……"

明明是他的错！怎么搞得像是她不该哭一样。宋轻轻咬着牙，不敢自在地反驳他。

他终于拿起手机放在耳边，神色散漫，又盯着宋轻轻。

她正面色求饶又埋怨地看着他。

眼睛哭过的红肿，鼻头也红，肩胛处留着他肆意的痕。这番景只会令人发渴。

他的眸子乍然深如夜色，表情却柔和："抱歉，路柔。手头有些急事，等我回来再细谈吧。"

"……好吧。"迟疑了会儿，对面还是挂掉电话。

她看着他放下手机，心脏顿如一泄到底的江河，顿时松了一口气，却停在胸腔半截未全呼出，便被他吻上，如饿虎扑兽般袭来了。

男人嗓音混浊，呼吸低重："宋轻轻，你求我那样……只会让我对你再狠一点。"

她泣不成声，又被他捂住嘴，在耳边柔声劝说："轻轻妹妹，别哭了，我不是神。"

林凉坐正身子，拿出一根烟低头点上，再放入唇间，呼出一口烟雾，烟中眼色莫名。

他的声音淡淡："宋轻轻，那个问题，你想好怎么回了吗？"

她放下了手臂，把那些话又吞回去了。

只因那通电话突然扇醒她。她意识到她和他和好的前提是她没有答应王川，而他也没有应下路柔。她认清八年前和八年后因为一次选择，已天各一方，再难回头。

人不能自私。

为什么你不早一点问呢？为什么不早一点来呢？

到现在。

都那么晚了。

她垂下眼："我们都结婚了。你有路柔，我有王川……"

"这是答案?"他轻笑了一声,神色莫名,"你想嫁给他?"

"他对我,很好。"她缓缓说着。

"也是。"未吸尽的烟还冒着火星便被他扔出窗外,"女人总能因为一个男人对她好而妥协动心不是吗?"

"不是。"她下意识地反驳,望着他的侧脸淡了眸色,"我已经选择嫁给他。我、我不能离开他。"

林凉:"嗯。"

夜色如墨,他下意识地去摸左手小戒,却都空了,只有一层皮。

他回望她,眸中隐隐受伤,伴随一声自嘲。

"所以被你放弃的人,始终只有我。"

她眼角泛水,声音轻如蚊蚋:"我不想离开他,因为……"

"好。就这样吧。"林凉抢先一步打断了她。他不想再听她说伤人话来割他的心。

就这样吧。

她选择她的生活,他不再多管闲事。

她蓦地将话不甘地收回喉:是你先彻底放弃我的。

他望着她,咬牙切齿,牙根酸涩。他没出声,静默了两秒。

在她的惊呼中,于是他用力咬她的下唇,铁锈味瞬间蔓延在两人唇间。

她唤了句:"疼。"

他冷声回她。

"疼,你就好好记住了。"

它正和我如出一辙。

7

司机回来了,林凉瞭了一眼侧面又目视前方。

"宋轻轻,我送你回去。"

接着车子的轰鸣声落入耳朵,司机很有眼色地控制着车打弯,开始返回。

"怎么嫁给王川?"他的话淡淡的,像聊天。

她不由得偏头看着他在路灯下时隐时现的侧脸,像山雾般莫测。她又偏回头,望着前方的车辆。

为什么?

或许是那阵风太令人怀念了,那场落日太美了。

她慢慢说:"我们相亲认识的……"

沉默。

一分后声音才缓缓响起。

"宋轻轻，祝你找个好归宿，生儿育女。"

她缓了会儿，才回了句："谢谢。"

车子平稳地前行，车内静如平面，她瞧着高楼大厦，灯光流泻，一一从眼中溜走，直到刹车停下，她才看着这熟悉的景儿。

向左望去，宾客已经散了，再仔细点，才发现饭店门前还站了一个人。

于是她推了推车门，几次都纹丝不动，便偏过头带着疑惑地看着他。

他只低头捂住火芯，又点上了烟，深吸一口漫漫而出，才偏了头对上她的眼睛，看她动了动车门，挑了挑眉。

"抱歉。"他说完，让司机打开了车锁，"我忘了。"

王川等在门口已经很久了，他追不上那辆豪车，便只能安慰自己等一等。他想等到明天清晨，他就知道结果了。

所以他站在那儿，任风吹着，双臂环着，佝偻地看向道上的车流。

等脚底和膝弯处泛起酸痛，王川低头动了动腿，抬眸时，便看见一个身影向他走来。

林凉没有神色地看着那个背影缓缓走向另一个男人，他的左手肘撑在车窗，再看着王川扯开僵硬的嘴角将女人搂进怀中。

于是他低头，从胸腔里低笑了一声，又吸了一口烟。

吐出。

"王先生，"他加大了声，侧着脸，左手夹着烟冲着王川晃了晃，"我想和你说几句，请问方便吗？"

王川被这声弄得一颤，原是喜悦的心这时咯噔一下，小心翼翼地看向车里偏着脸矜贵清俊的男人。

他吞咽一下，有些不由自主地走向前。

宋轻轻只好跟在身后。

"很抱歉之前打伤你，"林凉说着，致雅地微笑，瞟了眼宋轻轻再看回他，"并且带走了宋小姐。"

王川下意识地不敢惹他，只摆了摆手，讪笑："没事的。我理解的。"

真老实。林凉淡了眸色，又吸了口烟。真软弱。

他又轻轻笑着："别担心我对宋小姐做了什么，她的衣服是因为摔了一跤才换的。我没对她做过分的事。"

他瞟了眼宋轻轻慌张的神色，低了低眸，再抬起。

衣服？

夜色变亮，王川这才在意到她的婚服变成了羽绒服，刚刚的喜悦太盛而忽略了。再听林凉的话，顿时心就有些沉了，再看着她扯了扯自己的衣角，他转了身。

他笑着："我当然相信你们了。"

林凉如箭般盯着她扯向王川衣角的手，眸子寒冷，笑却柔和："是啊，她对你这么专一，我就算把她带走……"眸子看向他，抖了抖烟灰，"不过是个跳梁小丑。"

他将最后那点烟吸尽，扔进车里的烟灰缸里，手放回方向盘上，侧着脸笑意盈盈地看着两人："再见王先生。"又看了看她，"还有宋小姐。"

宋轻轻木鱼般看向他，见他说完便升起车窗，掩住他的所有。她的胸膛像灌了串冷风，冷得她咬了咬牙，听着王川说"回家吧"，隔了许久才转了身准备离开。

这一次。

永远，永远不能回头了。

迈出的第一步，有些重。

第二步，要轻些了，第三步……

"等等。"

身后的声音像是一场空袭，她情不自禁地转了身，望向他。

他说："忘了说，你的衣服落在我车里了。"

言辞温柔，下一秒却把衣服扔出窗外。

"新婚快乐。"

黑色玻璃窗慢慢上滑，遮住他越来越冷的眉眼和漠然神色，人如冰窖。

他接上蓝牙，导航到机场的路线。

路柔："凉哥，要回来了？"

"嗯。"他应了声。

"那顺便把我前几天买的落在你车上的一堆衣服给带上，我们这好不容易能因为结婚碰一次面。"

他缓了会儿，说："抱歉路柔，我还以为是不要的垃圾所以扔了。我给你重新买吧。"

"凉哥，那都是限量款的。"

"我给你买最新限量的。"

对面的人想了下，说："那行吧。"

8

银色宾利如流星箭矢，日晚沉夜，风喝然。灯光落入眼底湮灭。

车子停在了别墅院子，林凉准备打车去往机场，那边的仪式还没结束，他这个"失踪"的新郎要回去，准备被问东问西。

按了车锁离开，两声锁车声后，他走了两步，停了，转了身，银质雕花钥匙打开大门。

他从抽屉里拿出相机来，按了几下才醒悟早已没电了，便翻箱倒柜地找有没有电池。十分钟后，又把它放回去关上。又拿出来，扔进垃圾桶里。

离开。

两个小时到达，已经是夜里十二点了，手机有太多的未接电话，不想接拨，所以开了飞行模式，到了才解开，问路柔在哪儿。

"酒店婚房。"她又说。

所以他最后去了酒店。

门铃响了两声，门便开了，门内的女人一脸悲痛："天啦，我先婚后爱的丈夫回来了。"又朝他身后偏了偏头，"怎么不带回来？我还想撕人呢。"

衣服一丝不苟地挂在衣架上，他勾勾眉："你又知道什么了？"

"宋轻轻啊。"她走到酒柜处，优雅地倒了一杯递在他手中，笑了下。

"你别这样看着我。我可没有调查你，是我打完电话后随便问了下林玄榆，他就什么都说了。我可没想听，要怪就怪你的好表弟去。"

林凉接过，喝了一口，高浓度的酒烧过喉咙，下意识蹙眉又松开。他坐在椅上，左腿搭着右腿，神色漫漫地望着落地窗。

夜景正灯火通明。

"想不到你平时正人君子一派斯文，背地里这么闷骚。"她也坐下，摇晃杯中酒液，抬眸笑着，"你那电话我都只敢捂着听。"

"耳朵挺尖。"他笑着，又喝了几杯。

"我可不稀罕这能力。"她饮了一口，摇晃着高跟鞋，深深看了他几眼后，"看来今天是真的逃婚加抢人亲了？"

沉默，酒如燎火，虽小却燃至五脏六腑，他的脸颊微微泛红。

她轻笑了声："不嫌她？男人应该都挺不能接受的吧。"

目光放远，她看着他低了头呆望着脚面，隔了很久才抬头回她。

"我只嫌弃她不好好爱惜自己。"

又是一杯，缓缓续上。

一杯，一瓶，两瓶。深醉的男人也不忘将空瓶摆得整整齐齐，赏心悦目。

烫烧的酒，从嗓子眼灌入，深至脾脏，骨头也烧瘫了。涌至神经，一股欲诉真言的混沌从袋子里撑破而出，眼底腥浊渐深，他的憋闷破堤。

他用食指揉了揉太阳穴，另一只手晃着酒杯，望着里面的液体自言自语：

"她以前从不说谎，开心就笑，难过就哭，单纯得像张白纸。"

"所以我相信她的来就是来，走就是走。现在她会说谎了。"

他仰头饮下，望着夜色。

"我再也分不清她哪句是真哪句是假。"

月明中天。

他勾起嘴角："可又死性不改。"侧眸看向沉默的女人，左手缓缓抚上胸膛，"要掏了心地去信她，相信她的每一句。"

"所以我赌她会甩下他然后回来。但赌输了，我或许在她心里从来就没重要过。她想走就走，想和好就和好。我算什么呢？"他仰面而饮，酒液无意间滴洒在衬衫上，起了水印，"然后我露出一个赌徒气急败坏，又丑恶又惹人嫌的嘴脸。"

"你做了什么？"她问。

良久。

"我可能毁了她的婚姻。"

那段路后，不再干预她。

他不断地想，不断地默念。

那段路后，坐在车里的他侧目，握方向盘的手越来越紧，那些不甘心的情绪正烤着他的百骸九窍，只剩尘垢藏身。

他望着将要背身离去的男女。

叫卖的超市阿姨，路上陌生的行人，还有，躲在树后的李芬。

都在一点点地侵略他的眼睛，侵略他的神经。

那对男女，女的马尾长了，男的对他害怕而忌惮着。一高一矮，高的弯着身子搂着她的肩，矮的依偎着。有些搭，有些相配，有些协调。

可是……凭什么？

凭什么他放下一切千里迢迢赶来最后却两手空空？凭什么她却和别人要在他的难过里和和美美？

他太气了，看了看副驾驶的婚服，血都在倒流。

"等等。"所以他说。

路柔侧眸饮了一杯，向他举了举："你真像只刺猬。"

"还记得两年前我们第一次相亲见面吗？"她的左手撑在柜台上，手掌挨着脸颊，看向他，"我当时特别惊讶于你这六年居然从来没交过一个女朋友，所以

.264.

我问你为什么。"

"然后你说……"她摇摇头,歪了下脖子,"喜欢一个人才想谈恋爱,如果天天想找个女的做男女朋友,那是寂寞。"

她又冲他笑了笑:"就因为你这句话,害得我这两年也不想谈了。"

"他没找你?"林凉侧眼看向她。

"他?"她偏过脸,轻笑一声,"他算个什么东西。"

酒热人也沸,林凉解开袖扣,捞着袖子露出双手手臂,她便眼尖地看着,愣了愣:"文身洗了?"

他低了眸:"嗯。"

"稀奇了。"她定睛看着,"你说你要提醒自己永远别忘,我问你要记住什么,你说……"抬眸,深深地看着他,"十八岁。"

"凉哥。"她勾了嘴角,喝了一杯,"我还真挺想知道,那八年你到底经历了什么。"

他吐了一口气:"八年的自以为是。"

她低了眸,不置可否地摇了摇头:"为什么人要去爱另一个人?"

她眯着眼,手指绕着发卷,脚尖轻轻点地:"越爱越恨越贪心越敏感,总觉得他要完完全全地属于自己,可他又是自由的。这种你痛苦他难受的事何必要一开始就踏入呢?踏进去就得磨合,谁磨得越多谁最脆弱。"

"所以凉哥,我们俩结婚是对的。你又何必要毁了她的婚姻呢?她高高兴兴地去嫁人,你也避免了以后的痛苦,不挺好的?"她挑了挑眉。

"不幸的人对别人的不幸也会很敏感。"他掏了根烟点上,"那男的太老实也太弱了,看着像十八岁的我。她不需要重蹈覆辙。"

"这两人在一起哪能一直是好的。"她笑了笑,"说到底,还是你的嫉妒心在作祟。"

"或许是吧。"吐出烟雾,雾气蒙眼,他闭了闭眼,似是一声嘲笑。

"在她面前,我总是没理智。"

"所以……"烟夹在指尖摇晃,他看向她,再放进嘴里深吸一口,"我后悔了。我会补偿她,会帮她找个物质上精神上都比那个要好的男人。我也不会再见她了。"

一次放弃,两次放弃,没有第三次了。这种滋味,再也不会有了。

"那你让谁带她去见你物色的男人?"她饮尽最后一滴。

烟头熄灭,酒喝尽,他沉默了片刻。

"林玄榆。"

先放的人再也没有被伤害的可能了。

"那凉哥，晚安吧。"她起了身走向门口，打开了门要朝外走去她的睡房。

她踏出门槛一步又转了身："我们俩好像还忘了件重要的事。下周一去登记领结婚证吧。我这周要出差，没空。"

他沉了沉声，说："好。"

9

银色的车已汲汲而行，尘埃落地。一片枯叶落在鞋侧，动了两下便死去。

宋轻轻还定在原地，手里的衣服软，却如刀，割昏了她的神志，身如蓬草。她紧捏着它，揉塞进拳里，再惶惶地背在身后。

羞耻、难堪、内疚……一拥而上，层层不息。

她不敢转身，只低着头，久了些，才侧了身子。

"王川，"她死死咬着唇，抬眸，"对不起……"又低下。

沉默的王川，手指骨节铮铮响着，低眸看不大清，缓了会儿才放开双拳，慢慢看向她。

"轻轻，其实他说你换了衣服时，我就知道了……"他停顿，哽了下喉咙，"不是你的错。"

她一时眼角泛红，话也慢吞："王川，对不起……我真的，对不起你。今天，本来应该是……"

"好了，轻轻！别说了。"他大声打断。

王川低头看着内疚的她，又叹又愤怒，沉默着，却不知再说些什么，低垂着头，抿了抿嘴，抬眼时便瞧见她身后气势汹汹走来的李芬，一时挡在宋轻轻面前，伸开双臂。

"王川！你给我让开！我要打死这个臭不要脸的！"怒火中烧的妇女嗓门大嚷着，双臂挥舞着，面容扭曲，似要抓她的头发，又或是扯她的衣服，却都被王川挟住，拦在手中。

"妈……"他皱了眉看向周围打量的行人，议论纷纷地停住围观，忙低声劝着，"你冷静点……这么多人在看……"

"我怎么冷静？啊！他们要看就看！就让他们好好看看这个女人！结婚当天还不安分！我就不该同意你们俩结婚！伤风败俗！宋轻轻，你脏不脏啊！"被拦住的愤怒，李芬全用手掌还在王川的背上。

"你个不知廉耻，臭不要脸的……"接着，她又破口大骂。

宋轻轻只偏着头，低眸，没说一句。

李芬还想冲过去撕烂她，用力地摆脱王川的禁锢，却在推搡抽拉间一下不小心打中王川的脸颊。

响脆入耳。

李芬傻了，只听王川怒吼一声："够了！妈！这是我的事！"

他闭了闭眼，揉着脸颊。

李芬回了神，捶着他哭丧着："我这还不都是为了你！我是你亲妈！你跟我作对干什么！结婚都能这样让人看笑话，那婚后岂不是天天让你戴帽子！这种人我是绝对不会让她进我家门的！"又偏着头，手指指着低头沉默的宋轻轻，语气狠绝，"王川！你要妈还是要她！你自己选！你要是选她！我李芬就当从来没有过你这个儿子！"

"哎哎哎，干吗呢干吗呢……"巡逻的民警见这边声音嘈杂，便赶了过来。

不愿家丑外扬的王川忙讪笑着："没事没事，家里事，一会儿就好，一会就好。"又用力拉了拉李芬的手，示意她停下。

民警看了看张牙舞爪的中年妇女，再看了看默不作声躲在王川身后的宋轻轻，说："别打架啊，打了就要进所里待几天才出来的。好好沟通一下，家里和和气气的最重要。"转身又看向人群，"都散了吧，散了吧，没啥好看的。"

王川霎时点头应和着，等人走光了，便看了看愤怒后又落泪抹脸的母亲，天人交战后，心里长长地叹了口气，还是做出了选择。

他低声道："妈，我跟她说两句。"

李芬偏了头，脸色冷着，不愿回他，却是没了之前喊打喊杀的劲了。

他转了身，看着宋轻轻："轻轻。"吐出一口气后，"抱歉……"

她低着头，眼睫扇着，掩住情绪。

王川说："我发现我还是有些接受不了，还有，我妈……所以……"吞吞吐吐。

她身子僵了会儿："我知道的。"又轻声道，"对不起……"

"好聚好散吧。"

"还有你那婚服，酒席，彩礼，算你十万，都还回来。"李芬听了他们的话，忙插上一句。

沉默不语的王川，冷如冰霜的李芬。

宋轻轻张着嘴，点了点头。

"好。"

王川转头骑着摩托车回了自己家，还穿着那套老辈传下来的中山服。李芬便跟着宋轻轻去她的住处拿钱，那时徐嬷已经睡了。

装钱的盒子很旧，旧到纹路都花了，露出大部分的铁皮。

她拿了一沓百元钞票捆成一万块的钱，还有收下的彩礼，全都给了她。

李芬坐在椅子上，指尖沾上口水，一点点细细地清数，见没差后，才离开。

"以后别见我儿子。"关门前，李芬说。

门关了，一月五号，一天的闹剧都被关在门外了。

她捧着盒子坐在沙发上，打开盒盖，手指点着，轻轻地数了数。

三万零两千四百五十块。

那时没有银行卡和存折，又觉得放别人那儿不安心，那些现钱就一点点放在盒子里。那时她每天睡前第一件事就是数钱，从五角数到一百，还拿着笔打着草稿计算，离五十万还差多少。

还要挣多少才能去找他。

一天天地数着，一天天地盼望着。

后来徐嬷帮她把钱存到银行卡里，她就每个星期去查自己的钱，取出来又存进去，存进去又取出来。

总觉得要亲眼看着那些钱，而不是一串数字，才能安心。

宋轻轻合上盖子，放回了老地方，进了卫生间准备洗漱了。

镜子中的女人摸了摸自己的脸，发现真的变了。眉毛淡了，皮肤老了，眼睛也耷拉着，还有些小细纹，痘痘存在又消失了的红印子，都在脸上。

她都变了。

她捧了把水浇湿着脸庞，双手抹去，再撑在台上望着镜子里的人。

林凉也会变。

所以对她粗暴冷淡，戏弄强迫，也可以随意毁了她的婚姻，对她坏，对她不在意。那是八年后的林凉。

八年不是八天。

不是她等的人，林凉哥哥，再也没有了。

八年后的林凉，和他门当户对的妻子幸福美满。

八年后的宋轻轻，空长了年岁，一无所有。

手指抹去双眼落下的泪，她擦了擦镜面的雾气，好好看清镜中的自己。

"宋轻轻，"她说，"先招惹他是你不对，但现在你要改正你以前的观念，要忘记你印象中所有温柔的林凉。不要再服软他、顺从他。"

他不会再哄你了。

她把所有的碎花衣从柜子里拿出来，咬着唇落着泪，用剪刀从下摆一刀剪到领口，再一刀一刀，剪刀破碎到所有衣料都只有两个指节大小，落在水泥地上沾灰。

没有了。

不要等了。

剪刀放回原位。

宋轻轻,你要努力记住。

第十章
他是我的世间喜恶 /

1

宋轻轻日记:

他总会偷偷敲着书桌前的玻璃示意我抬头,笑着用食指和中指做出行走的样子。

我会偷偷跑出家门,在门口等他。

他会给我一袋酸奶和棒棒糖,牵着我的手走在小道上,闻着青草的潮香,那时还有星星,多到眼睛都花了。

然后我要忘记。

一月九号,星期四。多云。

林玄榆刚出校门便看见林凉的车停在不远处,眉间一皱,不大情愿地走到车门前。

"表哥,有事?"

林凉笑着,打开车门:"请你吃好吃的。"

"真的?"林玄榆眉梢动了动。

"你觉得现在我还能对你做什么吗?"林凉按了按车喇叭,勾着嘴角含笑着。

那天表哥回来了,说明没截和成功。现在两人都结婚了,也没他什么事……想着想着,林玄榆心安地坐进车里。

林凉握着方向盘。

"什么?"林玄榆的声音很大,快冲破车顶,"你让我去说服老女人相亲?!"

刚吃完钵钵鸡,摸着肚子坐在沙发上看电视的林玄榆惊愕地看向一侧的林凉。

"嗯。"

"不是……"林玄榆蹙眉,"表哥你没弄错吧……她不是成人妻了……"声音越来越小,只因想到某种可能,他的声音又大了,"不会吧!你真去破坏人家婚姻了?!你干什么了……"

"这你别管了。"林凉的声音平淡而冷静,将一张照片放在茶几上,用手点了点,"我这两天找了下。这个叫李龙的不错,正给张总当私人司机,收入很高,人品也不错。上进有能力,我给他看了宋轻轻的照片,说了下她的情况,他不太在意,说只看眼缘,可以让我带去看看。"

林玄榆打量照片里比王川长相周正的男人,皱着眉:"要是宋轻轻知道是你让她去相亲,她会去才怪呢。"

"所以这只能是你的意愿明白吗?"林凉点上烟,吸了一口,眼神放空,"如果她不满意就跟我说,我再去找。"

林玄榆放下照片,跷着二郎腿:"你这'鸟举鱼'的行为,鱼会觉得你是在为它好吗?"

"林玄榆……"林凉神色冷淡,"你怎么知道我带它去的不是另一片更大的湖泊?结婚归结婚,恋爱归恋爱。维持的基础就不同。现在多少因日子苦过不下去的。你才十九,没经历过就不会明白。"

"是是是,我年轻,我不懂。那你现在也不过是亡羊补牢。"他轻蔑地一笑,后又深深地看着林凉。

"为什么不能是王川?"他问。

林凉思虑着:"一是因为,一个自己新娘被掳走强迫后还能对着仇人谄媚,胆怯地只敢回什么我相信我理解的懦夫,你觉得……"瞟向他,声音轻柔,"他适合宋轻轻吗?"

他又偏了头看向屏幕里的花花绿绿。

"二是因为……我的冲动和自私。所以我只能尽我的力去弥补过错。"

沉默许久,才有声音传来。

"如果她,她真的执意王川。你就告诉她,我会上门亲自诚恳地道歉,说是我的恶作剧,我会让路柔帮我做证,并且给他们钱了事儿。但如果真的不能和好……"他又吸了一口烟,重重地吐出,"那再说吧,总有法子的。"

林玄榆惊住了:"你到底……做了什么……"

"你就把这些话传达到就行了。"林凉起身,准备回房安睡。

"表哥!"眼见林凉要走,林玄榆忙叫住他,"姨妈那天问你去哪儿还是我给你扯谎!你明知道我喜欢她,还让我去……"有些委屈。

林凉停住步子,没有转身:"林玄榆,你明知道这是不可能的。她是二十七不是十七,再没有多余的青春来陪你耗。还有,你明知道她脑子……"停顿一下,抬眸望向窗外,"所以得找个真正能照顾她的懂吗?"

"你说那么多让她结婚!"林玄榆死死盯着他的背影,"你在乎她。"

"是。"

他低着眸，最后一缕烟丝入肺。

这次他没再否认，便迈出了第一步。

他又说："但我会忘记。"

然后。

不在乎。

周六是个好天气，阳光很足。

"我想说其实你很好，你自己却不知道，真心地对我好，不要求回报……"

哼着歌晾着衣服的宋轻轻，挂上了最后一条裤子，便放好晾衣杆，拍拍手，摸了摸窗台上新买的仙人掌，刺得缩了手，抿嘴。

她坐在桌前，掏出了自己的本子，一页是城市地名和交通路线，一页是医院的急救号码，再翻一页，是菜谱指南，在中火的字旁用红笔写了一排字"我要克服它"。再翻，就是零零散散的一些教训。

骗去宾馆，红字写上，备好防狼喷雾和辣椒水。网络诈骗说花一万就可以出国，被徐嬷识破损失了一万，警察现在都还没追回，红字写上，千万不能贪小便宜。

再翻就是日记了。

他没来。20120417。

他没来。20130520。

他没来。20160921。

他来了。20191122。

最后翻页，就是崭新的一面了。

她握着笔，认真地写下。

"学习开小超市的技巧。2020111"

落笔后，还未深思，听到敲门声，她忙起身。

"来了。谁啊？"她透过猫眼，疑惑地看着来人，思索了会儿才打开门，"你怎么来了？"

林玄榆提着零食和水果，进门放在茶几上，便缓缓坐下。

望着站立的她几眼，他有些犹豫："那个，听说你……"偷偷打量她，"单身了？"

宋轻轻没说话，直盯着他。

他忙不自在地大声道："老女人，你、你别胡思乱想！我才不是来自荐的。"

宋轻轻这才动身给他倒了杯水。

接过水捧着，他打量着周围的环境，扯笑着。

"仙人掌长得不错啊。

"这洗衣机新买的啊……挺好看的。

"衣服刚晾呢……也是，好不容易有个晴天。"

她只呆望着他，不吭一声。

"嗯……"见她一直沉默，他轻咳几声，终于鼓起勇气说，"那个……老女人，你……要不要试试别的？"

她困惑地眨眨眼。

"相亲。"说完他拉过她坐下，把李龙的照片塞在她手中，"你看看这个怎么样？我跟你说，他有车有房，工资上万，比那个什么王川好多了。"

"不去。"她不看一眼便扔下。

林玄榆皱眉："为什么？"

她又不说话了。

"你该不会真喜欢王川吧？"他睁大了眼，不肯放过她脸上的任何情绪。

她沉默地低着头，却让他松了心，展开眉头："那怎么不去？反正都不爱，嫁个条件好的不行？"

想了想，他又把林凉的话说了出来："其实吧，相亲名义上感觉玷污感情，但你爱一个人，不都是从陌生人开始的？相亲只是给了条捷径，你去看看，说不定合眼缘就爱上了呢。"又轻咳两声，"反正如果你要找结婚人选，不是周围的人就是去网恋，最后还不是得相亲……"

她抿抿唇："不去。"

林玄榆盯着她，如箭矢："你是不是还爱表哥？"

手指僵住，她轻轻摇头，掰着手指："不。"

"真不会撒谎，"林玄榆无情地拆穿她，"装都装不像。"

她叹着气，没有被揭穿后的恼怒，看着他语气淡然。

"我正在学，学怎么不爱他。"

这回轮到他沉默，低着眸，缓缓地喝着水。

他看着身侧本如纯白植株的女人，已经学会了撒谎。

他紧了紧杯子，看向她："八年前，你为什么要离开表哥？"

她远远看去。

那棵仙人掌，正吸收着阳光恣意地活着，风吹起衣角，水滴一点点下坠消失。空气里弥漫着洗衣液香。

这是新生活。

以前都结束了。

所以她给他讲了这个，她不再执着的一个故事，一个八年前的故事。

雨中缺考的少年，灯花下的脊背，他说我们要建一个家。辛苦的外卖生活，一切都会好起来的。沮丧的迷路，蒙着眼给她的小卖铺，断掉的食指，临死的一声声轻轻，她说不爱，她用力扳开他左手食指离开，还有，满怀希望地回来，站在门口，从白天敲到黑夜。

一个个故事，都难忘，都心酸，也都，相爱。

他呆了，听着宋轻轻平淡地说着八年前的事，心中翻起一层一层的骇浪。

一个奋不顾身下坠人生的少年，一个想跟上他分担他的傻子少女。

他那时还嘲笑林凉，说林凉顾虑很多，家世背景、智力缺陷，还怪林凉阻拦他……

时隔八年，他们居然还互相爱着。

明明速食爱情才是这个世界的标配。八年，只会被人质疑说一句"傻"。可这世上，还有不合流的……

因为浅喜如苍狗，深爱如长风。

"难怪你要嫁给做外卖员的王川。"他一口饮尽杯里的水。

她沉默。

他望着空杯，情绪上涌，杯子被他用力地砸进垃圾桶里。他站起身，发怒皱眉地看着她："我说你们两个真的是！有误会就不能好好说吗？！你等他，你后悔了，就不能让他早点知道吗？！爱就爱，这个放弃那个不在乎，一个个都说要忘记，真烦！"

他甩着袖子，大口吸着气，平复着情绪，望着她。

他闭了闭眼，绕过她走到门前打开，门刚拉出一个小缝，他又停了，不甘心的意味从脚至头。

他用力捏紧了拳头，一个猛然转身，大步向前便紧紧抱住宋轻轻，放开后便用手掌用力地挤压着她的面颊，死死盯着她滑稽的面孔。

他语气恶狠狠，咬牙切齿。

"你们俩都必须给老子幸福，听到没！"

再转身离去。

留下她茫然呆怔地揉着脸，看着他的背影消失。

2

日正，一层层雪化落，尘埃里都是雪味。

林凉接起电话，右手敲击键盘，修订着企业年终总案。

"怎么样？"

"她答应了。"

他右手食指停滞半刻："嗯。好。"垂下眼眸，顿了会儿，"那明天见吧。我跟李龙谈一下，到时候……"

"你真的想好了吗？"林玄榆打断他。

林凉握紧手机："嗯？"

"我说，你真的要放弃一个等了你八年的人吗？"

听了这话，他放下摩挲衣料的左手，背贴在椅子上，神色淡淡："放弃？没有过哪儿来的放弃？"偏头，看向窗外，"八年不是八个小时。你相信她的话了？一个苦求不留的人，等我八年？"

他垂低眼："林玄榆，别说了。你只会提醒我，她不值得。"

光落在他的手骨处，一片白金色。

"表哥……"

林玄榆坐在宋轻轻住处附近的一个石凳上，望着周遭的人群，绕着草根。

"你知道吗？她用八年，去弥补那错过的四天。"

林凉手指收紧。

"有个傻子，渐渐觉得她在拖累她喜欢的人，大家的流言挑拨加剧了她内心的自卑，于是她在那人出车祸那天，提出了离开。"

"她回了已经搬家的哥哥家。坐火车两天两夜到达，可她的家人因为他的报复赶走她。无处可去的时候，她碰到一个女孩，女孩告诉她要勇敢，要对他说对不起，说她不该懦弱离开。所以两天后，她回来了，她回来找他了。

"傻子去了医院，可他不在。于是她回到出租屋一遍遍地敲门，从白天敲到黑夜。邻居嫌吵，就让保安把她拖走。于是她在地上睡了一夜，还好，婆子收留了无家可回的她。"

"后来房东告诉她，说他已经出国了，所以……"他闭了闭眼，"她想挣很多钱出国找他。"

林凉抬着头，喉结轻轻滚动。

"浴足店，是他们熟悉的地方，她没有家，她怕他回来想找她却不知道她在哪儿，所以就待在这儿，不愿去别的地方。男的碰她，她就听他的话打人、反抗。表哥，对不起，上次是我威胁她，我以为你放弃了。"

停顿一下。

"你说……"他轻笑一下，"她是不是个傻子？错过就错过了，还等八年干吗？"

"反正在等的人从来没想过要来找她。"

林凉从桌上的烟包里抽出一根,指尖夹着,微微凉,打火机发出清脆的金属碰撞声,两下。

口中白雾缭绕,他闭了眼。

"我就说到这儿了。"

少年利落地挂断电话。

林凉的眼前含混着烟雾,如昏黄灯花。

手机轻放在台面,他睁开眼,扬起的下巴落下,望着电脑屏无声无息,只抽着烟。

半刻后,他打开了抽屉。里面只有一些重要的文件。

他恍然间想起几天前已经被他扔进了垃圾桶,于是起身往垃圾桶走去。

里面只有废纸。

家政已经打理干净了。

他抽了筋般,坐回椅子,心空荡荡的。

结婚。家。

这个偌大的别墅,已没了她存在的一丝一迹。发卡、戒指、相机,他都扔了,只有食指上的一行"遗忘"存在。

他一直都在劝自己去遗忘、去淡化。所以逃避她、压抑自己。

八年前,一直主动强势的他,因为无能活得谨慎担心的他,对她不吃醋不在意而患得患失的他,病痛委屈的他,她一句轻轻的离开,就能把他毁了。

熊火被凉水熄灭,剩下的,只是灰。

曾经因为炙热,所以现在只有冰冷。

八年后这个双掌捂耳的聋者,总是下意识地忽略她话里的故事和情感,总是逃避地打断她一次次解释。

她说:我一直在等你。

她说:我爱你。

她说:我在向你靠近。

他不信。

满身包裹的他,被阴影绑架的他,于是只跟她谈伤害、谈现实,再不愿触碰感情。

心如已灰之木,身却如不系之舟。到头来,他八年的遗忘都成了自以为是。拾起后又放下,放下后又念念不舍地回眸三顾。理智、矜持、涵养,灰飞烟灭。

为什么?

为什么还是决定带走你，即便我不信你？

宋轻轻，你真的不明白吗？

印玉小区因年岁更加斑驳，墙上爬满了爬山虎。

他站在楼下，抬起头，仰视着那片窗栏。

铁锈色的窗栏，男人晾好的黑色大衣已经干了，风吹起它一只袖子，时不时地擦着杆。窗台上摆了一盆快干枯的吊兰。

风有些大，吊兰的枯叶被风吹走，缓缓地旋转着，落在地面。

他弯了腰，伸手去捡，握在手上，直了身，轻轻抬了头。

"林凉哥哥，快拿上来。这风真大，我刚收衣服呢，它就给我刮下去了。刚好你回来了。"少女笑着俯视，拿着晾衣杆，半个身子探出窗台。

少年仰着头，拿着短袖扬了扬，笑着："马上。"

这个少年在阳光下晾着衣服，手不安分地多摸了几次她的贴身衣物。

他别扭地戴着围裙拿着锅铲炒菜，面上淡定如山，心里却计算着盐和味精的比重是否合理，脑里闪现无数菜谱。

按住她的身子，给懒散的她吹着头发，手指穿过她的发丝。

他说："头发湿着会头痛的。"

他低下头给她细心地剪着指甲，笑着说："别乱动啊，不然会剪到肉的。"

他坐在沙发上抱着她，看着她打游戏，输一局亲一次，越亲越输，引来她不满地嘟嘴，他面上歉意，心里却欢喜。

这个表面温和，内里沸腾的少年。

多少年了。

八年。少年过了八年，成了他。

"林凉？"

有人唤他。

他转了身，是提着菜刚回家的房东婆婆。

他笑着回她："这么巧。"

"回来看看啊？"房东婆婆一面笑着，一面打量着他，"这几年过得很不错啊。"

"哪里。"他摆摆手。

瞧了瞧他身侧，似是想到什么，她疑惑："宋轻轻呢？她没来吗？"顿了会儿又笑着拍了拍头，"哎呀，我这老糊涂，我都忘了你出国了。"

他动了动手指，没说话。

房东婆婆唠叨起来："这孩子蛮造孽的。自你妈来退租后，她就回来了，一直敲门,敲到深夜,保安就赶她走。结果路上就被混混打了,不知道被谁救了,反正之后说话都不利索。

"我也是她找我那天才知道她出了事儿,那天她来问我你去哪儿了?你妈说你出国了,那我就实话实说了。那孩子就问我出国要多少钱,她那样子怎么出得了国,所以我就说高些,就想打消她这念头。这孩子来时头上疤都没消呢,说话更像个傻子了,怪可怜的。"

房东婆婆说了一大通,见他像是漠不关心的样子,一时觉得自己话多了,忙打回圆场。

"那时候别人都蛮不看好你们,觉得轻轻配不上。可我倒觉得轻轻虽然脑子不太好,但心里蛮在意你也挺能吃苦的,小卖铺关了的那段时间,你出去工作,她就上门给人家做家政挣钱,也经常帮我做家务求我缓一下你们的房租。"她提了提菜,有些重,笑着,"不过那都过去了,也不知道她现在去了什么地方,看样子你们俩也没成……那我回去做饭了,先走了啊。"

阳光有些扎眼。

他迟钝了一下,才摇了摇手:"再见。"

看着房东婆婆离去,他转了身,仰头看着那扇窗,不知怎的,眼睛有点涩,眼角有东西划过。

他抬起手抹了抹。

落日给楼层披上一层红纱,他身上的白衫也红了,背影是黑的,握着手机的右手,平稳有力。

"凉哥,你居然主动给我打电话?"女人惊异后笑道。

"等等,先别说。让我猜猜你要说什么……"

"关于结婚的?"她问。

"嗯。"

空气静止,她沉默了一会儿,问:"确定了?"

他也停顿了一下:"……嗯。"

女人隔了会儿才笑了笑:"看来我注定是孤家寡人了。"放下签字的手,她转了转椅子,"凉哥,记得请我喝喜酒。不过我这个前妻就不包红包了啊。"

"我理解你。"她说,"爱情就是游戏,付出越多越舍不得。哪怕它的确烂透了。"

电话挂断。

他低了头,又吸了一口烟,烟苦涩也浓,浓到心颠。

他是她的老师,却忘了教她怎么去爱他。

烟雾徐徐而上，散在空中。

还是我来陪你。

做你的凤凰木。

3

一月十二号，多云漫布，乌压压一片吞没了光。

路家三人正在吃早饭，其中路家夫妇边吃边闲谈着国外的局势，滔滔不绝。

路柔坐在一侧，吃饱后放了筷，用餐巾擦了擦唇，缓缓移开椅座。

她看了一眼还在谈论的两人："爸、妈。说一下，我跟林凉结束了。"

路家夫妇顿时停了对话，惊疑地望向她。

路父蹙眉，发声："你说什么？"

"就是不结了。"她笑了笑，"和平分的。"

"路柔！"路父气她散漫的态度，手拍桌面，"你在说些什么话？！"

她神色未变，张开五指，看了看刚做的指甲："我就觉得……跟男人躺在一张床上，然后生儿育女，想想就没意思，不如多花点时间精力在事业上。"

"事业和结婚根本就不冲突。"路父不同意她的说法，皱着眉，"结了婚，林家还可以帮衬你，你现在说不结了，你以为林家还会帮你？！"

"放心。"路柔收了手，缓缓起身，"林凉欠我的情，这次挺大的。"

路父眉目一紧："他先提的？"

她点点头，然后背了身，准备离开："恰好我也没这心思。"

"路柔，"他轻轻叹息一声，"我知道你被那个人渣伤了心，所以才对男人失望……"缓缓站起身，望向她，"但是你不能一直这样下去……"

她轻轻摇了头，脚迈出门槛："不，我应该谢谢他。"右手食指划过左手腕间的一条割痕，褐色埋住白色，她低头笑了声，又扬起头，"重生一次的人，现在活得比以前自在多了。"

路柔径直往前走，指纹解开院门门锁，往左转个弯。

她看见来人，轻轻抬眸。

背倚在墙边的男人白衣黑裤，衣衫扣子不怕冷地解开两颗露出刀割般的锁骨，瓷白如玉。他的眉色稍浅，像是玉雕的般，眼却深邃至墨黑，上挑的眼角惑人，仿若生来便是勾人的，唇线细短，唇珠翘然，一副风流、摄人心魄样。

危险而具有侵略性。

路柔低了眸，如陌生人般掠过。

风穿过她的指尖，凉意如丝。她走了两步后，一只热温的手握住她的手腕，声音在身后传来。

"路柔,我们,谈谈。"

路柔微垂了眼,没有动,声音轻绵绵的:

"滚。"

"好。我问问林凉的意思。"许玉月含着歉意回应了路母的盘问,放下电话,揉了揉太阳穴,望着林宅的草坪。

她轻轻叹息一声,又拿起电话,拨通另一个电话号码。

第一次没人接。

第二次正在通话中。

直到第三次才接起,对方没说话,静默着。

许玉月揉揉眉头,直入主题:"你是不是遇见宋轻轻了?!"

对方沉默了片刻,回了她:"我不需要你的认可。还有别的事吗?我还有事。"

"林凉!"许玉月声音大了些,缓了口气才平稳地说,"我不后悔当初劝她离开。你知道人生有多少个二十岁吗?在最有冲劲最应该拼搏的年纪里却纠缠什么情情爱爱,你脑子呢?你的家庭,你自小的教养,都在让你成为精英。而你却为她放弃这么多,这是我绝不允许看到的。我是你的父母,我负责的是你的未来懂吗?我不希望你后半生一事无成。"

对面的人没反驳,也没肯定。

许玉月叹了一口气:"林凉,我也知道。八年前的离家出走,前几年的颓废,和现在不与我们亲近。你虽然温和,但骨子里却叛逆得很。所以我和你爸都在反思,是不是对你太过严苛,以至于你反感我们。"

树叶飘落,草屑一片。

"所以这些年我和你爸一直都在改,不强迫你娶谁,不干涉你的事业,不参与你的决定。而你现在事业蒸蒸日上,不再需要婚姻的介入,当你说定路柔时,我们都以为你是真的忘了她……"她笑了一声,"我没想到这世界这么小。"

"这八年我知道你是怎么过来的。都这样了,还执意是她的话……"她闭了闭眼。

"我再反对也没用了。"

她睁开眼,电话那头的人依旧沉默,可她知道他听进去了。

"两年后,给我生个小乖孙吧。"她笑了笑,"我老了,挺想抱个孙子的。"

电话没有挂断,许玉月摸了摸手背上已经起皱的干皮,等他回话。

"好。"他说。

电话结束。

"窝窝头,一块钱四个。"

下午,菜市场人声鼎沸,喇叭声、叫卖声不停,人潮人涌。

宋轻轻提着买好的小南瓜、葱、三两牛肉,走出菜市场。看着街上有人戴上了口罩,她顿时想起徐嬷上午跟她说最近有传染病毒,让她出去买菜时顺便去药店买点口罩。

口罩还没涨价,宋轻轻买了一包,扔进袋子里,准备回家。

一路上没有阳光,却闻到了新生。

一对平凡的夫妇各自拎着大口袋的一侧从她身前经过,两人穿着情侣睡服,欢声笑语。

她有些恍惚。

或许,他也正在和他的妻子买菜,很开心。

那人结婚的信息一直高居热搜不下,她不是特意去搜。

只是两人的同行机场照在首页挂着,墨镜长腿,男才女貌,评论区都是夸赞。

她也不知怎的,脑抽筋地评论了一句。

"男的真丑。"

发出去十几秒后,就有人回复她。

"你眼瞎?"

她便又气又羞卸载了。

她回想起来,还不是不甘和嫉妒在作祟。

宋轻轻摇摇头,把这些杂念甩掉。

她和徐嬷的租房在二楼,没有单元门,一眼便看全了楼梯。她提着口袋,看着脚下,缓缓上楼。

站在一楼最后一级台阶上,她抬眸,嘴角抿着,身子顿然僵滞了。

男人与她面对面,站在一楼过道的窗户前,微垂着脸,神色不清,釉白的指节轻搭在黑衣上,喉结轻动。

他的视线落在她手中的袋子上,缓缓抬头。

林凉:"轻轻,回来了?"

听着像他和她没有过矛盾似的。

宋轻轻望了他一眼便垂下。

一个有妻子的人,还来这儿干吗?

于是她不发一言,抬腿,再左转弯,准备上二楼。走出三步,右脚刚踏上台阶，右手腕便被用力拽住。全身不稳地被他扯过，她转着身体，和他对视。

男人如狼迫近，一步步将她逼向墙壁，左臂撑着墙，围住她，然后低了头牢牢盯着她。黑影覆上他的面容，一时阴色后，见她情绪不稳，才放缓了右手的力度，声音如风和煦："怎么不打个招呼？"

空气静止半分钟后，她缓缓发了声："你好。"低头，突然看向他骨节突出的右手。

他看着她，眼深如海，唇线紧合。

她深吸一口气，看着楼梯："林先生……"

这种称谓？

林凉垂下眼。

他的手猛然收紧，她被握住的地方一时生疼，她皱着眉将袋子全挂在右手手指上，左手覆上他的右手，用劲试图掰开。

男人手背只是刮出几条红印，低头，他看着她用力掰着，却纹丝不动，便凑近她的耳边："轻轻……"声音缠绵，"你觉得，我还能被你甩开第二次？"

她缓缓放弃地垂下左手，低头，鼻尖泛酸地看着地面。

这人……

八年后的林凉怎么这么坏？

他对路柔温声说话，笑得柔情，对她却不是这样。从冷冰冰的宋小姐，到一次又一次推开，还有金主般的冷漠强势和从不在意。仔细想来，八年后的相遇，他从没对她温声细语过。八年前，他会温柔地安抚她，她不高兴，他就会用尽全力地哄她，也从不会对她说重话，他甚至，最怕她哭。

也许八年后的他，是真的不爱了。

和众多男人一样，他不过把她当成低一等的人，高高在上地戏玩她。

"放手。"她的声音随着身子都冷了。

他弯下腰，脸直对着她的脸，看清了她的漠然。

林凉有点僵硬。

一直呆呆的、细声细气、说要和他和好、跟上他的宋轻轻，现在忽视他、不理他，嫌恶般排斥他，是比八年前更狠的神色。

黑色气压在翻滚，他眉宇间阴色沉沉，左手食指上下抚摸着她的面颊，绒毛软细。

"宋轻轻，我们好好聊聊。"他神色认真。

她顿了声，妥协般想说个"好"，因话说得慢，无意识低头，看到了他的右手。

晃眼的戒指正戴在食指上，清晰夺目。

.282.

她的瞳孔顿时瞪大，那个字也变了："没必要。"

他顺着她的目光望去，顿时如烫手山芋般放开她的手腕，将手背在身后不愿让她瞧见。

一时怪自己前几天情绪恍惚得厉害，忘了把婚戒取下。他懊恼地清嗓，想解释一番，声音还未发出，便堵在喉中。

"老李，买菜回来了？"

宋轻轻看着上楼来的王梅的丈夫，忙笑着出声唤道。

林凉盯着她的唇齿言笑，猝不及防，胸膛仿佛灌入刺骨的寒风。

老李有些不解地看着两人："对啊……"

林凉于是转了身，想看那人是谁。宋轻轻便趁机从他的包围里走出来，加快步伐地跟在老李身旁，有说有笑地背对他远去，步调一致。

离开时她没看他一眼。

没有一个字。

没有光的阴天，总得有人要枯死。

林凉久久盯着两人的背影，掏出了烟。

眉眼沉如烟灰。

回到家中，宋轻轻长舒一口气，躺在床上，望着天花板。

她眨着眼抿着唇。

她真的没搞清他的意图。结了婚还这样，这不就是出轨吗？果然阿姨们都说，男人有了钱就变坏。她想，他现在是有钱了，所以也坏得更彻底了。

她等他八年，她想和他和好，他却狠心拒绝，还要和别人结婚，她只能走，去过自己的小日子。他却在已成定局的时候强迫她，让她为难。

八年后的林凉，不爱她，所以性子冷漠；不爱她，所以在她软了心肠时，他的右手戴着婚戒不愿摘下。

他已经有路柔了，为什么还来找她？难道真的像阿姨们说的那样——

男人都喜欢偷吃……

她眼睛又红了，心脏疼。

还好，她现在每天练习冷漠和平静，甚至是咄咄逼人。连徐嬷都难以置信地说，轻轻居然能说出骂人的话了。

是她特意跑去菜市场跟阿姨们砍价，还有看她们吵架拌嘴，学会不少这样的语气和字句。就是为了以后面对他，能争气点。今天居然能不带迟疑地说出，看来她对他的依恋在渐渐消退。

她要一点一点地忘记，也要忘记曾哀求和好的宋轻轻。

但她还是忍不住悄悄打开门,猫着身子偷偷看了楼道几眼,没看见人在。

她关了门便觉得心累,骂自己还鬼迷心窍,鼻子又酸。

别招惹我了。你明知道我那么容易被你骗。

待晚间吃过饭,宋轻轻发现垃圾桶都满了,于是包上塑料袋,推开门,准备下楼倒垃圾。

她提着几袋垃圾,要拐两个弯才是垃圾箱。这里没有路灯,只能摸着黑借着微弱的月色和别人家的灯火走着。

到了后便扔进去,她轻松地拍着手,刚转身却碰到一个坚实的胸膛,吓得她心尖都在发抖。

她抬眸,微微哆嗦地望着来人。

林凉没走,一整天都在门口的墙边等着,见她终于出来,便一直跟着,放轻动作地跟在她身后。

她的眸子定住,便瞬间放下,绕过他而走。

一只右手臂拦住她的去路,他的声音微冷:"和别人笑烂了,对我冷成这样?"

眼神无意放在他的右手上,戒指已经没了。

宋轻轻矮,稍稍低了头便从林凉的手臂下钻出去,想拔腿就跑,可刚迈出一步,便被他用右手臂蛮力地圈住腰身,再一用力,整个人便被他拴在腰间般,直拖着往前走去。

"你放开我!"宋轻轻挣扎着,却被他越锢越紧,抬头看见他的冰霜神色,一时气急攻心。

"林凉,你无耻。"刚学的脏话第一次用上。

低气压瞬间笼罩在他的头顶,脸色比夜色暗黑。

会骂人了?从不说脏话的宋轻轻骂他,他有着极大的恼怒,连拖带抱地挟制着宋轻轻到他车前。

她的双臂抵着车门不愿进去,却被林凉一个挠痒痒便折软了,被他蛮力塞进副驾驶,上了车锁。

林凉坐回驾驶位,给自己的助理发了条短信,便丢开手机,握着方向盘,侧着脸看着她。

他扬起嘴角,语气阴恻恻的:"会骂人了?"

她闷闷地低头,不想和他说话。

车子停下时,宋轻轻一看到达的地方就愣了,死活不愿下车,林凉便强拉硬拽地把她抱起。宋轻轻挣扎,双手拍打着他的背,扭动着腿,可都无济于事,又怕自己仰头摔倒，只能认命，又骂他了几句"无耻"。

他当耳旁风。

她突然扇了他一掌，恶狠狠地瞪着他。

"林凉，你不要，逼我，你从来就不是……林凉哥哥，我要等的人……不是你。"

4

烟吸得勤。

林凉靠着床头仰着下颌，双指夹着烟，缓缓闭了眼。手机放在腿边。

你不是。

这段话分量太重，因她愤然而别的阴沉情绪更浓，他让她走了，心口那儿现在一抽一抽地疼，他下意识地又掏烟点上。

宋轻轻回了屋，脸色疲惫。

她思维迟钝，却偏偏对他敏感。

变了性子的林凉，相逢后的种种，他结婚的现实，好像都在说——

林凉不爱她。

嗯，刚好，她也正在放弃。

一月十三号，下了场小雪，雪漫漫。

林凉买了新戒指，戴在左手食指上。

食指连心，十年前第一次戴是为了告诫自己：忍耐、冷静、理智，不要伤害她。

林氏企业官方发了一则离婚通知，特意放大了日期：

20200111。

挂在热搜近一个小时，人们纷纷猜测疑惑。

下午，她接到了林凉的电话。手上的瓜子碎片还没清理，手机的屏幕便亮了，熟悉的署名便跳了出来。

她看了会儿，手指放在红色键上，轻轻一滑，音乐便停了。

她又嗑起了瓜子。

与她较劲，声音又响了，还是那个名字。

"你所拨打的电话暂时无人接通，请稍后再拨。"

这句话，她已听得太烦了，也让他多听听，而她却不会给他一个"和好""接她回家"的错觉。

挂了五次，有短信进来了。

"你看微博没？"

她早就卸了。

她抬头，继续看电视。

一分钟后。

"轻轻，要堆雪人吗？"

她低眸，看着这段话有些久。

十七岁的雪人，十七岁的原谅。因为懵懂，在她眼中，她只在意他是否给她带来疼痛。只有他能带给她真正的痛。

因为是他，她才有被伤害的可能。

宋轻轻回神，将其拉入黑名单。

林凉看了许久没有半点回音的手机，坐在沙发上，闭着眼发了会儿呆，出门去营业厅买了张新卡，插进手机，拨通电话。

宋轻轻看着陌生来电，接起。

"轻轻……"

她有些舍不得挂掉这温柔的声音，闭了眼紧紧握着手机，听着这好似八年前的少年说话。

他说："我离婚了。"

宋轻轻没有喜悦，而是一种无奈。她想，在他的印象里，或许她永远可以这么好骗。昨天才看了机场照，今天他就说离婚。

无所谓了。

"嗯。"她回他。

挂掉，将其拉入黑名单，以后再不接陌生电话。

林凉看着退回主页的屏幕，通话界面像个幻觉，只有那声"嗯"像是条绳索，勒得他呼吸有些困难。

他摸了摸手机，低了眸。

当初他挂了她那么多次电话，她也会这么难受吗？

十四号，她的世界终于清静了，躺在沙发上看着电视抱着小零食嘻嘻地笑出声。

十五号，她终于出门。

最近病毒肆虐，徐嬷叮嘱她没什么事最好别出去。她也应和，只不过家里的确没菜了，她只好戴上口罩去菜市场买点囤着。

买了很多土豆和胡萝卜，最近她也会炒一点小菜，只要火开小点，她心里的惧怕就会少很多。

下午六点左右，人陆陆续续地来，她已经买好东西，大包小包地走出喧闹的市场。

街道很窄,来往的人少,墙上灰脏了一片,脚印章印混为一体,她的手腕被勒得有些疼,于是换成手指提着。

街道的尽头是小区的入口,人更少了,能清晰地看清每个人的面孔。

突然,她的脚步放缓,两秒后,又恢复了正常速度,眼神没有偏移地直直往前走。

尽头的林凉全身都是黑色,不嫌脏,肩膀靠在墙上,黑发搭在额头,深沉的眉眼和微抿的嘴角,抬头时仿若一幅画卷,俊目星眸。

她一步步走着,提袋子的动作都没换,准备和他擦肩而过。

肩膀和他的肩膀平行时,他圈住她的手腕。

"轻轻……"又是那种语气唤她。

她垂了睫毛:"……放开。"

他聋了般,像少年时那般笑着:"回家吗?我也没吃饭。"

不放是吧……好。她狠狠踩着他的皮鞋,用尽力气,他皱着眉也不松。她把手里大包小包的东西全砸在他身上,砸在他脸上时他下意识地缩了手想盖住脸。一挣脱他,她便迈开了双腿往小区里跑,跑得喘气。

他腿长,回神过来几个大步便追上她,握住她的手便往最角落里走。

她不愿地停住,却被他拉得一步一步地往前,左手用劲抵着他的手,终还是停在角落处,被他的身影掩住。

她的手臂抵住他的靠近,偏着头,话冷得像冰:"离我远点。"

他握着她的手更紧,像没听见她说话般,话却温柔:"轻轻,我们真的好好聊聊。别闹脾气了。"

闹脾气?或许吧。

她偏过头正视他:"别靠我这么近。"

她轻轻抬头,话说得缓:"林凉,你需要,我再说一遍吗?我可以说……很多遍给你听。"

他握住她的手缓缓放开,右手转了转左手的戒指,脸上的阴郁才渐渐收回,声音犹豫:"轻轻,你……变了。"

她收拢被他放开的手,沉默很久。

她说:"你说得对。时间……会让人脱胎换骨。是我之前的纠缠……让你觉得……我又傻又呆。你可以变,为什么……我……只能留在原地?"

人的变化,一个念头,便可以完全推翻从前。

高大的树木笼了一层黑影在地,树叶轻轻扫过她的马尾。

"知道吗？"她说，"我现在，连火都不怕了。"

骨头像被打碎了，他的身子发软。

"轻轻，那都是误会……"

"林凉，你知道……我话说得慢，你耐心……等我说完。你应该……也能明白。"她咬唇。

长长一段话，她憋了太久。

"以前……我总把你的话当宝。你说什么……我都信，我都去听。以前……你对我太好，所以……我一直都在……忽略你对我的不好。我只做了……一件错事，却用了八年……去等你。我跟你说……无数遍的……对不起，我放任……你对我的粗暴……和冷漠。"

她抽抽鼻子："可是现在，我发现……我好像真的，不喜欢……这样的你，也讨厌……委曲求全的我。"

"轻轻……"他抹去她眼角的水，"对不起，当时的我……"

她拍开他的手，双手推开他的肩，低头，径直擦过："别追了。这是你……以前对我说的。我现在，还给你。"

他转了身，望着她远去的背影，动了动脚，最终还是没去追。

5

宋轻轻的林凉哥哥应该去了远方。

现在这个人她不要见。

林凉哥哥说：轻轻，这以后就是你的了。

她的心愿。一个不足三十平方米的小卖铺就能让她记一辈子。

曾声如清泉般抚平她的躁意，少年的稚气使她难忘怀。

她曾是他手掌里的一片羽毛，被抓得很紧，生怕一点风息就没了。

现在呢？

林玄榆从宋轻轻的黑名单被拉了出来，隔了两个小时，她才拨通他的电话。

一声轻轻的"喂"后，宋轻轻说："林玄榆……我想见见，那个你说的什么龙。"

"嗯？！"他皱眉，"你脑袋是被驴踢了吗？！还想着相亲？还是……"他想了想，声音疑惑，"表哥……他没找你？"

"我觉得……那个人的条件，你说的挺好的……我想试试……"她没回他。

电话那头的人很久没有说话。

很久后，宋轻轻舔了舔唇，打破沉默："我说……"

那方突然出声，凌厉地打断："宋轻轻，你想也别想。"

电话瞬间挂掉，她茫然呆滞地低下头看着屏幕。

……是林凉的声音。

她将手机握得紧紧的，垂下头。

之前大方地给她卡，让她睁大眼睛好好嫁人，现在却跟个流氓似的缠她。她凭什么不能想，他可以有妻子，凭什么她就要一个人？以前是觉得嫁谁都无所谓，那是因为还没决定放下，现在她是应该好好找个人过下辈子。

宋轻轻觉得自己想得很对。

只是后来，林玄榆的电话再也打不通，后来再打，就成了空号。

林先生用实际行动告诉她，想也别想。

宋轻轻狠狠地将手机摔在床上。

十六号，宋轻轻骂了一天的林凉。

十七号出门想去查看附近有没有准备出租的商铺，她要开小卖铺了，空闲太久总觉得心里空落落的。走了一周却没有消息，因为病毒蔓延的趋势加重，人流也少了，有些商店直接关了门。

黑夜，她坐在公园的椅子上休息，呆呆地望着天空，没有星星。

有人轻轻在她身旁坐下，她只瞟了一眼他的鞋子，不作声地瞬间起身。那人便一直跟在身后，也没说话。

走在一座湖上的短桥上，他开口了。

"轻轻。"哀求藏在话里，他道，"别躲了，好不好？"

这一点也不像八年后的林凉。

她转身看着他，他站在湖边，离湖水很近，稍退一步就有掉下去的危险。

她抿了抿嘴，什么也没说，利落地转身走了。

"轻轻！"呐喊声响起，还伴着一阵扑通的水花声，震耳欲聋。

宋轻轻惊得立刻回头，看他落进湖里挣扎呼救。

她动了动手指，没有迈步，转身，下一刻……

"轻轻，我不会游泳，救救我……"他快被淹没，神色苍白惊慌。

烦人烦人。宋轻轻握紧拳头，愣了半分钟后，跺了跺脚，又急急跑到他身边，蹲在地上，伸出手："你快……上来。"

他得逞地笑，又隐去，握住她的手，艰难地借力爬上去，喘着气坐在地上，抬头看她，笑着。

"谢谢。"

宋轻轻低头，看着他不放的手，扯了扯："……放开。"

他没放，握得紧了些："你在意我。"

"是个人……都不忍心见死不救。"宋轻轻低眸，"林凉，你真的别来了。你结婚了……你已经，推开过我了……"

心狠狠揪了下，他握着她的手一紧再紧，神情低落，却还在笑："轻轻，我真的离婚了。你看微博就知道了。"

缓了会儿，他说："我不知道你是真的在等我。对不起……我不该，说那些话……"

哪些？

是你别跟上来了，我未婚妻会介意，我挺现实的，你只是我年轻时做的一个梦，还是好好嫁人……太多了。

她数不完。

"你以前……说的那些话，没错。"她面无表情。

她用力挣开他的手，他不放。她便狠狠咬着他的手背，他也不放。好，不放是吧。那她咬自己的手背，牙齿碰到肉的第一秒，他惊慌得一下便放了。

宋轻轻转了身："……你从来，不是林凉哥哥，你只是林凉。"

月色渐渐吞没她的背影。

躺倒在湖边的林凉，右手转了转左手食指的戒指，望着天，神情莫名。

宋轻轻只喜欢八年前的林凉。

不能奢望任何人爱你的阴暗、锋利、偏执。

他认输了。

十八号，徐嬷跳广场舞时中了旅游大奖，听她说是和一群老太太一起中的，在国外玩几天，于是打包了行李已经出发。

她下载了微博，看了那条离婚通知很久。十一号，是他来找她的前一天。

她仰头，天花板漏了小缝。

十九号，病毒形势加重，小区专门设了管理人员，登记出入信息，还叮嘱必须戴口罩，不戴口罩必须待在家里。

快过年了，但为防病毒传染，大家都闭门不出。宋轻轻也不出门了，准备在家看电视一个人好好过这个年。

这天中午她正看着电视，外面突然一阵吵闹，过了会儿，竟有人敲她的门。她警惕地看了看猫眼，外头是围在一起的两三个人，看不太真切，但蓝色的志愿服挺惹眼。

其中一人开口："我们是社区管理登记的。"

她疑惑地打开门。

胖胖的阿姨笑道:"你家老公死活不肯戴口罩,社区人员说他几次了。他说你不让他进门他就不戴,让我过来调解一下。哎呀,夫妻俩好好过,别动不动就吵架嘛。疫情期间,大家都多多体谅啊……"

老公?

她看了看他们身后一脸无辜和委屈的林凉。

他轻轻歪了歪头。

"最近比较严是不允许出门的。小区门这几天都不会开。"那人又说。

"可是我们……并不……"

她话说得慢,一下被某人抢先。

"谢谢,实在是麻烦您了。"

林凉朝阿姨挥挥手,很快走进门里,拉着惊愕的她,关上了门。

他自然地走到厨房,找了找挂在墙上的围裙,低着头系上:"轻轻,还没吃饭吧?想吃什么我给你做……"

"你出去。"她瞪着他。

他又聋了,走到冰箱处,打开,笑着:"那就做炒土豆丝吧……我看你冰箱里有。"

他还好意思……

那天把东西摔在他身上,回来后觉得不对劲,便偷偷看他人已经消失了,才跑回去蹲在地上把那些土豆、胡萝卜、拍拍灰,一个个捡起来,被周围路过的人当成是捡别人不要的。

丢脸死了。

他已经背过身洗土豆,削完皮,正在切成丝。

她轻轻走近,扯着他身上的围裙,咬唇:"你出去……"

他没动,她又扯了扯。

"嘶……"他痛呼一声。

她的手一僵,偏头:"怎么了?"

林凉摇摇头,抽出纸巾将左手食指的血抹去:"没事。可能好久没切菜了,一时间不太熟练……"又开始切。

她深深地看了他一眼。

是那根食指。

心悄然酸了下,她收回扯他围裙的手:"哦。"转身离开。

林凉低眸,没说话。

三分钟后,他的围裙又被人扯了扯,于是放下菜刀,转了身,温柔地问:"怎么了？"

一张防水创可贴伸到他眼前，她偏着头不看他，声音别扭："给。"

林凉的笑容加大，拿过后慢慢贴上："谢谢轻轻。"

菜下锅时，油水四溅。

"做完饭你就回去。"她提高了声音。

"轻轻……"他翻炒的动作没有停，"可是小区不开门，我只能睡外面草丛。我什么都没带……"

烦人！宋轻轻狠狠瞪着他的背影。

她也曾在外面睡过一夜，知道地有多硬，有多脏，害怕别人对自己做坏事，于是得缩在最角落最隐蔽的位置，闭着眼，惶惶不安地抱紧身子睡去。

更何况现在是冬天。

烦人！

"你有钱……"像说服自己。

"我有钱也出去不了……小区里没有宾馆。"他转过身，看着她，"你放心，我什么也不会做。我只是想和你待着，和你好好说些话，我们之间，有误会。"

误会？他对她的冷漠排斥只是误会？一句误会就能抹掉吗？她在意的从来只是他的态度。

"可是……我不想和你说。"宋轻轻眼角发涩，"等……小区开门……你就马上离开。"转身，立刻回到自己的卧室，紧紧关上门。

她没有出来吃他做的菜，他也没有吃，只坐在沙发上，看着紧闭的卧室门，看了一个下午。

晚上闭眼前，他摸了摸创可贴。

苦肉计蛮有用的。风水轮流转，当初他心硬着也心疼她。她也一样。

她放不下，不过因为别扭，不敢放在嘴上罢了。

林凉承包了早中晚的餐食，拖地，做家务。他们偶尔说一两句话，多数是林凉在说，她有时回有时沉默。宋轻轻一开始不吃他做的饭菜，把自己关在卧室里避而不见，后来实在饿了，只好厚着脸皮趁他睡着了的时候吃。

他发现了，睡前给她又热了一次饭菜。

这几天，宋轻轻对他没有那么排斥了，偶尔还会理他一下。两人有时还会一起看电视，看到搞笑处笑得不小心跌进他怀里，又急急地坐回，让他坐得离自己远点。

他当然听她的话。

宋轻轻看着他离自己起码有两米远的距离，心头不知怎的，又不是很乐意了。

一旦林凉又回到八年前，温柔细心呵护的样子，宋轻轻发现自己老把持不住。看着他的身影在自己这小屋子里来来回回，荒谬得像瓶子装了水般满足。有时梦里竟然还会梦见他亲自己，醒来便骂自己没骨气。

"轻轻……你有短裤没？"

"干吗？"她瞥了瞥。

"我已经好几天没穿……"他看了看下面，一本正经，"第一天换掉后就一直没穿，裤子磨得我……疼……"

她沉默，没回他。

林凉叹了口气，豁出去般，手扯着她的衣角，摇了摇。他学她以前求他的模样，在她耳侧喃喃："轻轻，好不好？我快臭死了……臭坏你可怎么办？"

哪儿来的狗尾巴草，一扫一扫地痒着，让她不得安心。

心酥了下，她的声音急促："好好好。"立马离他远远的。

她回到卧室随意拿了几条宽松的绵绸短裤给他当四角裤穿，捏着衣料，靠着墙又骂自己没骨气。

让这个男人撒娇……

难怪十六岁，她那么轻易就原谅他。

二十四号，大年三十。

城市安静，屋里热闹。宋轻轻怎么也没想到会和林凉过这个年。

他特意学做了过年菜，早早起床便在厨房准备着，打开电视，给宋轻轻剥好橘子，嗑好瓜子放进小碗里，又热了袋草莓酸奶，轻轻敲了她的门。

"轻轻，新年快乐。"他声音含沙般。

她闷了几秒，隔着房门："林凉，新年快乐。"

晚上要看春节联欢晚会，宋轻轻也不好一直避开林凉，听邻居说，小区今天下午开门了，为了方便吃年夜饭的家人们团聚，也只有今天下午。

他们要分开了。

下午，她坐在沙发上，看着茶几上他准备的一切，又看了看厨房里忙碌的身影，低下头，吃着橘子，酸着鼻子，又轻轻地抽离情绪。

一阵铃声响过，是林凉的手机。

她偏头看了看。

路柔。

离婚了还和前妻有着联系。

她不应该这样想，可偏偏要这样去想……

她拿起手机，递到他面前，声音冷淡："路柔的电话。"

"对了。"他接过的一瞬间,她说,"小区的门……开了,你现在可以走了。"

林凉深深看着她,良久,按下了挂机键:"轻轻,路柔只是工作伙伴。"

她沉默着,为自己不应该生出的心思且被他戳穿后,一时难堪。

她抿着嘴低下头,却没转身离开。

"轻轻……"他捧起她的脸,弯下腰,声音柔得像水般,"我支开徐嬷,不要脸地住在这儿,给你做饭洗衣,不再对你冷漠,做你喜欢的温柔的林凉,留在这儿是为了什么,轻轻,我不相信你不明白……"

明白?

宋轻轻的泪一下便落了,摇着头:"我不明白……一点都不明白……"抬起眸子,眼睛里都是水,"林凉,你是不是一直都嫌弃我?你说,你很现实。你说,我只能被你包养……我不是路柔……"

我没有这个女孩子好。

好多人都觉得她住的地方脏,所以也嫌弃她脏。只有林玄榆说她脏时,她才有了反应。

因她发现,她在意林凉心里她是不是干净的宋轻轻。

成见是座大山,林凉……也会觉得我低下吗?

没有男人不介意。

他让她看窗外为防疫需要而摆在路中间的一块巨石。

他问她:"这是什么?"

宋轻轻回答:"石头。"

"你觉得它怎么样?"

她想了想:"它很硬,很重,长得很丑。"

他摸着她的头发,说:"可石头不知道人们给了它这么多的标签。它只是块石头。

"轻轻,你是个人。你从来都不脏。脏的是人看人的眼睛。"

他的手指轻轻抚摸她的脸颊,再温柔地吻去她的泪:"轻轻,就算你跟别人有过关系。只要我们在一起,那每一次都是第一次。我承认我会有男人的嫉妒和世俗的想法。可是我会……更心疼你。"

他的手指轻轻抚摸她的脸颊,再如珍视生命般紧紧抱着她:"傻姑娘。你要挣钱出国找我,你知道我在哪个国家吗?你知道怎么坐飞机吗?就算到了你要怎么联系我,你就没好好想过吗?你就没有想过你的未来吗?为什么非要傻乎乎地等我?"说着说着,他的身子竟忍不住地颤抖,下巴放在她的头顶,只得把她抱得更紧。

"所以轻轻，对不起。我说了很多让你伤心的话。"他的衣服被她的眼泪弄湿了，"你等我八年，对于我来说，是最好的事，也是最坏的事……你总是让我不省心，没了我，你总要干傻事……"

他心疼她，同八年前一样。别人只看见伤疤的丑陋，他看见的却是她背后的痛。

"所以……"他放开她，眼睛盯着她水眸，"我要看好你，知道吗？"

她的泪没有流完，她的声音哑得很："可是，林凉，为什么……八年前我找你，你为什么要出国……"

你为什么就不能等等我？

他轻叹一声，拿过茶几上的那袋酸奶，放在她眼前，手指点了点出品商的品牌标志。

"你看上面写了什么……"

她抹抹眼，一字一字地念出："林氏集团。"

"轻轻，三年前我就收购了这家酸奶企业。"他抬眸，笑着，夹杂着一点苦涩的意味，"我们的心愿，我早完成了。"

"现在，我要讲一个关于我的。八年前开始的故事。"

这个故事，很短。

6

烫水被雪深埋，凉白开里，曾有过的滚热胸膛与热忱，只与寥寥两个字"往事"拉钩。

林先生爱烟。他说，烟，是个好东西。

雪一层一层一层一层，吃了他的眼睛，吃了曾为一个人永敞的温柔。

她平静地说，不爱。

事业的失败低沉，处境的卑微苟且，断指的失意难挨，爱人不吃醋的患得患失，车祸病痛的折磨，一重一重叠加。

最后两个字，成为压倒骆驼的最后一根稻草，像个钻孔机，心脏被她搅得稀巴烂，烂成泥巴。

她真的没来。他等了四天。每天练习下地，碰地的腿骨像有无数根铁钉被锤子狠力敲打般，死咬着唇忍着疼，还要找她。

最后他死了。

死在雪地里，死在过去。

他只能抓住虚无的回忆，用尽一生力气吊唁。

他相信了，宋轻轻说的，她不爱他。这句话，够铭肌镂骨，百挠穿心。

醒来,他已经被父母自作主张地送到国外,他睁着眼躺在病床上,看着窗外陌生的景,看了一天一夜。

食指后遗症的割疼,逼得他面目狰狞,闭着眼咬着被子,度过日夜。

真疼。

林家夫妇不让他回国,安排他就读一个私立大学,每日定量给他打钱,买了栋别墅,雇了个老婆子照顾他起居。

许玉月说:"她和她哥过得很好,比跟着你生活条件好多了。看开点。"

他接受了软弱无能的自己。

嗯。

谁对她更好谁才是她的选择,对于一个不辨情理的孩子来讲,无可厚非。没离家前他更胜一筹,所以才赖着他。她是个傻子,那些年他老是忘记。傻子怎么懂爱,不过一个七岁的小孩,却老是奢望她像成人一样会爱人。

他在徒劳什么?

他挂了电话。

失败的信息流进耳朵,有人重整旗鼓,新欢良药。

有人,用最激烈的方式耗尽一生,祭奠死亡,麻木浑噩行尸走肉地活着。

活着,是多么忍辱负重、奄奄一息的伟大事业。

"林凉哥哥……"

声如柔丝般绞室脖颈,他的手覆上她柔软的发顶,沙哑着声:

"轻轻妹妹……"

长发缠绕指尖,咸湿的眼泪落进他的眼睛,脸颊蹭着手背的嫩意,他闭着眼,醉昏地搂紧人儿,缠绵缱绻。

她的背部中央有个胎记,淡淡的粉色,几厘米的长宽,像个"木"字。双木为林的木,他的手指描绘它的一笔一画。

上辈子他给她留下的记号,是让他这辈子要找到她。

她爱哭,眼泪总像洪水般冲垮他的防线,得吃掉她的泪,哄得这个小朋友露出酒窝,瘫在他的怀中,喃喃地说:"林凉哥哥……你要永远哄我好不好……"

"好。"轻柔的话贴近她的耳朵,"永远,永远。"

永远有多远,长久有多久,一生、一辈子,到底有多长?

他的大梦醒了。他不想再梦见她,徒增烦恼。

"不要来了。"他从梦中醒来,点了一根烟,望着玻璃外的月。

"别来了。"他第二次加重语气,抽了三根烟。

"我告诉你!别来了!"二十次后他气急败坏,杯子、台灯狠狠摔在地上,一片狼藉后,他颓然地倒在地上,任玻璃扎破他的肉,血色一片。

"求求你……宋轻轻,放过我……"无数次的挣扎痛苦,烟也挥不去,他像一个战败的奴隶。

月光照着他的影子,黑墙微光,烟火点点。

"宋轻轻,当初是你自己离开,你有什么资格在我的梦里……你凭什么?"

凭什么让我不得好活,不得安生,要存心让我难受。

他开始失眠,不愿入睡。

长期的失眠引发健忘,踏上楼梯的下一秒便会忘却自己要干什么。白天总精神不振,头昏脑涨。后来终于睡着一次,头磕在地上晕了。

医生说,睡眠不足会刺激胃腺,容易引发胃病和癌症,可以试试喝点酒。

逃课,不去上学,林先生整日酗酒。

他说,酒也是个好东西。

怅惘如月,燥沸如火。人间百味从舌苔里渗入,昏天黑地到忘人、忘事、忘现在、忘过去、忘全部。如果酒是孟婆汤,忘记一件事要忘记所有,他不在意。

酗酒使他上瘾,四肢时常乏力又头痛,大量的酒精抑制着脑部的呼吸中枢,有时呼吸停滞濒临死亡的苍白吓坏了家里的保姆,送他去了好几次医院。

却治好了他的失眠。

他的身体好像坏了,总软绵绵的使不上劲,从酒吧里歪着身子走出,几步后便瘫在地上,难以起身。

有时横跨马路,竟一下腿软地摔在地上,一辆大卡车呼啸地从他腿侧仅五厘米的距离擦过,司机破口大骂,他还昏着头眯着眼埋着头,仿若真的死了。

酒精助长了他原本的暴躁、阴郁。

他瘫在墙边,歪着头,笑着看着路过的一群人,出声:"小子,你的脸丑到我了。"

领头的人不善地盯着这个醉鬼:"你说什么?"

"我说,你真丑!"手中酒瓶摔碎在地,酒意渲染着莫名的暴躁脾气,他道,"长那么矮?"

或许是很久没打架了,他总想动动拳头。只不过他还未抬手,便被一脚踢中肩膀,肚腹也被踢了好几脚,倒在地上有些狼狈,胡子未刮,眼睛里都是血丝,口腔里的血有些腥。

"醉鬼一个。"那群人骂着走了。

他倒在地上哈哈大笑。

医生让他好好休息,不准喝酒。许玉月不再给他打钱,只给保姆打饭钱,又无数次劝他别这样活。

酒，他喝得少了。

放荡的他，脏话随口便来，动不动便打架，身上都是青紫和血疤。这三四年放肆阴暗凉薄的本性释放，不愿做以前的林凉，他叛逆偏执强横锋芒。

温柔、善解人意，曾因一张白纸有过的装模作样。白纸没了，浊黑的音符释露。使他坏脾性藏匿的人没了，哪儿来的韧性包容。

谁惹他，就得有勇气受住他的睚眦必报。

打了耳钉。不痛，挺新奇的感受，穿黑色衬衫解开三颗纽扣，露出瓷白肌肤。混迹在酒吧，安静地用兼职来的小钱偶尔买酒喝，越来越恶心女人，比少年期更甚，擦过衣角都要病态地换掉，做一个女人们不敢轻易搭讪的儿郎。

这一生，好像就这样草草过了。

不需要另一个人，不需要被痛苦和绝望蒸煮，不再对谁期待，不再把心给人踩坏。

一个人，一个人就好。

林先生说，人能有一次掏心掏肺就够了，够缅怀了。

两年后，因为长期逃课，不参加考试，他被学校强制退学了。

林盛把他打得半死，他闭着眼倒在冰冷的地上，舔掉嘴上的血，手脚被打得无力。

听着林盛愤怒的喘气声，他无所谓地轻笑："打死我吧。就这样，不碍你眼，我也好过了。"

许玉月不由得仔细打量地上的人——面容消瘦，破皮流血的唇，艰难地呼吸着，嘴角却笑着。

一个放弃自己，然后归于尘土的活死人。

她第一次拦住发怒打骂的林盛，抹着泪："林凉，你别说这种气话。"

"其他人是怎么还有勇气活的……"他睁睁眼，眼里没有光，"我有点不想活了。"

许玉月蹲在地上，红着眼，指尖抹去他眼角的一滴泪。

"你放下宋轻轻吧……你放下她就不会有这种念头了……"

"妈，"他的声音依旧平淡，"帮我从兜里拿根烟。"

许玉月迟疑着，一分钟后，给他点上，放在他嘴中。

"或许吧。"他艰难地移动着右手，摸了摸戒指，苦涩地笑，吸了口，呛在喉咙里。

"我想放下，真的。"

他重新进行了一次手术，接好了食指，左手食指因医生精湛的技术和良好的恢复后已变得正常，能够活动弯曲。

林盛开始逼迫他接手公司，每天派人守着他高强度地学习经济知识和商业管理，把他关在屋子里将近一年，只有一两天能出去看看外面的天色。

进公司早期不被人看好，说他不过靠爹，高中学历，混子一个。后来他的天赋和认真使他在前景设想和商业模式上别出心裁。高瞻远瞩的眼光，使公司转型很好地顺应时代发展。人们才开始对这个只有高中文凭的男人刮目相看。

做上总经理花了三年的时间。工作的烦杂充斥了他的头脑，他沉浸于事业的拼搏，三点一线的生活使他麻木、重复地度过这一年又一年。

他没再梦见过那个人。

也不会再抖落她的名字。

后来在异国他乡，他的同事分了他一包草莓酸奶，五个月后，他收购了生产这种酸奶的公司。

他说，酸奶挺好喝的。

再不谈起其他。

偶尔憋坏的阴郁焦躁，他便会去打地下拳击，一开始，被打了一拳便眼冒金星，全身僵硬并刺痛着。被站在台上的人嘲讽，骂他不自量力。

他倒在地上，抹去血，眼里似有滔天巨浪，盯着对方，言辞豪放："我来这儿，就是来拿第一。"

那人说，夜郎自大。

一个个的挑战，一点点经验的积累，一层层伤疤的覆盖，对自己的残忍训练，与野兽搏斗，倒了再起，血的堆积将他推向王冠，他把战败的人踩在脚下，弯下腰，露出温雅的笑意。

"好可惜。你没我强，也没我狠。"

冠军杯被他扔在角落，得胜让他好强的心得了一点满足，满足退却，心又同往日般，空了。

右臂上花藤的文身是第二天弄上的，他随意选了个图案，越明显越好，不过是在提醒自己不再是十八岁，软弱窝囊的林凉，被人踩在脚下毫无招架之力。

他现在荣华一身，呼风唤雨。他有时竟会想：

宋轻轻，你后悔去吧。

如果，她回头，他还会不会接纳她。

应该不会了。他低眸。

湖边的芦苇摇晃，沉黑的夜静谧而安详，他坐在泥土上，望着月亮，吸着烟，火点颤动。

宋轻轻，我有新生活了。

烟头落入水里，像一个句点。

林先生回归了精英生活，八年的时光，该忘的都忘得差不多了。冰已融化蒸发。

两年前遇见路柔，这个被人渣伤过的女人，厌恶男人，于是两人一拍即合，成为结婚对象。

八年后提前回国，完成定下的婚约。

回国后，遇见那个人在所难免，年岁沉淀的他坚信自己，不为所动，无动于衷。自命认知，了无牵肠。

那天，他与她相逢，仿若隔世。

女人的马尾在脊背的蝴蝶骨衣衫处摇荡，幅度细小，小如羽毛，一动一动，却撩拨他的心脏。

他平静面孔，离开超市坐在车里，心口竟止不住地颤动酸麻，他慌得用五指藏住，急急靠着椅背，闭上眼甩掉情绪。

却有认命的声音在指尖处不停跌宕蔓延，寥寥不绝。

完了。他想。

他得像只刺猬，保护自己不惜刺伤她。

他得不爱她，却又死灰复燃般，难舍她。

这千千万万人中，遇上她，仿若一生都要为此而生，为此而亡，为此此消彼长。

完了。

7

二十四号，下了小雨。雨滴成线般划过玻璃，霭霭的雾气朦胧了玻璃。

"轻轻，明白了吗？因为我不知道你的苦衷和隐情，那段时期我只能感受到挫败和绝望。人的情绪一旦崩溃，便会相信事实里所有的坏，放弃思考有没有隐情。所以当我定下一个态度去对待你后，改变是需要一步一步去推翻的。不过这些态度永远变不了的……"他摸了摸她的头发。

"是我舍不下你。"

宋轻轻不过是耿怀于他结婚了，耿怀于他的态度让她生气委屈，耿怀于他性情变了，这种变化里是不是也包括，不爱她。

听了故事后，她全明白了。

他出国不是自愿。他因为她离开所以很生气很冷漠地对待她，就像以前惹他黑脸一样，他的性子其实一直都不温和，他或许……还在爱她。

只是……

"……我不明白。"她摇头,是真的不明白。

他的这段话,用词能不能通俗点……

林凉霎时僵硬了身子。她还是执着地抗拒他,讲了他为何对她的原因,却还是引来她的反感,他只好苦笑一声,放开了。

"行吧……轻轻,看来你真的很讨厌现在的我。那我走了。"

他擦过她的肩远去。

她听见门被打开,脚步踏出的声音,很轻。

她鼻子顿时一酸,猛地一下蹲在地上,头埋进双臂里。

他这人,她不过就说了句不明白便要走,她哪儿说讨厌他了?她真的就是不明白他的话,就不能说得直白点吗?她实话实说怎么了!还说什么舍不下,骗人,就这么走了,哪有什么舍不下……

他怎么能……说走就走,一点也不犹豫?

行,走走走……

她咬着牙,刚要起身。

头顶突然被软软的下巴抵住,他的双手从背后绕过她的脖子交叉握拢,温热而宽广的身体贴着她的脊背,话如柔雨般。

"乖,别哭了。"

"我没哭。"她带着哭腔,用力擦去眼泪。

窗外的雨,停了。

林凉起了身,站在她面前,耳侧是一面透明的窗户,他深深地望着她:"轻轻。这样吧……如果你再对我说一次,你不爱我。我就真的离开,再也不会回头。"

她不由得仰面看着他。

撕不去衣服上他的气息,烧不掉他残留的话语,一横一竖,做梦也不肯忘记,八年时间都愿意去等待的林凉。

带给她悸动和情感的少年,教她成长拯救她的少年。

只有他是唯一一颗肯为她自愿坠落的天上星。

她死死咬住颤抖的嘴唇,红着眼,一个字都说不出来。

"那……"

他笑着,向她靠近,伸出右手,四指蜷缩,只剩小拇指在外,微微弯曲:"宋轻轻,我们和好吧。"

如果两个人拉钩了,那我们就和好。这是两人的专属秘密。

他向她伸手，那是什么时候？那场昏黄的灯花，喧闹的人群，她开始有了重量，安心地闭眼，任他背着她，去天涯海角。

那天之后，她就把自己全交付给了他，用一生做契约。

她的泪恍惚间就下来了："林凉哥哥……

"我不喜欢你和那个女孩子谈我不懂的东西。

"我不喜欢你冷冰冰地对我。

"我不喜欢你结婚，不喜欢你不在意我。不喜欢爱哭的宋轻轻，不喜欢一直委屈的宋轻轻。不喜欢明明二十六岁了，在你面前还像小孩子的宋轻轻。"

她的左手猛然向前，小拇指用力地钩在他小拇指上，钩得死死的、牢牢的、紧紧的。

她埋着头，不肯让他看见她的泪。

"可是，林凉哥哥，我好喜欢你，好喜欢爱着你的宋轻轻。"

"所以对不起！"她大声而竭力，"我不该胆怯地离开你，害你在国外也过得不好……"

身子被人猛然捞起，强势的吻仰面落下，伴着沉重的喘声。她的舌尖被吮吸得发麻，钩小拇指的手变成十指相扣，牢牢握住，要嵌进生命，刻骨用力。

"轻轻……我也对不起。我该感觉到你的情绪，我也不该那样对你。"他的眼睛也红了，"我爱你，轻轻。"

他说，比昨天多一点，比明天少一点。

她埋进他的脖间，脸颊轻轻蹭着他的脸庞，嘴角泛起笑意。

"林凉哥哥，我们终于终于，终于和好了。"

一扇小窗，阳光照在其上，发出耀眼的红色，红影缓缓而来。

"写什么呢？"他的下巴轻放在她的发顶，双臂环住她的腰，收拢。

他眼神垂下，看了看。

"我讨厌之前的林凉哥哥，又凶又恶。"他一字一字地念了出来。

宋轻轻脸顿时红了，手掌捂住日记上的字，偏着头，恶声恶气："不准看！"

林凉抓着她的右手，紧紧包住，继续念出声：

"所以我讨厌他。可是，当他又是那个爱笑的林凉哥哥的时候，我发现我还是喜欢他。讨厌和喜欢，怎么都是他？他对我，难道也是这样的吗……他到底爱不爱我……"

宋轻轻左手一把捂住他的嘴，耳尖红了："不要念了……"

他轻笑一声，拿起桌上的笔，在她身后，一字一字地写上，龙飞凤舞，声音温柔。

"轻轻,我爱不爱你?"

我一直都在纠结他变没变。
其实人哪能回到最初。
经历这么多,我才终于明白书里的那句话。
他天生凉薄,仅剩的温柔却也给我。
我很轻。
爱只懂皮毛。
轻如浮叶。
轻如鸿毛。
却握在他手心里沉重。
所以。
风月是他,山洪是他。
他是我的世间喜恶。

2020.01.24
《宋轻轻日记》

番外一

"你有爱过吗？"

晚上八点，林玄榆收到了宋轻轻的微信，深深看着，一时间对这五个字有些心潮澎湃。

爱过，毋庸置疑地爱过。

不过她发这条消息到底什么意思？按理说，以表哥这穷追不舍的态度，估计两人已经和好了才对……

难道……

试探他？

可能一时间她幡然醒悟还是觉得他比较好……

也不太对。毕竟她宁愿找那个丑人王川都不给他机会。

等等……该不会是表哥在试探他吧？！

想起上次就相亲打电话那事，就被醋坛子表哥强制扣下手机，无情地扔了他的 SIM 卡。他翻了好久的垃圾桶都没找到，又不敢去挂失怕表哥又扔，只好重新买了卡，憋屈得要死。

可表哥肯定知道他爱过……那他该回什么啊？爱？现在宋轻轻大概率都成他嫂子了。

这么一想他莫名还有点伤感，刚刚才情窦初开，就被最敬爱的表哥给截和了。

林玄榆咬着唇，正想着要怎么回才适合。

消息框又弹出来了。

"抱歉，打错字了，你有'爱国'吗？'爱国福'。"

合着只是打错字是吧，林玄榆盯着这一行字，越看越来气，亏他纠结了一大串，结果只是对方打错字？！

"没有。你问表哥去。"

林玄榆甩下手机，闭着眼躺在床上，心忍不住地发酸发涩。

算了，最爱的两个人能在一起多好的事，顶多委屈些吃点狗粮。他一个工具人有什么好伤感的。表哥有宋轻轻，王川听说也有新的结婚对象了，就他一个人，孤苦伶仃没人疼……

宋轻轻正在凑"五福"准备开支付宝呢，扫了好久硬是没扫出来一个"爱国福"，全是"和谐福"，感觉就是气不过。凭什么就她凑不齐。可林凉不爱弄这玩意儿，她只好厚着脸皮问问林玄榆。

自从跟林凉真正在一起后，林玄榆自然也被她看成是自家表弟了。以前的事虽然有些别扭，但林凉都不在意，她也更不在意了。

结果林玄榆也没有，她更不开心了，躺在沙发上丧着脸。

林凉刚洗完澡，湿着头发蹲在她面前，摸着她的头："怎么了……"

"我想……凑'五福'。"她闷着声道。

林凉笑了笑，掏出手机："最多开出来就'1.88'。我给你发个'8888'不就好了？"

"我不要。你有钱了不起啊……"她不满地抱着手机转过身子背对着他。

隔一会儿，林凉挠着她的胳肢窝："我要是不了不起，还怎么做你老公？"

说起这个词，林凉的郁气顿时腾腾而上，坐在靠她的头这侧，抱着她的头放在大腿上："轻轻，你都没叫过我一次老公……"

他长长的睫毛垂下："我不开心，我需要哄。"

宋轻轻双手捏着他的面颊："你怎么比我还幼稚？"

男人的神情瞬间哀怨："我都没叫过别人一声老婆，你却把你的第一声老公给了那个什么王川……"

宋轻轻枕在他的腿上，认真而深情："老公。"

她的话和眼神……他像被枪击中般，全身酥软得成了泥。

"嗯……"他下巴轻轻摩挲着她的面颊，柔情似水，"我的轻轻老婆。"

路柔没见过这样的男人。

一个唯独对宋轻轻特例的男人。恐女变得不恐女，理智说没就没，性情只因她而改变收敛。仿若出生就一个为正极，一个为负极。隔远了相安无事，一旦离近，就必须在一起。

又总说要摆脱，不过是深陷的征兆罢了。越深陷才越想摆脱。她早年便看出林凉还一直不能忘怀。一个心死的人还要时常提醒自己要记得过去？

不过是一直不愿忘记。

所以她对他提出离婚一点也不意外。

后来正式见到宋轻轻，她二十九岁，孩子都有一个了，却嘟着嘴像孩子般站在台阶上看着抱着一岁孩子的林凉，伸开双臂让他也抱着自己，不然就不开心，蹲在台阶上生闷气。抱着孩子的林凉去小商店买了袋酸奶递给她,哄着她说:"轻轻,回去抱好不好?你想抱多久抱多久……手断了都不放。"

宋轻轻笑着揽着他的手臂:"我记下了。"

路柔笑他娶了个小朋友。

他低头,笑得深情宠溺:"嗯,她就是我的小朋友。"

说实话,看见他的神色,路柔常年冷硬的心,那一刻还真有点"柠檬"了。

如果八年前心爱的人已离开自己,不管有没有苦衷,错过也就错过了,抛弃自己,让自己从此对爱情绝望是个不争的事实。以她的性子,八年的时间,足以让那个人像陌生人在回忆里埋着,说不定也早有新欢,更别说生活洁癖的她,如果那人还在某种环境待过……这么一想,她的心理承受能力果然没有林凉强大。

说宋轻轻等了八年,林凉又何尝不是等了八年。说了放下却还要实现两人最初的梦想,还一直怪十八岁的自己太窝囊,给不了宋轻轻优渥的条件。他这八年,路柔相信他肯定无数次幻想过和宋轻轻重逢该是怎样的场景。

说是刺猬心理更不如讲是孩子气般,仿佛在说,谁让你离开我。我现在还在生你的气,你怎么讨好我都没用。别,我的心很硬。

等等……

我说别来了,就真的走了?不回头了?真的要丢下我?

我不生气了。

我跟你道歉,对不起。你回来好不好?

幼稚孩子一个,不过也在等宋轻轻找他和好。

林凉和宋轻轻,连名字都相近相似的人。

难怪八年了,还能重归于好。

路柔挺高兴,不知道有多少人正在和她一样,能有幸地见证了这个山无陵、天地合的故事。

浅喜如苍狗,深爱如长风。

浮云随便,转而便离去。

长风无形相伴,看似停了,却又会吹起。

番外二

"爸爸！"

两岁的林至渝迈着小短腿开心地跑向林凉。出差一个星期刚回家的林凉蹲在地上伸开双臂，笑着将儿子拥入怀中，下巴亲密地蹭着他软糯的面颊。

宋轻轻站在不远处笑着。

林凉摸了摸林至渝的头向她望去，眼里温柔。

他说："过来，让我一起抱。"

宋轻轻慢慢向林凉走去，林凉放下儿子，向前几步，一点点向走得像乌龟般慢吞吞的宋轻轻靠近。他一把揽住她的屁股，使她惊慌地用双腿夹在他的腰间，双臂交叉环着他的脖颈，低着头，迎上他如山海般深情的双眼。

他说："走这么慢宋小姐？"

她的额头抵住他的："林先生，我腿短。"后又不满地拧了拧他的脸颊，"你嫌弃我？"

林凉笑着，轻啄了下她的嘴唇，眼里映着她。

他说："走得慢，我可不会等你。"

宋轻轻安静地听他说话，听他低声又说。

"我只会向你靠近。"

今夜，风好温柔。

"走得慢了我还会跑好吧。"她扭扭身子说。

林凉低笑两声，又亲了下她。

还没抱到五秒，被冷落的林至渝撇着嘴看着面前的男女卿卿我我，"哇"的一声哭出来，挂着眼泪跑到林凉背后，抱住爸爸的腿坐在地上使劲号哭。

"这是……我的……我的抱抱！妈妈坏坏！"

每个父亲是不是都爱吃孩子的脚？

宋轻轻看着床上拿着林至渝右脚放在嘴上的林凉，他不停地亲着用手揉着。

和有他几分相似的林至渝则好奇地看着动画片，横躺着与枕头平行，不时用脚挤着林凉面颊。林凉也不生气，反用面颊蹭他，没脾气到像是一杯水。

好神奇，从肚子里出来的与他有关的生命，现正依偎着他，做着可爱的表情，在她和他的这辈子里喜怒哀乐。

宋轻轻想起他们的婚礼。

林凉问她想怎么办，她说就她和他两个人就好了。

林凉怕又出现什么意外，忙急着去把结婚证领了才举办酒席。林凉看着红本子上20201205的数字、再看看照片和两个黑色的名字，心不知怎的就一下失去运作。

他想到八年前因为年龄不够没能登记，后来又发生了那么多荒谬又离奇的事。一个小小的错过就是八年。他恨那辆火车怎么不快点，也怨命运非要安排她和他想不到一块，也骂自己知道她说话慢还不听她说完，骂自己非得坚持自己的信念不信她。

那八年他生不如死，她就傻不拉几地等他找他。八年了，他还是看不得她被冷漠的社会伤害。

林凉心脏又酸又疼，眼泪一下就落了。

难以相信他一个一米八的壮汉在结婚登记处的厕所里，面对着墙双手捂着脸吸着鼻子用食指抹去眼泪。

他们的婚礼是在迪士尼里举办的。他让她穿上贝儿公主的衣服，自己当野兽王子。他新买了一个相机，让路人记录他单膝下跪，郑重而认真地亲吻她手背的照片。路人夸他们俊男靓女，还不知这是场异于世俗的婚礼。

他们都这样想：开启他们下辈子的仪式，他们见证就够了。

这个相机只有一个相册夹，叫轻重。后来又添了一个文件夹，叫头疼。

因为中标了。

十五岁的林至渝知道妈妈脑子有点毛病，做事想事都很慢，还经常犯错，上次家长会就弄错班级，在别的班听了整整两个小时，还拿别人的成绩分析表跟林凉说，林至渝这次发挥不太好啊。

后来班主任以为他没叫家长严厉批评他目中无人，有点成绩就傲了，还让他跟父母搞好关系别青春叛逆。

他郁闷地怀疑爸爸脑子也有问题。他崇拜林凉所以崇尚聪明的人，也更接受不了宋轻轻时不时犯蠢，即使她是他妈。

青春期的孩子总对父母有这种心理，认为他们落后腐朽，即使有道理也不愿听。

有次宋轻轻说他性子太傲容易交不到朋友。林至渝不知怎的，本来烦躁的心一下急了，冲宋轻轻口不择言地说："你个傻子你懂什么？！"

宋轻轻愣了好半天，才红着眼睛说："你爸都没这么说过我……"

林凉知道这事后狠狠扇了他一巴掌，冷着脸让他跪下。林凉吸了口烟，看着和他模样接近性子却相反的林至渝，深深闭了下眼睛。

他说："林至渝，你自出生到现在我从来没打过你有我自身的原因。我不想强加武力在你身上。"

"但这不是你娇纵的理由。"他又说，"等你明白什么叫感恩和尊重的时候再出来。"

林凉将林至渝关在房子里，关上门前他转过身又对林至渝说：

"你妈不傻。每个人的出生都不是自己能决定的。上帝扔骰子，谁知道你是六还是一。

"还有，你妈归我管。你不喜欢这个家就滚出去。"

后来林至渝跪着和宋轻轻说对不起，性子也没以前那么傲了。

宋轻轻摸着他的头笑着说："没关系。你是我的孩子啊。"

他想，他或许明白父母能走到现在的原因。

因为包容。

五十二岁的宋轻轻此刻坐的位置是春花路城市规划已修建运营的商场木椅上，路边种着观赏性的枇杷树。

与以前小红凳的位置重合，她有时坐在这里看那棵树。老了身子骨的确不行，她走几步就开始累了。

她习惯早晨七点出来，一直沿着南北街走。仰着头对比记忆中的场景与现在的不同。路更新更黑没有水坑了，高楼大厦平地起了，叫卖声没有了，桐花巷改名为春花路商业街。

宋轻轻坐着，眯着眼露着两个酒窝放空思绪，仿佛她还是二十六岁的人。

树干枯色，树叶翠翠叠叠。早晨刚下了雨，潮湿的地面和湿润的泥土吐出雨息。落叶用完美的姿态优雅离别，像人在落幕时深深鞠躬。

往日那些生死交关的故事。在春日里硌刺，于冬尽时温和。

众树感受春雷滚滚、听闻滂沱大雨、遭受寒流侵袭，再接受阳光施舍，于是长高一点、长壮一些，再干枯僵毙。

这份规律，人与树没有不同。

美好的早晨，从空无一人雨后的静开始享受。她知道自己是名过客。

宋轻轻闭目嗅听宁静。鸟声入耳的那刻，她察觉到有人缓慢地坐在她的身旁，苍老的手紧紧握着她的。

　　她笑了,她知道那个人也会笑。

　　这美好如婴儿的早晨。

　　好巧,你也在这里。

番外三

她总在那儿等他。
等一个眉眼温柔又孤僻的少年。
她伸出手,他一定也会紧紧握住她。
然后,他们开始逃亡、奔跑。
向着东方。
昏黄的灯花,喧闹的人群,单薄的碎花衣。
她开始有了重量,食指牵着他的衣角,由他带去天涯海角、地老天荒。
他会弯下腰,用世上最温柔的声音说:
轻轻,走了。

后记

　　当亲爱的你读到这儿，说明这个故事真的结束了。

　　林凉的人物构想一部分来源于《人间失格》里的主人翁——惧怕父亲，讨好女人又厌恶女人，外表装得强大而儒雅，但在家暴的影响下，性情暴躁阴郁，内心黑暗，好强而锋利。

　　因为轻轻的纯白呆然，一方面放纵着他的恶念，一方面又开发了他的怜悯，由怜悯渐渐发展到爱。

　　他厌弃人世间的虚假与丑陋，却渴望触碰这个没有污点的少女。

　　如同黑色音符落在白纸上，奏出一曲美妙的乐章。

　　他的温柔只留给她。

　　但我对林凉这个人物塑造不够深刻，只是用概括性的笔法去塑造人物，没有说服力，我会改正这个问题。

　　本文有三次回忆穿插。第一次回忆从男主的角度开展，由一次和好的拉钩事件进入回忆。解释男主身世背景，男女主的相识相遇，男主情感的启蒙，给读者留下一个模糊的女主人物形象。第二段回忆解释，由女主角度展开，解释女主身世背景，女主的情感启蒙，对比女主印象里，男主现实与回忆的性格变化。第三段回忆便是和好了。

　　那段时间看《兄弟》有感，便写下轻轻父母的故事。我将文中黑暗事件有可能给读者带来的心理伤害降低。也是想说，有时候在某件事上做个傻子就好。

　　无己则逍遥，希望面对不高兴的事时，大家能当一次"宋轻轻"，一瞬便忘，怡然自得地去笑就好。

　　我知道对于轻轻的行为大家会有疑惑。

　　此文是在记录宋轻轻的成长过程。

　　她是个傻子，十六七岁前都麻木呆滞地活，只有林凉来了，她才开始懂得自己是一个人，而不是一件东西，十八岁被救了才想去依赖一个人。

　　她的世界，只有疼与不疼，开心和不开心。

被林凉的妹妹说了，她才开始启蒙赚钱的意义，同时在与社会相处中，被偏见和歧视压得自卑。

人不可能永远正确，永远有坚强的信念。

她那时正在走弯路，所以后来才想去改正，一步步把自己变得好起来。

她也在渴望自己是个聪明和无所不知的人，可她并不是。她不知道急救电话，对于陌生简单的事，真的就不知道，她也自责懊恼，请别嘲笑她的无知了。

对于弱者我们应该去引导、体谅，而不是去一味地责备和愤怒。这样只会加剧那些人内心的自卑和惶恐。

如果你努力很久也考不到满分，却没有人看到你的努力，只看到你失败的结果，从而谩骂你责备你是个傻子，我相信，你也会为此消沉和烦恼。

就像我文中说的那样，别抓住一点错处就死死不放，从而审视所有的成长，给一生定义。人不是完美的，有错那就改，不要执着在错上，我们要看到改。

当然，小错则改，大错不饶。

为什么要回来和好？

我相信大家都有犯了错醒悟后想去弥补的想法，也有听了别人一句话就醍醐灌顶的经历。所以她想向他道歉，可是因为火车的时间耽搁，林凉也被安排出国，两人由此错过，所以才隔离了八年。

错过，明明仅仅两个字，背后的过去和现在却让人无比的心酸。

林凉的断指和车祸并不是轻轻害的。

他是凤凰木，她是檀香树。他们自身的性格和遭遇才能形成这份寄生关系。她汲取他的养分，他甘心庇护在她左右。她有着缺憾的人生，所以发育不善，所以吃更多苦，犯更多错，吃更多教训。但她很幸运，有这么一个奋不顾身的少年，会用一生做赌注，拯救她，治愈她，给了她一个家。

付出得越多越舍不得。

轻轻想变得更聪明去跟上他，林凉可以为她温柔一生，遮风挡雨。

宋轻轻想得慢其实就是事情想不周全，也不能一瞬间就能想明白想通，只想到眼前。又像个孩子，比大人更敏感，更收不住情绪，却想变成一个大人。所以对人说我也是个正常人。

但脑部构造的确有缺陷。不过她记得永远不要把自己看轻，这句话是给她自己人生的鼓励。好比你明知道自己和别人的实力有着差距，但上场时也不会灰心，总安慰说"你和她并不差什么，你也很厉害"这种心态。

宋轻轻到底是傻子还是反应慢的正常人？

三三只能说，定义是死的，人是复杂的。你是我呼吸的存在，是我血管里流动的红液，是我抬头仰望缝隙里的一束光，是我唯一的视线，我会永远逆流人群，永远胸膛撞墙，永远向你奔跑，用一辈子做赌注全部压在你身上。

你穷尽一生，很难再遇到一个这样的我。

《黎明之前》这篇文，我大概是想写这样的一类人吧。

这八年，林凉从没有忘记。他回国后还是会想起他也为一个女孩挑过手机，他没有立即扔掉相机和发卡，他听到林玄榆说到"傻子"两个字仍有情绪波动。

他总说人能有一次掏心掏肺就够了，说他已经失去年少的不顾一切。

为什么要一遍遍地说？

只因为不甘心。他还是不甘心，八年的不甘心。

所以路柔说，他其实一直在等宋轻轻找他和好。

这两个人，现在想来，已经大大超出了我原来想写个单纯的虐恋情深的故事。他们的深爱是难寻难得的。

林凉拯救宋轻轻的生命和思想，宋轻轻拯救了林凉一生的薄凉。

让他相信，这个世界，真的有一个人会一直等他爱他，用尽她所能。所以他收回他的刺，不再对爱情抱有绝望和草草过一生的念头，他想好好爱宋轻轻，以她喜欢的方式。